Elogios para

La chica salvaje

"Una primera novela dolorosamente hermosa que es a la vez la historia de un misterioso asesinato, una iniciación a la vida y una celebración de la naturaleza [...]. Owens explora las marismas desoladas de la costa de Carolina del Norte a través de los ojos de una niña abandonada. Y en su aislamiento, esa niña nos abre los ojos a las secretas maravillas (y peligros) de su propio mundo". —*The New York Times Book Review*

"Impregnada de los ritmos y las sombras de las marismas costeras de los Outer Banks de Carolina del Norte, esta novela feroz e inquietantemente hermosa se centra en [...] la desgarradora historia de Kya, quien aprende a confiar en las conexiones humanas, historia que a su vez se entrelaza con un apasionante misterio de asesinato [...]. Un debut sorprendente". —*People*

"Este exuberante misterio es perfecto para los seguidores de Barbara Kingsolver". —*Bustle*

"Una exuberante novela debut en la que Owens nos ofrece un misterio envuelto en una prosa lírica y hermosa. Es evidente que la autora es de este lugar: la tierra de las costas del sur así como el terreno emocional se pueden sentir en estas páginas. Un logro magnífico, ambicioso, creíble y muy oportuno".

—Alexandra Fuller, autora del bestseller
del *New York Times, Don't Let's Go to the Dogs Tonight*

"Desgarrador... Una nueva exploración del aislamiento y la naturaleza desde la perspectiva femenina junto con una cautivadora historia de amor".   —*Entertainment Weekly*

"Esta maravillosa novela tiene un poco de todo: misterio, romance y personajes fascinantes, todo dentro de una historia que se desenvuelve en Carolina del Norte".
—Nicholas Sparks, autor del bestseller
del *New York Times*, *Every Breath*

"Evocadora... Kya es una heroína inolvidable".
—*Publishers Weekly*

"La 'nueva novela sureña'... Un debut lírico".
—*Southern Living*

"Un romance impregnado de naturaleza con un toque fulminante".   —Refinery29

"Lírico... Su atractivo surge de la profunda conexión de Kya con el lugar donde crea su hogar y con todas sus criaturas".
—*Booklist*

"Es probable que esta hermosa y sugerente novela permanezca contigo durante muchos días después de haberla leído... Absorbente".   —*AARP*

"Cautivadora y original... Un misterio, un drama judicial, un romance [...]. *La chica salvaje* es una historia conmovedora y hermosa. Sus lectores recordarán a Kya durante mucho, mucho tiempo".   —*ShelfAwareness*

DELIA OWENS

La chica salvaje

Delia Owens es coautora de tres reconocidos libros de no-ficción sobre sus experiencias como científica de vida salvaje en África. Tiene una licenciatura en Zoología por la Universidad de Georgia y un doctorado en Comportamiento Animal por la Universidad de California en Davis. Recibió el premio John Burroughs por su escritura sobre la naturaleza, y ha sido publicada en *Nature*, *The African Journal of Ecology* e *International Wildlife*, entre muchas otras publicaciones. Vive en las montañas de Carolina del Norte. *La chica salvaje* es su primera novela.

La
chica
salvaje

La
chica
salvaje

Una novela

DELIA OWENS

Traducción de Lorenzo F. Díaz

VINTAGE ESPAÑOL

Una división de
Penguin Random House LLC
Nueva York

Penguin
Random House
Grupo Editorial

Título original: *Where The Crawdads Sing*

Primera edición: agosto de 2022

Impreso en Estados Unidos / *Printed in USA*

ISBN: 978-1-64473-700-2

22 23 24 25 26   10 9 8 7 6 5 4 3 2 1

Para Amanda, Margaret y Barbara:

aquí les digo que,

si nunca las hubiera visto,

nunca las habría conocido.

Las vi,

las conocí,

las quise,

siempre.

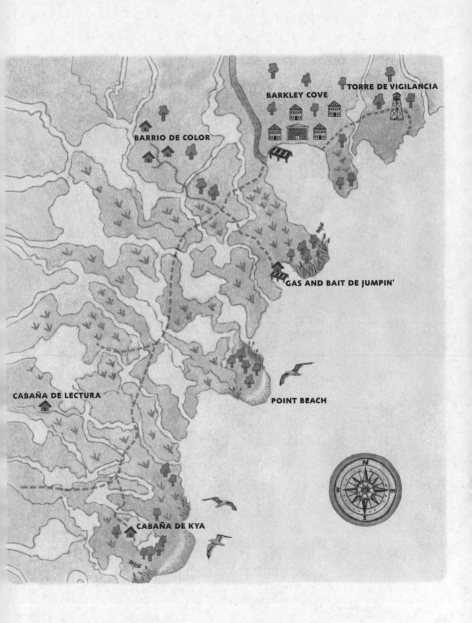

PRIMERA PARTE

La marisma

Prólogo

1969

Una marisma no es un pantano. Una marisma es un espacio luminoso donde la hierba crece en el agua y el agua fluye hasta el cielo. Donde deambulan lentos arroyos que llevan al astro sol hasta el mar y donde aves de largas patas se elevan con gracia inesperada —como si no estuvieran hechas para volar— contra el graznido de un millar de níveos gansos.

Entonces, en la marisma, aquí y allá, el pantano se desliza hasta profundos lodazales, oculto en pegajosos bosques. El agua de pantano es estanca y oscura al tragar la luz en su cenagosa garganta. En esas fosas hasta las lombrices nocturnas son diurnas. Se oyen ruidos, claro, pero, comparado con la marisma, el pantano es silencioso, pues su descomposición es celular. Ahí la vida se descompone y apesta y vuelve al mantillo podrido; un regodeo turbador de muerte que engendra vida.

En la mañana del 30 de octubre de 1969, en el pantano yacía el cuerpo de Chase Andrews, absorbido de forma silenciosa, rutinaria. Ocultándolo para siempre. Un pantano lo sabe todo sobre la muerte, sin considerarla forzosamente una tragedia, y menos un pecado. Esa mañana, dos niños del pueblo fueron en bicicleta a la vieja torre de vigilancia contra incendios y vieron su chaqueta en el tercer tramo de la escalera.

1

Ma

La mañana de agosto ardía con tal calor que el húmedo aliento de la marisma envolvía de niebla los robles y los pinos. Los grupos de palmitos estaban extrañamente silenciosos, excepto por el lento aleteo de las garzas al elevarse desde la laguna. Kya, que entonces tenía seis años, oyó cerrarse de golpe la puerta mosquitera. Desde lo alto del taburete dejó de frotar las gachas de maíz de la olla y la metió en la palangana con espuma sucia. No se oía nada, aparte de su respiración. ¿Quién había salido de la cabaña? Ma no. Nunca cerraba la mosquitera de un portazo.

Cuando Kya corrió al porche, vio a su madre con una falda marrón, con el borde plisado golpeándole los tobillos, que se alejaba con zapatos de tacón por el arenoso camino. Los zapatos de punta cuadrada eran de falsa piel de cocodrilo. Era el único par que tenía para salir. Kya quiso gritarle, pero sabía que no debía despertar a Pa; abrió la puerta y se detuvo en los escalones de madera y ladrillo. Desde ahí vio la maleta azul que llevaba. Normalmente sabía, con la seguridad de un perrito, que su madre volvería con carne envuelta en grasiento papel marrón o con un pollo con la cabeza colgando. Pero para ello no se ponía los zapatos de cocodrilo ni tomaba una maleta.

Ma siempre miraba atrás desde el camino al cruzar la carretera, y alzaba un brazo para saludar con la mano; luego se metía por el sendero que serpenteaba entre bosques de ciénagas y lagunas con espadañas, y por ahí —si la marea lo permitía— llegaba a la ciudad. Pero ese día siguió andando, tambaleándose por los baches. Su alta figura emergía de vez en cuando por las brechas del bosque hasta que, entre las hojas, solo se veían de vez en cuando retazos de su bufanda blanca. Kya corrió hasta el lugar desde donde se veía la carretera; seguro que Ma saludaría ahí, pero solo llegó a atisbar la maleta azul —un color inapropiado en el bosque— cuando desaparecía. Una pesadez tupida como el algodón le oprimía el pecho mientras volvía a los escalones para esperarla.

Kya era la menor de cinco hermanos; los demás eran mucho mayores, aunque no sabía sus edades. Vivían con Ma y Pa, apretujados como conejos en una jaula, en la tosca cabaña cuyo porche con mosquitera miraba con grandes ojos por debajo de los robles.

Jodie, el hermano más cercano a Kya, pero siete años mayor, salió de la casa y se paró detrás de ella. Tenía sus mismos ojos oscuros y el mismo pelo negro; le había enseñado el canto de los pájaros, el nombre de las estrellas y a guiar la barca entre los juncos.

—Ma volverá —dijo.

—No sé. Se puso los zapatos de cocodrilo.

—Las Mas no dejan a sus hijos. No lo hacen.

—Me dijiste que una zorra dejó a sus crías.

—Sí, pero se había destrozado la pata. Se hubiera muerto de hambre intentando alimentarse ella y alimentar a sus crías. Estuvo mejor que se fuera, se curara, y ya luego tuviera más cachorros cuando pudiera cuidarlos bien. Ma no se está muriendo de hambre, volverá.

Jodie no estaba tan seguro como parecía, pero lo decía por Kya.

—Pero Ma lleva esa maleta azul, como si se fuera muy lejos —susurró ella con un nudo en la garganta.

LA CABAÑA ESTABA APARTADA de los palmitos, que se extendían por llanuras de arena hasta un collar de verdes lagunas, con la marisma en la distancia. Millas de hierba tan resistente que crecía en agua salada, interrumpida por árboles tan torcidos que adoptaban la forma del viento. Bosques de robles se agolpaban en los costados de la cabaña y protegían la cercana laguna, cuya superficie bullía de la rica vida que albergaba. El aire salado y el graznido de las gaviotas llegaban desde el mar, entre los árboles.

La concesión territorial no había cambiado mucho desde la década de 1500. Las parcelas dispersas de la marisma no estaban delimitadas legalmente, sino dispuestas por renegados de modo natural: un arroyo fronterizo aquí, un roble muerto allá. Un hombre no construye una cabaña contra un palmito en una ciénaga a no ser que venga huyendo o haya llegado al final de su camino.

La marisma estaba protegida por una costa desgarrada, bautizada por los primeros exploradores como «Cementerio del Atlántico» porque la resaca, los enfurecidos vientos y los bajíos destrozaban los barcos como si fueran de papel en lo que acabaría siendo la costa de Carolina del Norte. El diario de un marinero decía: «Bordeamos la costa... pero no se puede discernir ninguna entrada... Una violenta tormenta nos arrastró... nos vimos forzados a volver mar adentro para proteger la nave y nuestras vidas

y fuimos empujados a gran velocidad por una fuerte corriente...
La costa... al ser cenagosa y de pantanos, nos volvimos al barco...
El desánimo invade a quienes vienen a establecerse en estos lugares».

Los que buscaban tierras siguieron su camino, y esta famosa
marisma se convirtió en una trampa que recogía una mezcolanza de marineros amotinados, náufragos, morosos y fugitivos que huían de la guerra, de los impuestos o de leyes que no
aceptaban. Los que no sucumbieron a la malaria —ni se tragó
el pantano— engendraron una estirpe de leñadores de distintas
razas y diversas culturas; cada uno podía talar un bosque con un
hacha y cargar un ciervo a través de millas. Eran como nutrias,
cada uno con su territorio; vivían al margen de todo, hasta que
desaparecían un día en el pantano. Doscientos años después, se
les unieron esclavos fugados que huían a la marisma, llamados
maroons, esclavos liberados, atribulados, sin dinero, que se dispersaron por las marismas con pocas alternativas.

Sería una tierra cruenta, pero en absoluto yerma. En la tierra
o en el agua se acumulaban capas de oscilantes cangrejos, langostas en el cieno, aves acuáticas, peces, camarones, ostiones, gordos ciervos y rollizos gansos. Un hombre a quien no le importara
luchar para comer no moriría de hambre.

En 1952, algunas concesiones llevaban cuatro siglos en poder
de una cadena de personas inconexas de las que no había constancia. La mayoría desde antes de la Guerra Civil. Otros habían
ocupado las tierras en tiempos recientes, tras las guerras mundiales, cuando los hombres volvían rotos y arruinados. La marisma no los confinaba, sino que los definía y, como cualquier
terreno sagrado, guardó sus secretos. A nadie le importaba que
se apropiaran de las tierras; nadie más las quería. Después de
todo, era un páramo de fango.

Los moradores de la marisma establecían leyes como destilaban el *whisky;* no las tenían grabadas a fuego en tablas de piedra ni escritas en documentos, sino profundamente estampadas en los genes. Genes antiguos y naturales, como los que se incuban en halcones y palomas. Cuando el hombre se ve acorralado, desesperado o aislado, recurre al instinto de supervivencia. Rápidos y justos, los genes triunfantes se transmiten de una generación a otra con más frecuencia que los genes amables. No es cuestión de moral, sino de matemáticas. Las palomas luchan entre ellas tan a menudo como los halcones.

MA NO VOLVIÓ AQUEL día. Nadie habló de ello. Y todavía menos Pa. Levantaba las tapas de las ollas, y apestaba a pescado y licor de barril.

—¿Qué hay de cenar?

Los hermanos se encogieron de hombros y bajaron la mirada. Pa maldijo y salió cojeando hacia el bosque. Ya se habían peleado antes; Ma se había ido una o dos veces, pero siempre volvía y abrazaba a todos los que la necesitaban.

Las dos hermanas mayores prepararon una cena a base de frijoles rojos y pan de maíz, pero nadie se sentó en la mesa, como lo hubieran hecho con Ma. Se sirvieron frijoles desde la olla, pusieron encima el pan de maíz y se lo llevaron para comerlo en sus colchones o en el gastado sofá.

Kya no podía comer. Se sentó en los escalones del porche mirando la carretera. Era alta para su edad, flaca y huesuda, de piel muy morena y pelo liso, negro y espeso como las alas de un cuervo.

La oscuridad interrumpió su vigilancia. El croar de las ranas ahogaba el sonido de las pisadas, pero aun así se tumbó a escuchar en su colchón del porche. Esa mañana la habían despertado el chisporroteo del tocino en la sartén de hierro y el olor de los panecillos mientras se doraban en el horno de leña. Se subió la pechera del overol y corrió a la cocina a sacar platos y tenedores. A quitar los gorgojos a las gachas. Muchas mañanas, Ma la abrazaba con una gran sonrisa —«Buenos días, mi niña preferida»— y las dos se encargaban de las tareas de la casa como si bailaran. A veces, Ma cantaba canciones populares o recitaba rimas infantiles: «Este cerdito fue al mercado». O bailaba un *jitterbug* con Kya y golpeaba con los pies el suelo de madera hasta que se apagaba la música de la radio de pilas y sonaba como si cantara desde el fondo de un barril. Otras mañanas, Ma hablaba de cosas de adultos que Kya no entendía, pero pensaba que las palabras de Ma necesitaban llegar a alguna parte, así que las absorbía por la piel mientras echaba más leña en la estufa. Y asentía, como si la entendiera.

Entonces venía el ajetreo de levantar a todo el mundo y dar de comer. Pa no estaba. Tenía dos estados: callado o gritando. Así que no pasaba nada cuando se dormía o no volvía a casa.

Pero esa mañana, Ma había estado callada, con la sonrisa perdida y los ojos rojos. Se había envuelto la cabeza con un pañuelo blanco al estilo pirata y se había tapado la frente, pero asomaba el borde amarillo de un moretón. Justo después del desayuno, antes de lavar los platos, Ma puso algunas cosas en la maleta y se fue por el camino.

A la mañana siguiente, Kya volvió a sentarse en los escalones y taladró el camino con sus ojos negros como un túnel que espera un tren. La marisma que había más allá estaba velada por una niebla tan baja que la esponjosa parte inferior descansaba en el barro. Tamborileaba con los dedos de los pies desnudos, pinchaba a los escarabajos con tallos de hierba, pero una niña de seis años no puede pasar mucho tiempo sentada y no tardó en pasearse por las planicies de la marea, escuchando los sonidos de succión que tiraban de los dedos de sus pies. Acuclillada al borde del agua clara, miró cómo los pececillos nadaban entre las manchas de sol y sombra. Jodie le gritó desde los palmitos. Y ella lo miró fijamente, tal vez tenía noticias. Pero cuando se acercó entre las puntiagudas hojas de palmito comprendió, por su forma casual de moverse, que Ma no había vuelto.

—¿Quieres jugar a los exploradores? —preguntó su hermano.

—Dijiste que eras muy grande para jugar a los exploradores.

—Nah, solo lo dije. Nunca soy muy grande. ¡Carreras!

Cruzaron corriendo las planicies, luego el bosque hacia la playa. Ella gritó cuando él la alcanzó y se rio hasta que llegaron al gran roble que proyectaba sobre la arena sus enormes ramas. Jodie y su hermano mayor, Murph, habían clavado unos maderos en sus ramas para que hicieran de atalaya y fuerte en el árbol. Buena parte ya se estaban cayendo y colgaban de clavos oxidados.

Normalmente, cuando la dejaban participar, hacía de esclava y llevaba a sus hermanos panecillos calientes robados de la sartén de Ma. Pero hoy Jodie dijo:

—Puedes ser capitán.

Kya alzó el brazo derecho para liderar la carga.

—¡Echemos a los españoles!

Empuñaron espadas de madera y atravesaron arbustos mientras gritaban y apuñalaban enemigos.

Y, como las fantasías vienen y van con facilidad, luego ella caminó hasta un tronco cubierto de musgo y se sentó. Él se unió en silencio. Quiso decir algo para que dejara de pensar en Ma, pero no encontró las palabras, y se quedaron mirando la navegante sombra de los insectos zapateros posados sobre el agua.

Kya regresó a los escalones del porche y esperó un largo rato, pero no lloró al contemplar el final del camino. Su rostro permaneció inmóvil, sus labios eran una fina línea bajo unos ojos escrutadores. Ma no volvió ese día.

2

Jodie

1952

En las semanas siguientes a que se fuera Ma, también se fueron el hermano mayor de Kya y dos de sus hermanas, como siguiendo su ejemplo. Habían soportado los arranques de furia de Pa, que empezaban con gritos y acababan con puñetazos o reveses, hasta que desaparecieron uno por uno. De todos modos, ya eran casi adultos. Y luego, a medida que olvidaba sus edades, dejó de acordarse de sus verdaderos nombres, solo de que los llamaban Missy, Murph y Mandy. En su colchón del porche, Kya encontró un montoncito de calcetines que le habían dejado sus hermanas.

Una mañana, cuando solo quedaba Jodie, Kya se despertó con el ruido metálico y el olor a grasa caliente del desayuno. Corrió a la cocina, pues pensaba que Ma estaba en la casa friendo tortitas y panqueques de maíz. Pero era Jodie, que removía las gachas en la estufa de leña. Sonrió para ocultar la decepción, y él le dio una palmada en la coronilla, y la calló cariñosamente con un gesto: si no despertaban a Pa, podrían comer solos. Jodie no sabía hacer panecillos, y no había tocino, así que hizo gachas y huevos revueltos en manteca, y se sentaron juntos, intercambiando en silencio miradas y sonrisas.

Lavaron rápidamente los platos y cruzaron corriendo la puerta camino de la marisma, con él a la cabeza. Entonces, Pa gritó y cojeó hacia ellos. Estaba increíblemente flaco y su cuerpo parecía a punto de desplomarse por la escasa gravedad. Tenía los molares amarillos como los dientes de un perro viejo.

Kya miró a Jodie.

—Podemos huir y escondernos donde crece el musgo.

—No pasa nada. Estaré bien —dijo él.

MÁS TARDE, CASI AL anochecer, Jodie encontró a Kya en la playa mirando el mar. Cuando se paró a su lado, ella no lo miró y mantuvo la mirada fija en las enturbiadas olas. Aun así, por la forma en que habló, supo que Pa le había pegado en la cara.

—Me tengo que ir, Kya. Ya no puedo vivir aquí.

Ella estuvo a punto de volverse para mirarlo, pero no lo hizo. Quería suplicarle que no la dejara sola con Pa, pero se le atascaron las palabras.

—Lo vas a entender cuando crezcas —añadió.

Kya quiso gritar que podía ser joven, pero no idiota. Sabía que el motivo por el que se iban todos era Pa, y se preguntaba por qué nadie se la llevaba. También había pensado en irse, pero no tenía adónde ir ni dinero para el autobús.

—Ten cuidado, Kya, ¿me oyes? Si alguien viene por ti, no huyas a la casa. Podrían agarrarte ahí. Corre a la marisma, escóndete en los arbustos. Borra siempre tus huellas; ya te enseñé cómo. Y también debes esconderte de Pa.

Como ella seguía sin hablar, le dijo adiós y cruzó la playa a zancadas hasta el bosque. Justo antes de desaparecer entre los árboles, Kya se volvió y miró cómo se alejaba.

—Este cerdito se quedó en casa —dijo a las olas.

Rompió su inmovilidad y corrió a la cabaña. Gritó su nombre al entrar, pero las cosas de Jodie ya no estaban y su cama no tenía sábanas.

Se tiró en el colchón y contempló cómo se deslizaba por la pared lo que quedaba del día. Como suele suceder, la luz persistía después de ponerse el sol; algo de aquella luz se remansó en la habitación y, por un breve instante, las abultadas camas y los montones de ropa vieja tuvieron más forma y color que los árboles de fuera.

La sorprendió algo tan mundano como un hambre feroz. Fue a la cocina y se paró en la puerta. Esa habitación se había calentado toda la vida con el pan mientras se horneaba, el hervor de habas blancas o el burbujeante guiso de pescado. Ahora estaba vieja, silenciosa y oscura.

—¿Quién va a cocinar? —preguntó en voz alta.

«¿Quién va a bailar?», podría haber preguntado también.

Encendió una vela, azuzó las brasas de la estufa, y añadió leña. Usó el fuelle hasta que prendió una llama y metió más madera. El refrigerador hacía las veces de alacena porque la electricidad no llegaba a la cabaña. Para que no se formara moho, mantenían la puerta abierta con un matamoscas. Aun así, en todos los resquicios crecían venas de rocío negro y verdoso.

—Echaré las gachas en manteca para calentarlas —dijo mientras sacaba las sobras.

Así lo hizo, y comió directamente de la olla mientras miraba por la ventana por si llegaba Pa. Pero no apareció.

Cuando la luz del cuarto de luna tocó la cabaña, se tumbó en su colchón del porche —un colchón abultado con sábanas de verdad, con estampado de rositas azules que Ma había comprado en una venta de garaje— para pasar la noche sola por primera vez en la vida.

Al principio se sentaba, de cuando en cuando, a mirar por la mosquitera. Por si oía pisadas en el bosque. Conocía la forma de todos los árboles, pero algunos parecían agitarse aquí y allá, moviéndose con la luna. Durante un rato estuvo tan tensa que no podía ni tragar, pero, entonces, la noche se llenó del canto familiar de las ranas arborícolas y las cigarras periódicas. Más consoladores que tres ratones ciegos con un cuchillo de carnicero. La oscuridad tenía un olor dulzón, el aliento terroso de ranas y salamandras que habían conseguido llegar al final de otro día de apestoso calor. La marisma se acurrucaba cerca de ella con la neblina, y Kya se durmió.

Pa no volvió a casa en tres días y Kya hirvió hojas de nabo del huerto de Ma para desayunar, almorzar y cenar. Fue al gallinero por huevos, pero lo encontró vacío. No había ni gallinas ni huevos.

—¡Cobardes! ¡Son unas cobardes!

Había tenido intención de ocuparse de ellas desde que Ma se fue, pero no lo había hecho. Y ahora se habían escapado como una parvada multicolor, y se las oía cloquear a lo lejos, entre los árboles. Tendría que echar grano para atraerlas.

Pa apareció con una botella la tarde del cuarto día y se tumbó en su cama.

A la mañana siguiente entró en la cocina y bramó:

—¿Dónde están todos?

—No lo sé —dijo sin mirarlo.

—Sabes menos que un perro callejero. Y eres tan inútil como las tetas de un jabalí.

Kya salió en silencio por el porche; cuando estaba en la playa buscando mejillones olió a quemado y alzó la mirada para ver una columna de humo en la dirección de la cabaña. Corrió tan deprisa como pudo, salió de entre los árboles y vio una hoguera encendida en el patio. Pa tiraba a las llamas los cuadros, los vestidos y los libros de Ma.

—¡No! —gritó Kya.

Él ni la miró, y arrojó al fuego la vieja radio de pilas. La cara y los brazos de Kya ardían cuando se lanzó a recoger los cuadros, pero el calor la echó atrás.

Corrió a la cabaña para impedir que Pa agarrara más cosas y lo retó con la mirada. Pa alzó la mano y ella no se movió. De pronto, se volvió y cojeó hasta su barca.

Kya se desplomó en los escalones y miró cómo las acuarelas de Ma se volvían cenizas. Se quedó ahí sentada hasta que se puso el sol, hasta que todos los botones brillaron como rescoldos y los recuerdos del *jitterbug* con Ma se fundieron en las llamas.

En los días siguientes, Kya aprendió de los errores de los demás, y quizá incluso más de los pececillos, cómo vivir con él. No te pongas en medio, no dejes que te vea, huye de las manchas de sol a las sombras. Despertaba y salía de la casa antes de que él se levantara, vivía en el bosque y en el agua y volvía a la casa sin hacer ruido para dormir en su colchón del porche, lo más cerca posible de la marisma.

Pa había luchado contra Alemania en la Segunda Guerra Mundial; la metralla le había alcanzado el fémur izquierdo y le había quitado su último motivo de orgullo. Los cheques semanales por discapacidad eran su única fuente de ingresos. Una semana después de que Jodie se fuera, el refrigerador estaba vacío y apenas quedaba algún nabo. Cuando Kya entró en la cocina ese lunes por la mañana, Pa señaló un dólar arrugado y unas monedas en la mesa de la cocina.

—Con esto comprarás comida para la semana. Las limosnas no existen —dijo—. Todo cuesta algo, y con ese dinero podrás mantener la casa, recolectar leña para la estufa y lavar la ropa.

Por primera vez en su vida, Kya fue sola al pueblo de Barkley Cove a hacer la compra. *Este cerdito se fue al mercado.* Caminó trabajosamente por arenas profundas y barro negro a lo largo de cuatro millas hasta que la bahía relució ante ella con la aldea en su costa.

Los Everglades rodeaban el pueblo y mezclaban su neblina salada con la del océano, en marea alta al final de la calle Mayor. Las marismas y el mar aislaban el pueblo del resto del mundo, y su única conexión era la carretera de un solo carril que renqueaba hacia el pueblo con el hormigón cuarteado y lleno de baches.

Había dos calles. La Principal recorría la costa con una hilera de tiendas, con el colmado Piggly Wiggly en un extremo y la tienda de repuestos Western Auto en el otro, y un restaurante en el centro. En la mezcolanza había un Kress Five and Dime, un Penney (solo venta por catálogo), la panadería Parker y una zapatería Buster Brown. Al lado del Piggly estaba la cervecería Dog-Gone Beer Hall, que ofrecía salchichas, chili picante y camarones fritos servidos en barquitos de papel. En ella no entraban mujeres ni niños por considerarse inapropiado, pero habían puesto una ventanilla en la pared para que pudieran pedir salchichas y gaseosa Nehi desde la calle. La gente de color no podía comprar en el establecimiento, ni en el interior ni por la ventanilla.

La otra calle, la Mayor, iba desde la vieja carretera hasta el océano y se acababa al cruzarse con la Principal. Así que el único cruce del pueblo estaba entre la Principal, la Mayor y el océano Atlántico. Las tiendas y negocios no estaban pegados unos a otros como en la mayoría de los pueblos, sino separados por pequeños solares con palmitos y avena del mar, como si la marisma se hubiera extendido hasta allá de la noche a la mañana. A lo largo de más de doscientos años, el cortante viento salado había castigado los edificios cubiertos de cedro hasta volverlos del color del óxido, y los marcos de las ventanas, la mayoría pintados de azul o blanco, se habían descascarillado y cuarteado. En su mayoría, el pueblo parecía cansado de pelearse con los elementos y se había resignado a desplomarse.

El muelle, envuelto en cuerdas deshilachadas y con pelícanos viejos, sobresalía en la pequeña bahía, cuyas aguas, cuando estaban calmas, reflejaban el rojo y el amarillo de los barcos camaroneros. Caminos polvorientos, con pequeñas casas de cedro a ambos lados, daban vueltas entre los árboles, rodeaban lagunas y bordeaban el océano a ambos lados de las tiendas. Barkley Cove era prácticamente un pueblo olvidado, con partes dispersas aquí y allá entre estuarios y juncos, como el nido de una garza azotado por el viento.

Descalza y vestida con un overol con peto que le venía pequeño, Kya se paró donde la marisma daba a la carretera. Se mordió el labio; deseaba volver corriendo a casa. Ni se imaginaba lo que le diría a la gente, cómo se las arreglaría para saber pagar lo que comprase. Pero el hambre la urgía; entró en la Principal y se dirigió, agachando la cabeza, hacia el Piggly Wiggly por una acera desmoronada que aparecía de vez en cuando entre matojos de hierbas. A medida que se acercaba al Five and Dime, oyó un ruido detrás y saltó a un lado justo cuando tres chicos, unos años mayores que ella, pasaron en bicicleta. El que iba en cabeza miró hacia atrás y se rio porque casi la atropella, y estuvo a punto de chocar con una mujer que salía de la tienda.

—¡Chase Andrews, ven aquí ahora mismo! Los tres.

Pedalearon unas cuantas yardas más, luego se lo pensaron mejor y volvieron al lado de la mujer, la señorita Pansy Price, vendedora de telas y lociones. Su familia había sido dueña de la mayor granja en los aledaños de la marisma y, aunque hacía mucho tiempo que se había visto obligada a vender, mantenía su papel de refinada terrateniente, cosa que no resultaba fácil viviendo en un pequeño apartamento sobre el restaurante. La señorita Pansy solía llevar sombreros como turbantes de seda, y esa mañana su tocado era rosa, lo que hacía resaltar el rojo de los labios y las manchas de colorete.

—Les voy a contar a sus mamás —regañó a los chicos—. O, mejor aún, a sus papás. Ir a toda velocidad por la acera, y casi me atropellan. ¿Qué tienes que decir, Chase?

Su bicicleta era la más elegante, con el asiento rojo y el manubrio cromado y elevado.

—Lo sentimos, señorita Pansy, no la vimos porque esa niña se puso en medio.

Chase, bronceado y con el pelo negro, señaló a Kya, que había retrocedido y estaba medio metida en un arrayán.

—No le hagan caso. No puedes ir por ahí echando a los demás la culpa de tus pecados, aunque sean basura del pantano. Ahora vayan a hacer algo bueno para compensar esto. Por ahí va la señorita Arial con su compra; ayúdenla a llevarla a la camioneta. Y métanse las camisetas.

—Sí, señora —dijeron los chicos mientras pedaleaban hacia la señorita Arial, que les había dado clase a todos en segundo.

Kya sabía que los padres del chico de pelo negro eran los dueños de la tienda Western Auto y por eso tenía la bici más vistosa. Lo había visto descargando grandes cajas de cartón del camión y llevándolas adentro, pero nunca le había dirigido la palabra ni a él ni a los demás.

Esperó unos minutos y volvió a agachar la cabeza para ir a la tienda. Una vez dentro del Piggly Wiggly, estudió la selección de grano y eligió una bolsa de una libra porque arriba había una etiqueta roja: «Oferta de la semana». Como le había enseñado Ma. Se demoró en el pasillo hasta que ya no hubo clientes ante la caja registradora y se acercó a la cajera, la señora Singletary, que preguntó:

—¿Dónde está tu mamá?

La señora Singletary tenía el pelo corto, rizado y de color púrpura como un lirio a la luz del sol.

—Haciendo cosas, señora.

—Pero tienes dinero para el grano, ¿verdad?

—Sí, señora.

Al no saber contar la cantidad exacta dejó el billete de un dólar.

La señora Singletary se preguntó si la niña sabría distinguir las monedas, así que contó despacio mientras ponía el cambio en la mano abierta de Kya.

—Veinticinco, cincuenta, sesenta, setenta, ochenta, ochenta y cinco, y tres peniques. Porque el grano cuesta doce centavos.

A Kya se le revolvió el estómago. ¿Se suponía que ella también debía contarlo? Miró el enigma de monedas que tenía en la mano.

La señora Singletary pareció ablandarse.

—Bueno, anda. Vete.

Kya salió de la tienda y caminó lo más rápido que pudo hacia el sendero de la marisma. Ma le había dicho muchas veces: «No corras nunca en el pueblo o la gente va a pensar que te robaste algo». Pero, en cuanto llegó al sendero de arena, corrió al menos media milla. Y luego caminó el resto deprisa.

Una vez en casa, creyendo que sabía preparar las gachas, echó el grano en el agua hirviendo como había hecho Ma, pero se pegaron y formaron una gran bola que se quemó por fuera y quedó cruda en el centro. Tan correosa que solo pudo darle un par de bocados, así que volvió al huerto y encontró unas cuantas hojas de nabo entre la hierba. Las coció y se las comió, y se bebió el jugo de la olla.

En pocos días aprendió a preparar las gachas, aunque, por mucho que removiera, seguían formándose grumos. La semana siguiente compró espinazo —marcado con una etiqueta roja— y lo coció con gachas y acelgas en un guiso que sabía bien.

Kya había lavado la ropa con Ma muchas veces, así que sabía frotarla con jabón de lejía en la tabla de lavar bajo el grifo del patio. Los overoles de Pa pesaban tanto cuando estaban mojados que no podía escurrirlos con sus manitas ni podía llegar a la cuerda para colgarlos, así que los tendía sobre las hojas de los palmitos en la linde del bosque.

Pa y ella vivían así acompasados, separados en la misma cabaña, a veces sin verse durante el día. Sin hablarse casi nunca. Limpiaba lo que manchaba tanto ella como él, como una mujercita muy seria. Aún no sabía cocinar lo bastante para hacerle la comida y, de todos modos, no estaba nunca, pero hacía la comida, recogía lo que tiraba, barría y lavaba los platos la mayoría de las veces. No porque se lo hubieran mandado, sino porque era la única manera de mantener la cabaña decente para cuando volviera Ma.

MA SIEMPRE DECÍA QUE la luna de otoño salía en el cumpleaños de Kya. Así que, pese a no recordar su fecha de nacimiento, una noche de luna llena y dorada sobre la laguna Kya se dijo: «Creo que he cumplido siete». Pa no lo mencionó y, desde luego, no hubo pastel. Tampoco dijo nada sobre ir a la escuela y ella, puesto que no sabía gran cosa del asunto, tenía miedo de sacar el tema.

Seguro que Ma volvería para su cumpleaños, así que la mañana siguiente a la última luna llena del verano se puso el vestido de percal y miró el camino. Deseaba ver a Ma caminando hacia la cabaña, con su falda larga y sus zapatos de cocodrilo. Como no apareció nadie, tomó la olla con las gachas y atravesó el bosque hasta la costa. Se llevó las manos a la boca, echó la cabeza hacia atrás y gritó: «qui-ou, qui-ou, qui-ou». En el cielo aparecieron motas plateadas que bajaron a la playa desde las olas.

—Ya vienen. Son muchas. No puedo contar tantas gaviotas —dijo.

Las aves gritaban y chillaban mientras volaban en círculo y luego descendían, se detenían cerca de su cara y se posaban al lado de las gachas que ella tiraba. Por fin se callaron y se pusieron a acicalarse, y ella se sentó en la arena con las piernas dobladas a un lado. Una gaviota grande se posó en la arena cerca de Kya.

—Es mi cumpleaños —le dijo al pájaro.

3

Chase

1969

Las patas podridas de la abandonada torre de vigilancia contra incendios se hundían a horcajadas en el cenagal, que creaba sus propios tentáculos de niebla. Descontando el graznido de los cuervos, el silencioso bosque parecía contener un ánimo expectante cuando los dos niños, Benji Mason y Steve Long, los dos de diez años, los dos rubios, subieron por la húmeda escalera la mañana del 30 de octubre de 1969.

—Se supone que en otoño no hace tanto calor —dijo Steve a Benji.

—Sí, y todo se calla, menos los cuervos.

—Uaaa. ¿Qué es eso? —preguntó Steve mientras miraba entre los escalones.

—¿Dónde?

—Ahí. Ropa azul, como si alguien estuviera tumbado en el barro.

—¡Ey, tú! ¿Qué haces ahí? —gritó Benji.

—Se ve su cara, pero no se mueve.

Bajaron al suelo moviendo los brazos y forcejearon por llegar al otro lado de la base de la torre, con el barro verdoso pegado a sus botas. Era un hombre tirado de espaldas con la pierna derecha grotescamente torcida hacia delante desde la rodilla. Tenía los ojos y la boca muy abiertos.

—¡Jesucristo! —dijo Benji.

—Dios mío, es Chase Andrews.

—Mejor vamos por el *sheriff*.

—Pero se supone que no deberíamos estar aquí.

—Eso no importa. Los cuervos vendrán en cualquier momento.

Alzaron la cabeza hacia los graznidos y Steve dijo:

—A lo mejor uno de los dos debería quedarse, para alejar a los pájaros.

—Estás loco si crees que me voy a quedar aquí solo. Y te apuesto cinco centavos a que tú tampoco.

Con esto, tomaron las bicicletas, pedalearon con fuerza por el sendero de almibarada arena de vuelta a la calle principal, atravesaron todo el pueblo y entraron en el bajo edificio donde el *sheriff* Ed Jackson estaba sentado ante su mesa en la oficina iluminada con focos que colgaban de simples cables. Era ancho, de estatura mediana, con el pelo rojizo y el rostro y los brazos salpicados de pálidas pecas. Hojeaba una revista de *Sports Afield*.

Los muchachos atravesaron la puerta abierta sin detenerse a llamar.

—*Sheriff*...

—Hola, Steve, Benji, ¿vienen de un incendio?

—Vimos a Chase Andrews tirado en el pantano bajo la torre de vigilancia. Parece muerto. No se mueve nada.

Desde que Barkley Cove se había fundado, en 1751, ningún representante de la ley había ampliado su jurisdicción más allá de los juncos. En las décadas de 1940 y 1950, algunos *sheriffs* habían utilizado sabuesos para buscar a convictos que se fugaran a la marisma, y la comisaría seguía teniendo perros por si acaso. Pero Jackson solía ignorar cualquier crimen cometido en el pantano. ¿Por qué interrumpir a las ratas que matan ratas?

Pero se trataba de Chase. El *sheriff* se levantó y tomó el sombrero del perchero.

—Llévenme.

Ramas de roble y acebo silvestre crujieron contra la camioneta de la policía cuando el *sheriff* bajó por el sendero de arena con el doctor Vern Murphy, delgado y en forma, con el pelo gris, el único médico del pueblo, sentado a su lado. Los hombres se bamboleaban con el ritmo de los profundos baches, la cabeza de Vern casi chocaba con el parabrisas. Viejos amigos de casi la misma edad, pescaban juntos y se ocupaban de los mismos casos. Los dos guardaban silencio ante la perspectiva de confirmar de quién era el cuerpo tumbado en el cenagal.

Steve y Benji iban sentados en la parte trasera con las bicicletas hasta que la camioneta se detuvo.

—Está por ahí, señor Jackson. Detrás de los arbustos.

Ed bajó de la camioneta.

—Esperen aquí, niños.

El doctor Murphy y él vadearon el barro hasta donde estaba Chase. Los cuervos habían huido con la llegada de la camioneta, pero en las alturas zumbaban otros pájaros e insectos. La insolente vida seguía adelante.

—Sí es Chase. Esto va a matar a Sam y a Patti Love.

Los Andrews habían encargado cada enchufe, cuadrado cada cuenta, etiquetado cada precio de la Western Auto pensando en Chase, su único hijo.

Vern se acuclilló junto al cuerpo y buscó un latido con el estetoscopio, y lo declaró muerto.

—¿Cuánto tiempo crees? —preguntó Ed.

—Yo diría que diez horas por lo menos. El forense lo dirá con seguridad.

—Debió subir anoche y se cayó desde arriba.

Vern examinó a Chase sin moverse y se incorporó junto a Ed. Los dos hombres observaron los ojos de Chase, que todavía miraban al cielo desde su cara hinchada, y luego observaron la boca abierta.

—Cuántas veces le he dicho a la gente del pueblo que tarde o temprano iba a pasar algo así —comentó el *sheriff*.

Conocían a Chase desde que nació. Lo vieron pasar de un niño encantador a un guapo adolescente, de *quarterback*, estrella e ídolo del pueblo, a trabajar con sus padres y, finalmente, a un hombre apuesto casado con la más guapa. Y ahora estaba ahí tirado, solo, menos digno que el cieno. Como siempre, la grosera mano de la muerte era la estrella de la función.

Ed rompió el silencio.

—Lo que no entiendo es por qué los demás no pidieron ayuda. Siempre vienen aquí en grupo o en parejas a meterse mano. —El *sheriff* y el doctor intercambiaron un asentimiento breve, sabiendo que, pese a estar casado, Chase podría haber traído a otra mujer a la torre—. Vamos a alejarnos. Echemos un buen vistazo a todo —dijo mientras alzaba el pie más de lo necesario—. Ustedes no se muevan de ahí, niños; no vayan a dejar más huellas.

Señaló unas huellas que iban de la escalera al cenagal hasta ocho pies lejos de Chase.

—¿Esas huellas son suyas, de esta mañana? —preguntó.

—Sí, señor, no pasamos de ahí —dijo Benji—. En cuanto vimos que era Chase, nos fuimos para atrás. Puede ver dónde.

—Está bien. —Ed volvió—. Vern, hay algo que no me cuadra. No hay huellas junto al cuerpo. Si hubiera estado con un amigo o alguien, hubieran bajado cuando se cayó y hubieran pisoteado toda esta parte. Se hubieran arrodillado junto a él a ver si estaba vivo. Mira qué profundas son las huellas en el barro, pero no hay más. Ninguna desde las escaleras o hacia ellas, ni alrededor del cuerpo.

—Entonces, quizás estaba solo. Eso lo explicaría todo.

—Pues, te voy a decir algo que no lo explica. ¿Dónde están *sus* huellas? ¿Cómo pudo bajar Chase Andrews por el sendero, cruzar el barrizal hasta las escaleras para subir hasta arriba y no dejar ninguna huella?

4

La escuela

1952

Días después de su cumpleaños, Kya estaba sola, con los pies descalzos en el barro, agachada para ver cómo le salían las patas a un renacuajo. Se incorporó bruscamente. Un auto revolvía la profunda arena al final del camino de casa. Nadie iba en auto hasta ahí. Luego, de entre los árboles, llegó el murmullo de gente hablando, se trataba de un hombre y una mujer. Kya corrió a los arbustos, desde esa posición podía ver quiénes eran y huir. Tal como le había enseñado Jodie.

Del auto bajó una mujer alta que se movía insegura sobre los tacones altos, como había hecho Ma por el camino de arena. Debían ser los del orfanato, que iban por ella.

«Seguro que puedo correr más que ella. Con esos tacones se caerá de boca». Kya esperó y vio a la mujer acercarse a la mosquitera del porche.

—Yuu-ju, ¿hay alguien en casa? Soy la inspectora escolar. Vine a llevar a Catherine Clark a la escuela.

Mira esto. Kya se quedó muda. Estaba segura de que debería

haber ido al colegio a los seis años. Y ahí estaban, con un año de retraso.

No tenía ni idea de cómo hablar con otros niños, y menos con una profesora, pero quería aprender a leer y saber lo que venía después del veintinueve.

—Catherine, querida, si me oyes, sal, por favor. Es la ley, cariño; tienes que ir a la escuela. Además, seguro que te gusta, querida. Todos los días dan de comer gratis. Creo que hoy toca pastel de pollo con hojaldre.

Eso era otra cosa. Kya tenía mucha hambre. Para desayunar había cocido gachas, a las que había echado galletas saladas porque no tenía sal. Si sabía alguna cosa de la vida, era que no podías comer gachas sin sal. En toda su vida, había comido pastel de pollo un par de veces, pero recordaba esa costra dorada; crujiente por fuera, blando por dentro. Sentía el sabor de la salsa, como si fuera sólida. Fue su estómago, que actuó por su cuenta, lo que hizo que Kya se levantara entre las hojas de los palmitos.

—Hola, querida, soy la señora Culpepper. Ya eres mayor y estás lista para ir a la escuela, ¿verdad?

—Sí, señora —dijo Kya con la cabeza gacha.

—No pasa nada, puedes ir descalza, como hacen otros, pero debes llevar falda; eres una niña. ¿Tienes un vestido o una falda, cariño?

—Sí, señora.

—Muy bien, pues vamos a vestirte.

La señora Culpepper siguió a Kya por la puerta del porche y pasó la pierna por encima de una hilera de nidos de pájaros que Kya había colocado a lo largo de los maderos del suelo. En el dormitorio, Kya se puso el único vestido que le venía bien, un suéter a cuadros con una manga sujeta con un pasador.

—Bien, querida, te queda muy bien.

La señora Culpepper alargó la mano. Kya se la quedó mirando. Hacía semanas que no tocaba a otra persona, y nunca había tocado a un desconocido. Pero puso su manita en la de la señora Culpepper y ella la guio por el camino hasta el Ford Crestliner que conducía un hombre callado con un sombrero gris. Kya se sentó en el asiento trasero sin sonreír y sin sentirse un polluelo refugiado bajo el ala de su madre.

Barkley Cove tenía una escuela para blancos. Los alumnos de los cursos de primero a duodécimo iban a un edificio de ladrillo de dos pisos frente a la oficina del *sheriff*. Los niños negros tenían su propia escuela, un bloque de cemento de un piso junto al barrio de color.

La llevaron a las oficinas de la escuela, encontraron su nombre, pero no la fecha de nacimiento en los registros del condado, y la pusieron en segundo, aunque no había ido al colegio un solo día de su vida. De todos modos, el primer curso estaba lleno, dijeron, y qué más le da a la gente de la marisma, que quizá va unos meses a la escuela y luego no la vuelven a ver. El sudor asomó a su frente cuando el director la condujo por un ancho pasillo con el eco de sus pasos. Abrió la puerta de un aula y le dio un empujoncito.

Camisas a cuadros, faldas largas, zapatos, muchos zapatos, algunos pies descalzos, y ojos, todos la miraban. Nunca había visto tanta gente. Puede que hubiera una docena. La maestra, la misma señora Arial a la que habían ayudado aquellos niños, condujo a Kya hasta un pupitre cerca del fondo. Podía poner sus cosas en el casillero, le dijeron, pero no tenía cosas.

La maestra volvió al frente de la clase y dijo:

—Catherine, levántate, por favor, y di a la clase tu nombre completo.

Se le revolvió el estómago.

—Vamos, querida, no seas tímida.

Kya se levantó.

—Señorita Catherine Danielle Clark —contestó, porque Ma le había dicho una vez que ese era su nombre completo.

—¿Puedes deletrear *perro*?

Kya guardó silencio y miró al suelo. Ma y Jodie le habían enseñado algunas letras, pero nunca había deletreado una palabra en voz alta para nadie.

Los nervios se agitaron en su estómago. Aun así, lo intentó.

—P-e-d-d-o.

La risa recorrió de un lado a otro los pupitres.

—¡Chsss! ¡Silencio todos! —exclamó la señora Arial—. Nunca nos reímos, me oyen, no nos reímos de los demás. Ya deberían saberlo.

Kya se sentó de golpe en su asiento del fondo de la clase, e intentó desaparecer como un escarabajo se esconde en el agujereado tronco de un roble. Pero, por muy nerviosa que estuviera, con la maestra dando la clase se inclinó hacia delante, pues quería aprender lo que venía después del veintinueve. De momento, de lo único que hablaba la señora Arial era de una cosa llamada fonética, y los estudiantes, con la boca formando una O, repetían los sonidos de *a, o* y *u* que ella hacía, y todos gemían como palomas.

A eso de las once, el olor a mantequilla caliente de los bollos de levadura y el pastel horneándose llenó los pasillos y entró en el aula. El estómago de Kya sintió un pinchazo y se tensó y, cuando la clase formó una fila y desfiló hacia la cafetería, tenía la boca llena de saliva. Imitó a los demás y tomó una bandeja, un plato de plástico verde y cubiertos planos. Había un gran ventanal con mostrador que daba a la cocina y, ante ella, una enorme bandeja esmaltada con pastel de pollo, entrecruzado con tiras de un grueso y crujiente hojaldre, y burbujeante salsa caliente. Una mujer negra y alta, que sonreía y llamaba a algunos niños por su nombre, sirvió una gran porción de pastel en su plato, seguida de otra de frijoles de carita guisados con mantequilla y un bollo. Le dio budín de plátano y un cartón rojo y blanco de leche para que lo pusiera en su bandeja.

Se dirigió hacia la zona del comedor, donde la mayoría de las mesas estaban ocupadas por niños que hablaban y reían. Reconoció a Chase Andrews y a sus amigos, que casi la habían echado de la acera con sus bicis; apartó la mirada y se sentó en una mesa vacía. Sus ojos la traicionaron en varias ocasiones y miraron a los chicos, las únicas caras que conocía. Pero ellos la ignoraron, igual que los demás.

Kya miró el pastel lleno de pollo, zanahorias, papas y frijoles. Con el dorado hojaldre encima. Se le acercaron varias niñas, vestidas con faldas largas abultadas con varias capas de crinolina. Una era alta, delgada y rubia, otra redonda con mejillas gruesas. Kya se preguntó cómo podrían trepar a un árbol o subirse a una barca con esas faldas tan grandes. Desde luego, no podrían vadear un río para atrapar ranas; no podrían ni verse los pies.

Kya miró el plato a medida que se acercaban. ¿Qué les diría si se sentaban con ella? Pero las niñas pasaron de largo mientras gorjeaban como pájaros y se unieron a sus amigas en otra mesa. Descubrió que, pese al hambre que le atenazaba el estómago, tenía la boca seca y le costaba tragar. Así que, tras tomar unos bocados, se bebió toda la leche, llenó el cartón con todo el pastel de pollo que pudo, procurando no ser vista, y lo envolvió en la servilleta con el bollo.

No abrió la boca en todo lo que quedaba de día. Ni siquiera cuando la maestra le hizo una pregunta. Pensó que se suponía que ella iba a aprender de ellos, no ellos de ella. «¿Por qué voy a arriesgarme a que se rían de mí?», pensó.

Al sonar el último timbre, le dijeron que el autobús la dejaría a tres millas de su casa; el camino era demasiado arenoso, y todas las mañanas tendría que ir andando hasta el autobús. En el regreso, mientras el autobús oscilaba por los profundos baches y pasaba ante tramos de esparftizales, de la parte delantera brotó una cancioncilla: «¡Señorita Catherine Danielle Clark! —gritaron la Altaflacarrubia y la Gorditacachetona, las chicas del almuerzo—, ¿en qué parte de la marisma vives? ¿Dóndes tienes el sombrero, rata de pantano?».

El autobús acabó parándose en un cruce sin señales de retorcidos senderos que se perdían en el bosque. El conductor abrió la puerta y Kya bajó disparada y corrió casi media milla, jadeó buscando aire y anduvo deprisa hasta llegar a su camino. No se paró en la cabaña, sino que corrió y atravesó los palmitos hasta llegar a la laguna y bajar por la vereda que atravesaba los densos y protectores robles, hasta el océano. Salió a la playa desierta y, cuando se detuvo en la línea de la marea, el mar le abría los brazos y el viento le tiraba del pelo y le deshacía las trenzas. Estaba a punto de llorar; lo había estado todo el día.

Kya llamó a los pájaros haciéndose oír por encima del rugir de las olas. El canto del océano era de voz de bajo, las gaviotas, de soprano. Volaron en círculo sobre las marismas y la arena, chillaron y graznaron mientras ella tiraba a la playa pedazos del pastel y del bollo. Se posaron con las patas extendidas y movieron la cabeza.

Algunas aves le picotearon suavemente entre los dedos de los pies, y ella se rio por las cosquillas, hasta que las lágrimas surcaron sus mejillas y, por fin, grandes y roncos sollozos brotaron de ese lugar congestionado bajo su garganta. Cuando vació el cartón, tuvo tanto miedo de que, como los demás, las gaviotas la abandonaran, que pensó que no podría soportar el dolor. Pero se quedaron en la playa, a su alrededor, concentradas en acicalarse las extendidas alas grises. Así que se sentó y deseó poder llevárselas a dormir con ella al porche. Se las imaginaba amontonadas en su colchón, como un esponjoso montón de cuerpos cálidos y emplumados, todos juntos bajo las sábanas.

Dos días después, oyó al Ford Crestliner batir la arena y fue corriendo a la marisma, pisó con fuerza los tramos de arena, dejó huellas claras como el día y luego entró de puntas en el agua sin dejar huellas, dio media vuelta y siguió otra dirección. Cuando encontraba barro, corría en círculo para crear un rastro confuso. Y, cuando llegaba a suelo firme, apenas lo rozaba, saltaba de una mata de hierba a otra sin dejar huella.

Fueron cada dos o tres días durante unas semanas más, el hombre del sombrero se encargaba de buscarla y darle caza, sin llegar nunca ni a acercarse. Y una semana ya no fue nadie. Solo se oía el graznar de los cuervos. Dejó caer las manos a los costados y miró el camino desierto.

Kya no volvió a la escuela ninguna vez en su vida. Volvió a observar garzas y recoger conchas, con lo que suponía que sí podía aprender algo. «Ya sé arrullar como una paloma —se decía—. Y mucho mejor que ellas, con sus bonitos zapatos».

Una mañana, semanas después del día en que fue a la escuela, el sol brillaba con fuerza cuando Kya se subió al fuerte en el árbol de sus hermanos para buscar barcos veleros que enarbolaran la bandera del cráneo y los huesos cruzados. Demostrando que la imaginación crece hasta en los terrenos más solitarios, gritó: «¡Jo! ¡Piratas, jo!». Enarboló su espada y saltó del árbol para lanzarse al ataque. Una punzada de dolor le atravesó de repente el pie derecho y ascendió como fuego por la pierna. Las rodillas cedieron, cayó de costado y gritó. Vio un clavo largo y oxidado clavado en la planta del pie.

—¡Pa! —gritó. Intentaba recordar si había vuelto a casa la noche anterior—. Ayúdame, Pa —gritó, pero no obtuvo respuesta.

Alargó la mano con un gesto rápido y se arrancó el clavo mientras gritaba para cubrir el dolor.

Hundió y movió los brazos por la arena de forma inconsciente, gimoteando. Finalmente, se sentó y examinó la planta del pie. Apenas había sangre, solo la pequeña abertura de una herida pequeña y profunda. Entonces se acordó del tétanos. Se le hizo un nudo en el estómago y sintió frío. Jodie le había contado que un niño había pisado un clavo oxidado sin estar vacunado. Las mandíbulas se le habían agarrotado tanto que no podía abrir la boca. Luego, la columna vertebral se le dobló hacia atrás como un arco y nadie pudo hacer nada, salvo ver cómo se moría al retorcerse.

Jodie había sido muy claro en un detalle: hay que vacunarse a los dos días de pisar un clavo o estás perdido. Kya no tenía ni idea de cómo conseguir la vacuna.

—Tengo que hacer algo. Seguro que me muero si espero a Pa.

El sudor le corría profusamente por la cara mientras cojeaba por la playa hasta llegar a los robles más frescos que rodeaban la cabaña.

Ma limpiaba las heridas con agua salada y las envolvía con barro mezclado con todo tipo de pociones. No había sal en la cocina, así que cojeó hasta el bosque en busca de un arroyo salobre, tan salado con la marea baja que sus orillas relucían por los brillantes cristales blancos. Se sentó en el suelo y empapó el pie en la salmuera de la marisma sin dejar de mover la boca: la abría, la cerraba, la abría, la cerraba, imitaba bostezos, la movía como si masticara, cualquier cosa para impedir que se le encajara. Al cabo de casi una hora, la marea había retrocedido lo suficiente para poder cavar con los dedos un agujero en el negro barro, y metió el pie con cuidado en la sedosa tierra. Ahí el aire era fresco y los gritos de las águilas le dieron ánimos.

Al caer la tarde, estaba hambrienta y volvió a la cabaña. El cuarto de Pa seguía vacío, y probablemente no volvería hasta dentro de varias horas. Jugar póker y beber *whisky* mantiene a un hombre ocupado la mayor parte de la noche. No había gachas, pero, tras rebuscar, encontró una vieja y grasienta lata de manteca Crisco, sacó un poco de la grasa blanca y la extendió en una galleta salada. La mordisqueó y luego se comió cinco más.

Se acercó a su colchón del porche, atenta por si oía la barca de Pa. La cercanía de la noche la arrastró y la agitó, y le llegó el sueño a retazos, pero debió de dormirse profundamente cerca del alba porque despertó con el sol de lleno en la cara. Abrió enseguida la boca: aún le funcionaba. Arrastró los pies yendo y volviendo del estanque salobre a la cabaña hasta que, por el paso del sol, descubrió que habían pasado dos días. Abrió y cerró la boca. Tal vez había sobrevivido.

Esa noche, tras abrigarse en las sábanas del colchón del suelo, con el pie cubierto de barro envuelto en un trapo, se preguntó si se despertaría muerta. No, recordó, no sería tan fácil: se le doblaría la espalda, se le retorcerían los brazos y las piernas.

Minutos después notó un pinchazo al final de la espalda y se sentó.

—Ay, no, ah, no. Ma, Ma. —La sensación se repitió y la hizo callar—. Solo es comezón —musitó.

Por fin, completamente agotada, se durmió, y no abrió los ojos hasta que las palomas arrullaron en los robles.

Durante una semana fue dos veces al día al estanque, vivió a base de galletas saladas y Crisco, y Pa no volvió en todo ese tiempo. Al octavo día, pudo mover el pie sin sentir rigidez y el dolor ya era solo superficial.

—¡Lo logré, lo logré! —gritó mientras bailaba, apoyándose en el pie izquierdo.

Al día siguiente, se dirigió a la playa a buscar más piratas.

—Lo primero que haré será ordenar a mi gente que recoja todos los clavos.

Se levantaba temprano, todavía buscando el estrépito que organizaba Ma al cocinar. El desayuno favorito de Ma eran huevos revueltos de sus propias gallinas, tomates maduros cortados en rodajas y tortitas de maíz que preparaba con una mezcla de harina de maíz, agua y sal, fritas en grasa tan caliente que la mezcla burbujeaba y se doraba en los bordes. Ma decía que solo se fríe de verdad cuando oyes restallar la fritura desde la habitación de al lado, y Kya llevaba toda la vida despertándose con el ruido de las tortitas dorándose en la grasa. Oliendo el humo azul del maíz caliente. Pero ahora la cocina estaba silenciosa, fría, y Kya saltó del colchón del porche y fue a la laguna.

Pasaron los meses, el invierno se enseñoreó despacio del lugar, como hacen los inviernos en el sur. El sol, cálido como una manta, envolvía los hombros de Kya y la empujaba a adentrarse más en la marisma. A veces oía en la noche sonidos que no conocía o se sobresaltaba si un rayo caía demasiado cerca, pero la tierra la recogía cada vez que tropezaba. Hasta que, por fin, en un momento indeterminado, el dolor de su corazón desapareció como el agua al filtrarse por la arena. Seguía ahí, pero en lo más profundo. Kya puso la mano en la tierra húmeda y vital, y la marisma se convirtió en su madre.

5

La investigación

1969

En las alturas, las cigarras chillaban contra un sol inclemente. Todas las demás formas de vida se escondían del calor y emitían un zumbido ausente desde los arbustos.

—Vern, hay mucho que hacer aquí, pero algo no me encaja —dijo el *sheriff* Jackson mientras se secaba la frente—. Ni los papás ni la mujer de Chase saben que está muerto.

—Yo les digo, Ed —replicó el doctor Vern Murphy.

—Te lo agradezco. Llévate mi camioneta. Manda la ambulancia a recoger a Chase y dile a Joe que venga con mi camioneta. Pero no hables de esto con nadie más. No quiero que venga todo el pueblo, y es lo que pasará si lo cuentas.

Vern miró un largo instante a Chase antes de irse, como si se le hubiera escapado algo. Como médico, debería poder arreglarlo. Tras ellos estaba el pesado aire del pantano, que esperaba paciente su turno.

Ed se volvió hacia los niños.

—Ustedes se quedan aquí. No necesito que nadie ande contando nada de esto por el pueblo, y no toquen nada ni dejen más huellas en el barro.

—Sí, señor —dijo Benji—. Cree que alguien mató a Chase, ¿verdad? Porque no hay huellas. A lo mejor lo empujaron.

—Yo no dije nada de eso. Es lo común en el trabajo policial. Entonces, no estorben y no repitan nada de lo que oigan aquí.

El ayudante del *sheriff*, Joe Purdue, un hombre bajo de espesas patillas, llegó con la camioneta menos de quince minutos después.

—No puedo creerlo. Chase muerto. Fue el mejor *quarterback* que ha tenido este pueblo. No está bien.

—En eso tienes razón. Bueno, a trabajar.

—¿Qué tienes hasta ahora?

Ed se apartó algo más de los niños.

—Bueno, obviamente, así de entrada, parece un accidente: se cayó de la torre y se mató. Pero, hasta ahora no he encontrado sus huellas yendo a los escalones ni las huellas de nadie más. A ver si podemos encontrar pruebas de que alguien las borró.

Los dos agentes peinaron la zona durante diez minutos.

—Tienes razón, no hay más huellas que las de los niños —dijo Joe.

—Sí, y ningún indicio de que alguien las borrara. No entiendo. Sigamos. Ya me ocuparé luego de eso.

Hicieron fotos del cuerpo, de su posición con relación a la escalera, primeros planos de las heridas de la cabeza, de la pierna retorcida. Joe tomaba notas mientras Ed dictaba. Cuando medían la distancia del cuerpo al sendero, oyeron el costado de la ambulancia arañado por los espesos arbustos que bordeaban el camino. El conductor, un viejo negro que hacía décadas que se ocupaba de los heridos, los enfermos, los moribundos y los muertos, inclinó la cabeza en señal de respeto y empezó a susurrar sugerencias.

—Veamos, tiene los brazos muy separados del cuerpo, así que no podremos hacerlo rodar hasta la camilla; habrá que levantarlo y va a pesar; *sheriff,* señor, sujete la cabeza del señor Chase. Muy bien. Eso, eso.

Hacia el final de la mañana ya habían conseguido subirlo a la parte trasera del auto, con todo el barro que tenía pegado.

Dado que el doctor Murphy ya habría comunicado su muerte a los padres de Chase, Ed dijo a los niños que podían irse a casa y subió con Joe las escaleras que llegaban hasta lo alto y se estrechaban en cada tramo. A medida que subían, más se alejaban las esquinas redondas del mundo, que se llenaban hasta el borde de espesos bosques y acuáticas marismas. Cuando llegaron al último escalón, Jackson alzó las manos y abrió de un empujón una reja de hierro. Al salir a la plataforma, volvió a cerrarla porque era parte del suelo. El centro de la plataforma era de planchas de madera separadas, grises por los años, pero su perímetro estaba formado por una serie de rejas que podían abrirse y cerrarse. Mientras estuvieran bajadas podías caminar por ellas con seguridad, pero, si alguna quedaba abierta, podías caer sesenta pies.

—Ey, mira eso. —Ed señaló el otro extremo de la plataforma, donde una de las rejas estaba levantada.

—¿Qué demonios...? —dijo Joe mientras caminaba hacia ella.

Al mirar hacia abajo vieron el contorno perfecto de la silueta deformada de Chase incrustada en el barro. El cieno amarillento y los hierbajos habían saltado a los alrededores como una salpicadura de pintura.

—Esto no me cuadra —dijo Ed—. La gente a veces olvida cerrar la reja de las escaleras. Ya sabes, al bajar. La hemos encontrado abierta más de una vez, pero las otras casi nunca quedan abiertas.

—¿Y por qué la iba a abrir Chase? ¿Por qué la abriría cualquiera?

—A menos de que alguien planeara empujar a otra persona para matarla —dijo Ed.

—¿Y por qué no la cerraron después?

—Porque Chase no la hubiera podido cerrar si se cayó solo. Tenía que quedar abierta para que pareciera un accidente.

—Mira la viga justo debajo del agujero. Está golpeada y astillada.

—Sí, la veo. Chase debió pegarse ahí en la cabeza cuando cayó.

—Saldré a buscar sangre y muestras de pelo. Recogeré algunas astillas.

—Gracias, Joe. Y saca fotos. Iré por una cuerda para sujetarte. No necesitamos que haya dos cuerpos en ese barro el mismo día. Y hay que sacar huellas digitales de esta reja, de la reja de la escalera, de la barandilla. Todo lo que alguien pudiea haber tocado. Y recoge cualquier pelo, hilos.

MÁS DE DOS HORAS después, estiraron la espalda para recuperarse de tanto estar encorvados y agachados.

—No digo que fuera un crimen —dijo Ed—. Es muy pronto para decirlo. Pero, aparte de todo, no se me ocurre nadie que quisiera matar a Chase.

—Pues yo diría que hay una buena lista —dijo el ayudante.

—¿Como quién? ¿A qué te refieres?

—Ay, Ed. Sabes cómo era Chase. Corría detrás de la primera falda que viera, como un toro fuera del corral. Antes de casarse y después de casarse, con solteras y con casadas. He visto perros en celo comportarse mejor que él con las hembras.

—Vamos, no era tan malo. De acuerdo, tenía fama de donjuán, pero no creo que nadie en este pueblo quisiera matarlo por eso.

—Yo solo digo que hay gente a quien no le caía bien. Algún marido celoso. Tuvo que ser alguien que lo conocía. Alguien que todos conocemos. No es probable que Chase subiera aquí con algún desconocido.

—A no ser que estuviera endeudado hasta el cuello con alguien de fuera. De eso sí no sabemos nada. Y un hombre tan fuerte como para empujar a Chase Andrews. Que no es cualquier cosa.

—A mí se me ocurren algunos que hubieran podido —dijo Joe.

6

Un barco y un niño

1952

Una mañana, Pa, recién afeitado y vestido con una camisa arrugada y abotonada, entró en la cocina y dijo que se iba a Asheville, en el autobús de la Trailways, para discutir unos asuntos con el ejército. Creía que le debían más pensión por incapacidad e iba a reclamarla y no volvería en tres o cuatro días. Nunca le contaba a Kya sus asuntos, adónde iba o cuándo volvía, por lo que ella se lo quedó mirando, muda, vestida con el overol que le quedaba demasiado pequeño.

—Pareces sordomuda, como todos —dijo mientras la puerta del porche se cerraba tras él.

Kya lo vio alejarse cojeando por el camino, la pierna izquierda trazaba un arco hacia fuera y luego adelante. Se le agarrotaron los dedos. Puede que todos acabasen dejándola, yéndose uno a uno por ese camino. Cuando llegó a la carretera y miró hacia atrás inesperadamente, Kya alzó la mano y saludó con fuerza. Un gesto para retenerlo. Pa alzó la mano en un saludo rápido y desdeñoso. Pero al menos era algo. Más de lo que había hecho Ma.

Entonces ella se acercó a la laguna, donde las primeras luces

reflejaban el brillo de cientos de alas de libélulas. Los robles y
los espesos arbustos rodeaban el agua y la oscurecían como si
fuera una caverna, y se detuvo al ver la barca de Pa a la deriva, al
extremo de la cuerda. Si se la llevaba a la marisma y él lo descu-
bría, le pegaría con el cinturón. O con el remo que tenía junto a
la puerta del porche. El «bate de bienvenida», lo llamaba Jodie.

Puede que fuera el ansia por alejarse lo que la hizo acercarse
a la barca, un viejo esquife metálico de fondo plano que Pa utilizaba para pescar. Había montado en él toda la vida, normalmente con Jodie. A veces la dejaba tomar el timón. Incluso
conocía el camino por algunos de los estuarios y canales más in-
trincados que discurrían por un mosaico de agua y tierra, tierra
y agua, hasta desembocar finalmente en el mar. Porque, aunque
el océano estaba justo al otro lado de los árboles que rodeaban la
cabaña, la única forma de llegar hasta él en barca era yendo en dirección contraria, tierra adentro, navegando por las laberínticas
millas de canales que acababan volviendo al mar.

Pero, al tener solo siete años y ser una niña, nunca había ma-
nejado sola la barca. Y flotaba ahí, amarrada a un tronco por una
simple cuerda de algodón. El suelo de la barca estaba lleno de
trapos grises, deshilachadas redes de pescar y latas de cerveza
medio aplastadas. Se subió a ella y dijo en voz alta:

—Tengo que fijarme en la gasolina, como dijo Jodie, para que
Pa no se dé cuenta de que me la llevé. —Golpeó el oxidado depósito con una rama—. Suficiente para un viaje corto, supongo.

Miró a su alrededor, como todo buen ladrón, y soltó el cabo
de algodón del tronco para avanzar con el único remo que había.
La silenciosa nube de libélulas se abrió a su paso.

Incapaz de resistirse, tiró del cable de encendido y se sobresaltó cuando el motor arrancó a la primera, chisporroteando y
escupiendo humo blanco. Agarró la caña del timón y aceleró

demasiado, por lo que la barca giró con violencia, con el motor aullando. Soltó el acelerador, alzó las manos y la barca se movió despacio con un ronroneo.

«Cuando tengas problemas, suéltala. Vuelve a ir despacio».

Fue más despacio y se movió entre viejos cipreses caídos, más allá de los palos amontonados de la presa del castor. Luego contuvo la respiración al dirigirse hacia la entrada de la laguna, casi escondida por la espesura. Se agachó bajo las ramas caídas de árboles gigantes y se movió despacio entre la espesura a lo largo de más de cien yardas, mientras las tortugas se deslizaban por los troncos que flotaban en el agua. Una alfombra flotante de lentejas acuáticas coloreaba el agua del mismo verde que el techo de hojas, y formaba así un túnel esmeralda. Finalmente, los árboles se separaron, y se deslizó a un lugar de amplio cielo y altas hierbas, donde se oía el graznido de los pájaros. Lo que ve un pollito, supuso ella, cuando sale del cascarón.

Kya siguió navegando, una niñita pequeña en una barca, se desviaba a un lado y a otro mientras el interminable estuario se bifurcaba y trenzaba ante ella. «Cuando salgas, mantente a la izquierda en todas las curvas», había dicho Jodie. Apenas tocó el acelerador, movió el barco por la corriente y procuró que no sonara mucho. Rodeó un grupo de juncos y se encontró un ciervo de cola blanca bebiendo con un cervatillo nacido la pasada primavera. Alzaron la cabeza bruscamente y salpicaron el aire con gotas de agua. Kya no se detuvo, hubieran salido corriendo, una lección aprendida observando pavos silvestres: si te portas como un depredador, ellos lo harán como presas; ignóralos, sigue moviéndote despacio. Pasó por su lado y los ciervos se mantuvieron inmóviles como pinos hasta que Kya desapareció tras la hierba.

Entró en un lugar de lagunas oscuras en un estrecho de robles y recordó que al otro lado había un canal que llevaba a un enorme estuario. Se encontró varias veces con callejones sin salida y tuvo que dar marcha atrás para tomar otra desviación. Siempre reteniendo en la mente todas las desviaciones para poder volver. Por fin tuvo delante el estuario, y el agua se prolongaba tanto en la distancia que reflejaba todo el cielo y todas las nubes.

La marea estaba de retirada, cosa que sabía por las marcas del agua en las orillas de la ensenada. Cuando retrocediera lo suficiente, en cualquier momento algunos canales se secarían y ella se encontraría perdida, varada en tierra. Tendría que volver antes de que eso sucediera.

Al rodear un conjunto de hierbas altas se encontró con el océano —gris, severo y latiendo— que la miraba con el ceño fruncido. Las olas chocaban entre sí, cubiertas por su saliva blanca, y se rompían en la playa con un sonoro estallido, energía buscando dónde descargar. Entonces se alisaban en suaves lenguas de espuma, esperando la siguiente oleada.

La resaca la provocaba y la retaba a romper las olas y entrar en el mar, pero le faltaba valor sin Jodie. De todos modos, ya era hora de dar media vuelta. En el cielo occidental asomaban nubes de tormenta que formaban enormes hongos grises a punto de reventar.

No había gente, ni barcas en la lejanía, por lo que le supuso una sorpresa volver al gran estuario y encontrar ahí, junto a la hierba de la marisma, a un niño pescando en otra vieja barca. Su rumbo la haría pasar a solo veinte pies de él. En ese momento, sí parecía esa niña del pantano, con el pelo enredado y las mejillas sucias, surcadas por el rastro de lágrimas ocasionadas por el viento.

Ni quedarse sin gasolina ni la amenaza de tormenta le producían la misma tensión que ver a otra persona, sobre todo a un chico. Ma había dicho a sus hermanas mayores que se cuidaran de los chicos; si tienes aspecto tentador, los hombres se vuelven depredadores. «¿Qué hago? Voy a pasar junto a él», pensó mientras apretaba los labios.

Por el rabillo del ojo vio que era delgado y que llevaba los rizos rubios recogidos bajo una gorra de béisbol roja. Era mucho mayor que ella, once años, quizá doce. Tenía el rostro muy serio cuando se acercó a él, pero le sonrió con sinceridad y calidez y se tocó el borde de la gorra como un caballero que saluda a una dama elegante con vestido y sombrero. Ella asintió de forma sutil y miró al frente, aceleró un poco y pasó por su lado.

Lo único en lo que podía pensar era en volver al terreno familiar, pero debió de equivocarse en alguna desviación porque, al llegar a la segunda ristra de lagunas, no encontró el canal que llevaba a casa. Dio vueltas y vueltas, buscó nudosas raíces de robles y arrayanes. La invadió el pánico. Ahora todos los tramos de hierba, los bancos de arena y los ramales le parecían iguales. Apagó el motor y se quedó parada en medio de la barca; se mecía con los pies muy separados mientras intentaba ver por encima de la hierba, sin conseguirlo. Se sentó. Perdida. Con poca gasolina. Con una tormenta que se aproximaba.

Maldijo a su hermano por haberse ido y repitió lo que decía Pa:

—¡Maldito seas, Jodie! Caga fuego y cáete en él.

Lanzó un gemido cuando la barca se movió en la suave corriente. Las nubes le ganaban terreno al sol, se movían pesadamente, en silencio, cubrían el cielo y arrastraban sombras por el agua clara. La tempestad podría estallar en cualquier momento. Y, peor aún, si seguía fuera mucho rato, Pa se daría cuenta de que se había llevado la barca. Avanzó un poco; tal vez podría encontrar a ese niño.

Unos minutos de navegación la llevaron a un recodo y al gran estuario de más allá y, al otro lado, al niño de la barca. Unas garcetas alzaron el vuelo, como una hilera de banderas blancas contra las crecientes nubes grises. Lo miró fijamente, temía acercarse a él, temía no hacerlo. Por fin, atravesó el estuario.

Él alzó la mirada cuando se acercó.

—Hola —dijo.

—Hola. —Miraba la hierba más allá de su hombro.

—¿Hacia dónde vas? —preguntó—. Espero que no vayas fuera. Esa tormenta viene hacia aquí.

—No —respondió ella mientras miraba el agua.

—¿Estás bien?

Se le hizo un nudo en la garganta al contener un sollozo. Asintió, pero no podía hablar.

—¿Te has perdido?

Ella volvió a asentir. No pensaba llorar como una niña.

—Bueno. Yo me pierdo todo el tiempo —dijo, y sonrió—. Oye, yo te conozco. Eres la hermana de Jodie Clark.

—Lo era. Se fue.

—Bueno, sigues siendo su... —Pero dejó el tema.

—¿Cómo me conoces? —Lo miró directamente a los ojos.

—Ah, iba a pescar con Jodie antes. Te vi un par de veces. Eras muy chiquita. Te llamas Kya, ¿no?

Alguien que conocía su nombre. La sorprendió. Se sintió como atada a algo, liberada de otra cosa.

—Sí. ¿Conoces mi casa? ¿Sabes ir desde aquí?

—Supongo que sí. De todos modos, ya es hora. —Movió la cabeza hacia las nubes—. Sígueme.

Recogió el sedal, metió el aparejo en una caja y encendió el motor. Al atravesar el estuario, le hizo una seña con la mano y ella lo siguió. Navegaban despacio y él se metió directamente en el canal de la derecha, miró atrás para asegurarse de que había tomado la curva y siguió. Lo hizo en todas las curvas hasta las lagunas de los robles. Cuando se metió en el canal oscuro que llevaba a casa, ella se dio cuenta de dónde se había equivocado y nunca volvería a cometer ese error.

La guio por su laguna —aunque ella le hizo señas de que conocía el camino— hasta la costa donde estaba la cabaña, junto a los árboles. Ella aceleró hasta el viejo pino medio hundido y amarró la barca. Él se apartó de la barca de ella y se bamboleó en sus estelas enfrentadas.

—¿Ya estás bien?

—Sí.

—Bueno, ya viene la tormenta. Mejor me voy.

Kya asintió, y luego recordó lo que le había enseñado Ma.

—Gracias.

—Está bien. Me llamo Tate, por si me ves. —Ella no dijo nada, así que él añadió—: Bueno, adiós.

Mientras se alejaba, perezosas gotas de lluvia salpicaron la costa de la laguna.

—Van a llover sapos y culebras; ese niño se va a empapar.

Se detuvo ante el depósito de gasolina, metió dentro el palo y rodeó el borde con las manos para que no entrara la lluvia. Tal vez no supiera contar monedas, pero sabía que no se podía echar agua a la gasolina. «Ha bajado mucho. Pa se dará cuenta. Tengo que ir con un bidón al Sing Oil antes de que Pa vuelva».

Conocía al dueño, el señor Johnny Lane, que siempre llamaba basura del pantano a su familia, pero valdría la pena enfrentarse a él, a las tormentas y las mareas, porque solo podía pensar en volver a ese espacio de hierba y cielo y agua. Se había asustado al estar sola, pero ya estaba tarareando por la excitación. Y había otra cosa. La calma del niño. Nunca había conocido a nadie que hablara o se moviera con tanta firmeza. Con tanta seguridad y tanta facilidad. Se había relajado solo con estar cerca de él, y ni siquiera muy cerca. Respiraba sin dolor por primera vez desde que se habían ido Ma y Jodie; sentía algo más que el dolor. Necesitaba esta barca y a ese niño.

Esa misma tarde, Tate Walker cruzó andando el pueblo, llevaba la bicicleta por el manubrio; saludó con la cabeza a la señorita Pansy, del Five and Dime, y pasó ante el Western Auto hasta llegar a la punta del muelle del pueblo. Estudió el mar buscando el barco camaronero de su papá, The Cherry Pie, y distinguió en la distancia su brillante pintura roja y los bordes de las redes que se mecían con la marea. Saludó con la mano cuando se acercó, escoltado por su propia nube de gaviotas, y su padre, un hombre corpulento con hombros como montañas y espeso pelo rojo y barba, alzó la mano en el aire. Scupper, como lo llamaba todo el mundo en el pueblo, le tiró un cabo a Tate, que lo ató y luego saltó a bordo para ayudar a la tripulación a descargar la pesca.

Scupper le revolvió el pelo a Tate.

—¿Cómo estás, hijo? Gracias por venir.

Tate sonrió y asintió.

—Claro.

Tanto ellos como la tripulación se pusieron a trabajar, metieron los camarones en cajas de alambre, las cargaron hasta el muelle, se gritaron unos a otros para tomarse luego unas cervezas en el Dog-Gone, y preguntaron a Tate por la escuela. Scupper, que era un palmo más alto que los demás, cargaba las cajas de tres en tres para cruzar la pasarela con ellas y volver por más. Tenía las manos grandes, como de oso, con los nudillos descarnados y heridos. Menos de cuarenta minutos después, la cubierta estaba fregada, las redes atadas, y los cabos asegurados.

Le dijo a la tripulación que dejaba para otro día tomar una cerveza con ellos, que debía acabar unas cosas antes de irse a casa. Una vez en la timonera, Scupper puso un 78 RPM de Miliza Korjus en el tocadiscos atado a la barra y subió el volumen. Se apretujó con su hijo en la sala del motor, donde Tate le fue pasando herramientas para que engrasara piezas y apretara tornillos a la escasa luz de un foco. Todo ello mientras la dulce y sonora ópera se elevaba más y más en el cielo. El tatarabuelo de Scupper, al emigrar desde Escocia, había naufragado ante la costa de Carolina del Norte en el año 1760; fue el único superviviente. Nadó hasta la costa, llegó a los Outer Banks, encontró una esposa y tuvieron trece hijos. Eran muchos los que podían trazar sus raíces hasta ese primer señor Walker, pero Scupper y Tate no se relacionaban con ellos. No participaban en los picnics dominicales de sus parientes, con ensalada de pollo y huevos picantes, no como lo habían hecho cuando aún estaban su madre y su hermana.

Finalmente, con el gris crepúsculo, Scupper dio una palmada a Tate en los hombros.

—Ya acabamos. Vámonos a la casa. Hay que hacer algo de cenar.

Bajaron por el muelle, recorrieron la calle principal y salieron a un sinuoso camino que llevaba a su casa, un edificio de dos pisos con viejas tejas de cedro construido en la década de 1800. El marco blanco de la ventana se había pintado hacía poco y el césped que se extendía casi hasta el mar estaba bien podado. Pero las azaleas y los rosales que había junto a la casa crecían con mala hierba.

Mientras se quitaban las botas amarillas en el pasillo, Scupper preguntó:

—¿Estás harto de las hamburguesas?

—Nunca me harto de hamburguesas.

Tate se puso ante la barra de la cocina, tomó porciones de carne para hamburguesa, formó medallones y los dejó en una bandeja. Su madre y su hermana Carianne, las dos con gorras de béisbol, le sonreían desde una foto colgada junto a la ventana. A Carianne le encantaba esa gorra de los Atlanta Crackers, la llevaba a todas partes.

Apartó la mirada de ellas y se puso a cortar tomates en rodajas y a revolver el guiso de frijoles que estaba cociendo. Estarían ahí de no ser por él. Su madre bañando un pollo con su jugo, Carianne rebanando panecillos.

Como de costumbre, a Scupper se le quemaron un poco las hamburguesas, pero estaban jugosas por dentro y eran gruesas como una pequeña guía telefónica. Los dos estaban hambrientos y comieron en silencio.

Pasó un rato y entonces Scupper preguntó a Tate por la escuela.

—La biología está bien; me gusta. Pero estamos viendo poesía en literatura. No puedo decir que me guste. Todos tenemos que leer un poema en clase. Tú solías recitarlos, pero no recuerdo ninguno.

—Tengo el poema para ti, hijo. Mi preferido: «La cremación de Sam McGee», de Robert Service. Antes se los leía a todos. Era el preferido de tu mamá. Se reía cada vez que lo leía, nunca se cansaba de escucharlo.

Tate bajó la mirada ante la mención de su madre y removió los frijoles en el plato.

—No creas que la poesía es para maricas —siguió diciendo Scupper—. Claro que hay muchos poemas de amor muy cursis, pero también hay otros graciosos, y muchos sobre la naturaleza, y hasta de la guerra. El punto es que... te hagan sentir algo.

Su padre le había dicho muchas veces que un hombre de verdad es aquel que llora sin vergüenza, lee poesía con el corazón,
siente la ópera en el alma y hace lo que haga falta para defender a
una mujer. Se acercó a la sala de estar sin dejar de hablar.

—Me lo sabía de memoria, pero ya no. Aquí está, te lo leeré.

Volvió a sentarse en la mesa y empezó a leer. Cuando llegó a
esta parte:

> Y ahí estaba Sam, aparentando calma y seguridad,
> en medio del rugido del horno,
> tenía una sonrisa que podía verse a una milla, y dijo:
> Por favor, cierre la puerta.
> Aquí se está muy bien,
> pero temo que deje entrar
> el frío y la tormenta.
> Es la primera vez desde que salí de Plumtree,
> en Tennessee, que tengo algo de calor.

Scupper y Tate se rieron.

—Tu mamá siempre se reía en esta parte.

Los dos sonrieron, recordando. Estuvieron así un rato. Entonces, Scupper comentó que él lavaría los platos mientras Tate
hacía la tarea. Una vez en su cuarto, mientras repasaba el libro
de poesía para buscar qué poema leer en clase, Tate encontró un
poema de Thomas Moore:

> ... se fue al lago del lúgubre pantano
> donde, toda la noche, a la luz de una lámpara de
>   luciérnagas,
> remó en su blanca canoa.
> Y la luz de su lámpara pronto veré,

y su remo pronto oiré;
larga y llena de amor nuestra vida será,
y esconderé a la doncella en un ciprés,
cuando los pasos de la muerte cerca estén.

Las palabras le recordaron a Kya, la hermanita de Jodie. Parecía tan pequeña y sola en la gran extensión de la marisma... Imaginaba a su hermana perdida en ella. Su papá tenía razón: los poemas te hacen sentir cosas.

7

Temporada de pesca

1952

Aquella tarde, después de que el niño pescador la guiara hasta su casa por la marisma, Kya se sentó con las piernas cruzadas en su colchón del porche. La neblina del chaparrón se filtraba por la mosquitera remendada y le tocaba la cara. Pensó en el niño. Amable pero fuerte, como Jodie. Las únicas personas con las que hablaba eran Pa, de vez en cuando, e, incluso menos, con la cajera del Piggly Wiggly, la señora Singletary, que últimamente se había molestado en enseñar a Kya la diferencia entre las monedas de cinco, diez y veinticinco centavos, puesto que ya sabía lo que eran los peniques. Pero la señora Singletary también podía ser muy curiosa.

—Por cierto, cariño, ¿cómo te llamas? ¿Cómo es que ya no viene tu Ma? No la veo desde que florecieron los nabos.

—Ma tiene muchas cosas que hacer, así que me envía a mí a comprar.

—Sí, cariño, pero nunca compras suficiente para toda tu familia.

—Verá, señora, me tengo que ir. Ma necesita las gachas.

Siempre que podía, Kya evitaba a la señora Singletary yendo con la otra cajera, que no mostraba ningún interés, salvo para decir que los niños no deberían ir descalzos a la tienda. Le daban ganas de decirle que no pensaba tocar las uvas con los pies. Además, ¿quién podía permitirse comprar uvas?

Cada día más, Kya se limitaba a hablar con las gaviotas. Se preguntaba si no podría llegar a algún acuerdo con Pa para usar su barca. En la marisma podría recoger plumas y conchas y quizá ver alguna vez al niño. Nunca había tenido un amigo, pero sentía su utilidad, su llamada. Podrían recorrer los estuarios, explorar los helechos. Puede que la considerara una niña pequeña, pero sabía moverse por la marisma y podía enseñarle.

Pa no tenía auto. Usaba la barca para pescar, para ir al pueblo, para cruzar el pantano y llegar al Swamp Guinea, un bar desvencijado, un garito de póker conectado con la tierra firme por una desvencijada plataforma que atravesaba las espadañas. Estaba construido con tablas de madera mal cortadas y un techo de hojalata, y crecía de forma desigual a medida que se le añadían habitaciones, con el suelo a diferentes niveles en función de la altura que hacían sobresalir del pantano las columnas de ladrillo. Pa subía a la barca para ir ahí o a cualquier otra parte, ya que rara vez iba caminando; así que ¿por qué iba a prestársela?

Pero, cuando él no estaba, dejaba que sus hermanos la usaran, probablemente porque pescaban para la cena. Ella no tenía interés por la pesca, pero puede que se la dejara a cambio de otra cosa, que suponía que era la manera de convencerlo. Quizá cocinando o haciendo más cosas en la casa, hasta que Ma volviera.

La lluvia disminuyó. Caía alguna gota aquí y allá que hacía temblar las hojas como el movimiento rápido de la oreja de un gato. Kya se puso en pie de un salto, limpió el refrigeradoralacena, fregó el suelo de madera de la cocina y rascó meses de gachas pegadas a los quemadores de la estufa de leña. A primera hora del día siguiente, lavó las sábanas de Pa, que apestaban a sudor y *whisky*, y las extendió sobre los palmitos. Repasó el cuarto de sus hermanos, que era poco más que un armario, limpió y barrió. Había calcetines sucios amontonados en el fondo del armario y cómics amarillentos desperdigados por el suelo junto a dos colchones sucios. Intentó recordar la cara de los chicos, los pies que acompañaban a esos calcetines, pero los detalles estaban borrosos. Hasta la cara de Jodie se le estaba desdibujando; le veía los ojos un instante y luego se escapaba, desaparecía.

A la mañana siguiente, cargó una lata de un galón, recorrió el camino de arena que llevaba al Piggly y compró cerillos, un espinazo y sal. Ahorró veinte centavos.

—No puedo comprar leche, necesito gasolina.

Se detuvo en la gasolinera Sing Oil, en las afueras de Barkley Cove, que se alzaba en un bosquecillo de pinos rodeada de camiones oxidados y autos abandonados, amontonados sobre bloques de cemento.

El señor Lane vio llegar a Kya.

—Fuera de aquí, pequeña mendiga. Basura del pantano.

—Traigo dinero de verdad, señor Lane. Necesito gasolina y aceite para el motor de la barca de mi Pa.

Y le mostró dos monedas de diez centavos, dos monedas de cinco centavos y cinco peniques.

—Una cantidad tan miserable apenas paga mi esfuerzo, pero, anda, dámelo.

Y se agachó para recoger la abollada lata cuadrada.

Ella le dio las gracias al señor Lane, que volvió a gruñir. La comida y la gasolina le pesaban más con cada milla y tardó en volver a casa. Por fin, en la sombra de la laguna, vació la lata en el depósito de gasolina y frotó la barca con trapos y con arena húmeda hasta que los costados de metal asomaron entre la roña.

AL CUARTO DÍA DE haberse ido Pa, empezó a hacer de centinela. Al final de la tarde, un temor frío se apoderó de ella y casi dejó de respirar. Ahí volvía a estar, mirando el camino. Necesitaba que volviera, por muy malo que fuera. Por fin llegó, a primera hora de la tarde, caminando por el sendero de arena. Corrió a la cocina y sirvió un *goulash* de hojas de mostaza, espinazo y gachas. No sabía cómo hacer *gravy*, así que echó el caldo de espinazo con trozos de grasa blanca flotando en un frasco de mermelada vacío. Los platos estaban agrietados y eran de diferentes juegos, pero puso el tenedor a la izquierda y el cuchillo a la derecha, como le había enseñado Ma. Y esperó, pegada al refrigerador como una cigüeña atropellada.

Pa abrió la puerta principal de un golpe, la hizo chocar contra la pared, y atravesó la sala de estar en tres zancadas para llegar a su cuarto, sin molestarse en llamar o mirar en la cocina. Era normal. Lo oyó dejar la maleta en el suelo, abrir los cajones. Seguro que notaba las sábanas limpias, el suelo fregado. Si sus ojos no notaban la diferencia, lo haría su nariz.

Salió al cabo de unos minutos, directo a la cocina, y miró la mesa puesta y los humeantes cuencos con comida. La vio parada contra el refrigerador y se miraron el uno al otro como si nunca se hubieran visto antes.

—Ey, pequeña, ¿qué es todo esto? Parece como si hubieras crecido de repente. Hasta cocinas.

No sonreía, pero su expresión era tranquila. Estaba sin afeitar, y sobre la sien izquierda le colgaba el pelo oscuro y sucio. Pero estaba sobrio; conocía los indicios.

—Sí, señor. También preparé pan de maíz, pero no me salió bien.

—Ah, bueno. Gracias. Eres una buena niña. Estoy agotado y hambriento como un jabalí flaco.

Jaló la silla para sentarse y ella hizo lo mismo. Llenaron los platos en silencio y se comieron la carne correosa de los espinazos fibrosos. Él tomó una vértebra, le sorbió la médula y el jugo grasiento brillaba en sus mejillas con patillas. Mordisqueó los huesos hasta que quedaron lisos.

—Esto estaba mejor que un sándwich frío de acelgas —dijo.

—Ojalá me hubiera salido el pan de maíz. Quizás debería ponerle más bicarbonato y menos huevos. —Kya no podía creer que estuviera hablando, pero no podía contenerse—. Ma lo hacía muy bien, pero supongo que no les puse mucha atención a los detalles...

Entonces pensó que no debería hablar de Ma y se calló.

Pa empujó el plato hacia ella.

—¿Queda algo más de comer?

—Sí, señor, hay de sobra.

—Ah, y echa en el plato uno de esos panes de maíz. Me gusta mojarlo en la grasa, y apuesto a que está bastante bueno, esponjoso como un budín.

Ella sonrió para sus adentros mientras le llenaba el plato. ¿Quién hubiera imaginado que el pan de maíz sería el punto de partida?

Pero ahora, tras pensar en ello, le preocupaba que, si le pedía usar la barca, él pensase que solo había cocinado y limpiado para pedirle el favor, y por eso había empezado, pero ahora le parecía diferente. Le gustaba sentarse y comer como una familia. Su necesidad de hablar con alguien era urgente.

Así que no le habló de usar la barca y, en vez de eso, preguntó:

—¿Puedo salir contigo a pescar alguna vez?

Él se rio con fuerza, pero el tono era amable. Era la primera vez que reía desde que se fueron Ma y los demás.

—Con que quieres salir a pescar.

—Sí, señor.

—Eres una niña —dijo mientras miraba su plato y masticaba el espinazo.

—Sí, señor, soy su niña.

—Bueno, puede que te lleve alguna vez.

A la mañana siguiente, Kya bajó corriendo el sendero de arena. Con los brazos extendidos, espurreaba sonidos y escupía saliva. Se elevaba y volaba sobre la marisma, buscando nidos para luego elevarse y volar ala con ala con las águilas. Sus dedos se volvieron largas plumas que se recortaban contra el cielo, recogiendo el viento tras ella. Entonces Pa la devolvió bruscamente a la tierra, al gritarle desde la barca. Se le desplomaron las alas, el estómago se le encogió; seguro había adivinado que la había usado. Ya sentía el remo en el trasero y en la parte posterior de las piernas. Sabía que podría esconderse, esperar a que se emborrachara y que no la encontraría. Pero se había internado demasiado en el sendero, la veía con claridad, él esperaba con las cañas y los avíos de pesca, haciendo señas de que se acercara. Se acercó andando, en silencio, asustada. Los aparejos de pesca estaban en la barca, y un frasco de licor de maíz metido abajo del asiento.

—Sube —fue lo que dijo como invitación.

Ella iba a mostrar alegría o gratitud, pero la expresión neutra de él hizo que se callara mientras subía a bordo y se sentara mirando hacia adelante en el asiento metálico. Él encendió el motor y se dirigieron hacia el canal, esquivaron la vegetación y recorrieron los canales a un lado y otro mientras Kya memorizaba árboles caídos y tocones viejos para poder orientarse. Aminoró la marcha en un remanso e hizo señas a Kya para que se sentara en el asiento central.

—Anda, saca unos gusanos de la lata —la animó él, con un cigarro enrollado a mano colgando de la comisura de la boca.

Le enseñó a enganchar el cebo, tirar el sedal y recogerlo. Parecía contorsionar el cuerpo en extrañas posturas para no tener que rozarla. Solo hablaron de pesca, sin aventurarse a tocar otros temas, y tampoco sonrieron a menudo, pero estuvieron cómodos en ese terreno común. Él bebió algo de licor, pero luego se dedicó a la pesca y no volvió a beber. Al final del día, el sol suspiró, pasó a ser del color de la mantequilla, y puede que no se dieran cuenta, pero se les aflojaron los hombros y se les relajó el cuello.

Kya esperaba en secreto no pescar nada, pero sintió un tirón, algo que jalaba de su sedal, y alzó una gran mojarra, que relucía plateada y azul. Pa se inclinó hacia delante y la atrapó con la red, luego volvió a sentarse, se dio una palmada en la rodilla y lanzó un grito de entusiasmo como ella nunca antes había oído. Kya sonrió abiertamente y se miraron a los ojos, cerrando un circuito.

Antes de que Pa la ensartara, la mojarra daba coletazos en el fondo de la barca y Kya tuvo que mirar una distante hilera de pelícanos, estudiar las nubes, lo que fuera con tal de no ver esos ojos moribundos del pez que miraban un mundo sin agua, esa gran boca que absorbía aire sin valor. Pero lo que le costó a ella y lo que le costó al pez valieron la pena para tener este pequeño momento en familia. Puede que no para el pez, pero, aun así.

Al día siguiente volvieron a salir en la barca y, en una laguna oscura, Kya vio flotando en la superficie las suaves plumas de la pechuga de un gran búho cornudo. Todas rizadas en los extremos, por lo que se desplazaban como pequeños barcos anaranjados. Las recogió y se las metió en el bolsillo. Luego encontraría un nido abandonado de colibrí, tejido en una rama, y lo puso a salvo en la proa.

Esa noche, Pa preparó una cena a base de pescado frito, empanizado con harina de maíz y pimienta negra, servido con gachas y verduras. Luego, mientras Kya lavaba los platos, Pa entró en la cocina con su vieja mochila de la Segunda Guerra Mundial. La arrojó desde la puerta a una de las sillas, pero resbaló y cayó al suelo con un fuerte sonido que la hizo sobresaltarse y volverse.

—He pensado que podrías usarla para las plumas, los nidos de pájaros y esas cosas que recoges.

—Ah —dijo Kya—. Ah, gracias.

Pero él ya había salido por la puerta del porche. Tomó la raída mochila, hecha de lona lo bastante fuerte como para durar una vida, con pequeños bolsillos y compartimentos secretos. Cremalleras resistentes. Miró por la ventana. Nunca le había dado nada.

Kya y Pa salieron todos los días cálidos de invierno y todos los días de primavera, hasta muy lejos, bajaron por la costa, pescaron, lanzaron el sedal y lo recogieron. Y, estuvieran en un estuario o en una ensenada, buscaba al niño en su barca, esperando volver a verlo. Pensaba con frecuencia en él, quería que fuera su amigo, pero no tenía ni idea de cómo hacer eso, ni siquiera de cómo encontrarlo. Y entonces, de pronto, una tarde Pa y ella doblaron un recodo y ahí estaba, pescando, casi en el mismo lugar donde lo había visto por primera vez. Él sonrió y saludó enseguida. Ella alzó la mano sin pensar y devolvió el saludo, casi sonriendo. Luego bajó la mano con la misma rapidez cuando Pa la miró sorprendido.

—Es un amigo de Jodie, de antes de que se fuera —dijo.

—Debes cuidarte de la gente de aquí —le advirtió—. Este lugar está lleno de basura blanca. Casi nadie vale nada.

Ella asintió. Quería volver a mirar al niño, pero no lo hizo. Y le preocupó parecerle antipática.

Pa conocía la marisma como un halcón conoce sus prados: cómo cazar, cómo esconderse, cómo aterrorizar a los intrusos. Y las preguntas de una curiosa Kya lo animaban a explicar las estaciones de los gansos, las costumbres de los peces, cómo leer el tiempo en las nubes y las contracorrientes en las olas.

Algunos días, ella metía algo para cenar en la mochila, y comían pan de maíz quebradizo, que ya casi dominaba, con rebanadas de cebolla, mientras el sol poniente caía sobre la marisma. A veces, él se olvidaba del licor y bebían té de frascos para mermelada.

—Mis papás no siempre fueron pobres, ¿sabes? —balbuceó de pronto un día que estaban sentados a la sombra de un roble, con el sedal flotando en una laguna parda que zumbaba por los insectos que volaban a poca altura—. Tenían tierras, tierras muy ricas, y cultivaban tabaco y algodón y todo eso. Cerca de Asheville. Tu abuela llevaba sombreros grandes como la rueda de una carreta y faldas muy largas. Vivíamos en una casa de dos pisos con una baranda que le daba la vuelta. Se veía bien, pero muy bien.

«Una abuela». Kya abrió la boca. En alguna parte había o hubo una abuela. ¿Dónde estaba ahora? Kya deseaba preguntar lo que había sido de ellos. Pero tenía miedo.

Pa siguió hablando.

—Entonces, todo se echó a perder. Yo era un niño, así que no sé, pero llegó la Depresión, gorgojos en el algodón. Y no sé qué más, y todo desapareció. Solo quedaron deudas, un montón de deudas.

Kya se esforzó por visualizar su pasado con esos pocos detalles. No se decía nada de la historia de Ma. Y Pa se enojaba si alguno de los dos hablaba de la vida anterior al nacimiento de Kya. Sabía que antes de la marisma su familia había vivido en alguna parte lejana, cerca de otros abuelos, en un lugar donde Ma llevaba vestidos comprados en tiendas con pequeños botones de perlas, listones de satín y bordes de encaje. En cuanto se mudaron a la cabaña, Ma guardó los vestidos en baúles, y cada pocos años sacaba uno y le quitaba todo eso para hacer un delantal, porque no había dinero para nada nuevo. Y ahora esos vestidos bonitos habían desaparecido junto con su historia, quemados en la hoguera que hizo Pa cuando Jodie se fue.

Kya y Pa siguieron pescando, los sedales se agitaban sobre el suave polen amarillo que flotaba en el agua quieta, y ella creyó que había acabado de hablar, pero, entonces, añadió:

—Algún día te llevaré a Asheville y te enseñaré las tierras que eran nuestras, que debieron ser tuyas.

Tras una pausa, tiró del sedal.

—Mira, cariño, tenemos uno grande, ¡tan grande como Alabama!

De vuelta en la cabaña, frieron el pescado con croquetas de maíz «gordas como huevos de ganso». Luego, ella sacó sus colecciones, clavó con cuidado los insectos en cartones y las plumas a la pared de la habitación trasera y formó un *collage* suave y con movimiento. Después se acostó en su colchón del porche y escuchó los pinos. Cerró los ojos y luego los abrió de pronto. Él la había llamado «cariño».

8

Datos negativos

1969

Tras acabar la investigación de la mañana en la torre de vigilancia, el *sheriff* Ed Jackson y el ayudante Joe Purdue acompañaron a la viuda, Pearl, y a sus padres, Sam y Patti Love, a ver el cadáver de Chase sobre una mesa de acero, bajo una sábana, en un frío laboratorio de la clínica que hacía las veces de morgue. Para despedirlo. Pero aquello era demasiado frío para cualquier madre e insoportable para cualquier esposa. Hubo que ayudar a las dos mujeres a salir de la sala. De vuelta en la oficina del *sheriff*, Joe comentó:

—Bueno, no hay nada peor...

—Sí. No sé cómo la gente puede superarlo.

—Sam no dijo ni una palabra. Nunca habla mucho, pero esto es más fuerte que él.

Dicen que el agua salada de la marisma se come un bloque de cemento para desayunar, y ni la oficina del *sheriff*, que era como un búnker, podía mantenerla a raya. En la parte inferior de las paredes había marcas de agua cuyos bordes tenían cristales de sal y un moho negro se propagaba como vasos sanguíneos en dirección al techo. En las esquinas se alojaban pequeños hongos oscuros.

El *sheriff* sacó una botella del cajón inferior de su escritorio y sirvió un trago doble para cada uno en las tazas de café. Lo tomaron hasta que el sol, dorado y almibarado como el *bourbon,* se deslizó en el mar.

CUATRO DÍAS DESPUÉS, JOE entró en la oficina agitando unos documentos en el aire.

—Tengo el primer informe del laboratorio.

—Veamos.

Se sentaron en lados opuestos del escritorio para estudiarlo. De vez en cuando, Joe intentaba matar una mosca.

—Hora de defunción: entre la medianoche y las dos de la madrugada de la noche del 29 al 30 de octubre de 1969 —leyó Ed en voz alta—. Justo lo que pensábamos. —Tras leer un poco más, continuó—: Lo que tenemos son datos negativos.

—Le diste al clavo. Aquí no hay nada, *sheriff.*

—Excepto las huellas de los dos niños hasta el tercer tramo de escaleras, no hay huellas recientes en la barandilla ni en las rejas, nada. Ni de Chase ni de nadie.

La barba vespertina ensombrecía la complexión normalmente rubicunda del *sheriff.*

—Así que alguien las borró. Todas. ¿Cómo no iban a estar sus huellas en la barandilla o en la reja?

—Exacto. Antes no teníamos pisadas y ahora no tenemos huellas. No hay ninguna prueba que indique que pisó el barro para llegar a los escalones, que subió los escalones ni que abrió las dos rejas de arriba: la de las escaleras y por la que cayó. Ni de que lo hiciera alguien más. Pero los datos negativos siguen siendo datos. Alguien lo limpió todo muy bien o lo mató en otro lugar y cargó con su cuerpo hasta la torre.

—Pero, si alguien llevó su cuerpo hasta ahí, habría huellas de neumáticos.

—Así es. Tenemos que volver y buscar huellas de neumáticos que no sean nuestras o de la ambulancia. Puede que se nos haya escapado algo.

Al cabo de otro minuto de lectura, Ed dijo:

—El caso es que ahora estoy seguro de que no fue un accidente.

—Estoy de acuerdo —concedió Joe—, y no todo el mundo sabe borrar tan bien sus huellas.

—Tengo hambre. Vamos a la cafetería antes de salir.

—Pues prepárate para una emboscada. Todos en el pueblo están muy alterados. El asesinato de Chase Andrews es lo más grueso que ha pasado aquí, yo creo que jamás. Los chismes van subiendo como señales de humo.

—Mantén los oídos alerta. Tal vez nos enteremos de alguna cosa. La mayoría de estos inútiles no saben cerrar la boca.

Una hilera de ventanas, enmarcadas por persianas antihuracanes, cubría la fachada del Barkley Dove Diner, que daba al muelle. La estrecha calle era lo único que separaba el edificio, construido en 1889, de los empapados escalones del muelle del pueblo. Cestas para camarones abandonadas y redes de pescar amontonadas se alineaban bajo sus ventanas, y aquí y allá había conchas de moluscos que cubrían la acera. Por todas partes se oían chillidos de aves, y había cagadas de pájaros. Afortunadamente, el aroma a salchichas y panecillos, hojas de nabo cocidas y pollo frito cubría el potente olor de los barriles de pescado alineados en el muelle.

Un bullicio no muy fuerte se derramó al exterior cuando el *sheriff* abrió la puerta. Al igual que las mesas, todos los reservados, con sillas de respaldo alto y acolchado tapizado en rojo, estaban ocupados. Joe señaló dos taburetes vacíos junto al mostrador de las gaseosas y se dirigieron ahí.

Por el camino oyeron al señor Lane, de la Sing Oil, hablar con su mecánico.

—Yo creo que fue Lamar Sands. ¿Te acuerdas que vio a su mujer montando un numerito con Chase en la cubierta de su lujosa lancha de esquí? Es un móvil, y Lamar ya tuvo sus broncas con la ley.

—¿Qué broncas?

—Estaba con el grupo que le rajó los neumáticos al *sheriff*.

—Entonces era un niño.

—Y tuvo otra cosa, pero ahora no me acuerdo qué.

Tras el mostrador, el dueño y cocinero, Jim Bo Sweeny, se apresuraba en voltear tortitas de cangrejo en la parrilla, removía una olla de crema de elote en el fuego y hundía muslos de pollo en la freidora para luego volver a empezar. Y mientras tanto apilaba platos delante de los clientes. La gente decía que podía preparar la masa para los panecillos con una mano mientras fileteaba un bagre con la otra. Servía su famosa especialidad —lenguado a la parrilla relleno de camarones, servido sobre gachas con queso y pimiento— solo unas pocas veces al año. No necesitaba anunciarlo; se corría la voz.

Mientras el *sheriff* y su ayudante sorteaban las mesas hacia el mostrador, oyeron a la señorita Pansy Price, del Kress Five and Dime, conversar con una amiga.

—Seguro que fue esa mujer que vive en la marisma. Está para que la encierren. Apuesto a que sería capaz de hacerlo...

—¿Qué quieres decir? ¿Qué tiene que ver ella?

—Bueno, durante un tiempo tuvo relaciones con...

Cuando el *sheriff* y su ayudante llegaron al mostrador, el primero dijo:

—Pidamos *po'boys* para llevar y vámonos. No nos podemos dejar arrastrar por todo esto.

9

Jumpin'

1953

Sentada en la proa, Kya observaba cómo la bruma llegaba a la barca. Al principio pasaron sobre sus cabezas retazos de nubes, luego la niebla las envolvió en grisura y solo se oía el tic, tic, tic del silencioso motor. Minutos después se formaron pequeños borrones de un color insospechado cuando la destartalada forma de la gasolinera marina apareció ante ellos, como si fuera ella la que se movía y no ellos. Pa se acercó y golpeó suavemente el muelle. Kya solo había estado ahí una vez. El dueño, un viejo negro, saltó de la silla para ayudarlos: por eso todo el mundo lo llamaba Jumpin', saltador. Sus patillas blancas y su barba salpimentada enmarcaban un rostro ancho y generoso con ojos de búho. Alto y enjuto, no paraba de hablar, sonreía o echaba atrás la cabeza con los labios apretados en su propia risa.

No vestía overol como la mayoría de los trabajadores de la zona, sino una camisa azul abotonada y planchada, pantalones oscuros demasiado cortos y botas gruesas. No con frecuencia, pero de vez en cuando, en los días más crueles del verano, llevaba un raído sombrero de paja.

Su Gas and Bait, Gasolina y Cebos, se tambaleaba sobre su propio e inseguro muelle. Un cable atado al roble más cercano a la orilla, a unos cuarenta pies del agua estancada, lo mantenía tirante con toda su fuerza. El abuelo de Jumpin' había construido con madera de ciprés ese muelle y esa cabaña antes de lo que nadie podía recordar, en un tiempo anterior a la Guerra Civil.

Tres generaciones habían clavado por toda la cabaña brillantes carteles de metal —de Nehi Grape Soda, Royal Crown Soda, Camel Filters y veinte años de matrículas de autos de Carolina del Norte—, en un estallido de color que podía verse a gran distancia desde el mar, salvo si la niebla era muy espesa.

—Hola, señor Jake. ¿Cómo le va?

—Bien. Me desperté con el pie bueno —respondió Pa.

Jumpin' se rio como si nunca hubiera oído la manida frase.

—Y trajo a su hijita. Muy bien.

Pa asintió. Y luego, como si se le acabara de ocurrir, dijo:

—*Sip*, esta es mi hija, la señorita Kya Clark.

—Pues es un honor conocerla, señorita Kya.

Kya se miró los dedos de los pies; no sabía qué decir.

Jumpin' no se molestó y siguió hablando sobre lo buena que era últimamente la pesca. Y entonces preguntó:

—¿Tanque lleno, señor Jake?

—Sí, hasta arriba.

Los hombres hablaron del tiempo, de la pesca, y otra vez del tiempo, hasta que se llenó el depósito.

—Que tengan un buen día —se despidió.

Pa navegó despacio de vuelta al brillante mar. El sol tardó menos tiempo en devorar la niebla que Jumpin' en llenar el depósito. Avanzaron durante varias millas rodeando una península de pinos hasta llegar a Barkley Cove, donde Pa amarró la barca a las vigas profundamente marcadas del muelle del pueblo. Los pescadores iban y venían cargando pescado, repasando los aperos de pesca.

—Supongo que podremos comer algo en el restaurante —dijo Pa, y la condujo por el muelle hasta el Barkley Cove Diner.

Kya nunca había comido en un restaurante, nunca había pisado uno. El corazón le latía con fuerza mientras se sacudía el barro seco del overol que le quedaba corto y se alisaba el cabello revuelto. Cuando Pa abrió la puerta, todos los clientes se pararon a medio bocado. Algunos hombres saludaron débilmente a Pa con la cabeza y las mujeres fruncieron el ceño y apartaron la mirada.

—Vaya, seguro que no pueden leer el cartel de «Se exigen camisa y zapatos» —bufó una mujer.

Pa le hizo un gesto a Kya para que se sentara en una pequeña mesa con vistas al muelle. No podía leer el menú, pero él le recitó la mayor parte y pidió pollo frito, puré de papa, *gravy*, frijoles de carita y panecillos esponjosos como algodón recién cosechado. Él ordenó camarones fritos, gachas con queso, okra frita y tomates verdes fritos. La mesera llevó una bandeja con bolitas de mantequilla sobre cubos de hielo y una cesta con pan de maíz y otros panecillos, y todo el té frío dulce que podían beber. Comieron helado y tarta de zarzamora de postre. Kya estaba tan llena que pensó que iba a ponerse mala, pero había valido la pena.

Mientras Pa esperaba para pagar la cuenta en la caja registradora, Kya salió a la acera donde el olor fétido de los barcos de pesca flotaba sobre la bahía. Llevaba una servilleta grasienta que envolvía el pollo y los panecillos sobrantes, los bolsillos del overol atiborrados de paquetes de galletas saladas que la mesera había dejado a la izquierda de la mesa para que los tomaran.

—Hola.

Kya oyó una vocecita a su espalda y se volvió para ver que una niña de unos cuatro años, con rizos rubios, se dirigía a ella. Con un vestido azul pálido, le extendía la mano. Kya se quedó mirando la manita; era regordeta y blanda, quizá la cosa más limpia que había visto nunca. Nunca se la había frotado con jabón de sosa, y no tenía barro en las uñas. Entonces miró a la niña a los ojos y se vio reflejada en ellos como una niña cualquiera.

Kya se pasó la servilleta a la mano izquierda y extendió despacio la derecha hacia la niña.

—Oye, tú, ¡no te le acerques! —exclamó la señora Teresa White, esposa del predicador metodista, que salió de pronto por la puerta de la zapatería Buster Brown.

En Barkley, la religión era estricta y encarnizada. Por pequeño que fuera el pueblo, tenía cuatro iglesias, y eso solo para los blancos; los negros tenían otras tres.

Por supuesto, los pastores y los predicadores, y desde luego sus esposas, gozaban de gran respeto en el pueblo, y siempre vestían y se comportaban de acuerdo con su posición. Teresa White solía llevar faldas color pastel y blusas blancas, con zapatos y bolso a juego.

Ahora corría hacia su hija para tomarla en brazos. Se apartó de Kya y puso a la niña en la acera, y se acuclilló luego a su lado.

—Meryl Lynn, cariño, no te acerques a esa niña, ¿me oyes? Está sucia.

Kya vio que la madre le pasaba los dedos por los rizos; no se le escapó cuánto tiempo se miraron a los ojos.

Del Piggly Wiggly salió una mujer que caminó deprisa hasta ellas.

—¿Estás bien, Teresa? ¿Qué pasó? ¿Esta niña estaba molestando a Meryl Lynn?

—La vi justo a tiempo. Gracias, Jenny. Ojalá esa gente no viniera al pueblo. Mírala. Toda sucia. De lo más desagradable. Hay una gripe por ahí que seguro la trajeron ellos. El año pasado nos trajeron un caso de sarampión, y fue grave —dijo mientras agarraba a la niña y se alejaba.

Entonces, Pa, que cargaba cerveza en una bolsa de papel marrón, la llamó a su espalda.

—¿Qué haces? Anda, ya nos tenemos que ir. Va a bajar la marea.

Kya se volvió y lo siguió y, mientras navegaban hacia casa por la marisma, seguía viendo los rizos y los ojos de la madre y de la niña.

Pa seguía desapareciendo y no volvía en varios días, pero con menos frecuencia que antes. Y cuando aparecía no se desplomaba sumido en el estupor, sino que comía y hablaba un poco. Una noche jugaron a las cartas, a *gin rummy*, y soltaba una risotada cada vez que ella ganaba y ella se reía tapándose la boca con la mano, como una niña cualquiera.

Cada vez que Kya salía del porche, miraba el sendero y pensaba que, aunque las glicinias silvestres habían desaparecido en los últimos días de primavera y su madre se fue a finales del verano, aún podía imaginarla volviendo a casa por el sendero. Con los zapatos de falso cocodrilo. Quizá ahora que Pa y ella pescaban y hablaban podían intentar ser una familia. Pa les pegaba a todos, especialmente si estaba borracho. A veces la cosa iba bien unos días, y comían juntos guiso de pollo. Una vez hasta volaron una cometa en la playa. Pero luego bebía, gritaba, pegaba. Aún tenía en su mente los detalles de alguno de sus arrebatos. Una vez, Pa empujó a Ma contra la pared de la cocina, y le pegó hasta que se desplomó en el suelo. Kya le gritó llorando que la dejara, y le tocó el brazo. Él la agarró por el hombro y le gritó que se bajara los pantalones y la ropa interior y se agachara sobre la silla de la cocina. Con un gesto rápido debido a la práctica, se sacó el cinturón del pantalón y la azotó. Naturalmente, recordaba el ardiente dolor que le laceró las nalgas, pero, extrañamente, recordaba con más detalle los *jeans* alrededor de sus flacos tobillos. Y a Ma encogida en un rincón junto a la estufa, llorando. Kya no sabía el motivo de la pelea.

Pero, si Ma volviese ahora, cuando Pa se portaba decentemente, quizá pudieran volver a empezar. A Kya no se le ocurrió pensar que quien se había ido era Ma y Pa se había quedado. Pero sabía que su madre no la dejaría para siempre, que, si seguía viva, acabaría volviendo. Todavía podía ver los rojos labios de Ma cantando con la radio, y la oía decir:

—Escucha con atención al señor Orson Welles, habla como un caballero. Nunca digas *puees*, di «puedes». Esa palabra no existe.

Ma pintaba estuarios y atardeceres con óleo y acuarelas, tan vivos que parecían arrancados de la tierra. Había traído material para pintar y compraba alguna cosa en el Kress Five and Dime. A veces Ma dejaba a Kya pintar sus cosas en las bolsas de papel marrón del Piggly Wiggly.

A PRINCIPIOS DE SEPTIEMBRE de ese verano de pesca, una tarde que palidecía de calor, Kya fue al buzón situado al final del sendero. Miraba la propaganda cuando se paró en seco al ver un sobre azul con la clara letra de Ma. Algunas hojas del sicomoro estaban recobrando el tono amarillo que tenían cuando ella se fue. Todo ese tiempo sin una señal y ahora una carta. Kya se la quedó mirando, la alzó a la luz, pasó los dedos por la letra inclinada y perfecta. El corazón le golpeaba el pecho.

—Ma está viva. Vive en alguna parte. ¿Por qué no ha vuelto a casa?

Pensó en abrir el sobre, pero la única palabra que sabía leer era su propio nombre, y no estaba en el sobre.

Corrió a la cabaña, pero Pa se había ido con la barca. Así que apoyó la carta contra el salero de la mesa, para verla. No apartó la mirada del sobre mientras freía frijoles de carita con cebolla, no fuera a desaparecer.

Cada poco se inclinaba hacia la ventana de la cocina para escuchar el zumbido de la barca. Y, de pronto, Pa subía los escalones cojeando. Sintió que la abandonaba el valor y salió corriendo por su lado mientras gritaba que iba a la letrina y que pronto estaría la cena. Esperó dentro de la apestosa letrina; el corazón jugaba carreras con su estómago. Se puso de pie sobre el banco de madera y miró por la abertura en forma de media luna de la puerta, sin saber bien qué vería.

Entonces, la puerta del porche se abrió de golpe y vio a Pa dirigirse a toda prisa hacia la laguna. Fue directo a la barca, con una bolsa de papel en la mano, y se alejó tras encender el motor. Ella corrió de vuelta a la casa, a la cocina; la carta no estaba. Abrió los cajones del cuarto de su padre, rebuscó en su armario.

—¡También es mía! Es tan mía como tuya.

De vuelta en la cocina, miró en el bote de la basura y encontró las cenizas de la carta, todavía con bordes azules. Las sacó con una cuchara y las depositó en la mesa: un montoncito de restos negros y azules. Rebuscó en la basura, poco a poco; algunas palabras podían haberse colado hasta el fondo. Pero no había nada, salvo rastros de ceniza pegados a la piel de las cebollas. Se sentó en la mesa, con los frijoles todavía bullendo en la olla, y miró el montoncito.

—Ma tocó esto. Tal vez Pa me diga qué escribió. No seas es-
túpida. Es tan poco probable como que nieve en el pantano.

Había desaparecido incluso la estampilla. Ya nunca sabría
dónde estaba Ma. Metió las cenizas en una botellita y las guardó
en la caja de puros que tenía junto a la cama.

PA NO VOLVIÓ ESA noche a la casa, ni al día siguiente y, cuando lo
hizo, el que se tambaleaba por la puerta era el antiguo borracho.
Cuando reunió valor para preguntar por la carta, él ladró:

—No es asunto tuyo —y añadió—: No va a volver, así que ya
puees ir olvidándote de ella.

Y volvió a arrastrar los pies hacia la barca.

—No es cierto —le gritó Kya a su espalda mientras apretaba
los puños. Lo miró mientras se alejaba y le gritó a la laguna vacía—: ¡Y *puees* no es una palabra!

Luego se preguntaría si no debería haber abierto ella la carta
y no habérsela mostrado a Pa. Así hubiera podido salvar sus palabras para leerlas algún día y él habría estado mejor sin cono-
cerlas.

Pa no volvió a llevarla a pescar. Aquellos cálidos días acabaron como una estación pasajera. Las nubes bajas se habían
despejado y el sol salpicó brevemente su mundo para volver a
desaparecer tras nubes de tormenta.

Kya no recordaba cómo rezar. ¿Lo importante era cómo
poner las manos o lo fuerte que cerrabas los ojos?

—Tal vez Ma y Jodie vuelvan a casa si rezo. Incluso con los
gritos y las peleas, esa vida era mejor que estas gachas grumosas.

Cantó trocitos de himnos —«y camina a mi lado cuando el
rocío permanece en las rosas»— que recordaba de la pequeña
iglesia blanca a la que Ma la había llevado alguna vez. La última,

el Domingo de Pascua anterior a su marcha, pero lo único que recordaba de aquel día eran los gritos y la sangre, alguien que caía y Ma y ella corriendo, así que desechó el recuerdo.

Kya miró entre los árboles al huerto de nabos y maíz de Ma, ahora lleno de mala hierba. No había ninguna rosa.

—Olvídalo. Ningún dios pasará por aquí.

10

Solo es hierba al viento

1969

La arena guarda los secretos mejor que el barro. El *sheriff* aparcó el camión donde empezaba el sendero a la torre de vigilancia para no pasar sobre cualquier posible rastro de alguien que hubiera ido ahí la noche del supuesto asesinato. Mientras lo recorría para buscar huellas de vehículos que no fueran el suyo, los granos de arena se convertían en informes hoyuelos con cada paso que daba.

Entonces, en las zonas de barro y en la parte pantanosa junto a la torre, se reveló ante él una gran profusión de detalladas historias: un mapache con sus cuatro crías había entrado y salido del cieno, un caracol había trazado un rastro de encaje interrumpido por la llegada de un oso, una pequeña tortuga se había detenido en el frío cieno y había formado con el vientre una depresión suave y lisa.

—Es como una foto, pero no hay nada hecho por el hombre, aparte de nuestras camionetas.

—No sé —dijo Joe—. Mira esta línea recta, con ese triangulito. Podría ser una pisada.

—No. Yo creo que es la huella de un pavo pisada por un ciervo, y por eso es tan geométrica.

Al cabo de otro cuarto de hora, el *sheriff* propuso:

—Vamos hasta esa pequeña ensenada. A ver si alguien vino en barca y no en camioneta.

Caminaron ahí mientras apartaban de sus caras el áspero mirto. La arena húmeda les descubrió huellas de cangrejos, garzas y medio picos, pero no de humanos.

—Vaya, mira esto. —Joe señalaba un gran tramo de cristales de arena desplazados para formar un semicírculo casi perfecto—. Podría ser la huella de una barca de casco redondo atracada en la orilla.

—No. Mira, el viento mueve ese tallo de hierba hacia un lado y otro de la arena, formando ese semicírculo. Solo es hierba al viento.

Miraron a su alrededor. El resto de la pequeña playa en forma de media luna estaba cubierta por una gruesa capa de conchas rotas, un amasijo de trozos de crustáceos y pinzas de cangrejos. Las conchas son las mejores guardianas de secretos que existen.

11

Sacos de arpillera llenos

1956

En el verano de 1956, cuando Kya tenía diez años, Pa volvía con menos frecuencia a la cabaña. Pasaban semanas sin una botella de *whisky* en el suelo, sin un cuerpo tirado en la cama, sin el dinero de los lunes. Esperaba verlo llegar cojeando entre los árboles, con la bolsa de papel en la mano. Había pasado una luna llena, y otra, desde la última vez.

Los sicomoros y los nogales alargaban sus brazos desnudos contra el cielo gris y el incesante viento absorbía cualquier alegría que el sol de invierno desplegaba sobre esa desolación. Un viento secante e inútil en una tierra marina que no podía secarse.

Pensó en ello sentada en los escalones de la entrada. Una pelea en una partida de póker podía haber acabado con él, golpeado y arrojado al pantano una noche fría y lluviosa. O quizá se hubiera emborrachado sin remedio, vagado por el bosque y caído de bruces en alguna charca.

—Supongo que ya no volverá.

Se mordió los labios hasta que la boca se le volvió blanca. No era el mismo dolor que cuando se fue Ma; de hecho, le costaba echarlo de menos. Pero lo de quedarse completamente sola era una sensación tan vasta que tenía eco, y las autoridades la descubrirían y se la llevarían. Tendría que aparentar, hasta con Jumpin', que Pa seguía ahí.

Y no tendría el dinero de los lunes. Llevaba semanas estirando los últimos dólares, sobreviviendo a base de gachas, mejillones cocidos y algún huevo ocasional de las gallinas flacas. Las únicas provisiones que le quedaban eran algunos cerillos, un trozo de jabón y un puñado de granos. Con esos cuantos cerillos Blue Tips no podría pasar el invierno. Sin ellos, no podría hervir las gachas que preparaba tanto para las gaviotas y las gallinas como para ella.

—No sé cómo vivir sin gachas.

Al menos, pensó, adonde haya ido Pa, lo hizo a pie. Kya tenía la barca.

Tendría que buscar otra forma de conseguir comida, claro, pero relegó por el momento ese pensamiento a un rincón de su mente. Tras cenar mejillones cocidos, que había aprendido a machacar hasta hacer una pasta con la que untaba galletas saladas, repasó los queridos libros de Ma y jugó a leer cuentos de hadas. A los diez años aún no sabía leer.

Entonces, la luz de queroseno parpadeó, disminuyó y se apagó. Donde antes había un suave círculo que contenía un mundo, ahora había oscuridad. Kya lanzó un «¡Ah!». Pa siempre compraba el queroseno y llenaba la lámpara, por lo que nunca había pensado en ello. Hasta que todo estuvo oscuro.

Permaneció unos segundos sentada e intentó exprimir luz de lo que quedaba, pero no era casi nada. Entonces, el bulto redondeado del refrigerador y el marco de la ventana empezaron a adquirir forma en la penumbra, y pasó los dedos por la barra hasta encontrar un trozo de vela. Encenderla requeriría un cerillo y solo le quedaban cinco. Pero la oscuridad pertenecía al presente.

Ras. Encendió el cerillo, prendió la vela y la negrura se retiró a los rincones. Pero había visto lo suficiente para saber que necesitaba tener luz, y el queroseno costaba dinero. Abrió la boca con un corto resuello.

—A lo mejor debería ir al pueblo y entregarme a las autoridades. Por lo menos me darían de comer y me mandarían a la escuela.

Pero, tras pensarlo, dijo:

—No, no puedo dejar a las gaviotas, las garzas, la cabaña. La marisma es la única familia que tengo.

A la última luz de la vela tuvo una idea.

Al día siguiente, se levantó más temprano de lo habitual, con la marea baja, se puso el overol y salió con una cubeta, un cuchillo de garra y algunos sacos de arpillera vacíos. Se acuclilló en el barro y fue recogiendo mejillones como le había enseñado Ma y, tras cuatro horas agachándose y arrodillándose, consiguió llenar dos de los sacos.

El sol salía lentamente del mar mientras navegaba por la densa niebla hasta el Gas and Bait de Jumpin'. Él se levantó al verla acercarse.

—Hola, señorita Kya, ¿quiere algo de gasolina?

Ella encogió la cabeza. No había hablado con nadie desde su última visita al Piggly Wiggly y se le estaba olvidando.

—Puede que gasolina. Pero depende. Dicen que compra mejillones, y tengo unos cuantos. ¿Puede pagarme en metálico y con algo de gasolina? —Señaló las bolsas.

—Sí, señorita, sí que puedo. ¿Están frescos?

—Los saqué antes del alba. Hoy mismo.

—Pues, entonces, puedo darle cincuenta centavos por una bolsa y llenarle el depósito con la otra.

Kya sonrió ligeramente. Dinero de verdad que había ganado ella sola.

—Gracias —fue todo lo que dijo.

Mientras Jumpin' llenaba el tanque, Kya entró en la tiendecita del muelle. Nunca le había hecho mucho caso porque compraba en el Piggly, pero ahora veía que, además de cebos y tabaco, vendía cerillos, manteca, jabón, sardinas, salchichas, gachas, galletas saladas, papel higiénico y queroseno. Tenía prácticamente todo lo que necesitaba en el mundo. Alineados en el mostrador había cinco frascos de un galón, llenos de caramelos: Red Hots, rompemandíbulas y Sugar Daddys. Le parecieron más dulces de los que pudiera haber en el mundo.

Con el dinero de los mejillones compró cerillos, una vela y gachas. El queroseno y el jabón tendrían que esperar a que llenase otra bolsa. Necesitó toda su fuerza de voluntad para no comprar un Sugar Daddy en vez de la vela.

—¿Cuántas bolsas puede comprar a la semana? —preguntó.

—Vaya, ¿quiere que hagamos negocio? —respondió él, que se rio a su manera especial, con la boca cerrada y echando atrás la cabeza—. Compro unos veinte kilos cada dos o tres días. Pero piense que también me trae otra gente. Si me trae y ya tengo, pues se queda con ellos. El primero que llega, es al primero que atiendo. No hay otro modo de hacerlo.

—De acuerdo. Gracias, está bien. Adiós, Jumpin'. —Y luego añadió—: Ah, por cierto, mi Pa le manda saludos.

—Ah, pues muy bien. Haga lo mismo por mí, por favor. Adiós a usted, señorita Kya.

Él sonrió mientras ella se alejaba. Y Kya casi sonreía a su vez. Comprar su propia gasolina y comida la convertía en una persona mayor. Más tarde, en la cabaña, al desenvolver su montoncito de provisiones, vio una sorpresa roja y amarilla en el fondo de la bolsa. No era tan mayor para el Sugar Daddy que le había añadido Jumpin'.

Para adelantarse a los otros mejilloneros, Kya iba a la marisma con vela y con luna —su sombra se agitaba en la brillante arena— y sacaba los mejillones en plena noche. Añadía ostiones a la pesca y a veces dormía bajo las estrellas al lado de las cañadas para poder visitar a Jumpin' al alba. El dinero de los mejillones acabó siendo más constante de lo que había sido el dinero de los lunes; normalmente se las arreglaba para adelantarse a los demás recolectores.

Dejó de ir al Piggly, donde la señora Singletary siempre le preguntaba por qué no estaba en la escuela. Tarde o temprano, la atraparían y se la llevarían. Salió adelante con las provisiones de Jumpin' y tenía más mejillones de los que podía comer. No sabían tan mal si los cocinaba con las gachas y los machacaba hasta quedar irreconocibles. No tenían ojos que la mirasen como los peces.

12

Peniques y gachas

1956

En las semanas siguientes a que Pa se fuera, Kya alzaba la mirada cada vez que oía graznar a los cuervos; quizá lo habían visto cojeando por el bosque. Inclinaba la cabeza ante cualquier sonido extraño que llevara el viento, para escuchar si llegaba alguien. Cualquiera. Una carrera enloquecida para huir de la mujer de la escuela era un buen ejercicio.

Pero, sobre todo, buscaba al niño pescador. Lo había visto a lo lejos alguna vez en esos años, pero no le había hablado desde los siete, desde que le enseñó el camino de vuelta a casa tres años antes. Era la única alma que conocía en el mundo, además de Jumpin' y algunas cajeras. Lo buscaba siempre que navegaba por los canales.

Una mañana, al entrar en un estuario con espartales, vio su barca entre los juncos. Llevaba una gorra de béisbol diferente y estaba más alto, pero reconoció los rizos rubios de Tate a más de cincuenta yardas de distancia. Kya aminoró la marcha, maniobró en silencio hasta llegar a la hierba alta y lo miró. Movió los labios, pensó en acercarse hasta él, quizá preguntarle si había pescado algo. Es lo que decían Pa y cualquiera que se cruzaba en la marisma: «¿Han picado? ¿Se mueven?».

Pero se limitó a mirar, sin moverse. Sentía una fuerte atracción hacia él y un fuerte impulso de alejarse, cuyo resultado fue no moverse. Por fin, navegó de vuelta a casa, con el corazón golpeándole las costillas.

Cada vez que lo veía pasaba lo mismo: lo miraba como miraba las garzas.

Seguía coleccionando plumas y conchas, pero las dejaba junto a los escalones de madera y ladrillo, aún cubiertas de sal y de arena. Holgazaneaba un poco cada día y los platos se amontonaban en el fregadero, ¿por qué lavar el overol si se iba a llenar otra vez de barro? Hacía mucho que se ponía los overoles abandonados de sus hermanos y hermanas. Tenía las faldas llenas de agujeros. No le quedaban zapatos.

Una tarde, Kya delcogó de su gancho el vestido de verano con flores rosas y verdes que Ma usaba en la iglesia. Hacía años que tocaba esa preciosidad —el único vestido que Pa no había quemado—, que acariciaba las pequeñas flores rosas. En la parte frontal había una mancha, una apagada salpicadura marrón bajo los tirantes del hombro, quizá de sangre. Pero, a base de limpiarlo, como los malos recuerdos, apenas se veía.

Kya se puso el vestido por la cabeza y lo dejó caer sobre su delgada figura. El borde casi tocaba los dedos de los pies; no le servía. Se lo quitó y volvió a colgarlo en su gancho a la espera de que pasaran unos cuantos años. Sería una pena cortarlo, o ponérselo para recoger mejillones.

Días después, Kya fue en la barca hasta Point Beach, una extensión de arena blanca varias millas al sur del local de Jumpin'. El tiempo, las olas y el viento habían moldeado el lugar hasta formar una punta alargada que recogía más conchas que las demás playas, y ahí encontraba las más raras. Tras amarrar bien la barca en el extremo sur, caminó hacia el norte, buscando. De pronto, llegaron por el aire voces distantes, agudas y excitadas.

Al instante, atravesó la playa corriendo de vuelta al bosque, donde un roble de más de ochenta pies de un lado a otro se alzaba rodeado de helechos que llegaban a las rodillas. Escondida tras el árbol, vio a un grupo de niños que paseaban por la arena, se metían de vez en cuando entre las olas y daban patadas al agua. Un chico corría delante de ellos, otro lanzaba un balón de fútbol. Sus brillantes *shorts* de madrás parecían pájaros de colores contra la arena blanca y anunciaban el cambio de estación. El verano caminaba hacia ella por esa playa.

A medida que se acercaban fue pegándose más y más al roble y miró a su alrededor. Eran cinco niñas y cuatro niños, un poco mayores que ella, quizá de doce años. Reconoció a Chase Andrews lanzando el balón de fútbol a los chicos con los que siempre iba.

Las chicas —Altaflacarrubia, Coladecaballopecosa, Pelocortonegro, Siemprellevaperlas y Gorditacachetona— se habían quedado algo rezagadas y formaban un pequeño grupo. Caminaban más despacio, hablaban y reían. Sus voces llegaban hasta Kya como campanadas. Era demasiado joven para interesarse por los chicos y se fijó en el grupo de chicas. Estaban en cuclillas y miraban cómo un cangrejo se desplazaba de lado por la arena. Se reían y se apoyaban en el hombro de la de al lado hasta que cayeron amontonadas en la arena.

Kya se mordió el labio inferior y se preguntó cómo se sentiría estar con ellas. Su alegría era un aura casi visible contra el cielo que se oscurecía. Ma le había dicho que las mujeres se necesitan unas a otras más de lo que necesitan a los hombres, pero nunca le había explicado cómo participar. Fue retrocediendo poco a poco adentro del bosque y miró desde atrás de los helechos gigantes hasta que los chicos volvieron a internarse en la playa y se hicieron puntitos en la arena, yéndose por donde habían llegado.

El alba ardía tras las nubes grises cuando Kya llegó al muelle de Jumpin'. Este salió de la tiendecita negando con la cabeza.

—No puedo sentirlo más, señorita Kya —dijo—. Pero se le han adelantado. Ya tengo mi cuota semanal de mejillones; no puedo comprar más.

Ella apagó el motor y la barca golpeó un pilote. Era la segunda semana que se le adelantaban. No tenía dinero y no podía comprar nada. Solo tenía peniques y gachas.

—Señorita Kya, tiene que buscar otra manera de ganar dinero. No puede poner todos sus huevos en una sola canasta.

Una vez en casa, se sentó en los escalones a pensar y se le ocurrió otra idea. Pescó durante ocho horas seguidas y dejó los veinte pescados en salmuera toda la noche. Al alba, los colocó en los estantes del viejo ahumadero de Pa —que tenía la forma y el tamaño de una letrina—, encendió un fuego en el foso y lo alimentó con ramas verdes como hacía él. Un humo gris azulado salió por la chimenea y por cada rendija de las paredes. La caseta entera resoplaba.

Al día siguiente, fue donde Jumpin' y, sin salir de la barca, alzó su cubeta. Era un triste muestrario de pequeñas mojarras y carpas deshaciéndose.

—¿Compra pescado ahumado, Jumpin'? Traje un poco.

—Vaya, pues sí, señorita Kya. Le diré una cosa: me los quedo en depósito. Si los vendo, le doy el dinero; si no, se los lleva de vuelta como estén. ¿Le parece?

—Sí. Gracias, Jumpin'.

· · ·

ESA TARDE, JUMPIN' TOMÓ el sendero de arena que llevaba hasta Colored Town, un racimo de cabañas y cobertizos y alguna casa de verdad perdida en barrizales apartados y pantanos de cieno. Ese campamento disperso estaba muy dentro del bosque, de espaldas al mar, sin brisa alguna y «con más mosquitos que todo el estado de Georgia».

Tras recorrer unas tres millas, olió el humo de los fogones que le llegaba entre los pinos y oyó el griterío de algunos de sus nietos. En Colored Town no había caminos, solo senderos que se internaban en el bosque aquí y allá, hasta las moradas familiares. Su casa era una de verdad, su Pa y él la habían construido con madera de pino, y tenía una cerca de madera que rodeaba el patio de arcilla que Mabel, su corpulenta esposa, barría como si fuera el suelo de su casa. Ninguna serpiente podía reptar a menos de treinta yardas de la entrada de la casa sin ser avistada por su azada.

Salió de la casa a recibirlo con una sonrisa, como solía hacer, y él le entregó la cubeta con el pescado ahumado de Kya.

—¿Qué es esto? —preguntó—. Parece algo que no se comerían ni los perros.

—Es de esa niña. Me los trajo la señorita Kya. A veces se le adelantan con los mejillones, así que ha ahumado pescado. Quiere que se lo venda.

—Ay, Dios, hay que hacer algo con esa niña. Nadie va a comprarle este pescado. Yo puedo usarlo en un guiso. Puede que la iglesia tenga algo de ropa y otras cosas para ella. Le diremos que tenemos parientes que le cambiarán suéteres por pescado. ¿Qué talla es?

—¿A mí me lo preguntas? Es flaca. Solo sé que es flaca como

una garrapata en el palo de una bandera. Supongo que aparecerá a primera hora de la mañana. No tiene un centavo.

TRAS UN DESAYUNO DE gachas recalentadas con mejillones, Kya fue en la barca a ver si Jumpin' le daba algo de dinero por el pescado ahumado. En todos esos años, solo lo había visto a él y a sus clientes, pero, a medida que se acercaba despacio, vio que había una mujer negra muy grande barriendo el muelle como si fuera el suelo de una cocina. Jumpin' estaba sentado en su silla, apoyado contra la pared de la tienda, y anotaba números en una libreta. Al verla, se levantó y la saludó con la mano.

—Buenos días —dijo ella en voz baja mientras navegaba con mano experta hasta el muelle.

—Hola, señorita Kya. Quiero que conozca a alguien. Esta es mi esposa, Mabel.

Mabel se acercó y se paró junto a Jumpin', de modo que, cuando Kya subió al muelle, la tenía muy cerca. Mabel alargó la mano y tomó la de Kya, y la sostuvo con suavidad en la suya.

—Encantada de conocerla, señorita Kya. Jumpin' me ha contado lo buena chica que es. Una de las mejores recogedoras de mejillones.

Mabel tenía las manos suaves, pese a escardar su jardín, pasarse medio día cocinando y fregar y zurcir para los blancos. Kya mantuvo los dedos dentro de ese guante de terciopelo, pero no sabía qué decir, así que continuó callada.

—Verá, señorita Kya, tengo unos parientes que cambiarían ropa y otras cosas por su pescado ahumado.

Kya asintió. Sonrió a sus pies. Entonces preguntó:

—¿Y gasolina para la barca?

Mabel le dirigió una mirada inquisitiva a Jumpin'.

—Bueno, hoy le daré un poco porque sé que anda escasa. Pero siga trayéndome mejillones y esas cosas cuando pueda.

—Por Dios, niña, no nos preocupemos ahora de los detalles —dijo Mabel con su fuerte voz—. Deje que la mire. Tengo que calcular su talla para la ropa. —La condujo dentro de la tiendecita—. Siéntese aquí y dígame qué ropa necesita y qué más.

Tras discutir la lista, Mabel dibujó el contorno del pie de Kya en un trozo de papel marrón.

—Bueno, vuelva mañana y habrá un montón de cosas para usted.

—Se lo agradezco mucho, Mabel. —Luego bajó la voz—. Hay otra cosa. He encontrado estos paquetes de semillas, pero no sé nada de jardinería.

—Vaya, por Dios. —Mabel echó atrás la cabeza y se rio desde lo más hondo de su generoso pecho—. Pues yo sí que sé llevar un jardín.

Las repasó con gran detalle y luego buscó en algunas latas de un estante para sacar de ellas semillas de calabacita, tomate y calabaza. Las guardó por separado en un papel doblado y en cada uno dibujó cada verdura. Kya no sabía si Mabel lo hacía así porque no sabía escribir o porque ella no sabía leer, pero le pareció muy bien por las dos.

Les dio las gracias mientras subía a la barca.

—Me alegra poder ayudarla, señorita Kya. Vuelva mañana por sus cosas —dijo Mabel.

Esa misma tarde, Kya empezó a hacer surcos donde estuvo el huerto de Ma. La azada emitía un ruido sordo a medida que cavaba, liberaba olor a tierra y desalojaba gusanos rosados. Luego oyó un ruido diferente, y Kya se agachó para desenterrar un viejo pasador para el pelo, de plástico y metal, de Ma. Lo limpió con cuidado contra el overol hasta quitarle toda la suciedad. La boca roja de Ma y sus ojos oscuros se le aparecieron más claros que en los últimos años, como reflejados en esa baratija. Kya miró a su alrededor; segura de que en ese instante Ma estaría subiendo por el sendero para ayudarla a cavar la tierra. Por fin en casa. Fue un instante de rara calma; hasta los cuervos callaron, y pudo oír su propia respiración.

Se apartó el pelo y se puso el pasador encima de la oreja izquierda. Puede que Ma nunca vuelva a casa. Puede que haya sueños que deban desaparecer. Levantó la azada e hizo migas un terrón de dura arcilla.

CUANDO KYA VOLVIÓ AL día siguiente al muelle de Jumpin', lo encontró solo. Quizá la gran forma de su esposa y sus buenas ideas solo hubieran sido una ilusión. Pero en el muelle había dos cajas llenas de cosas que Jumpin' le señalaba con una gran sonrisa.

—Buenos días, señorita Kya. Esto es para usted.

Kya saltó al muelle y miró las desbordadas cajas.

—Ándele —dijo Jumpin'—. Es todo suyo.

Ella sacó despacio overoles, *jeans* y blusas de verdad, no solo camisetas. Unos zapatos Keds azul marino con cordones y unos zapatos Buster Brown de dos colores, blanco y marrón, tan pulidos que brillaban. Kya sostuvo una blusa blanca con cuello de encaje y un lazo de satín en el cuello. Abrió un poco la boca por la sorpresa.

La otra caja tenía cerillos, gachas, un tubo de pintura de óleo, frijoles secos y un cuarto de manteca casera. Y encima, envueltos en papel periódico, había nabos, verduras frescas, colinabos y okra.

—Jumpin' —dijo despacio—, esto vale mucho más que ese pescado. Es como un mes de pescado.

—Bueno, ¿y qué va a hacer la gente con su ropa vieja por toda la casa? Si les sobran estas cosas y usted las necesita y usted tiene pescado y ellos necesitan pescado, hay trato. Y ya puede irse llevando todo, porque yo aquí no tengo sitio para tanta cosa.

Kya sabía que eso era verdad. Jumpin' no tenía espacio libre, así que le haría un favor llevándoselo del muelle.

—Entonces me lo llevaré. Pero deles las gracias de mi parte, ¿quiere? Y ahumaré más pescado y lo traeré en cuanto pueda.

—Muy bien, señorita Kya. Eso estará bien. Traiga el pescado cuando lo tenga.

Kya volvió despacio al mar. Cuando rodeó la península, ya fuera de la vista de Jumpin', se agachó, buscó en la caja y sacó la blusa con cuello de encaje. Se la puso encima del deshilachado peto de rodillas remendadas y se ató el lazo de satín del cuello. Y, con una mano en el timón y otra en el encaje, navegó por el océano y los estuarios rumbo a casa.

13
Plumas

1960

Larguirucha pero musculosa, Kya pasaba la tarde en la playa, tirando migas a las gaviotas. Seguía sin poder contarlas, seguía sin poder leer. Ya no soñaba con volar con las águilas. Puede que cuando uno tiene que arrancarle la comida al barro la imaginación infantil se reduzca a la imaginación adulta. El vestido de verano de Ma le ceñía los pechos y le llegaba justo debajo de las rodillas; creía haber crecido lo bastante para llevarlo, quizá algo más. Volvió a la cabaña, tomó una caña y un sedal, y se fue a pescar a un matorral al otro lado de la laguna.

Cuando lanzó el sedal, una ramita se rompió detrás de ella. Miró a su alrededor, buscando. Una pisada en la maleza. No era un oso, cuyas grandes zarpas la hubieran hecho añicos, sino un golpe sólido entre las zarzas. Entonces graznaron los cuervos. Los cuervos guardan los secretos tan mal como el barro; en cuanto ven algo curioso en el bosque, lo cuentan a todo el mundo. Quienes los escuchan son recompensados, bien advertidos por un depredador o alertados de algo para comer. Kya sabía que pasaba algo.

Recogió el sedal, lo enrolló en la caña mientras retrocedía en la maleza y la empujaba con los hombros. Volvió a detenerse, escuchó. Era por la parte de uno de sus lugares preferidos, el claro que se extendía cavernoso con cinco robles de hojarasca tan densa que solo difusos rayos de sol se filtraban entre las copas, alcanzando coloridas manchas de trillium y violetas blancas. Sus ojos estudiaron el claro, pero no vio a nadie.

Entonces, una forma cruzó un arbusto más allá y desvió los ojos ahí. Se detuvo. El corazón le latía con más fuerza. Se agachó y corrió rápido y en silencio hasta los arbustos en la linde del claro. Al mirar hacia atrás entre las ramas, vio a un chico mayor que caminaba deprisa por el bosque y movía la cabeza a un lado y otro. Se detuvo al verla.

Kya se agachó detrás de un zarzal y luego echó a correr como un conejo entre arbustos espesos como el muro de un fuerte. Se metió por ellos, todavía agachada, y se arañó los brazos con las espinas de la maleza. Volvió a detenerse, y a escuchar. Siguió ahí, escondida y acalorada, con la garganta dolorida por la sed. Al cabo de diez minutos no había aparecido nadie, así que se arrastró hasta un manantial que brotaba del musgo y bebió como un ciervo. Se preguntó quién sería ese chico y por qué había ido ahí. Se sintió como cuando iba a ver a Jumpin', cuando la veía la gente. Estaba desprotegida, como el vientre de un puercoespín.

Finalmente, entre el crepúsculo y la oscuridad, a esa hora en que las sombras son inciertas, caminó de vuelta a la cabaña y pasó junto al claro de los robles.

—Por culpa de ese, no he pescado nada para ahumar.

En el centro del claro había un tocón podrido, tan cubierto de musgo que parecía un viejo escondido bajo una capa. Kya pasó junto a él y se detuvo. Enganchada al tocón y sobresaliendo muy recta había una pluma negra muy fina de unas cinco o seis pulgadas. A la mayoría de la gente le parecería una pluma corriente, como la del ala de un cuervo. Pero ella sabía que era extraordinaria, pues era la «ceja» de una gran garza azul, la pluma que se inclina sobre un ojo y se extiende más allá de su elegante cabeza. Uno de los fragmentos más exquisitos de la marisma de la costa. Nunca había encontrado una, pero supo al instante lo que era, pues llevaba toda la vida tratando con garzas.

Una gran garza azul es del color de la niebla gris reflejada en el agua azul. Y, como la niebla, puede fundirse en el entorno, desaparecer por completo salvo por los círculos concéntricos de sus ojos en alerta. Es una cazadora paciente y solitaria, que permanece inmóvil el tiempo necesario para atrapar a su presa. Y que, al localizarla, da hacia ella una lenta zancada tras otra, como una dama de honor depredadora. Y, en raras ocasiones, caza volando, y se eleva y se zambulle con rapidez, con el pico por delante, como una espada.

—¿Cómo llegó esa pluma al tocón? —Kya miró a su alrededor—. Debió dejarla el chico. A lo mejor me está mirando.

Se quedó inmóvil, y el corazón volvía a latirle deprisa. Retrocedió tras dejar la pluma donde estaba y corrió a la cabaña y cerró la mosquitera, cosa que rara vez hacía por ofrecer escasa protección.

En cuanto el alba se arrastró entre los árboles, sintió un fuerte impulso de regresar donde estaba la pluma, aunque solo fuese para volver a verla. Cuando hubo amanecido, corrió hacia el claro, miró con cuidado a su alrededor, caminó hasta el tocón y tomó la pluma. Era lisa, casi aterciopelada. De vuelta a la cabaña, buscó un lugar especial en el centro de su colección —desde pequeñas plumas de colibrí hasta grandes plumas de águila—, que cubría toda la pared. Se preguntó por qué le había dado ese chico una pluma.

. . .

A LA MAÑANA SIGUIENTE, hubiera querido correr al tocón para ver si le había dejado otra, pero se obligó a esperar. No debía encontrarse con el chico. Por fin, al final de la mañana, caminó hasta el claro, se acercó despacio y escuchó. No oyó ni vio a nadie, así que continuó adelante, y una rara y breve sonrisa le iluminó el rostro al ver una delgada pluma blanca en lo alto del tocón. Se extendía desde la yema de los dedos hasta su codo, y se curvaba elegantemente hasta la punta fina. La asió y se rio a carcajadas. Una magnífica pluma de la cola de un ave tropical. Nunca había visto esas aves acuáticas, porque no habitaban la región, pero en raras ocasiones acababan en tierra en alas de algún huracán.

El corazón de Kya se llenó de maravilla ante la idea de que alguien pudiera tener tal colección de plumas raras para poder prescindir de esa.

Como no sabía leer la vieja guía de Ma, no conocía los nombres de la mayoría de los pájaros y los insectos, así que se los inventaba. Y, aunque no sabía escribir, había encontrado un modo de etiquetar sus especímenes. Su talento natural había madurado y ahora podía dibujar, pintar y retratar cualquier cosa. Con tizas o acuarelas del Five and Dime, dibujaba pájaros, insectos o conchas sobre bolsas de papel y las clavaba a sus muestras.

Esa noche despilfarró y encendió dos velas que puso en platillos en la mesa de la cocina para ver todos los colores desde el blanco y así pintar la pluma de ave tropical.

DURANTE MÁS DE UNA semana, no hubo otra pluma en el tocón. Kya iba varias veces al día y miraba precavida desde los helechos, sin ver nada. A mediodía, se sentó en la cabaña, cosa que hacía rara vez.

—Hubiera puesto a remojar los frijoles para la cena. Ya es muy tarde.

Caminó por la cocina, rebuscó en la alacena y tamborileó en la mesa con los dedos. Pensó en pintar, pero no lo hizo. Volvió al tocón.

Incluso desde lejos podía ver la pluma larga y rayada de la cola de un pavo. Se emocionó. Los pavos siempre habían sido sus preferidos. Había visto hasta doce crías meterse bajo las alas de su madre incluso cuando esta iba andando; unas cuantas se quedaban rezagadas para recuperarse y luego la alcanzaban corriendo.

Pero cosa de un año antes, cuando Kya paseaba entre un grupo de pinos, oyó un chillido agudo. Una bandada de quince pavos silvestres —la mayoría hembras, con unos cuantos machos adultos y alguno joven— se afanaba en picotear lo que parecía un trapo sucio tirado en la tierra. El polvo que levantaban sus patas cubría los árboles, se elevaba y se pegaba a las ramas. Cuando Kya se acercó, vio que lo del suelo era una pava y que las aves de su propia bandada la picoteaban y le arañaban el cuello y la cabeza con las patas. El animal se las había arreglado para que las alas se le enredaran tanto en unas zarzas que las plumas le sobresalían en extraños ángulos y ya no podía volar. Jodie le había dicho que, cuando un pájaro se vuelve diferente a los demás —y queda desfigurado o herido—, atrae a los depredadores, por lo que el resto de la bandada debe matarlo, pues es mejor que atraer a un águila que podría llevarse a otro.

Una hembra enorme le daba zarpazos con sus grandes y puntiagudas patas, y la sujetaba al suelo mientras otra le atacaba el cuello y la cabeza, desprotegidos. La del suelo chillaba y miraba con ojos enloquecidos el ataque de su propia bandada.

Kya entró corriendo en el claro, agitando los brazos.

—Ey, ¿qué hacen? Fuera de aquí. ¡Basta!

El agitar de alas levantó más polvo cuando los pavos huyeron entre los matorrales y dos de ellos volaron hasta un roble. Pero Kya llegaba tarde. La hembra yacía inmóvil, con los ojos abiertos. Tenía el cuello torcido y de él brotaba sangre.

—¡Fuera, fuera!

Kya persiguió al último de los grandes pájaros hasta ahuyentarlos a todos, y cumplió así su objetivo. Se arrodilló junto a la hembra muerta y le tapó los ojos con una hoja de sicomoro.

Aquella noche, después de observar a los pavos, cenó sobras de frijoles y pan de maíz, y se tumbó en el colchón del porche para contemplar cómo la luna tocaba la laguna. De pronto, oyó voces en el bosque que se dirigían hacia la cabaña. Sonaban nerviosas, agudas. Eran niños, no hombres. Se incorporó en el colchón. No tenía puerta trasera. O se iba ahora o seguiría en el colchón cuando llegaran. Corrió a la puerta, rápida como un ratón, pero entonces aparecieron velas, se movían arriba y abajo y su luz formaba un tembloroso halo. Era tarde para huir.

Las voces se hicieron más fuertes.

—¡Vamos por ti, Chica Salvaje!

—¿Estás ahí adentro, señorita Eslabón Perdido?

—¡Enséñanos los dientes! ¡Enséñanos la hierba de tu pantano!

Risotadas.

Cuando se acercaron los pasos, se encogió aún más tras la media pared del porche. Las llamas oscilaban enloquecidas antes de apagarse cuando los cinco muchachos, de trece o catorce años, atravesaron corriendo el patio delantero. Dejaban de hablar mientras corrían a toda velocidad hasta el porche y golpeaban la puerta con la mano, haciendo sonar las palmadas.

Cada golpe era una puñalada en el corazón de la pava.

Kya, pegada a la pared, quería llorar, pero contuvo el aliento. Podrían atravesar la puerta sin problemas. Un tirón con fuerza y estarían dentro.

Pero bajaron los escalones y corrieron de vuelta a los árboles, aullaban y gritaban de alivio por haber sobrevivido a la Chica Salvaje, la Niña Loba, La Chica de la Marisma, la chica que no sabía deletrear «perro». Sus palabras y sus risas le llegaban desde el bosque mientras desaparecían en la noche y se ponían a salvo. Vio que las velas volvían a encenderse y se bamboleaban entre los árboles. Entonces, se sentó y miró la oscuridad, muda como una piedra. Avergonzada.

Cada vez que veía un pavo, pensaba en aquel día y en aquella noche, pero ahora le encantó ver la pluma en el tocón. Solo por saber que el juego continuaba.

14

Fibras rojas

1969

Un calor húmedo emborronaba la mañana con una neblina sin mar y sin cielo. Joe salió de la oficina del *sheriff* y se encontró con Ed, que salía de su camioneta oficial.

—Ven conmigo, *sheriff*. Tengo noticias del laboratorio sobre el caso de Chase Andrews. Y adentro está más caliente que el aliento de un jabalí.

Fue hasta un gran roble cuyas viejas raíces sobresalían como puños. El *sheriff* lo siguió, pisando bellotas, y ambos se pararon bajo su sombra, de cara a la brisa marina.

—«Heridas en el cuerpo, lesiones internas, consistentes con una caída» —leyó en voz alta—. Se golpeó la nuca contra esa viga, las muestras de sangre y pelo lo confirman. Eso le causó heridas graves y daños en el lóbulo posterior, pero no lo mató. Ahí lo tienes. Murió donde lo encontramos, no se movió de ahí. La sangre y los cabellos de la viga lo demuestran. «Causa de muerte: impacto repentino en los lóbulos occipital y parietal de la corteza cerebral posterior, médula espinal partida». En la caída desde la torre.

—Y alguien borró todas las huellas y las pisadas. ¿Algo más?

—Escucha esto. Encontraron fibras extrañas en la chaqueta. Fibras de lana roja que no proceden de su ropa. Incluyen una muestra.

El *sheriff* agitó la bolsita de plástico.

Los dos hombres miraron los borrosos hilos rojos aplastados contra el plástico como una telaraña.

—Dice que son de lana. Podrían ser de un suéter, una bufanda, un sombrero —comentó Joe.

—Una camisa, una falda, unos calcetines, una capa. Demonios, podría ser cualquier cosa. Y tenemos que encontrarla.

15

El juego

1960

La tarde siguiente, Kya se acercó despacio al tocón, con las manos en las mejillas, casi rezando. Pero no encontró ninguna pluma. Frunció los labios.

—Claro. Tengo que dejarle algo a cambio.

Llevaba en la bolsa una pluma de la cola de un águila calva inmadura que había encontrado esa misma mañana. Solo alguien que entendiera de pájaros sabría que esa pluma manchada y deshilachada era de águila. De una de tres años, aún no adulta. No era tan rara como la del ave tropical, pero seguía siendo apreciable. La colocó con cuidado en el tocón con una piedra encima, para que no se la llevara el viento.

Esa noche yació tumbada en su colchón del porche, con los brazos cruzados bajo la cabeza y una leve sonrisa en el rostro. Su familia la había abandonado para que se las arreglara sola en el pantano, pero había aparecido alguien que le dejaba regalos en el bosque. Seguía insegura, pero, cuanto más pensaba en ello, menos probable le parecía que el chico quisiera hacerle daño.

No creía que alguien a quien le gustaran los pájaros pudiera ser malo.

A la mañana siguiente, saltó del colchón y se puso a hacer lo que Ma llamaba una «limpieza a fondo». Se sentó ante el tocador de Ma para usar algo de lo que quedaba en los cajones, pero, al tomar las tijeras de bronce y acero de su madre —en cuyos agujeros se retorcía y curvaba una intrincada filigrana de lirios—, juntó su cabello, que no se cortaba desde que Ma se había ido siete años atrás, y lo cortó ocho pulgadas. Ahora le llegaba hasta debajo de los hombros. Se miró en el espejo, se echó el pelo a un lado, sonrió. Se restregó las uñas y se cepilló el cabello hasta que brilló.

Dejó el cepillo y las tijeras y miró los viejos cosméticos de Ma. La base líquida y el colorete estaban resecos y cuarteados, pero el lápiz de labios debía de estar pensado para durar décadas; al abrir el tubo, parecía nuevo. Por primera vez en su vida, al no haber jugado nunca a ser mayor cuando era niña, se puso un poco en los labios. Los apretó y volvió a sonreír al espejo. Pensó que era un poco guapa. No como Ma, pero sí aceptable. Se rio y se lo limpió. Justo antes de cerrar el cajón, vio un frasquito de esmalte de uñas Barely Pink, de Revlon, completamente seco.

Kya levantó el frasquito y recordó la ocasión en que Ma había vuelto un día del pueblo precisamente con él. Ma dijo que iba de maravilla con su piel aceituna. Sentó en el sofá a Kya y a sus dos hermanas mayores, les dijo que estiraran los pies desnudos y les pintó a todas las uñas de los pies y luego las uñas de las manos. Luego se las pintó ella, y se rieron y lo pasaron muy bien contoneándose por el huerto, enseñando las uñas de color rosa. Pa estaba en alguna parte, pero había dejado la barca en la laguna. A Ma se le ocurrió que fueran todas a dar una vuelta en barca, cosa que nunca habían hecho.

Subieron al viejo esquife mientras se contoneaban como si estuvieran bebidas. Hubo que tirar varias veces para que el motor encendiera, pero, finalmente, arrancó y allá se fueron. Ma guiaba la barca por la laguna y entraron en el estrecho túnel que conducía a la marisma. Recorrieron los canales sin problemas, pero Ma no sabía navegar mucho y, al entrar en una laguna con poco fondo, se quedaron atascadas en el barro negro. Empujaron con el remo a un lado y otro, pero no se movía. No les quedó más remedio que saltar por la borda, con falda y todo, y meterse en el cieno hasta las rodillas.

—Ahora no la vuelquen, chicas, no la vuelquen —gritaba Ma.

Tiraron de la cuerda de la barca hasta liberarla mientras se gritaban unas a otras con las caras manchadas de barro. Les costó volver a subir a bordo, y se dejaron caer dentro como peces recién atrapados. Y, en vez de sentarse en los asientos, las cuatro se quedaron tiradas en el suelo de la barca, con los pies en alto, moviendo los dedos, con las uñas color rosa brillando entre el barro.

—Ahora escúchenme bien, porque es una verdadera lección de vida —dijo Ma, ahí tumbada—. Sí, nos quedamos atrapadas, pero ¿qué hacemos las mujeres? Lo volvemos algo divertido, nos reímos. De eso se trata ser hermana y amiga. Quedarse juntas incluso metidas en el barro, sobre todo metidas en el barro.

Ma no había comprado quitaesmalte, así que, cuando empezaron a pelarse, tenían las uñas de un color rosa pálido y desigual que les recordaba lo bien que la habían pasado y esa lección de vida.

Mientras miraba el frasco viejo, Kya intentó recordar la cara de sus hermanas. Y dijo en voz alta:

—¿Dónde estás, Ma? ¿Por qué no te quedaste?

.   .   .

LA TARDE SIGUIENTE, EN cuanto llegó al claro de los robles, Kya vio colores brillantes y antinaturales que resaltaban sobre los apagados tonos verdes y cafés del bosque. En el tocón había un pequeño cartón de leche, rojo y blanco, y a su lado otra pluma. Parecía que el chico había subido la apuesta. Caminó hasta ahí y tomó la pluma.

Era suave y plateada, de una garza nocturna, una de las especies más bonitas de la marisma. Luego miró dentro del cartón de leche. Contenía paquetes de semillas enrollados —de nabos, zanahoria y ejotes— y, en el fondo, envuelto en papel marrón, una bujía para el motor de su barca. Volvió a sonreír y dio una vuelta sobre sí misma. Había aprendido a vivir sin muchas cosas, pero de vez en cuando acababa necesitando una bujía. Jumpin' le había enseñado a hacer reparaciones pequeñas en el motor, pero cada pieza requería dinero y viajar al pueblo.

Y ahí tenía una bujía extra, que podía guardar para cuando la necesitara. Un sobrante. Notó que se le henchía el corazón. Era lo mismo que sentía cuando tenía el depósito de la barca lleno o veía el atardecer bajo un cielo que parecía pintado. Permaneció completamente inmóvil mientras intentaba asimilar todo lo que eso significaba. Había visto pájaros macho que seducían a las hembras y les llevaban regalos. Pero ella aún era muy joven para anidar.

En el fondo del cartón había una nota. La desdobló y miró las letras, escritas con cuidado, de forma tan clara que hasta un niño podría leerlas. Kya sabía de memoria en qué momento se desplazaba la marea, podía guiarse por las estrellas para encontrar el camino de vuelta a casa, conocía todas las plumas que tenía un águila, pero ni con catorce años sabía leer esas palabras.

Se le había olvidado llevar algo para dejar en el tocón. En los bolsillos solo tenía plumas, conchas y semillas corrientes, así que volvió corriendo a la cabaña y se paró ante su pared de plumas para elegir una. Las más elegantes eran las plumas de la cola de un cisne chico. Quitó una de la pared para dejarla en el tocón la próxima vez que pasara por ahí.

Cuando cayó la tarde, se llevó una manta para ir a dormir a la marisma, en una hondonada llena de luna y mejillones, y al alba tenía dos sacos de arpillera llenos. Dinero para gasolina. Eran demasiado pesados para levantarlos, así que arrastró el primero hasta la laguna. Aunque no era la ruta más corta, quería pasar por el claro para dejar en él la pluma de cisne. Cruzó los árboles sin mirar y ahí, apoyado en el tocón, estaba el chico de las plumas. Reconoció a Tate, el que le había enseñado a volver a casa por la marisma cuando era una niña. Tate, al que había observado desde lejos durante años, sin valor para acercarse a él. Naturalmente, era más alto y mayor, probablemente tenía dieciocho años. Su cabello dorado sobresalía de la gorra en todo tipo de rizos y mechones, y su rostro era moreno, agradable. Estaba tranquilo, sonriendo abiertamente con la expresión luminosa. Pero fueron sus ojos los que la atraparon; color miel con motas verdes, fijos en ella como los de una garza al ver un pececillo.

Se detuvo, conmocionada por la ruptura de unas reglas indefinidas. Eso había sido lo divertido: un juego en el que no tenían que hablar ni verse. El calor asomó a su rostro.

—Hola, Kya. Por favor... no... huyas. Solo... soy yo... Tate —dijo muy despacio, en voz baja, como si fuera tonta o algo así.

Eso debía de ser lo que pensaban de ella en el pueblo, que apenas hablaba como los seres humanos.

Tate no podía dejar de mirarla. Pensó que tendría trece o catorce años. Pero, incluso a esa edad, tenía la cara más impresionante que había visto nunca. Sus grandes ojos eran casi negros, la nariz recta y los labios bien definidos le daban un aspecto exótico. Era alta y delgada, lo que le confería una apariencia frágil y ágil, como moldeada por el viento. En toda ella resaltaban sus jóvenes y fuertes músculos con tranquila fuerza.

Como siempre, el primer impulso de Kya fue huir. Pero también sentía otra cosa. Una plenitud que hacía años no notaba. Como si se hubiera vertido algo cálido en su corazón. Pensó en las plumas, en la bujía y en las semillas. Todo eso se acabaría si huía. Alzó la mano sin decir nada y le ofreció la elegante pluma de cisne. Él se acercó despacio, como si ella pudiera salir corriendo como un ciervo asustado, y estudió la pluma sin tomarla de su mano. Ella esperó en silencio mirando la pluma, no su cara ni nada cerca de sus ojos.

—Es de cisne de tundra, ¿verdad? Increíble, Kya. Gracias —añadió. Era mucho más alto que ella y se inclinó ligeramente para tomarla.

Por supuesto, era el momento de darle las gracias por los regalos, pero ella guardó silencio, deseaba que se fuera, deseaba que pudieran continuar el juego.

—Mi papá me enseñó de pájaros —continuó él para intentar llenar el silencio.

Por fin ella lo miró y dijo:

—No puedo leer tu nota.

—Claro, porque no has ido a la escuela. Se me olvidó. Solo dice que te vi alguna vez cuando pescaba y me dio por pensar que te vendrían bien las semillas y la bujía. Me sobraban y pensé que así te ahorrarías un viaje al pueblo. Y creí que te gustarían las plumas.

Kya agachó la cabeza.

—Gracias por todo, fue muy lindo de tu parte.

Tate se fijó en que, aunque su rostro y su cuerpo mostraban las primeras trazas y señales de la edad adulta, su actitud y su forma de hablar eran algo infantiles, cosa que contrastaba con las chicas del pueblo, cuya actitud —excederse con el maquillaje, maldecir y fumar— superaba por mucho sus trazas.

—No hay de qué. Bueno, mejor me voy. Se me hace tarde. Vendré de vez en cuando si te parece bien.

Kya no respondió. Seguramente el juego se había acabado. En cuanto él se dio cuenta de que ella no volvería a hablar, la saludó con un gesto de la cabeza, se tocó la gorra y se volvió para irse. Pero, en cuanto agachó la cabeza para meterse entre la maleza, se volvió para mirarla.

—¿Sabes? Puedo enseñarte a leer.

16

La lectura

1960

Tate no volvió en varios días para las lecciones de lectura. Antes del juego de las plumas, la soledad se había convertido en un apéndice natural de Kya, como un brazo. Pero ahora había echado raíces en su interior y le presionaba el pecho.

Una tarde a última hora, subió a la barca.

—No puedo esperar cruzada de brazos.

En vez de ir al local de Jumpin', donde la verían, o podrían verla, escondió su barca en una pequeña ensenada al sur del local y, cargando un saco de arpillera, tomó el sombreado camino de Colored Town. Durante todo el día había caído una lluvia suave y, con el sol ahora cerca del horizonte, el bosque abría la niebla en los apetecibles claros. Nunca había ido a Colored Town, pero sabía dónde estaba y supuso que, una vez ahí, encontraría la casa de Jumpin' y Mabel.

Vestía *jeans* y una blusa rosa de Mabel. En el saco de arpillera llevaba dos frascos de mermelada de zarzamora hecha por ella misma para agradecer la amabilidad de Jumpin' y Mabel. La movía la necesidad de estar con alguien, la posibilidad de hablar con una amiga. Si Jumpin' no estaba en casa, quizá pudiera quedarse un rato de visita y hablar con Mabel. Al llegar a una curva del camino, oyó voces que se acercaban a ella. Se detuvo, escuchó atentamente y se metió deprisa entre los árboles, detrás de un arrayán. Un momento después, aparecieron por la curva dos niños blancos, vestidos con overoles harapientos, que cargaban aparejos de pesca y una ristra de bagres larga como su brazo. Se quedó inmóvil tras el arbusto y esperó.

Uno de los chicos señaló camino abajo.

—Mira eso.

—Qué suerte tenemos. Por ahí viene un cochino negro camino del cochino Pueblo Negro.

Kya miró el camino y ahí, rumbo a su casa, iba Jumpin'. Al estar cerca, debía de haber oído a los niños, pues agachó la cabeza y, en lugar de seguir andando, les cedió el paso y se metió entre los árboles.

«¿Qué le pasa? ¿Por qué no hace nada?», se preguntó Kya, furiosa. Sabía que «negro» era una palabra mala, lo sabía por la forma en que la utilizaba Pa cuando maldecía. Jumpin' podría haber entrechocado las cabezas de los dos chicos y darles una lección, pero continuó caminando con rapidez.

—Es un viejo negro que va a su pueblo. Ve con cuidado, cochino negro, no te vayas a caer. —Se burlaron de Jumpin', que mantuvo la mirada clavada en los pies.

Uno de los niños se agachó, levantó una piedra y la lanzó contra la espalda de Jumpin'. Le acertó justo abajo del omóplato con un golpe sordo. Jumpin' se tambaleó un poco, pero siguió caminando. Los chicos se rieron mientras desaparecía por la curva. Entonces, juntaron más piedras y lo siguieron.

Kya se movió entre los matorrales hasta adelantarlos, sin apartar la mirada de sus gorras, que subían y bajaban entre las ramas. Se acuclilló en un lugar donde los espesos arbustos crecían junto al camino, por donde pasarían en pocos segundos a un pie de ella. Jumpin' iba más adelantado, fuera de la vista. Retorció la bolsa de tela con la mermelada dentro para tensarla alrededor de los tarros. Cuando los niños se acercaron al matorral, columpió la pesada bolsa y la estrelló con fuerza en la nuca del más cercano, el cual se precipitó hacia delante y cayó de cara. Fue hacia el otro niño gritando, lista para pegarle también en la cabeza, pero escapó a la carrera. Volvió al bosque, se alejó cincuenta yardas del lugar y se quedó ahí mirando hasta que el primero se incorporó mientras se sujetaba la cabeza y maldecía.

Se echó al hombro la bolsa con los tarros de mermelada y se marchó de vuelta a su barca para regresar a casa. Pensó que probablemente no volvería a ir de visita.

Al día siguiente, cuando el sonido del motor de Tate resonó por el canal, Kya corrió a la laguna, esperó entre los arbustos y lo vio bajar de la barca con una mochila. Miró a su alrededor, la llamó, y ella salió despacio, vestida con *jeans* ajustados y una blusa blanca con botones desiguales.

—Hola, Kya. Siento no haber venido antes. Tuve que ayudar a mi papá, pero pronto sabrás leer.

—Hola, Tate.

—Sentémonos aquí —dijo él, y señaló un roble en la parte con sombra de la laguna.

Sacó de la mochila un abecedario y una libreta rayada. Con mano lenta y cuidadosa, fue dibujando las letras entre las líneas de la libreta, *a A, b B*, y le pidió a ella que hiciera lo mismo, con paciencia, cosa que hizo con esfuerzo y sacando la lengua entre los labios. A medida que ella escribía, él decía las letras en voz alta. Despacio, con calma.

Kya recordaba algunas letras de cuando se las enseñaban Ma o Jodie, pero no sabía cómo hacerlo para formar una palabra como es debido.

—¿Ves? Ya puedes escribir una palabra —señaló él al cabo de pocos minutos.

—¿Qué quieres decir?

—*C, a, b.* Puedes escribir la palabra «cab».

—¿Qué es un «cab»? —preguntó.

Él sabía que no debía reírse.

—No te preocupes si no lo sabes. Sigamos. Pronto escribirás una palabra que conozcas. —Más tarde, añadió—: Tendrás que trabajar mucho más el alfabeto. Te llevará un tiempo entenderlo, pero ya puedes leer un poco. Te lo enseñaré.

No tenía un libro de primeras lecturas, así que su primer libro sería *A Sand County Almanac,* Almanaque de Sand County, de Aldo Leopold. La primera palabra era «Ah», así que Kya tuvo que volver al alfabeto a practicar el sonido de cada letra, pero él era paciente, y le explicó el sonido de la *h* y, cuando consiguió decirlo bien, ella alzó los brazos y se rio. Él la miró rebosante de alegría.

Poco a poco, Kya fue descifrando todas las palabras de la frase: «Ahí hay quienes pueden vivir sin volverse salvajes, y quienes no pueden».

—Ah —dijo ella—. Ah.

—Sabes leer, Kya. Ya no habrá un día en que no sepas leer.

—No es solo eso —murmuró ella, casi en un susurro—. Es que no sabía que las palabras pudieran contener tanto. No sabía que una frase pudiera estar tan llena.

Él sonrió.

—Es una buena frase. No todas las palabras tienen tanto contenido.

En los días siguientes, sentados bajo la sombra del roble o en la costa al sol, usando el mismo libro, Tate le enseñó a leer con palabras que cantaban a los gansos y a las grullas, tan reales alrededor de ellos. «¿Y si dejara de oírse la música de los gansos?».

Cuando no ayudaba a su papá o jugaba béisbol con sus amigos, Tate iba a casa de Kya varias veces a la semana, y ella, sin importar lo que estuviera haciendo —limpiar el huerto, dar de comer a las gallinas, buscar conchas—, estaba atenta al sonido de su barca ronroneando por el canal.

Un día en la costa, mientras leían lo que comían los pájaros carboneros, ella le preguntó:

—¿Vives en Barkley Cove con tu familia?

—Vivo con mi papá. En Barkley, sí.

No le preguntó si tenía familia que lo hubiera dejado. Su Ma también debía de haberlo abandonado. Una parte de ella ansiaba tocarle la mano; era un deseo extraño, sus dedos se negaban. En vez de eso, memorizaba las venas azuladas del interior de su muñeca, tan intrincadas como las que asoman en las alas de una avispa.

Por la noche, sentada en la mesa de la cocina, repasaba las lecciones a la luz de la lámpara de queroseno, cuya claridad se filtraba por las ventanas de la cabaña y tocaba las ramas bajas de los robles. Era la única luz en millas a la redonda, además del suave brillo de las luciérnagas.

Escribía con cuidado cada palabra y la repetía una y otra vez. Tate decía que las palabras largas eran palabras pequeñas unidas entre sí, y que no debía tenerles miedo, así que aprendía «Pleistoceno» a la vez que «silla». Aprender a leer era lo más divertido que había hecho nunca. Pero no conseguía entender por qué Tate se había ofrecido a enseñar a una pobre basura blanca como ella y por qué le había llevado plumas exquisitas. Pero no se lo preguntaba, temerosa de ahuyentarlo si le hacía pensar en ello.

Ahora Kya podía por fin etiquetar todos sus preciosos especímenes. Juntó todas las plumas, insectos, conchas y flores que tenía, buscó cómo deletrear su nombre en los libros de Ma y lo escribió con cuidado en cada dibujo de las bolsas de papel marrón.

—¿Qué viene después del veintinueve? —le preguntó un día a Tate.

Este la miró. La chica sabía más de mareas y de gansos nivales, de águilas y de estrellas de lo que llega a saber mucha gente, pero no podía contar hasta treinta. No quiso avergonzarla. Así que no mostró sorpresa. Era tremendamente buena leyéndote la mirada.

—Treinta —se limitó a decir—. Mira, te enseñaré los números y haremos algo de aritmética básica. Es fácil. Te traeré libros.

Kya empezó a leerlo todo: las indicaciones en la bolsa de las gachas, las notas de Tate y las historias de los cuentos de hadas que llevaba años simulando leer. Entonces, una noche emitió un «Ah» y tomó la vieja biblia del estante. Se sentó en la mesa y pasó con cuidado las delgadas páginas hasta llegar a la que tenía los nombres de la familia. Encontró el suyo al final de la columna. Ahí estaba su cumpleaños: «Señorita Catherine Danielle Clark. 10 de octubre de 1945». Subió por la lista y leyó los verdaderos nombres de sus hermanos.

«Señor Jeremy Andrew Clark. 2 de enero de 1939».

—Jeremy —leyó en voz alta—. Jodie, nunca pensé que pudieras ser un señor Jeremy.

«Señorita Amanda Margaret Clark. 17 de mayo de 1937».

Kya tocó el nombre con los dedos y lo repitió varias veces. Siguió leyendo.

«Señor Napier Murphy Clark. 4 de abril de 1936».

—Murph, te llamabas Napier —murmuró en voz baja.

Y, arriba del todo, la más vieja:

«Señorita Mary Helen Clark. 19 de septiembre de 1934».

Volvió a pasar los dedos por los nombres y ante sus ojos aparecían rostros. Estaban borrosos, pero podía verlos ahí a todos, apretados alrededor de la mesa: comían un guiso, se pasaban el pan de maíz, algunos incluso reían. Le avergonzaba haber olvidado sus nombres, pero ahora que los había encontrado no volvería a pasarle.

Por encima de la lista de niños, leyó: «El señor Jackson Henry Clark se casó con la señorita Julienne Maria Jacques el 12 de junio de 1933». Hasta ese momento no había sabido cómo se llamaban sus padres.

Se quedó un rato ahí sentada, con la biblia abierta sobre la mesa. Ante su familia.

El tiempo garantiza que los hijos nunca conozcan a sus padres cuando son jóvenes. Kya nunca vería al apuesto Jake entrar a principios de 1930 en una tienda de refrescos, donde conocería a Maria Jacques, una belleza de rizos negros y labios rojos, de visita desde Nueva Orleans. Mientras tomaban un batido le contó que su familia poseía una plantación y que después del instituto estudiaría para abogado y viviría en una mansión con columnas.

Pero, cuando se impuso la Depresión, el banco subastó las tierras de los Clark y su padre sacó a Jake del instituto. Se mudaron carretera abajo, a una pequeña cabaña de pino que no hacía tanto tiempo había sido ocupada por esclavos. Jake trabajó en los campos de tabaco, recogía las hojas con hombres negros y mujeres que cargaban a sus bebés sujetos a la espalda con chales de colores.

Dos años después, una noche Jake se fue antes del alba, sin despedirse, y se llevó toda la ropa buena y los tesoros familiares que podía cargar, entre los que se contaba el reloj de oro de bolsillo de su abuelo y el anillo de brillantes de su abuela. Pidió aventón hasta Nueva Orleans y encontró a Maria, que vivía con su familia en una elegante casa cerca del puerto. Descendían de un mercader francés y eran dueños de una fábrica de calzado.

Jake empeñó su herencia y la llevó a elegantes restaurantes con cortinas de terciopelo rojo, y le prometió la compra de esa mansión con columnas. Cuando él se arrodilló bajo la magnolia, ella aceptó casarse con él, y así lo hicieron en 1933, en una ceremonia en una pequeña iglesia a la que la familia asistió en silencio.

Para entonces, Jake se había quedado sin dinero y aceptó el trabajo que le ofreció su suegro en la fábrica de calzado. Creyó que sería un puesto de capataz, pero el señor Jacques no era un hombre fácil e insistió en que aprendiera el oficio desde abajo, como cualquier empleado. Así que Jake trabajó recortando suelas.

Maria y él vivían en un pequeño apartamento sobre un garaje, con algunos grandes muebles de su dote mezclados con mesas y sillas de mercadillo. Él se apuntó a clases nocturnas para acabar el instituto, pero se las saltaba para jugar al póker y por la noche volvía a casa apestando a *whisky*. Al cabo de tres semanas, el profesor lo echó de las clases.

Maria le suplicó que dejara de beber, que mostrara interés por el trabajo para que su padre lo ascendiera. Pero empezaron a llegar los hijos y él no dejó de beber. Entre 1934 y 1940, tuvieron cuatro hijos y lo ascendieron solo una vez.

La guerra con Alemania lo igualaba todo. Obligado a vestir el mismo color de uniforme que todo el mundo, pudo ocultar su vergüenza y volver a presumir. Pero una noche, en una embarrada trinchera de Francia, alguien gritó que un disparo había alcanzado al sargento y que se desangraba a veinte yardas de distancia. Eran niños que deberían haber estado en la banca esperando su turno para batear, nerviosos ante una posible bola rápida, pero todos reaccionaron a la vez, impacientes por salvar al herido. Todos menos uno.

Jake se encogió en un rincón, demasiado aterrado para moverse, y un mortero blanco y amarillo explotó justo ante su trinchera y le hizo trizas la pierna izquierda. Cuando los soldados volvieron a la trinchera arrastrando al sargento, supusieron que Jake había sido alcanzado al salir con los demás a rescatar a su camarada. Fue declarado un héroe. Nadie lo supo nunca. Salvo Jake.

Lo enviaron de vuelta a casa con una medalla y un certificado médico. Decidido a no volver a trabajar en la fábrica de calzado, Jake solo se quedó unas noches en Nueva Orleans. Vendió toda la plata y los muebles caros de Maria y tomó el tren con su familia rumbo a Carolina del Norte. Un viejo amigo le había dicho que su padre y su madre habían muerto, lo que le despejaba el camino para su plan.

Convenció a Maria de que vivir en una cabaña construida por su padre como retiro de pesca en la costa de Carolina del Norte sería un nuevo principio. No tendrían que pagar alquiler y podría acabar el instituto. Compró una barca de pesca en Barkley Cove y atravesó en ella millas de marismas con su familia y sus posesiones amontonadas a su alrededor, y unas pocas sombrereras apiladas encima. Cuando al fin llegaron a la laguna, donde la destartalada cabaña se apostaba bajo los robles con las mosquiteras oxidadas, Maria abrazó a su hijo más pequeño, Jodie, y contuvo las lágrimas.

—No te preocupes —le aseguró Pa—. En poco tiempo estará como nueva.

Pero Jake nunca reparó la cabaña ni terminó el instituto. Al poco de llegar, se dio a la bebida y a jugar póker en el Swamp Guinea, e intentó olvidar aquella trinchera en el fondo de un vaso de licor.

Maria hizo todo lo que pudo por crear un hogar. Compró sábanas en mercadillos para vestir los colchones del suelo y una bañera de hojalata, lavaba la ropa bajo el grifo del patio y buscó el modo de plantar un huerto y tener gallinas.

Al poco de llegar, ataviada con sus mejores ropas, llevó a los niños a Barkley Cove para apuntarlos en la escuela. Pero Jake se burlaba ante la idea de los estudios y a menudo decía a Murph y a Jodie que se saltaran las clases para traer ardillas o pescados para cenar.

Jake llevó solo una vez a Maria a dar un paseo en barca a la luz de la luna, y como resultado tuvieron a su última hija, una niña llamada Catherine Danielle, luego apodada Kya, porque fue lo que dijo la primera vez que le preguntaron cómo se llamaba.

A veces, cuando estaba sobrio, Jake volvía a soñar en terminar el instituto y en una vida mejor para todos, pero entonces la sombra de la trinchera se paseaba por su mente. Quien antes fuera orgulloso y presumido, apuesto y musculoso, no podía soportar al hombre en que se había convertido y le daba un trago a la petaca. Alternar con los renegados de la marisma, con bebedores, camorristas y malhablados fue lo más fácil que Jake hubiera hecho nunca.

17

Cruzando el umbral

1960

Un día de ese verano de lecturas, al visitar a Jumpin' con la barca, este le dijo:

—Verá, señorita Kya, hay algo más. Hay gente rondando por aquí que pregunta por usted.

Ella lo miró directamente, no miró a un lado.

—¿Quiénes son? ¿Qué quieren?

—Creo que son de servicios sociales. Preguntan todo tipo de cosas. Si su Pa sigue por aquí, que dónde está su Ma, si irá este otoño a la escuela. Y cuándo viene por aquí; sobre todo querían saber a qué horas viene por aquí.

—¿Y qué les dijo, Jumpin'?

—Pues hago todo lo que puedo por despistarlos. Les explico que su Pa está bien, pescando y eso. —Se rio y echó atrás la cabeza—. Y les dije que nunca sé cuándo viene con su barca. No se preocupe usted por nada, señorita Kya, que si vuelven por aquí, Jumpin' los enviará a cazar su sombra.

—Gracias.

Después de llenar el depósito, Kya se fue directamente a casa.

Tendría que estar más atenta, quizá buscar algún lugar en las marismas donde esconderse hasta que renunciaran a buscarla.

Esa tarde, cuando Tate se acercó a la orilla y el casco de su barca se hundía suavemente en la arena, Kya le preguntó:

—¿Podemos vernos en otro lugar más aparte de aquí?

—Hola, Kya, me da gusto verte —la saludó Tate, todavía sentado en la barca.

—¿Qué opinas?

—Que se dice «apartado», no «aparte», y que es de buena educación saludar a la gente antes de pedirle un favor.

—Tú también lo dices a veces —repuso ella con media sonrisa.

—Sí, todos nos equivocamos. Esto de ser de Carolina del Norte es algo que se pega, pero hay que esforzarse por hablar bien.

—Buenas tardes, señor Tate —dijo mientras hacía una pequeña reverencia. Él notó la determinación y la insolencia que de algún modo incluía la frase—. ¿Y ahora podemos vernos en otro lugar más apartado? Por favor.

—Supongo que sí. ¿Por qué?

—Jumpin' dice que me buscan los de servicios sociales. Tengo miedo de que me pesquen como a una trucha y me metan en un orfanato o algo así.

—Pues será mejor que nos escondamos donde cantan los cangrejos. Me dan pena los papás adoptivos que te toquen.

Tate sonreía con todo su rostro.

—¿Qué es eso de donde cantan los cangrejos? Ma solía decirlo.

Kya recordó que Ma siempre la animaba a explorar las marismas: «Ve lo más lejos que puedas, hasta donde cantan los cangrejos».

—Quiere decir internarse lo más posible, donde las alimañas salvajes se comportan como alimañas. ¿Tienes idea de dónde podríamos vernos?

—Una vez encontré un lugar, una choza destartalada. Se puede llegar en barca si se conoce el desvío, y yo puedo ir andando desde aquí.

—Muy bien, sube entonces. Enséñame a ir, y la próxima vez nos vemos ahí.

—Si estoy allá, dejaré aquí un montoncito de piedras, junto a este tronco —dijo, y señaló un lugar en la orilla de la laguna—. Si no lo ves, es que estoy por aquí y vendré en cuanto oiga tu motor.

Se internaron despacio en la marisma, luego salieron a mar abierto por el sur y se alejaron del pueblo. Ella se balanceó en la proa, el viento le arrancaba lágrimas que le corrían por las mejillas y goteaban frías en sus orejas. Cuando llegaron a una pequeña ensenada, lo guio por un angosto riachuelo de agua fría casi tapado por zarzas. Parecía que el riachuelo desaparecía en ocasiones, pero Kya le hacía señas para seguir y atravesar más arbustos.

Al final, salieron a una amplia pradera donde la corriente pasaba junto a una vieja choza de una habitación, con un lado derrumbado. Los maderos habían cedido y estaban en el suelo como mondadientes. El tejado, todavía apoyado en la media pared, caía inclinado como un sombrero ladeado. Tate encajó la barca en el barro y los dos caminaron en silencio hasta la puerta abierta.

El interior estaba oscuro y apestaba a orina de rata.

—Bueno, espero que no pienses vivir aquí. Podría desplomarse sobre nuestras cabezas.

Tate empujó la pared. Parecía bastante resistente.

—Solo es un escondite. Puedo traer aquí algo de comida, por si tengo que esconderme por un tiempo.

Tate se volvió y la miró mientras sus ojos se acostumbraban a la oscuridad.

—Kya, ¿no has pensado volver a la escuela? No te mataría y te dejarían en paz.

—Seguro ya adivinaron que vivo sola, y si voy, me atraparán y me encerrarán en algún hogar. De todos modos, estoy muy grande para ir a la escuela. ¿Dónde me van a poner, en primero?

Abrió mucho los ojos ante la idea de sentarse en una sillita rodeada de niños pequeños que podían pronunciar palabras y contar hasta cincuenta.

—¿Es que piensas vivir siempre sola en la marisma?

—Es mejor que un orfanato. Pa solía decir que nos enviaría a uno si nos portábamos mal. Nos decía que la gente ahí era muy mala.

—No lo es. No siempre. La mayoría de los que trabajan ahí son gente buena y les gustan los niños.

—¿Estás diciendo que preferirías ir a un orfanato antes que vivir en la marisma? —preguntó ella mientras sacaba la barbilla y apoyaba una mano en la cadera.

Él guardó silencio un momento.

—Bueno, traeremos algunas mantas y cerillos por si hace frío. Puede que algunas latas de sardinas. Duran para siempre. Pero no guardes aquí comida fresca; vas a atraer a los osos.

—No les tengo miedo a los osos.

—No les tengo miedo a los osos.

EL RESTO DEL VERANO, Kya y Tate continuaron con las lecciones de lectura en la ruinosa cabaña. Para mediados de agosto, ya habían leído *A Sand County Almanac* completo, y ella lo había entendido casi todo pese a algunas palabras que no sabía leer. Aldo Leopold le enseñó que las llanuras aluviales eran extensiones vivas de los ríos que podían reclamarlas cuando quisieran. Cualquiera que viviera en ellas podía verse inundado. Aprendió que los gansos emigran en invierno y lo que significaba su música. Sus suaves palabras, que parecían casi poéticas, le enseñaron que el suelo está repleto de vida y que es una de las riquezas más preciosas del planeta, que drenar las tierras húmedas seca el suelo en varias millas a la redonda, y mata plantas y animales, además del agua. Que algunas semillas duermen en la tierra reseca durante décadas, esperando, y que, cuando vuelve el agua, florecen y atraviesan el suelo y despliegan su rostro. Maravillas y conocimientos reales que nunca hubiera aprendido en la escuela. Verdades que debería conocer todo el mundo, pero que, de algún modo, pese a estar a la vista de todos, parecían yacer en secreto, como esas semillas.

Se veían varias veces por semana en la cabaña, pero ella dormía casi todas las noches en su casa o en la playa con las gaviotas. Debía recoger leña para el invierno y lo convirtió en una misión, la cargaba de un lado y otro para almacenarla de forma ordenada entre dos pinos. Los nabos del huerto apenas asomaban por encima de la hierba, pero seguía teniendo más verduras de las que podían comer los ciervos y ella. A finales del verano recolectó los restos de la cosecha y almacenó las calabacitas y remolachas a la fresca sombra de los escalones de madera y cemento. Y todo el tiempo se mantuvo alerta al sonido que haría el renquear de un automóvil lleno de hombres que quisieran llevársela de ahí. A veces la escucha se volvía agotadora y siniestra, por lo que iba a pie hasta la choza de troncos y pasaba la noche en el sucio suelo envuelta en la manta de repuesto. Programó su recolección de mejillones y el ahumado del pescado de modo que Tate pudiera llevárselos a Jumpin' y volver con los suministros, pues así quedaba menos expuesta.

—¿Recuerdas, cuando leíste tu primera frase, que dijiste que algunas palabras tenían mucho contenido? —dijo un día Tate, sentado en la orilla del riachuelo.

—Sí, me acuerdo. ¿Por qué?

—Pues eso pasa sobre todo en los poemas. Las palabras de los poemas sirven para algo más que decir cosas. Agitan las emociones. Hasta hacen reír.

—Ma solía leer poemas, pero no me acuerdo de ninguno.

—Escucha este. Es de Edward Lear.

Sacó un sobre doblado y leyó:

Entonces, el señor Papacito Piernas Largas
y el señor Flexible Mosquito
se precipitaron hacia el espumoso mar
lanzando un esponjoso gritito.
Y ahí encontraron un pequeño barco,
con velas de color gris y rosadito,
y con él navegaron entre las olas,
y se fueron muy, muy lejos.

—Tiene un ritmo como el de las olas al golpear la costa —dijo ella, y sonrió.

Tras aquello, Kya pasó por una fase en la que escribía poemas que se inventaba mientras viajaba en barca por la marisma o buscaba conchas. Eran versos sencillos, cantarines y tontitos.

—Había una Ma arrendajo que desde una rama echó a volar; yo también volaría si oportunidad de ello se me fuera a dar.

La hacían reír a carcajadas, y llenaban unos pocos y solitarios minutos de un día largo y sin compañía.

Una noche, mientras leía en la mesa de la cocina, se acordó del libro de poesía de Ma y rebuscó hasta encontrarlo. El libro estaba destrozado; hacía tiempo que había perdido las cubiertas y las hojas se mantenían en su sitio sujetas por dos ligas. Kya las quitó con cuidado, hojeó las páginas, y leyó lo que Ma había anotado en los márgenes. Al final había una lista de números de páginas con los preferidos de Ma.

Kya se fijó en uno de James Wright:

Repentinamente perdida y fría,
supe que el campo estaba desierto,
ansié tocar y abrazar
a mi niño, mi niño hablador,
sonriente o domado o salvaje...
Los árboles y el sol habían desaparecido,
todo había desaparecido salvo nosotros.
Su madre cantaba en la casa,
y mantenía nuestra cena caliente,
y nos quería, Dios sabe cómo,
tan oscurecida como estaba la vasta tierra.

Y este otro de Galway Kinnell:

Me importa...
Dije todo lo que pensaba
con las palabras más dulces que sabía. Y ahora...
Y ahora siento alivio de que acabara:
al final solo podía sentir compasión

por esa ansia de más vida.

... Adiós.

Kya tocó las palabras como si fueran un mensaje, como si Ma las hubiera resaltado específicamente para que su hija pudiera leerlas algún día a la luz de esa apagada llama de queroseno y así comprender. No era gran cosa, no era una nota escrita a mano escondida al fondo del cajón de los calcetines, pero era algo. Sentía que esas palabras encerraban un potente significado, pero no conseguía liberarlo. Si alguna vez se convertía en poeta, procuraría que el mensaje fuera claro.

Cuando Tate empezó su último año de escuela en septiembre, no pudo verse con Kya tan a menudo como antes, pero, cuando lo hacía, le llevaba sus antiguos libros de texto. No le dijo nada de que los libros de biología eran demasiado avanzados para ella, por lo que se sumergió en capítulos que no hubiera visto hasta al cabo de cuatro años de escuela.

—No te preocupes —la tranquilizó él—, cada vez que lo leas entenderás un poco más.

Y así fue.

A medida que los días se hacían más cortos, volvieron a verse junto a su casa porque no había suficiente luz del día en la cabaña de lectura. Siempre estudiaban afuera, pero, una mañana en que sopló un fuerte viento, Kya encendió el fuego de la estufa de leña. Nadie había cruzado el umbral de la cabaña desde que Pa se había ido hacía más de cuatro años, y le hubiera parecido inconcebible permitir la entrada a nadie. A nadie menos a Tate.

—¿Quieres sentarte en la cocina junto a la estufa? —le dijo mientras amarraba la barca en la orilla de la laguna.

—Claro —contestó él, que sabía que no debía convertir la invitación en algo importante.

En cuanto pisó el porche, se tomó casi veinte minutos para explorarlo y exclamar ante cada pluma y concha y hueso y nido. Cuando por fin se sentaron en la mesa, ella acercó su silla a la de él, sus brazos y codos casi se tocaban. Solo por sentirlo cerca.

Como Tate estaba tan ocupado ayudando a su papá, los días se arrastraban con lentitud de la mañana a la noche. Una tarde sacó su primera novela, *Rebeca*, de Daphne du Maurier, de entre los libros de su Ma y leyó sobre el amor. Al cabo de un rato cerró el libro y se acercó al armario. Se puso el vestido de verano de Ma y dio vueltas por la habitación mientras volteaba la falda a su alrededor y daba vueltas ante el espejo. Moviendo la melena y las caderas, se imaginó que Tate le pedía bailar y que ponía la mano en su cintura. Como si ella fuera la señora de Winter.

De pronto se dio cuenta de lo que hacía y se dobló de la risa. Entonces, se incorporó muy tiesa.

—Suba aquí, niña —le canturreó Mabel una tarde—. Tengo unas cosas para usted.

Jumpin' solía llevar las cajas con cosas para Kya, pero cuando estaba Mabel era porque contenían algo especial.

—Ande, vaya por sus cosas. Yo le llenaré el depósito —dijo Jumpin', y Kya subió al muelle de un salto.

—Mire aquí, señorita Kya —comentó Mabel mientras levantaba un vestido color durazno con una capa de gasa sobre la falda floreada, el vestido más bonito que había visto Kya en su vida, más que el vestido de verano de Ma—. Este vestido es ideal para una princesa como usted.

Lo sostuvo ante Kya, que lo tocó y sonrió. Luego, y tras dar la espalda a Jumpin', Mabel se agachó con cierto esfuerzo y sacó de la caja un sujetador blanco.

Kya sintió calor en todo su ser.

—Vamos, señorita Kya, no sea tímida, querida. Ya va necesitando esto. Y, niña, si alguna vez necesita hablar de algo que no comprenda, hágaselo saber a la vieja Mabel. ¿Me oye?

—Sí, señora. Gracias, Mabel.

Kya metió el sujetador en lo más profundo de la caja, bajo unos *jeans* y camisetas, una bolsa de frijoles de carita y un frasco de duraznos en conserva.

Unas semanas después, cuando miraba a los pelícanos flotar y comer en el mar y su barca subía y bajaba con las olas, sintió de pronto un calambre en el estómago. Nunca se había mareado en el mar, y era una sensación muy diferente a la de cualquier dolor que hubiera experimentado. Condujo la barca hasta la playa de Point Beach y se sentó en la arena, con las piernas dobladas a un lado como un ala. El dolor se agudizó e hizo una mueca, emitió un gemido. Se veía venir una diarrea.

De pronto oyó el ronroneo de un motor y vio el barco de Tate cortar la resaca ribeteada de blanco. En cuanto la vio, se desvió hacia tierra y se dirigió a la orilla. Ella escupió algunos de los improperios de Pa. Siempre le gustaba ver a Tate, pero no cuando en cualquier momento podía tener que echar a correr con diarrea hacia el bosque de robles. Tras dejar su barca junto a la de ella, se dejó caer en la arena a su lado.

—Hola, Kya. ¿Qué haces? Iba a tu casa.

—Hola, Tate. Me alegro de verte.

Intentó sonar normal, pero notó un retortijón.

—¿Qué pasa? —preguntó él.

—¿Qué quieres decir?

—No tienes buen aspecto. ¿Qué te pasa?

—Creo que estoy enferma. Me duele mucho el estómago.

—Oh.

Tate miró hacia el mar. Enterró los dedos de los pies desnudos en la arena.

—Quizá deberías irte —sugirió ella, y agachó la cabeza.

—Quizá deba quedarme hasta que te mejores. ¿Y si no puedes volver a casa?

—Puede que deba ir al bosque. Puede que esté mala.

—Puede. Pero no creo que eso te ayude —dijo él en voz baja—. ¿Es un dolor distinto al de otros dolores de estómago?

—Sí.

—Ya tienes casi quince años, ¿verdad?

—Sí. ¿Qué tiene que ver eso?

Él guardó silencio un momento. Removió los pies y hundió todavía más los dedos en la arena.

—Puede que sea, ya sabes, lo que les pasa a las niñas de tu edad —murmuró, y apartó la mirada—. Acuérdate que hace unos meses te traje un folleto que hablaba de eso. Estaba con los libros de biología.

Tate la miró un instante, sonrojado, y volvió a mirar a otro sitio.

Kya bajó la mirada mientras se le acaloraba todo el cuerpo. Claro, no tenía una Ma que se lo explicara, pero era verdad que el folleto que le llevó Tate hablaba de eso. Y ahora que había llegado su momento, estaba sentada en una playa convirtiéndose en mujer justo delante de un chico. La inundaron la vergüenza y el pánico. ¿Qué se supone que debía hacer? ¿Qué le pasaría exactamente? ¿Cuánta sangre habría? Se la imaginó empapando la arena que la rodeaba. Guardó silencio mientras un dolor agudo le atravesaba el vientre.

—¿Podrás llegar a casa? —preguntó, todavía sin mirarla.

—Creo que sí.

—No te pasará nada, Kya. Todas las niñas pasan por esto sin problemas. Vete a casa. Yo te seguiré para asegurarme de que llegues bien.

—No tienes que hacerlo.

—No te preocupes por mí. Y ahora, en marcha.

Se levantó y caminó hacia su barca, sin mirarla. Se separó de la playa y esperó mar adentro mientras ella bordeaba la costa hasta su canal. La siguió hasta que llegó a la laguna, tan lejos que apenas era una mota. Una vez en la orilla, ella lo saludó con la mano mientras miraba al suelo y evitaba sus ojos.

Kya discurrió cómo hacerse mujer por su cuenta, del mismo modo en que había hecho la mayoría de las cosas. Pero, al romper la primera luz del alba, se fue a ver a Jumpin'. Un sol pálido parecía suspendido en la espesa niebla cuando se acercó a su muelle y buscó a Mabel, aunque sabía que había pocas posibilidades de que estuviera ahí. Por supuesto, Jumpin' fue el único que acudió a recibirla.

—Hola, señorita Kya. ¿Ya necesita más gasolina?

—Necesito ver a Mabel —respondió Kya en voz baja, todavía en la barca.

—No puedo sentirlo más, niña, pero hoy Mabel no está. ¿En qué puedo ayudarla?

—Necesito ver a Mabel con urgencia. Pronto —dijo ella con la cabeza gacha.

—Bueno pues.

Jumpin' miró al mar a través de la pequeña bahía y no vio que se acercaran más barcas. Cualquiera que necesitara gasolina a cualquier hora de cualquier día del año, incluido el día de Navidad, podía contar con que Jumpin' estaría ahí. No había faltado un solo día en cincuenta años, salvo cuando murió su pequeña Daisy. No podía abandonar su puesto.

—Espere ahí, señorita Kya, iré corriendo hasta el camino y le pediré a alguien que llame a Mabel. Si viene algún barco, dígale que enseguida vuelvo.

—Lo haré. Gracias.

Jumpin' salió corriendo del muelle y desapareció mientras Kya esperaba; miraba cada poco la bahía, pues temía la llegada de alguna barca. Pero volvió en nada de tiempo, y le dijo que unos niños habían ido a buscar a Mabel. Kya solo tendría que «esperar un poquito».

Jumpin' se atareó desembalando paquetes de tabaco de mascar y colocándolos en los estantes, y haciendo otras cosas. Kya no se movió de la barca. Por fin apareció Mabel corriendo por el muelle, que temblaba a su paso como si empujaran por él un piano. Llevaba una bolsa de papel y no bramó un saludo, como solía hacer en otras ocasiones, sino que se paró en el borde, ante Kya, y habló con dulzura.

—Buenos días, señorita Kya. ¿Qué sucede, niña? ¿Qué pasa, cariño?

Kya no contestó, así que Mabel, con sus casi cien kilos de peso, puso un pie, y luego el otro, en la pequeña barca, que se quejó y se golpeó contra los pilares. Se sentó en el banco central y miró a Kya, que estaba en la proa.

—Vamos, niña, dígame qué pasa.

Las dos se inclinaron hacia delante, se tocaron con la cabeza, Kya susurró y entonces Mabel tiró de ella hacia su pecho, para abrazarla y mecerla. Al principio Kya estuvo muy rígida, nada acostumbrada a ceder ante los abrazos, pero eso no desanimó a Mabel, hasta que por fin Kya se relajó y se desplomó en el consuelo de esos almohadones. Al cabo de un rato, Mabel se echó hacia atrás y abrió la bolsa de papel marrón.

—Bueno, supuse que era eso lo que pasaba, así que le traje algunas cosas. —Y ahí, sentada en la barca en el muelle de Jumpin', Mabel se lo explicó a Kya con detalle—. Verá, señorita Kya, esto no es nada de que avergonzarse. No es ninguna maldición, como dice alguna gente. Aquí es donde empieza la vida, y solo una mujer puede hacerlo. Ya es usted una mujer, mi pequeña.

La tarde del día siguiente, Kya se escondió entre las zarzas al oír llegar la barca de Tate y lo observó desde ahí. Algo que hubiera resultado extraño para cualquiera que la conociera, pero él estaba ahora al tanto del hecho más privado y personal de su vida. Las mejillas le ardían cuando pensaba en ello. Se escondería hasta que se fuera.

Él condujo la barca hasta la orilla de la laguna y bajó a tierra. Llevaba una caja blanca atada con un cordel.

—¡Oye! Kya, ¿dónde estás? Traje pastelitos de la panadería de Parker.

Hacía años que Kya no probaba nada parecido al pastel. Tate sacó algunos libros de la barca, y Kya salió despacio de entre los arbustos, detrás de él.

—Ah, aquí estás. Mira esto. —Abrió la caja y adentro, cuidadosamente alineados, había pastelitos de apenas una pulgada cuadrada cubiertos de crema de vainilla, con una pequeña rosa de un tono rosado encima—. Vamos, elige uno.

Kya tomó uno y, todavía sin mirar a Tate, le dio un mordisco. Luego se metió el resto en la boca. Se lamió los dedos.

—Toma. —Tate dejó la caja junto al roble—. Come todos los que quieras. Empecemos. He traído un libro nuevo.

Y eso fue todo. Continuaron con las lecciones, sin mencionar nunca lo otro.

EL OTOÑO ESTABA CERCA; puede que las encinas no lo notaran, pero sí los sicomoros, que lucían su millar de hojas doradas contra los cielos gris pizarra. Una tarde, después de la lección, Tate se quedó cuando debería haberse ido y Kya y él se sentaron en un tronco en el bosque. Ella por fin le hizo la pregunta que llevaba meses queriendo hacerle.

—Tate, te agradezco que me enseñes a leer y todas esas cosas que me regalas. Pero ¿por qué lo haces? ¿No tienes una novia o algo así?

—*Nah*. Bueno, a veces sí. Tuve una, pero no ahora. Me gusta estar aquí en este silencio y me gusta la manera en que te interesas por la marisma, Kya. La mayoría de la gente no le presta ninguna atención, solo a los peces. Creen que es un páramo que debería drenarse para construir en él. No entienden que la mayoría de las criaturas marinas, incluidas las que se comen, necesitan la marisma.

No mencionó la pena que le daba que estuviera sola, que sabía cómo la trataban los chicos, que los del pueblo la llamaban La Chica de la Marisma y se inventaban historias sobre ella. Que acercarse a su cabaña y correr hasta su puerta para tocarla ya era una tradición, una iniciación con la que los niños se convertían en hombres. ¿Y qué decir de los hombres? Algunos ya hacían apuestas sobre quién sería el primero en desvirgarla. Eran cosas que lo enfurecían y le preocupaban.

Pero ese no era el principal motivo por el que le había dejado plumas en el bosque o seguía yendo a verla. Porque lo que tampoco le confesó era lo que sentía por ella, una mezcla entre el dulce cariño por una hermana perdida y el amor abrasador por una chica. Ni él mismo conseguía dilucidarlo del todo, pero nunca había sentido nada tan poderoso, la fuerza de emociones tan dolorosas como placenteras.

—¿Dónde está tu Ma? —preguntó ella por fin mientras metía un tallo de hierba en un hormiguero.

Una brisa sopló entre los árboles y agitó suavemente las ramas. Tate no contestó.

—No tienes que contestar con nada —dijo ella.

—Contestar nada.

—No tienes que contestar nada.

—Mi madre y mi hermana pequeña murieron en un accidente de auto en Asheville. Mi hermana se llamaba Carianne.

—Ay, lo siento mucho, Tate. Seguro que tu Ma era muy guapa y muy buena.

—Sí. Las dos lo eran —habló mirando al suelo, entre sus rodillas—. Nunca había hablado antes de ello. Con nadie.

«Yo tampoco», pensó Kya.

—Mi Ma se fue un día y nunca volvió —dijo alzando la voz—. Las mamás ciervo siempre vuelven.

—Bueno, al menos tú puedes esperar que algún día vuelva. La mía ya no volverá. —Guardaron silencio un momento—. Creo...

Pero se interrumpió y apartó la mirada.

Kya lo miró, pero continuaba mirando al suelo. Callado.

—¿Qué? ¿Qué crees? Puedes contarme lo que sea.

Pero él siguió sin hablar. Ella esperó, con una paciencia nacida del conocimiento.

—Creo que fueron a Asheville a comprarme un regalo de

cumpleaños —dijo por fin, en voz muy baja—. Había una bicicleta que me gustaba mucho, la quería con todas mis fuerzas. Y
no la tenían en Western Auto, así que creo que fueron a Asheville para comprármela.

—Eso no significa que fuera culpa tuya.

—Lo sé, pero siento como si lo fuera. Ni siquiera recuerdo la
clase de bici que era.

Kya se acercó más a él, aunque no lo bastante para tocarlo.
Pero sintió algo, como si la distancia entre los hombros de los dos
hubiera cambiado. Se preguntó si Tate lo había notado. Quiso
inclinarse aún más, lo bastante para que sus brazos se rozaran.
Tocarse. Y se preguntó si Tate lo notaría.

Y en ese momento, el viento arreció y miles y miles de hojas
amarillas de sicomoro se separaron de su soporte vital y surcaron el cielo. Las hojas otoñales no se caen, vuelan. Se toman su
tiempo y se alejan de ese modo, su única ocasión de elevarse.
Giran y navegan y se agitan con el viento mientras reflejan la luz
del sol.

Tate se levantó del tronco de un salto.

—A ver cuántas hojas atrapas antes de que toquen el suelo.

Kya se levantó a su vez y los dos saltaron y corrieron entre
cortinas de hojas que caían, extendiendo sus brazos, y las aga-
rraban antes de que cayeran a la tierra. Tate se aventó entre risas
para atrapar una hoja a pocas pulgadas del suelo, la asió y rodó
mientras sujetaba su trofeo en el aire. Kya alzó las manos y liberó
al viento todas las hojas que había rescatado. Cuando corría de
vuelta entre ellas, eran como oro en sus cabellos.

Entonces, al girarse, chocó contra Tate, que se había levan-
tado, y los dos se quedaron paralizados, mirándose a los ojos.
Dejaron de reírse. Él la tomó por los hombros, dudó un instante

y luego la besó en los labios mientras las hojas llovían y bailaban a su alrededor, silenciosas como la nieve.

Ella no sabía nada de besar y mantuvo rígida la cabeza y los labios. Se separaron y se miraron, mientras se preguntaba de dónde venía eso y qué hacer a continuación. Él le quitó suavemente una hoja del pelo y la dejó caer al suelo. El corazón de ella latía enloquecido. De todos los amores rotos que había sentido por su voluble familia, ninguno había sido como esto.

—¿Ahora soy tu novia? —preguntó ella.

Él sonrió.

—¿Quieres serlo?

—Sí.

—Tal vez seas demasiado joven.

—Pero sé de plumas. Apuesto a que las demás chicas no saben de plumas.

—Muy bien.

Y volvió a besarla. Esta vez ella inclinó la cabeza a un lado y relajó los labios. Y, por primera vez en su vida, sintió el corazón pleno.

18

La canoa blanca

1960

Ahora, cada nueva palabra empezaba con un grito, cada frase una carrera. Con Tate agarrado a Kya, los dos cayendo al suelo de forma medio infantil entre la acederilla enrojecida por el otoño.

—Ponte seria un momento —dijo—. La única manera de aprenderse las tablas de multiplicar es memorizándolas.

Escribió en la arena 12 x 12 = 144, pero ella echó a correr, se zambulló entre las rompientes olas, se sumergió en la calma y nadó hasta que él la siguió a un lugar donde los rayos de luz azul grisácea traspasaban inclinados la quietud y resaltaban sus formas lisas como las de las marsopas. Luego rodaron por la playa, cubiertos de arena y sal, y se abrazaron con fuerza, como si fueran uno solo.

La tarde siguiente él llegó a la laguna, pero se quedó en la barca tras atracar. A sus pies había una gran canasta cubierta con una tela de cuadros rojos.

—¿Qué es eso? ¿Qué has traído? —preguntó.

—Es una sorpresa. Vamos, sube.

Navegaron por los lentos canales hasta el mar, para ir luego al sur, hacia una pequeña bahía en forma de media luna. Tras colocar el mantel en la arena, depositó la canasta encima y, cuando se sentaron, quitó la tela que la cubría.

—Feliz cumpleaños, Kya —dijo—. Ya tienes quince años.

En la canasta había un pastel de dos pisos, alto como una sombrerera, decorado con conchas de crema rosa. Su nombre estaba escrito encima. Regalos envueltos con papeles de colores y sujetos con listones rodeaban el pastel.

Lo miró con la boca abierta, asombrada. Nadie le había deseado feliz cumpleaños desde que Ma se fue. Nadie le había comprado un pastel con su nombre. Nunca había recibido regalos envueltos con lazos y papel de verdad.

—¿Cómo sabes cuándo es mi cumpleaños? —Al no tener calendario, no sabía que era ese día.

—Lo leí en tu biblia.

Él cortó enormes rebanadas de pastel y las puso en platos de papel mientras ella suplicaba que no le cortara el nombre. Se miraban fijamente a los ojos, tomaban trocitos y se los metían en la boca, y chasqueaban sonoramente los labios. Se lamían los dedos. Se reían con sonrisas manchadas de crema. Comían pastel como debe comerse, como todo el mundo quiere comérselo.

—¿Quieres abrir tus regalos? —preguntó él con una sonrisa.

El primero: una lupa «para que puedas ver con detalle las alas de los insectos». El segundo: un broche de plástico, pintado de plata y decorado con una gaviota de cristal de colores «para tu pelo». Le colocó el pelo detrás de la oreja con cierta torpeza y le puso el pasador. Ella lo tocó. Era más bonito que el de Ma.

El último regalo estaba en una caja más grande, y Kya la abrió para encontrar diez frascos de pintura de óleo, botecitos de acuarelas y pinceles de diferentes grosores «para tus dibujos».

Kya sacó cada color, cada pincel.

—Puedo conseguirte más cuando lo necesites. Hasta lienzos. En Sea Oaks.

Ella agachó la cabeza.

—Gracias, Tate.

—CON CALMA. VE DESPACIO —gritó Scupper mientras Tate manejaba el cabrestante entre redes de pescar, trapos manchados de grasa y pelícanos que se acicalaban las plumas.

La proa del *The Cherry Pie* se bamboleó, se estremeció y se deslizó por los raíles submarinos del astillero de Pete, el único embarcadero con remolcador de Barkley Cove.

—De acuerdo, muy bien, ya está. Sácalo.

Tate aumentó la potencia del cabrestante y el barco ascendió por las vías hasta el dique seco. Lo aseguraron con cables y se pusieron a limpiar el casco de moluscos mientras en el tocadiscos sonaban las cristalinas arias de Miliza Korjus. Había que aplicarle una capa de *primer* y luego la capa anual de pintura roja. El color lo había elegido la madre de Tate y Scupper no lo cambiaría nunca. De vez en cuando, Scupper dejaba de rascar y movía los largos brazos al sinuoso ritmo de la música.

Acababa de empezar el invierno y Scupper pagaba a Tate un sueldo de adulto para que trabajase con él después de clase y los fines de semana, por lo que Tate no podía visitar tanto a Kya. No le había dicho nada de eso a su papá, nunca le había hablado de Kya.

Rasparon los moluscos hasta que anocheció, hasta que a Scupper también le dolieron los brazos.

—Estoy demasiado cansado para cocinar, y supongo que tú también. Comamos algo en el restaurante camino a casa.

Saludaron a todo el mundo con la cabeza, ya que no había una sola persona a la que no conocieran, y se sentaron en una mesa en el rincón. Los dos pidieron el especial: filete de pollo frito con puré de papa y *gravy*, nabos y ensalada de col. Panecillos. Pastel de nueces pecanas con helado. En la mesa contigua, una familia de cuatro miembros se tomaba de las manos y agachaba la cabeza mientras el padre bendecía la cena en voz alta. Al decir «Amén» besaron el aire, se apretaron las manos y se pasaron el pan de maíz.

—Hijo, sé que este trabajo te impide hacer otras cosas —dijo Scupper—. Y así debe ser, pero este otoño no fuiste al baile de bienvenida ni a nada, y no quiero que te pierdas esas cosas, porque es tu último año. Se acerca el gran baile del pabellón. ¿Vas a invitar a alguna chica?

—*Nah*. Puede que vaya, pero no lo sé. No hay nadie a quien quiera invitar.

—¿No hay en la escuela ninguna chica con la que quieras ir?

—No.

—Bueno. —Scupper se hizo hacia atrás mientras la mesera le servía el plato—. Gracias, Betty. Me serviste mucho.

Betty lo rodeó y le puso a Tate su plato, todavía más abundante.

—Y cómanse todo —los conminó—. Hay más de donde salió este. Es el especial de come todo lo que puedas.

Sonrió a Tate antes de alejarse de vuelta a la cocina con un contoneo de caderas aún más pronunciado.

—Las chicas de la escuela son tontas —dijo Tate—. De lo único que hablan es de peinados y de zapatos de tacón.

—Bueno, es lo que hacen las mujeres. A veces hay que aceptar las cosas como son.

—Tal vez.

—Verás, hijo, yo no hago mucho caso a las habladurías, nunca lo he hecho. Pero hay un rumor que se repite mucho acerca de que tienes algo con La Chica de la Marisma. —Tate alzó las manos—. Un momento, un momento —siguió Scupper—. No creo lo que se dice de ella, seguramente será una buena chica. Pero ve con cuidado, hijo. No quieras empezar una familia demasiado pronto. Me entiendes, ¿verdad?

—Primero afirmas que no crees lo que se dice de ella —siseó Tate, que hablaba en voz baja—, y luego dices que no debería empezar una familia, lo que me demuestra que crees que es ese tipo de chica. Pues deja que te diga algo: no lo es. Es más pura e inocente que cualquiera de esas chicas con las que quieres que vaya al baile. Por Dios, algunas de las chicas de este pueblo, bueno, digamos que cazan en manada y no toman prisioneros. Y sí, he estado viendo a Kya. ¿Sabes por qué? Le estoy enseñando a leer porque la gente de este pueblo es tan cruel que no puede ni ir a la escuela.

—Eso está bien, Tate. Es bueno de tu parte. Pero entiende, por favor, que mi trabajo es decirte estas cosas. Puede que no sea un tema agradable de conversación, pero los papás tenemos que avisar de estas cosas a nuestros hijos. Es mi trabajo, no te enojes.

—Lo sé —farfulló Tate, mientras untaba mantequilla en un panecillo. Se sentía realmente molesto.

—Anda, comamos un poco más y luego tomemos un poco de ese pastel de nueces. —En cuanto les sirvieron el pastel, Scupper añadió—: Bueno, ya que hemos hablado de cosas que no mencionamos nunca, quizá deba decir algo más que me pasa por la cabeza.

Tate puso los ojos en blanco ante su rebanada de pastel.

—Quiero que sepas, hijo, que estoy muy orgulloso de ti. Has estudiado por tu cuenta la vida de la marisma, has sacado buenas calificaciones en la escuela y buscaste una universidad para graduarte en Ciencias. Te aceptaron. No soy de los que dicen mucho estas cosas, pero estoy muy orgulloso de ti, hijo.. ¿De acuerdo?

—Sí. De acuerdo.

Más tarde, en su cuarto, Tate recitó su poema preferido:

Oh, ¿cuándo veré el lago crepuscular,
y la blanca canoa de mi amada?

TATE IBA A VER a Kya siempre que le era posible después del trabajo, pero nunca podía quedarse mucho tiempo. A veces era un viaje en barca de cuarenta minutos para pasar diez minutos paseando por la playa tomados de la mano. Se besaban mucho. Sin perder un momento. Para luego volver. Quería tocarle los pechos; hubiera matado solo por verlos. Yacía despierto por la noche mientras pensaba en sus muslos, en lo suaves y firmes que debían de ser. Pensar más allá de sus muslos lo hacía revolcarse en las sábanas. Pero ella era tan joven y tímida... Si hacía mal las cosas, podría afectarla de algún modo, y él sería mucho peor que los chicos que solo hablaban de tirársela. Su deseo de protegerla era tan fuerte como el otro. A veces.

EN CADA VIAJE PARA ver a Kya, Tate le llevaba libros de la escuela o de la biblioteca, sobre todo de biología o sobre las criaturas de la marisma. Sus progresos eran sorprendentes. Ya podía leer cualquier cosa, le decía él, y, cuando uno puede leer cualquier cosa, puede aprenderlo todo. Ya solo dependía de ella.

—Nadie llega a llenarse el cerebro del todo. Somos como jirafas que no usan el cuello para llegar a las hojas más altas.

Kya se pasaba las horas sola, leyendo a la luz de la lámpara sobre cómo cambian con el tiempo las plantas y los animales para adaptarse a la cambiante tierra, cómo algunas células se dividen y especializan para ser pulmones o corazones mientras que otras no se comprometen, como las células madre, por si acaso son necesarias más tarde. Los pájaros cantan sobre todo al alba porque el aire fresco y húmedo de la mañana transporta mucho más lejos su canto y lo que significa. Había visto toda su vida esas maravillas, por lo que asimilaba con facilidad los métodos de la naturaleza.

Y en todos esos mundos de la biología, buscaba una explicación de por qué una madre abandonaría a sus crías.

UN FRÍO DÍA, MUCHO después de que los sicomoros hubieran perdido todas las hojas, Tate bajó de su barca con un regalo envuelto en papel verde y rojo.

—Yo no tengo nada para ti —dijo ella cuando le entregó el regalo—. No sabía que era Navidad.

—No lo es. —Sonrió—. Ni de lejos —mintió—. Vamos, no es nada.

Ella le quitó el papel con cuidado para descubrir un diccionario Webster de segunda mano.

—Oh, Tate, gracias.

—Mira dentro.

En la letra *P* había una pluma de pelícano, unos brotes de nomeolvides entre dos páginas de la *N*, un champiñón seco en la *C*. Había tantos tesoros almacenados entre sus páginas que el libro no se cerraba del todo.

—Intentaré volver el día después de Navidad. Quizá pueda traerte un plato de pavo.

Él se despidió con un beso. Una vez que se hubo ido, Kya maldijo en voz alta. Era la primera oportunidad que había tenido, desde que Ma se fue, de hacerle un regalo a alguien a quien quería, y la había perdido.

Unos días después, esperó a Tate en la orilla de la laguna, tiritaba con el vestido de gasa sin mangas color durazno. Caminaba a un lado y otro mientras sujetaba el regalo que tenía para él —el penacho de un cardenal macho—, envuelto en el mismo papel de colores. En cuanto él bajó de la barca, le puso el regalo en las manos e insistió en que lo abriera ahí mismo, cosa que hizo.

—Gracias, Kya. No tenía ninguno.

Kya sintió que su Navidad era completa.

—Ahora vamos dentro. Debes estar helada con ese vestido.

La cocina estaba caldeada por el fuego de la estufa, pero él siguió sugiriéndole que se pusiera un suérter y unos *jeans*.

Calentaron juntos la comida que él había llevado: pavo, relleno de pan de maíz, salsa de arándanos, guiso de camote y pastel de calabaza. Eran sobras de la cena de Navidad que había comido en el restaurante con su papá. Kya había hecho panecillos, y comieron en la mesa de la cocina, que había decorado con conchas y acebo.

—Yo lavaré —dijo mientras vertía en el fregadero agua caliente de la estufa de leña.

—Te ayudo.

Y se puso detrás de ella, y le rodeó la cintura con los brazos. Ella recostó la cabeza en su hombro y cerró los ojos. Los dedos de él se movieron despacio bajo el suéter de ella y recorrieron su esbelto estómago hacia los pechos. Como era habitual, ella no llevaba sujetador y él le rodeó los pezones con los dedos. Su tacto se demoró ahí, pero ella notó que una sensación le recorría el cuerpo, como si las manos de él se hubieran desplazado hasta su entrepierna. Por todo su cuerpo latió una ausencia que ansiaba llenarse con urgencia. Pero no sabía qué hacer, qué decir, así que se pegó a él.

—Está bien —dijo él. Y siguió abrazándola. Los dos respiraban con fuerza.

EL SOL, TODAVÍA TÍMIDO y sumiso ante el invierno, se asomaba de vez en cuando entre los días de viento cruel y amarga lluvia. Entonces, una tarde, la primavera llegó de pronto dando codazos para quedarse. Los días se caldearon y el cielo brilló como si lo hubieran pulido. Kya hablaba en voz baja mientras caminaba con Tate por la hierba, a la orilla de un profundo torrente bordeado por altos árboles de liquidámbar. Él la tomó repentinamente de la mano y ella se calló. Siguió la mirada de él hasta el borde del agua, donde se acuclillaba bajo el follaje una rana de seis pulgadas de ancho. Era una imagen bastante corriente, salvo por el hecho de que esta rana era luminosamente blanca.

Tate y Kya se sonrieron y miraron hasta que desapareció dando un silencioso y gran salto. Aun así, guardaron silencio mientras retrocedían cinco yardas entre los arbustos. Kya se llevó las manos a la boca y se rio. Se apartó de él con un baile infantil de su cuerpo no tan infantil.

Tate se quedó mirándola un segundo, sin pensar ya en ranas. Avanzó hacia ella con intención. Su expresión la detuvo ante un ancho roble. Él la agarró de los hombros y la empujó con firmeza contra el árbol. Le sujetó los brazos contra los costados y la besó mientras empujaba su ingle contra la de ella. Desde Navidad se habían besado y explorado despacio, no así. Él siempre había tomado la iniciativa, pero la miraba inquisitivo, buscaba señales para desistir, no como ahora.

Se separó de ella, la taladró con las profundas capas miel de sus ojos. Le desabotonó la blusa despacio y se la quitó para descubrirle los pechos. Se tomó su tiempo para examinarlos con ojos y dedos, y rodeó sus pezones. Entonces, le bajó la cremallera de los *shorts* y tiró de ellos hacia abajo hasta que cayeron al suelo. Kya, casi desnuda por primera vez ante él, jadeó y desplazó las manos para taparse. Él se las apartó con suavidad y se tomó su tiempo para mirarle el cuerpo. Ella sintió que le latía la entrepierna, como si toda su sangre se hubiera acumulado ahí. Él se quitó los *shorts* sin dejar de mirarla y empujó su erección contra ella. Cuando ella se apartó con timidez, él le levantó la barbilla.

—Mírame. Mírame a los ojos, Kya.

—Tate, Tate.

Ella alargó la mano hacia él, intentó besarlo, pero él la mantuvo apartada, y la obligó a recibirlo solo con los ojos. Ella no sabía que la desnudez pudiera provocar tal deseo. Él recorrió con sus manos el interior de sus muslos y ella apartó instintivamente cada pie un poco a un lado. Él movió los dedos entre las piernas de ella para masajearle lentamente partes que ella no sabía que existían, lo que la hizo echar atrás la cabeza y gemir.

De pronto, él se apartó de ella y retrocedió.

—Dios, Kya, lo siento. Lo siento.

—Tate, por favor, quiero hacerlo.

—Así no, Kya.

—¿Por qué no? ¿Por qué no así?

Ella le agarró los hombros e intentó acercarlo hacia sí.

—¿Por qué no? —repitió.

Él levantó la ropa de ella y la vistió. Sin tocarla donde ella quería, en partes de su cuerpo que aún le latían. Entonces, la levantó y la llevó cargando hasta la orilla del torrente. La dejó en el suelo y se sentó a su lado.

—Kya, te quiero más que a nada. Te quiero para siempre. Pero eres demasiado joven. Solo tienes quince años.

—¿Y qué? Tú solo tienes cuatro años más. Tampoco es que de pronto seas un adulto sabelotodo.

—Sí, pero yo no me puedo quedar embarazado. Esto no me puede perjudicar tan fácilmente como a ti. No lo haré, Kya, porque te amo.

Amor. En esa palabra no había nada que ella comprendiera.

—Sigues pensando que soy una niña —gimió ella.

—Kya, cada segundo que pasa suenas más y más como una niña.

Pero sonrió al decirlo, y tiró de ella para acercarla.

—¿Cuándo si no es ahora? ¿Cuándo podemos?

—Todavía no.

Guardaron silencio un momento.

—¿Cómo sabías qué hacer? —preguntó ella mientras agachaba la cabeza, tímida otra vez.

—Del mismo modo que tú.

UNA TARDE DE MAYO, cuando se alejaron caminando de la laguna, él dijo:

—Me iré pronto, ¿sabes? A la universidad.

Ya le había hablado de Chapel Hill, pero Kya se lo había quitado de la cabeza, pues sabía que al menos tendrían el verano.

—¿Cuándo? No ahora.

—Dentro de poco. En unas semanas.

—¿Por qué? Creí que la universidad empezaba en el otoño.

—Me aceptaron para un trabajo en un laboratorio de biología del campus. No puedo dejarlo pasar. Así que empezaré en el trimestre del verano.

De todos los que la habían dejado, solo Jodie se había despedido de ella. Todos los demás se habían ido para siempre, pero eso no hacía que se sintiera mejor. Le ardía el pecho.

—Volveré siempre que pueda. Tampoco está tan lejos. A menos de un día en autobús.

Ella guardaba silencio.

—¿Por qué tienes que ir, Tate? —dijo por fin—. ¿Por qué no puedes quedarte aquí, pescar camarones como tu papá?

—Kya, sabes por qué. No puedo hacer eso. Quiero estudiar la marisma, ser biólogo investigador.

Habían llegado a la playa y se sentaron en la arena.

—¿Y luego qué? Aquí no hay trabajos de eso. Nunca volverás a casa.

—Sí, volveré. No te dejaré, Kya. Te lo prometo. Volveré contigo.

Ella se puso en pie de un salto, lo que sobresaltó a las espátulas, que alzaron el vuelo graznando, y corrió de vuelta al bosque. Tate corrió tras ella, pero, en cuanto llegó a los árboles, se detuvo y miró a su alrededor. Ya la había perdido.

—Kya, no puedes salir corriendo ante cada problema —gritó por si podía oírlo todavía—. A veces hay que hablar las cosas. Enfrentarlas. —Y luego, con menos paciencia—: Maldita sea, Kya. ¡Maldición!

UNA SEMANA DESPUÉS, KYA oyó la barca de Tate zumbar a través de la laguna y se escondió tras un arbusto. Cuando entró por el canal, las garzas se elevaron con lentas alas plateadas. Una parte de ella quería correr, pero se acercó a la orilla y esperó.

—Hola —la saludó él.

No llevaba gorra, para variar, y sus indómitos cabellos rubios se agitaban sobre su rostro bronceado. Parecía como si en los últimos meses se le hubieran ensanchado los hombros para convertirse en los de un hombre.

—Hola.

Él bajó de la barca, la tomó de la mano y la condujo hasta el árbol de las lecturas, donde se sentaron.

—Resulta que me voy antes de lo que pensé. Me saltaré la ceremonia de graduación para empezar antes en el trabajo. Vengo a despedirme, Kya.

Hasta su voz parecía más de hombre, preparada para un mundo más serio.

Ella no contestó, y no lo miraba. Tenía un nudo en la garganta. Él dejó a sus pies dos bolsas de libros desechados por la escuela y la biblioteca, sobre todo de ciencias.

No estaba segura de poder hablar. Quería que la llevara de vuelta al lugar de la rana blanca. Quería que la tomara ahí mismo, por si acaso no volvía nunca.

—Te voy a extrañar, Kya. Cada día, todo el día.

—Quizá me olvides. Cuando estés ocupado con todo lo de la universidad y veas a todas esas chicas guapas.

—Nunca te olvidaré. Nunca. Cuida de la marisma hasta que vuelva, ¿me oyes? Y ten cuidado.

—Lo tendré.

—Lo digo en serio, Kya. Cuídate de la gente; no dejes que se te acerquen desconocidos.

—Creo que puedo esconderme o correr más rápido que nadie.

—Sí, creo que puedes. Volveré dentro de un mes, te lo prometo. Para el Cuatro de Julio. Volveré antes de que te des cuenta.

Kya no contestó, y él se levantó y se metió las manos en los bolsillos de los *jeans*. Ella se incorporó a su lado, pero los dos miraron a lo lejos, hacia los árboles.

Él la agarró por los hombros y la besó durante un largo rato.

—Adiós, Kya.

Ella miró un instante por encima del hombro de él y luego a sus ojos. Eran un abismo que ella conocía en toda su profundidad.

—Adiós, Tate.

Él subió a su barca sin decir otra palabra y cruzó la laguna. Se volvió justo antes de meterse entre las zarzas del canal y agitó la mano. Ella alzó la mano muy por encima de la cabeza y luego se la llevó al corazón.

19

Alguna cosa

1969

La mañana siguiente a la lectura del segundo informe del laboratorio, el octavo día desde que encontraron en el pantano el cadáver de Chase Andrews, el ayudante Purdue abrió con el pie la puerta de la comisaría y entró en ella. Llevaba café en dos vasos de papel y una bolsa con donas calientes, recién sacadas de la freidora.

—Ay, Dios, el olor a panadería —soltó Ed cuando Joe lo depositó todo en la mesa.

Los hombres sacaron una enorme dona de la bolsa de papel marrón salpicada de manchas de grasa. Chasquearon los labios y se lamieron el glaseado de los dedos.

—Tengo novedades —anunciaron los dos hombres, que hablaron el uno encima del otro.

—Adelante —dijo Ed.

—Sé por muchas fuentes que Chase tenía alguna cosa en la marisma.

—¿Alguna cosa? ¿Qué quieres decir?

—No estoy seguro, pero algunos en el Dog-Gone dicen que hace cuatro años empezó a ir mucho a la marisma, solo, y que no hablaba de eso. Seguía yendo de pesca con los amigos, pero también iba solo muy seguido. Estaba pensando que quizá estaba metido con marihuaneros o algo peor. Que se metió en algún asunto horrible con un narco. Quien con perros se acuesta, con pulgas se levanta. En este caso, no se levanta.

—No sé. Era un atleta, me cuesta imaginarlo metido en drogas —comentó el *sheriff*.

—Antiguo atleta. Y, de todos modos, muchos de ellos andan con drogas. Cuando se te acaban los días de ser un héroe, necesitas un subidón donde sea. O puede que tuviera alguna mujer por ahí.

—No conozco ninguna mujer por ahí que pudiera ser su tipo. Alternaba con la supuesta élite de Barkley. No con la basura.

—Pues si creía que se estaba rebajando, quizá por eso no contaba nada.

—Cierto —concedió el *sheriff*—. El caso es que, fuera lo que fuera que hacía ahí, nos abre un aspecto de su vida que no conocíamos. Investiguemos un poco, a ver qué sacamos.

—¿No dijiste que tú también tenías algo?

—No estoy seguro de qué será. Llamó la madre de Chase, dijo que tenía algo importante que contarnos sobre el caso. Algo sobre un collar de conchas que siempre usaba. Está segura de que es una pista. Quiere venir a hablar con nosotros.

—¿Cuándo vendrá?

—Esta tarde, pronto.

—Estaría bien tener una buena pista. Es mejor que buscar a un tipo con un suéter de lana rojo y un móvil pegado a él. Hay que reconocer que, si esto es un asesinato, fue uno muy inteligente. La marisma devoró y se tragó todas las pruebas, si es que había alguna. ¿Nos da tiempo de almorzar antes de que llegue Patti Love?

—Seguro. Y el especial son chuletas de cerdo fritas. Con pastel de zarzamora.

20

Cuatro de Julio

1961

El Cuatro de Julio, Kya se puso el vestido de gasa color durazno que ya le venía pequeño, caminó descalza hasta la laguna y se sentó en el tronco de lectura. El calor inclemente disipó los últimos retazos de niebla y el aire se llenó de una humedad densa que apenas permitía respirar. De vez en cuando se arrodillaba en la orilla y se echaba agua fría en el cuello, sin dejar de atender por si oía el zumbido de la barca de Tate. No le importaba esperar; leía los libros que le había traído.

El día se arrastró minuto a minuto, el sol se atascó en lo alto. El tronco se hizo más duro, así que se sentó en el suelo y apoyó la espalda contra un árbol. Al final, cuando sintió hambre, corrió de vuelta a la cabaña para tomar una salchicha sobrante y un panecillo. Comió deprisa, temerosa de que llegara cuando había abandonado su puesto.

La húmeda tarde atrajo a los mosquitos. No se oía ninguna barca; Tate no llegaba. Al atardecer, se levantó y miró inmóvil, erguida y silenciosa el canal vacío. Le dolía respirar. Se quitó el vestido, se metió en el agua y nadó en la fresca oscuridad; el agua se deslizaba por su piel, liberaba calor de su ser. Salió de la laguna y se sentó en una parte musgosa de la orilla, desnuda, hasta secarse, hasta que la luna brotó debajo de la tierra. Luego recogió la ropa y caminó hasta casa.

Al día siguiente, esperó. Fue caldeándose hora a hora hasta el mediodía, se ampolló por la tarde, palpitó tras el anochecer. Luego, la luna arrojó esperanza sobre el agua, pero también murió. Otro amanecer, otro mediodía abrasador. Un nuevo anochecer. La esperanza se hizo neutra. Su mirada perdió intensidad y, aunque seguía esperando oír la barca de Tate, ya no estaba tensa.

La laguna olía a vida y a muerte a la vez en una mezcolanza orgánica de promesa y podredumbre. Las ranas croaban. Contempló aburrida cómo las luciérnagas garabateaban en la noche. Nunca había metido luciérnagas en un frasco, se aprende mucho más cuando no están encerradas. Jodie le había enseñado que la luciérnaga hembra agita la luz de la cola para indicar al macho que está preparada para copular. Cada especie de luciérnaga tiene su propio lenguaje luminoso. Mientras Kya miraba, algunas hembras indicaban punto, punto, punto, raya, volaban y bailaban en zigzag, mientras que otras dibujaban raya, raya, punto, con otra pauta de baile. Por supuesto, los machos distinguían las señales de su especie y volaban hacia esas hembras. Entonces, tal como le había dicho Jodie, se frotaban con la parte inferior, como la mayoría de los seres, para producir crías.

Kya se sentó y prestó atención; una de las hembras había cambiado su código. Primero había emitido la secuencia adecuada de puntos y rayas, con la que había atraído a un macho de su especie, con el que copuló. Luego parpadeó un mensaje diferente, y un macho de otra especie voló hacia ella. El segundo macho, al leer su mensaje, creyó que era una hembra dispuesta de su misma especie y se dirigió hacia ella para la cópula. Pero, de pronto, la hembra fue hasta él, lo agarró con la boca y se lo comió, incluidas las seis patas y las dos alas.

Kya se fijó en las demás. Las hembras conseguían lo que querían con solo cambiar las señales: primero aparearse y luego comer.

Sabía que no había nada que juzgar. No había nada malvado en ello, la vida seguía adelante, incluso a costa de algunos participantes. La biología consideraba el bien y el mal como el mismo color visto con diferente luz.

Esperó a Tate una hora más y caminó de vuelta a la cabaña.

AL DÍA SIGUIENTE, VOLVIÓ a la laguna y maldijo los jirones de la cruel esperanza. Se sentó al borde del agua y escuchó, buscaba el sonido de un motor navegando por el canal o por los distantes estuarios.

A mediodía, se levantó y gritó.

—¡Tate! ¡Tate! ¡No! ¡No!

Y se dejó caer de rodillas y pegó la cara al barro. Sentía un fuerte tirón debajo de ella. Una marea que conocía muy bien.

21

Coop

1961

Un viento abrasador agitó las hojas de los palmitos como si fueran huesecillos secos. Kya no salió de la cama en los tres días siguientes a renunciar a Tate. Drogada por la desesperación y el calor, con la piel pegajosa, se tiraba de la ropa y de las sábanas húmedas por el sudor. Enviaba a los dedos de los pies en misiones de búsqueda de lugares frescos entre las sábanas, sin encontrar ninguno.

No se dio cuenta de cuándo salió la luna ni vio al gran búho cornudo lanzarse de día por un arrendajo azul. Desde la cama oía que la marisma la llamaba con las alas de los mirlos al alzar el vuelo, pero no acudió. Le dolió el canto lloroso de las gaviotas sobre las olas, que la llamaban, pero, por primera vez en su vida, no fue hasta ellas. Esperaba que el dolor de ignorarlas sustituyera al de su corazón desgarrado. No fue así.

Se preguntaba con languidez qué había hecho para que todo el mundo la abandonara. Su Ma. Sus hermanas. Toda su familia. Jodie. Y ahora Tate. Sus recuerdos más desgarradores eran los de las fechas desconocidas en que los miembros de su familia se fueron por el camino. El último retazo de una bufanda blanca vista entre las hojas. Un montón de calcetines dejados en un colchón en el suelo.

Tate y la vida y el amor habían sido la misma cosa para ella. Y ya no tenía a Tate.

—¿Por qué, Tate? ¿Por qué? —murmuró entre las sábanas—. Se suponía que ibas a ser diferente. Que te quedarías. Dijiste que me amabas, pero eso no existe. No hay nadie en la Tierra con quien se pueda contar.

Y desde un lugar en lo más profundo de su ser se prometió no volver a amar ni a confiar en nadie.

Siempre había encontrado las fuerzas y el ánimo para salir del barro, para dar el siguiente paso, por muy inseguro que fuera. ¿Y adónde le había llevado tanto esfuerzo? Entraba y salía de la duermevela.

De pronto, el sol le golpeó en la cara, brillante, pletórico, cegador. Nunca en toda su vida había dormido hasta el mediodía. Oyó un suave crujido y, al incorporarse sobre los hombros, vio un azor de Cooper del tamaño de un cuervo quieto al otro lado de la mosquitera, mirando al interior. Por primera vez en días, sintió que algo despertaba su interés. Se levantó mientras el azor alzaba el vuelo.

Finalmente, preparó una papilla de agua caliente y gachas y se dirigió a la playa a dar de comer a las gaviotas. Al entrar en la playa, las gaviotas sobrevolaron y descendieron en ráfagas, y ella se dejó caer de rodillas y arrojó la comida a la arena. Mientras se amontonaban a su alrededor, sintió que le rozaban los brazos y los muslos con las plumas, y echó la cabeza atrás y sonrió con ellas. Incluso con las lágrimas surcándole las mejillas.

Kya no se movió de casa en todo el mes siguiente al Cuatro de Julio, no fue a la marisma, ni con Jumpin' por gasolina y víveres.

Vivió a base de pescado seco, mejillones y ostiones. Gachas y verduras.

Cuando tuvo los estantes vacíos, fue finalmente a comprar provisiones a Jumpin', pero no charló con él como siempre. Hizo la compra y lo dejó ahí, mirándola fijamente. Necesitar a la gente acababa siendo doloroso.

Unas mañanas después, el azor de Cooper volvía a estar en los escalones y la miraba a través de la mosquitera. «Qué raro», pensó mientras inclinaba la cabeza al contemplarlo.

—Hola, Coop.

El pájaro dio un saltito, se elevó, hizo un vuelo de reconocimiento y subió hasta las nubes. Mientras miraba, Kya por fin se dijo: «Tengo que volver a la marisma», y salió con la barca, a viajar por canales y torrentes, a buscar nidos de pájaros, plumas y conchas por primera vez desde que la abandonó Tate. Incluso así, no podía dejar de pensar en él. En las fascinaciones intelectuales o en las chicas guapas de Chapel Hill que lo habían atraído. No podía imaginar cómo serían las universitarias, pero tomaran la forma que tomasen, siempre serían mejores que una loca descalza de pelo revuelto que vivía en una cabaña.

Para finales de agosto, su vida volvió a asentarse: viajes en barca, recolectar, pintar. Pasaron los meses. Iba a comprar a Jumpin' cuando lo requería la falta de suministros, pero hablaba muy poco con él.

Sus colecciones maduraron, acomodadas de forma metódica por orden, género y especie; por la edad según los huesos, por el tamaño acorde a los milímetros de pluma o por el más delicado tono de verde. La ciencia y el arte se entrelazaban en las características de unos y otros: colores, tonos, especies. La vida tejía una obra maestra llena de conocimiento y belleza que ocupaba cada rincón de su cabaña. Era su mundo. Había crecido sola con todo ello, como el tronco de una viña, y contenía todas las maravillas.

Pero, a medida que crecía su colección, también lo hacía su soledad. En su pecho vivía un dolor tan grande como su corazón. Nada lo calmaba. Ni las gaviotas, ni un espléndido anochecer, ni la más rara de las conchas.

Los meses se convirtieron en un año.

La soledad se hizo más grande de lo que podía contener. Ansiaba la voz, la presencia, el tacto de alguien, pero ansiaba aún más protegerse el corazón.

Los meses pasaron hasta conformar otro año. Y otro.

SEGUNDA PARTE

El pantano

22

La misma marea

1965

K ya tenía diecinueve años, las piernas más largas, los ojos más grandes y parecía que más negros; miraba cómo los cangrejos se enterraban en la arena de espaldas en la zona de resaca. De pronto, oyó voces por el sur y se puso en pie de un salto. El grupo de chicos —ya jóvenes adultos— que había observado en ocasiones a lo largo de los años se dirigía hacia ella, se tiraban un balón, corrían y daban patadas a la marea. Ansiosa por si la veían, corrió a zancadas hacia los árboles levantando la arena con los talones y se escondió tras el amplio tronco de un roble. Sabía lo rara que eso la hacía.

«Pocas cosas cambian —pensó—, ellos se ríen y yo me escondo como un cangrejo en la arena». Un ser salvaje avergonzado de su extravagante conducta.

Altaflacarrubia, Coladecaballopecosa, Siemprellevaperlas y Gorditacachetona correteaban por la playa, enredadas en risas y abrazos. Había oído sus burlas en sus escasos viajes al pueblo. «Sí, La Chica de la Marisma consigue la ropa de la gente de color; cambia mejillones por gachas».

Pero, tras tantos años, seguían siendo amigas. Eso ya era algo. Tenían una pinta rara por fuera, sí, pero, como le había dicho Mabel varias veces, eran un grupo sólido.

—Necesitas amigas, cariño, porque son para siempre. Sin juramentos. Una camarilla de mujeres es el lugar más tierno y fuerte de la Tierra.

Kya se sorprendió riéndose en voz baja con ellas mientras se salpicaban con agua salada. Luego gritaron al correr mientras se adentraban en las olas. A Kya le desapareció la sonrisa cuando salieron del agua y se dieron su tradicional abrazo en grupo.

Sus gritos hicieron que a Kya le pesara el silencio aún más. Ese compañerismo tiraba de su soledad, pero sabía que lo que la mantenía tras el roble era que la consideraran basura de la marisma.

Su mirada se desvió hacia el chico más alto del grupo. Llevaba pantalones cortos color caqui, iba sin camisa y era quien tiraba la pelota. Kya contempló los músculos que se abultaban en su espalda. Los hombros bronceados. Sabía que era Chase Andrews y, en los años transcurridos desde que casi la atropelló con la bicicleta, lo había visto con esos amigos en la playa, camino del *diner* para tomar un batido o comprando gasolina donde Jumpin'.

Ahora solo lo miraba a él a medida que se acercaba el grupo. Cuando otro lanzó el balón, se acercó al roble corriendo para atraparlo y hundió los pies desnudos en la arena caliente. Cuando alzó el brazo para lanzarlo, le dio por mirar atrás y vio los ojos de Kya. Tras pasar el balón, sin decir nada a los demás, se volvió y le sostuvo la mirada. Tenía el pelo negro, como ella, pero sus ojos eran azul pálido y su rostro, fuerte, apuesto. En sus labios se formó la sombra de una sonrisa. Entonces caminó de vuelta hasta los demás, con los hombros relajados, seguro de sí mismo.

Pero se había fijado en ella. Le había sostenido la mirada. A Kya se le heló el aliento mientras un ardor fluía por su ser.

Los siguió playa abajo, sobre todo a él. Su mente miraba a un lado; su deseo, a otro. Su cuerpo miraba a Chase Andrews, no a su propio corazón.

Volvió al día siguiente, a la misma marea, a una hora distinta, pero no había nadie ahí, solo escandalosos zarapitos y cangrejos que surcaban las olas.

Intentó obligarse a evitar esa playa y a quedarse en la marisma, buscando plumas y nidos de pájaros. Mantenerse a salvo, echar gachas a las gaviotas. La vida la había hecho una experta en machacar los sentimientos hasta dejarlos de un tamaño almacenable.

Pero la soledad tiene brújula propia. Y, al día siguiente, volvió a la playa en su busca. Y al otro.

AL FINAL DE UNA tarde, tras haber ido a buscar a Chase Andrews, Kya deja la cabaña y se tumba en una parte de la playa húmeda por la última ola. Alarga los brazos por encima de la cabeza, roza la arena húmeda con ellos y extiende las piernas y los dedos de los pies. Rueda lentamente hacia el mar con los ojos cerrados. Sus caderas y brazos dejan leves huellas en la brillante arena, que se iluminan y apagan a medida que se mueve. Al rodar cerca de las olas, nota por todo el cuerpo el rugido del océano y siente la pregunta: «¿Cuándo me tocará el mar? ¿Dónde me tocará primero?».

La espumeante marea se precipita a la orilla, hacia ella. Siente el cosquilleo de la expectación y respira hondo. Gira más y más despacio. Con cada revolución, justo antes de barrer la arena con la cara, incorpora ligeramente la cabeza y aspira el olor de la sal al sol. «Estoy cerca, muy cerca. Ya viene. ¿Cuándo la sentiré?».

La tensión va en aumento. La arena está cada vez más húmeda bajo ella, el rumor de la resaca es cada vez más fuerte. Cada vez gira más despacio, pulgada a pulgada, esperando el contacto. Pronto, pronto. Casi lo siente antes de que llegue.

Quiere abrir los ojos para mirar, para ver cuánto falta. Pero se resiste y aprieta aún más los párpados, el cielo cegador tras ellos no da pistas.

De pronto chilla cuando la fuerza se precipita bajo ella, le envuelve los muslos, corre entre las piernas, fluye por su espalda, gira bajo su cabeza, tira de sus cabellos en negros jirones. Rueda más deprisa dentro de la ola, cada vez más hondo, contra las conchas y trozos de océano que arrastra, abrazada por el agua. Empujada por el fuerte ímpetu del mar se siente agarrada, sostenida. No se siente sola.

Kya se incorpora y abre los ojos al océano que espumea a su alrededor en suaves pautas blancas, siempre cambiantes.

DESDE QUE CHASE LA miró en la playa, ha ido dos veces en la misma semana al muelle de Jumpin'. Sin admitir que esperaba encontrar a Chase ahí. Que alguien se fijase en ella había encendido un interruptor social.

—¿Cómo le va a Mabel? —le preguntaba ahora a Jumpin', como en los viejos tiempos—. ¿Tienen algún nieto en casa?

Jumpin' notó el cambio, pero decidió no comentarlo.

—Sí, señora, ahora tenemos cuatro con nosotros. En casa todo son risas y yo qué sé qué más.

Pero, unas mañanas después, Kya fue al muelle y no vio a Jumpin' por ninguna parte. Unos pelícanos pardos, parados en los pilotes, la miraron como si estuvieran vigilando la tienda. Kya les sonrió.

Se sobresaltó al notar un toque en el hombro.

—Hola.

Se volvió para ver a Chase parado detrás de ella. La abandonó la sonrisa.

—Soy Chase Andrews.

Sus ojos azul hielo traspasaron los suyos. Parecía completamente cómodo mirándola así.

Ella no dijo nada, pero apoyó el peso en la otra pierna.

—Te he visto por ahí. Ya sabes, todos estos años, en la marisma. ¿Cómo te llamas?

Por un momento, le pareció que ella no hablaría; quizá fuera retrasada o hablara algún idioma primitivo, como decían algunos. Un hombre menos seguro de sí mismo podría haberse ido ya.

Kya.

Resultaba evidente que no recordaba su encuentro con bicicleta en la acera y que no la conocía de nada salvo como La Chica de la Marisma.

—Kya. Es diferente. Pero bonito. ¿Quieres ir de pícnic? En mi barca, este domingo.

Ella miró más allá de él y se tomó tiempo para medir esas palabras, pero no conseguía calibrarlas. Era una oportunidad para estar con alguien.

—De acuerdo —dijo al fin.

Chase le dijo que se reuniera con él en la península de robles al norte de Point Beach, a mediodía. Entonces, se subió a su lancha de esquí azul y blanca, con cromados que brillaban desde cualquier superficie, y se alejó tras acelerar.

Kya se volvió al oir más pisadas. Jumpin' apareció en el muelle.

—Hola, señorita Kya. Perdone, andaba por ahí tirando unas cajas vacías. ¿Se lo lleno?

Ella asintió.

En el camino de vuelta a casa, apagó el motor y vagó a la deriva, con la orilla a la vista. Se recostó en la vieja mochila, contempló el cielo y recitó poesía de memoria, como hacía a veces. Una de sus preferidas era «Sea Fever», Fiebre marina, de John Masefield:

> ... solo pido un día de viento en el que vuelen nubes
>   blancas,
> y la rociada del agua y la espuma revuelta, y el grito de
>   las gaviotas.

Kya recordó un poema escrito por Amanda Hamilton, una poeta menos conocida, publicado en un periódico local que había comprado en el Piggly Wiggly:

> Atrapado en el interior,
> el amor es una bestia enjaulada,
> que devora su propia carne.
> El amor debe ser libre para vagar,
> para llegar a su costa elegida
> y respirar.

Las palabras le hicieron pensar en Tate, y dejó de respirar. Lo único que había necesitado él era encontrar algo mejor para marcharse. Ni siquiera había vuelto para despedirse.

. . .

KYA NO LO SABÍA, pero Tate había vuelto para verla.

El día anterior a tomar el autobús a casa aquel Cuatro de Julio, el doctor Blum, el profesor que lo había contratado, entró en el laboratorio de Protozoología y le preguntó a Tate si le gustaría unirse a un grupo de ecologistas reputados en una expedición ornitológica ese fin de semana.

—He notado su interés por la ornitología y me preguntaba si le gustaría venir. Solo tengo espacio para un estudiante, y pensé en usted.

—Sí, por supuesto. Ahí estaré.

En cuanto el doctor Blum se fue, Tate se quedó ahí parado, solo, entre mesas de laboratorio, microscopios y el zumbido del autoclave, y se preguntó cómo había cedido tan deprisa. Cómo había saltado para impresionar a su profesor. El orgullo de ser distinguido, de ser el único estudiante invitado.

Su siguiente oportunidad de volver a casa —y solo por una noche— fue quince días después. Estaba frenético por disculparse ante Kya, que lo entendería en cuanto supiera lo de la invitación del doctor Blum.

Redujo la marcha al abandonar el mar y entrar en el canal, donde los troncos estaban cubiertos por los relucientes lomos de tortugas que tomaban el sol. Casi a medio camino vio la barca de ella cuidadosamente oculta entre los altos espartales. Aminoró al instante y la vio en la distancia, arrodillada en un banco de arena, aparentemente fascinada por algún pequeño crustáceo.

Tenía la cabeza muy pegada al suelo y no había visto ni oído su barca. Tate desplazó el esquife hasta los juncos, fuera de la vista. Hacía años que sabía que ella lo espiaba a veces, y que lo vigilaba desde los arbustos. Un impulso lo llevó a imitarla.

Estaba descalza, vestida con unos *jeans* recortados y una camiseta blanca. Se levantó y estiró los brazos hacia lo alto, y exhibió su cintura de avispa. Volvió a arrodillarse y recogió arena con las manos, la filtró entre los dedos, examinó los organismos que quedaban agitándose en la palma de su mano.

Tate sonrió a la joven bióloga, absorta, ajena a todo. Se la imaginó en la retaguardia de un grupo ornitológico, intentando que no notasen su presencia, pero siendo la primera en localizar e identificar cada ave. Hubiera listado, con timidez y en voz baja, la especie precisa de hierba con que habían tejido cada nido o los días de vida de una cría hembra en función de los colores que empezaban a asomar en la punta de las alas. Pequeñeces exquisitas fuera del alcance de cualquier guía o conocimiento que pudiera haber tenido el estimado grupo ecologista. Los más pequeños detalles específicos que confirman a una especie. La esencia.

De pronto, se sobresaltó cuando Kya se puso en pie de un salto, dejó caer la arena de las manos y miró río arriba, lejos de Tate. Apenas se oía el rugido grave de un motor fueraborda que se dirigía hacia ellos, probablemente algún pescador o habitante de la marisma camino del pueblo. Un ronroneo, vulgar y tranquilo, como de palomas. Pero Kya recogió la mochila y corrió por el banco de arena para internarse por la alta hierba. Se acuclilló, se pegó mucho al suelo y se asomó de vez en cuando para ver si el barco estaba a la vista mientras caminaba agachada hacia su barca. Levantaba las rodillas casi hasta la barbilla. Ya estaba más cerca de Tate, y este pudo verle los ojos, oscuros y enloquecidos. Cuando llegó a la barca, se encogió junto a su panza y agachó la cabeza.

El pescador, un viejo con sombrero y rostro alegre, apareció ante ellos, sin ver ni a Kya ni a Tate, y desapareció tras el recodo. Pero ella se mantuvo inmóvil, escuchando, hasta que el motor desapareció en la distancia, y luego se levantó y se secó la frente.

Continuó mirando en dirección a la barca como un ciervo la espesura vacía donde antes había una pantera.

A cierto nivel, Tate siempre había sabido que ella se comportaba de ese modo, pero, desde que habían empezado con el juego de las plumas, no había presenciado ese aspecto suyo crudo y descarnado. Lo atormentado, aislado y extraño que resultaba.

Llevaba menos de dos meses en la universidad, pero ya había entrado en el mundo donde deseaba estar, ya analizaba la asombrosa simetría de la molécula de ADN como si se hubiera arrastrado hasta el interior de una resplandeciente catedral de átomos enroscados y ascendido por los peldaños circulares y ácidos de la hélice. Para ver que toda la vida depende de ese código preciso e intrincado transcrito en frágiles retazos orgánicos que perecerían al instante en un mundo ligeramente más frío o caliente. Para estar por fin rodeado de enormes preguntas y de personas tan curiosas como él que buscaban respuestas que lo conducirían hacia su objetivo de ser un biólogo investigador con laboratorio propio que interactuara con otros científicos.

La mente de Kya podría vivir ahí fácilmente, pero ella no. Escondido entre los espartales, respiraba con fuerza mientras contemplaba su decisión: o Kya o todo lo demás.

—Kya, Kya, no puedo hacerlo —susurró—. Lo siento.

En cuanto ella se alejó, se subió a su barca y navegó de vuelta al océano mientras maldecía al cobarde de su interior que no le dejaba decirle adiós.

23

La concha

1965

La noche siguiente a ver a Chase Andrews en el muelle de Jumpin', Kya se sentó ante la mesa de la cocina al ligero parpadeo de la luz de la linterna. Había vuelto a cocinar y en la cena mordisqueó panecillos de suero de mantequilla, nabos y frijoles pintos, y leyó mientras comía. Pero la idea de la cita-pícnic con Chase del día siguiente le desmadejaba cada frase.

Kya se levantó y entró en la noche a la luz cremosa de la medialuna a tres cuartos. El suave aire de la marisma era como seda alrededor de sus hombros. La luz de la luna eligió un camino inesperado a través de los pinos y arrojó sombras rimadas. Paseó como una sonámbula mientras la luna salía desnuda de las aguas y trepaba rama a rama por los robles. El barro viscoso de la orilla de la laguna brillaba bajo la intensa luz y cientos de luciérnagas puntuaban los árboles. Kya llevaba un vestido blanco de segunda mano con una falda de mucho vuelo y agitaba despacio los brazos a su alrededor, y bailaba con la música de los saltamontes y los sapos leopardo. Se deslizó las manos por los costados hasta llegar al cuello, y luego las movió por los muslos teniendo ante los ojos el rostro de Chase Andrews. Quería que él la tocase así. La respiración se le hizo más profunda. Nadie la había mirado como la miraba él. Ni siquiera Tate.

Bailó entre las pálidas alas de las efímeras que revoloteaban sobre el barro iluminado por la luna.

LA MAÑANA SIGUIENTE, RODEÓ la península y vio a Chase en su barca, frente a la orilla. Tenía la realidad delante, a la luz del día, esperando, y se le secó la garganta. Navegó hasta la playa, bajó de la barca y la arrastró tierra adentro. La quilla crujió contra la arena.

Chase se acercó a ella.

—Hola.

Ella asintió y miró por encima del hombro. Él bajó de su barca y le ofreció una mano abierta de largos dedos morenos. Ella dudó; tocar a alguien significaba entregar una parte de su ser, una parte que nunca recuperaría.

Aun así, posó suavemente la mano en la de él. Él la sostuvo mientras subía por la popa y se sentaba en el asiento acolchado. Un día agradable y cálido los contemplaba y Kya parecía una chica corriente con sus *jeans* recortados y una blusa blanca de algodón, atuendo que había copiado de las otras chicas. Él se sentó a su lado y ella sintió que su manga se deslizaba suavemente por el brazo.

Chase dirigió la barca hacia el océano. El mar abierto los sacudió más que la tranquila marisma y ella veía que el movimiento del mar haría que su brazo se frotara con el de él. Esa anticipación de su roce la hizo mirar fijamente al frente, pero sin moverse.

Finalmente, una ola más grande los elevó y descendió, y el brazo de él, sólido y cálido, acarició el de ella, y se apartó para luego volver a tocarla en cada ascenso y descenso. Y cuando, debajo de ellos, los elevó la resaca, el muslo de él se rozó con el de ella, que contuvo la respiración.

Se dirigieron al sur bordeando la costa, y aceleraron cuando su barca era la única en la lejanía. Diez minutos después, varias millas de blanca playa se extendían a lo largo de la línea de la marea, resguardados del resto del mundo por un espeso bosque. Detrás de ellos, Point Beach se desplegaba en el mar como un brillante abanico blanco.

Chase no había pronunciado ni una palabra desde que la había saludado; ella no había dicho nada. Condujo la barca hasta la orilla y dejó la canasta en la arena, a la sombra de la barca.

—¿Quieres dar un paseo? —preguntó él.

—Sí.

Caminaron por el agua, las olitas chocaban contra sus tobillos en pequeños remolinos que luego tiraban de sus pies al ser arrastradas de vuelta al mar.

Él no la tomó de la mano, pero, de vez en cuando, sus dedos se rozaban en un movimiento natural. A veces se arrodillaban para examinar una concha o una tira de transparentes algas que giraban de forma artística. Los ojos azules de Chase eran juguetones; sonreía con facilidad. Tenía la piel tan bronceada como ella. Los dos eran altos, elegantes, similares.

Kya sabía que Chase había elegido no ir a la universidad y trabajar para su papá. Destacaba en el pueblo, era el machito. Y, en alguna parte de su interior, a ella le preocupaba que también la considerase una obra de arte playera, una curiosidad a la que darle vueltas en la mano antes de arrojarla de nuevo a la arena. Pero siguió caminando a su lado. Le había dado una oportunidad al amor, y solo quería llenar los espacios vacíos. Apaciguar la soledad mientras aislaba su corazón.

Al cabo de una milla, él la miró e hizo una profunda reverencia, y movió el brazo en una exagerada invitación para que se sentaran en la arena, contra un tronco arrastrado hasta ahí por el mar. Hundieron los pies en los blancos cristales de la arena y se recostaron contra él.

Chase sacó una armónica del bolsillo.

—Oh —comentó ella—, tocas.

Notó las palabras ásperas en la boca.

—No muy bien. Pero cuando tengo público apoyado contra un tronco en la playa...

Cerró los ojos y tocó «Shenandoah»; movía la palma de la mano por el instrumento como un pájaro atrapado contra un cristal. Era un sonido bonito y quejumbroso, como una carta de un hogar remoto. Entonces, de pronto, se interrumpió a media canción y tomó una concha ligeramente más grande que una moneda, de un color blanco cremoso salpicado de brillantes manchas rojas y púrpuras.

—Ey, mira esto —dijo.

—Es una venera, una *Pecten ornatus* —explicó Kya—. No se ven a menudo. Hay muchas de este género, pero esta especie concreta suele darse en regiones al sur de esta latitud porque estas aguas son demasiado frías para ellas.

Él se quedó mirándola. De todos los rumores que se oían, ninguno decía que La Chica de la Marisma, la chica que no sabía deletrear «perro», se supiera los nombres latinos de las conchas, dónde se daban y el porqué, por el amor de Dios.

—No lo sabía —admitió él—, pero, mira, está mal. —Las pequeñas valvas eran deformes a ambos lados del ligamento y tenían un agujerito en la base. Le dio vueltas en la mano—. Toma, quédatela. Tú eres la de las conchas.

—Gracias. —Y se la metió en el bolsillo.

Él tocó algunas canciones más, y acabó con una estampida de «Dixie». Luego caminaron de vuelta hasta donde estaba la canasta de mimbre y se sentaron en un mantel a cuadros para comer pollo frito frío, jamón curado, panecillos y ensalada de papa. También pepinillos dulces con eneldo y rebanadas de un pastel de cuatro pisos con un glaseado de caramelo de media pulgada de grosor. Todo hecho en casa, envuelto en papel encerado. Abrió dos botellas de Royal Crown Cola y la sirvió en vasos de papel. Era el primer refresco que Kya tomaba en su vida. Tan generoso despliegue le resultaba increíble, con las servilletas de tela, los platos de plástico y los cubiertos. Había hasta minúsculos saleros y pimenteros. Debía de haberlo preparado su madre, pensó ella, sin saber que iba a verse con La Chica de la Marisma.

Hablaron en voz baja de cosas del mar —con los pelícanos planeando y los zarapitos saltando a su alrededor—, sin tocarse, y rieron poco. Kya señaló una hilera desigual de pelícanos, él asintió y maniobró para acercarse más a ella, de modo que se rozaron ligeramente los hombros. Cuando ella lo miró, él le levantó la barbilla con la mano y la besó. Le rozó suavemente el cuello y pasó los dedos por la blusa hasta el pecho. La besó y la abrazó, esta vez con más firmeza, y se echó hacia atrás hasta que se tumbaron en el mantel. Se movió despacio para situarse sobre ella, empujó la ingle entre sus piernas y le levantó la blusa con un movimiento. Ella apartó la cabeza y se quitó de abajo de él; la indignación ardía en sus ojos más negros que la noche. Se bajó la blusa.

—Tranquila, tranquila. No pasa nada.

Ella se quedó inmóvil, arrebatadora, con los cabellos esparcidos por la arena, el rostro acalorado, la boca roja ligeramente entreabierta. Él alargó la mano con cuidado para tocarle la cara, pero ella se apartó de un salto, veloz como un gato, y se puso de pie.

Kya respiraba con fuerza. La noche anterior, cuando bailaba sola en la orilla de la laguna y se movía al son de la luna y las efímeras, había creído estar lista. Creía saberlo todo acerca del apareamiento por haber observado a las palomas. Nadie le había hablado nunca de sexo y la única experiencia que tenía de los preliminares había sido con Tate. Conocía los detalles por los libros de biología y había visto a más criaturas copulando —que no se limitaban a «frotarse con la parte inferior» como le había dicho Jodie— que la mayoría de la gente.

Pero esto era demasiado brusco: pícnic y aparearse con La Chica de la Marisma. Hasta los pájaros machos seducen a las hembras durante un rato, lucen sus brillantes plumas, construyen cosas, representan magníficos bailes y entonan canciones de amor. Sí, Chase le había preparado un banquete, pero ella valía algo más que un pollo frito. Y «Dixie» no contaba como canción de amor. Si lo hubiera sido, se hubiera dado cuenta. El único momento en que los mamíferos machos te rondan es cuando están en celo.

El silencio aumentó mientras se miraban, roto solo por el sonido de su respiración y el de las olas que rompían contra la orilla. Chase se sentó y buscó su brazo, pero ella lo apartó.

—Lo siento. No pasa nada —dijo él mientras se levantaba.

Cierto, había ido hasta ahí para poseerla, para ser el primero, pero estaba fascinado al ver esos ojos llameantes.

—Anda, Kya —volvió a intentarlo—. Ya dije que lo siento. Solo olvídalo. Te llevaré a tu barca.

Ante eso, ella dio media vuelta y caminó por la arena en dirección a los árboles. Contoneando su esbelto cuerpo.

—¿Qué haces? No puedes volver a pie desde aquí. Está muy lejos.

Pero ella ya estaba entre los árboles, corría hacia ahí, primero tierra adentro, luego atravesó la península, en dirección a su barca. La zona era nueva para ella, pero los mirlos la guiaban por las marismas del interior. No la detuvieron ni ciénagas ni barrancos, atravesó arroyos y saltó troncos.

Finalmente, se dobló sobre sí misma, jadeó y cayó de rodillas. Maldijo con cansancio. No podría sollozar mientras gritara. Pero nada podía detener esa abrasadora vergüenza, esa aguda tristeza. Estaba ahí movida por la simple esperanza de estar con alguien, de ser deseada, de que la tocaran. Pero esas eran manos apresuradas que solo *tomaban,* que no *compartían* ni *daban.*

Escuchó por si lo oía ir tras ella, insegura de si quería o no verlo aparecer entre la espesura para tomarla de los brazos y suplicarle. Volvió a enfurecerse ante esa idea. Luego, agotada, se levantó y anduvo el resto del camino hasta su barca.

24

La torre de vigilancia

1965

Las nubes de tormenta se amontonaban y empujaban contra el horizonte mientras Kya se internaba en el mar de la tarde. No veía a Chase desde el pícnic de la playa, diez días antes, pero seguía sintiendo la forma y la firmeza de su cuerpo sobre el de ella contra la arena.

No había más barcas a la vista cuando se dirigió hacia una ensenada al sur de Point Beach, donde una vez había visto unas mariposas inusuales, de un blanco tan potente que podían haber sido albinas. Pero cuarenta yardas más allá, soltó de pronto la caña del timón al ver a los amigos de Chase metiendo canastas y brillantes servilletas en sus barcas. Kya dio media vuelta para irse a toda velocidad, pero, contrariando ese fuerte impulso, se volvió para buscarlo con la mirada. Sabía que nada de ese anhelo tenía sentido. Que una conducta ilógica que solo busca llenar un vacío no la satisfaría mucho más. ¿Cuánto darías por derrotar a la soledad?

Y ahí estaba él, caminaba hacia su barca con los aparejos de pesca cerca del lugar donde la había besado. Siemprellevaperlas lo seguía cargando con una hielera.

De pronto, Chase volvió la cabeza y miró directamente hacia su barca. Ella no se volvió, sino que le sostuvo la mirada. Como siempre, la venció la timidez y rompió el contacto visual. Aceleró y navegó hasta una oscura ensenada. Esperaría ahí hasta que esa pequeña flota se marchara, antes de ir a la playa a su vez.

Diez minutos después, navegaba de vuelta al mar y, ante ella, vio a Chase, solo en su barca, a merced de las olas. Esperando.

El viejo anhelo se intensificó. Él seguía interesado en ella. Cierto, se había excedido en el pícnic, pero se había detenido cuando ella lo había apartado. Se había disculpado. Quizá debía darle otra oportunidad.

Él le hizo una seña para que se acercara.

—Hola, Kya.

No fue hacia él, pero tampoco se alejó. Él acercó la lancha.

—Kya, siento lo del otro día, ¿sí? Anda, quiero enseñarte la torre de vigilancia.

Ella no habló, seguía a la deriva hacia él. Sabía que era por debilidad.

—Mira, si nunca te has subido a la torre, es un buen lugar para ver la marisma. Sígueme.

Ella aumentó la marcha y dirigió la barca hacia él, sin dejar de estudiar el mar para asegurarse de que sus amigos no estaban a la vista.

Chase se dirigió al norte, más allá de Barkley Cove, con el pueblo sereno y colorido en la distancia, para atracar en la playa de una pequeña bahía muy adentrada en el bosque. Tras asegurar las barcas, la guio por un camino abundante en árboles de la cera y en acebo espinoso. Nunca había estado en ese bosque húmedo y de abundantes raíces, porque estaba más allá del pueblo y demasiado cerca de la gente. Mientras caminaban, finos arroyuelos de agua estancada asomaban bajo la espesura, furtivos recordatorios de que el mar poseía aquella tierra.

De pronto, se vieron rodeados por un auténtico pantano con su olor a tierra podrida y aire mohoso. Repentino, sutil y silencioso, se extendía por todo el oscuro bosque.

Kya vio sobre las copas de los árboles la destartalada plataforma de madera de la abandonada torre de vigilancia, y unos minutos después, llegaron a las patas de la base, hechas de postes cortados de forma basta. Un barro negro lo llenaba todo alrededor de las patas y debajo de la torre, y la humedad le carcomía las vigas. Una escalera zigzagueaba hasta la cima, y su estructura se estrechaba a cada piso.

Tras cruzar ese cieno, empezaron a subir, Chase iba delante. Al quinto tramo de escalera, el bosque de robles se extendía al este hasta donde alcanzaba la vista. En las otras direcciones se veían riachuelos, lagunas, arroyos y estuarios que se entretejían entre la brillante hierba verde hasta el mar. Kya nunca había estado tan alto sobre la marisma. Ahora que tenía todas las piezas a sus pies veía por primera vez la cara de su amiga.

Cuando llegaron al último escalón, Chase abrió la reja de hierro que había sobre la escalera. Una vez que salieron a la plataforma, volvió a dejarla como estaba. Antes de poner el pie en la plataforma, Kya la probó golpeándola con los pies. Chase se rio.

—Está bien, no te preocupes.

La condujo hasta la barandilla, desde donde contemplaron la marisma. Dos halcones de cola roja, con el viento silbando entre sus alas, pasaron volando a su altura, e inclinaron la cabeza, sorprendidas de ver a dos jóvenes humanos en su espacio aéreo.

—Gracias por venir, Kya —dijo Chase, que se volvió hacia ella—. Por darme otra oportunidad para decirte que lamento lo del otro día. Me pasé de la raya y no va a volver a pasar.

Ella se llevó la mano al bolsillo de los *jeans*.

—Hice un collar con la concha que encontraste. No tienes por qué llevarlo si no quieres.

La noche anterior había enhebrado la concha en cuero crudo pensando en llevarla ella, pero sabía que lo que deseaba era volver a ver a Chase, y que se lo daría si tenía ocasión. Pero ni siquiera en ese anhelante ensueño hubiera podido imaginarse en lo alto de esa torre de vigilancia con el mundo a sus pies. Una cumbre.

—Gracias, Kya —dijo. Lo miró y se lo puso por la cabeza, y frotó la concha cuando reposó contra su cuello—. Claro que lo llevaré.

No dijo nada manido como «Lo llevaré siempre, hasta el día que me muera».

—Llévame a tu casa —pidió Chase.

Kya pensó en la cabaña acuclillada bajo los robles, en sus maderos grises manchados con sangre del tejado oxidado. En la mosquitera con más agujeros que una red. Ese lugar remendado.

—Está lejos. —Fue todo lo que respondió.

—Kya, no me importa lo lejos que esté o cómo sea. Anda, vamos.

Esta posibilidad de aceptación podría haber desaparecido si ella decía que no.

—Muy bien.

Bajaron de la torre, y él la guio de vuelta a la bahía, y le hizo un gesto para que se adelantara en su barca. Viajaron hacia el laberinto de estuarios y ella agachó la cabeza al entrar en su canal cubierto de verdor. La lancha de él era casi demasiado grande para pasar entre la vegetación y, desde luego, demasiado azul y blanca, pero consiguió pasar mientras las ramas chirriaban contra el casco.

Cuando la laguna se mostró ante ellos, los detalles delicados de cada rama musgosa y cada hoja reluciente se reflejaban en la limpia agua oscura. Libélulas y garcetas blancas se elevaron brevemente ante esa extraña barca antes de volver a posarse sobre alas silenciosas. Kya amarró la barca mientras Chase se acercaba a la orilla. La gran garza azul, que hacía tiempo que había aceptado su presencia, se mantuvo inmóvil como una cigüeña a unos pies de distancia.

La línea de camisetas y overoles gastados colgaba tensa en el tendedero, y los nabos se habían extendido tanto que costaba distinguir dónde acababa el huerto y empezaba el bosque.

—¿Desde cuándo vives aquí sola? —preguntó él mientras miraba la remendada mosquitera.

—No sé cuándo se fue Pa exactamente. Pero creo que hace unos diez años.

—Qué bueno vivir aquí sin papás que te digan qué hacer.

Kya no respondió, salvo para decir:

—Dentro no hay nada que ver.

Pero él ya estaba subiendo los escalones de madera y ladrillo. Lo primero que vio fueron sus colecciones en estantes caseros. Un *collage* de la resplandeciente vida que había más allá de la mosquitera.

—¿Tú hiciste todo eso?

—Sí.

Primero miró un momento a unas mariposas, pero enseguida perdió el interés. «¿Por qué guardar cosas que puedes ver al salir por la puerta?», pensó.

El pequeño colchón en el suelo del porche tenía la colcha tan gastada como una bata vieja, pero la cama estaba hecha. Unos pocos pasos los llevaron a la pequeña sala de estar, con su desvencijado sofá, y luego echó un rápido vistazo al dormitorio trasero, de paredes cubiertas por plumas de todas las formas, tamaños y colores.

Ella le hizo un gesto para que entrara a la cocina y él se preguntó qué podría ofrecerle. Seguro que no tenía Coca-Cola ni té helado; tampoco galletas ni panecillos fríos siquiera. En la estufa se veía el pan de maíz sobrante junto a una olla de frijoles de carita, sin vaina y listos para cocinarse de cara a la cena. Nada para un invitado.

Movida por la costumbre, metió un poco de leña en la caldera de la estufa. Azuzó los rescoldos hasta que brotaron las llamas.

—Eso es —dijo ella, de espaldas a él, mientras movía la bomba para llenar de agua la mellada tetera, en una escena de la década de 1920 proyectada a la actual década de 1960.

No tenía agua corriente, ni electricidad, ni baño. La bañera de lata, de bordes mellados y oxidados, estaba en un rincón de la cocina; la alacena contenía sobras cuidadosamente cubiertas con trapos de cocina y el refrigerador estaba abierto con un matamoscas. Chase nunca había visto nada parecido.

Le dio a la bomba y vio cómo el agua caía a la jofaina esmaltada que hacía las veces de fregadero. Tocó los maderos cuidadosamente apilados contra la cocina. La única luz eran unas lámparas de queroseno, con la boca gris por el humo.

Chase era el primer visitante desde Tate, el cual la había aceptado con tanta naturalidad como las demás criaturas de la marisma. Con Chase se sentía expuesta, como si alguien la fileteara como a un pescado. La vergüenza se acumuló en su interior. Siguió dándole la espalda, pero sintió que se movía por la habitación, y siguió sus desplazamientos por los familiares crujidos del suelo. Entonces se paró detrás de ella, le dio la vuelta con suavidad y la abrazó. Puso los labios contra sus cabellos y ella sintió su respiración cerca de su oreja.

—Kya, nadie que conozco hubiera podido vivir aquí solo, de este modo. A la mayoría de los chicos, incluso a los hombres, les hubiera dado demasiado miedo.

Kya creyó que iba a besarla, pero él bajó los brazos y caminó hasta la mesa.

—¿Qué quieres de mí? —preguntó ella—. Dime la verdad.

—Mira, no voy a mentirte. Eres guapa, libre, salvaje como una maldita galerna. El otro día quise acercarme a ti todo lo que podía. ¿Quién no hubiera querido? Pero eso no está bien. No debí hacerlo de ese modo. Solo quiero estar contigo, ¿sí? Que nos conozcamos.

—Y luego ¿qué?

—Descubriremos lo que sentimos. No haré nada mientras tú no quieras que lo haga. ¿Qué dices?

—Muy bien.

—Dijiste que tenías una playa. Vamos a la playa.

Ella cortó pedazos del pan de maíz sobrante para llevárselo a las gaviotas y fue delante de él por el sendero hasta que este se abrió a la arena luminosa y al mar. Cuando lanzó su grito, las gaviotas aparecieron y volaron en círculo sobre ella y alrededor de sus hombros. El macho grande, Gran Rojo, aterrizó y caminó a un lado y otro entre sus pies.

Chase se mantuvo a cierta distancia mientras miraba cómo Kya desaparecía entre los pájaros. No tenía planeado sentir nada por esa chica descalza, extraña y salvaje, pero, al verla ahí, caminando en círculos por la arena, con pájaros en las yemas de los dedos, se sintió tan intrigado por su belleza como por su autosuficiencia. Nunca había conocido a nadie como Kya; en él se agitó la curiosidad además del deseo. Cuando volvió a su lado, le preguntó si podía volver al día siguiente, prometió que ni siquiera la tomaría de la mano, que solo quería estar cerca de ella. Kya se limitó a asentir. Era la primera vez, desde que se fue Tate, que sentía esperanza en el corazón.

25

Una visita de Patti Love

1969

Llamaron suavemente a la puerta de la oficina del *sheriff*. Joe y Ed alzaron la mirada para ver a Patti Love Andrews, madre de Chase, sombría y rota al otro lado del cristal esmerilado. Aun así, la reconocieron por su vestido negro y su sombrero. Cabellos castaños con toques de gris recogidos en un pulcro moño. Un tono de lápiz de labios adecuadamente apagado.

Los dos hombres se levantaron y Ed abrió la puerta.

—Patti Love, hola. Pase. Siéntese. ¿Puedo ofrecerle café?

Ella miró las jarras medio vacías, con goterones en los bordes.

—No, gracias, Ed. —Se sentó en la silla que le ofreció Joe—. ¿Tiene alguna pista? ¿Algo nuevo desde que recibió el informe del laboratorio?

—No. No tenemos nada. Lo estamos repasando todo con sumo cuidado, y Sam y usted serán los primeros en saber si encontramos algo.

—Pero no fue un accidente, Ed, ¿verdad? Sé que no fue un accidente. Chase nunca se hubiera caído solo de la torre. Usted sabe que era un gran atleta. Y muy listo.

—Coincidimos en que hay indicios suficientes para sospechar que hay algo sucio aquí. Pero la investigación está en marcha y todavía no tenemos nada definitivo. ¿Dijo usted que quería contarnos algo?

—Sí, y creo que es importante. —Miró a Ed, luego a Joe y de nuevo a Ed—. Chase llevaba siempre un collar con una concha. Desde hace años. Sé que lo llevaba la noche que fue a la torre. Esa noche cenó con Sam y conmigo, ¿recuerda que se lo dije? Pearl no pudo venir porque era su noche de *bridge,* y Chase llevaba el collar antes de ir a la torre. Y después de... Bueno, cuando lo vimos en la clínica, no llevaba el collar. Supuse que se lo había quitado el forense, así que no lo mencioné entonces, y luego, con lo del funeral y todo eso, se me olvidó. Pero el otro día fui hasta Sea Oaks y le pedí al forense ver las cosas de Chase, sus efectos personales. Se los quedaron para hacer pruebas, pero quería tocarlos, sentir lo que llevaba puesto la última noche. Así que me permitieron sentarme en una mesa y tocarlos, y, *sheriff,* el collar con la concha no estaba. Le pregunté al forense si lo había tomado y dijo que no, que no se lo habían llevado. Que nunca había visto el collar.

—Es muy curioso —admitió Ed—. ¿Cómo iba sujeto? Tal vez se soltó al caer.

—Era una simple concha con un cordón de cuero lo bastante largo para poder pasárselo por la cabeza. No estaba suelto e iba atado con un nudo. No sé cómo se le pudo habner caído.

—Estoy de acuerdo. El cuero es resistente y un nudo con eso aguanta mucho —dijo Ed—. ¿Por qué lo llevaba todo el tiempo? ¿Se lo hizo alguien especial? ¿Se lo regaló alguien?

Patti Love guardó silencio y miró a un lado de la mesa del *sheriff.* Temía decir más porque nunca había admitido que su hijo se relacionara con basura de la marisma. Claro que por el pueblo corrían rumores de que Chase y La Chica de la Marisma tuvieron una relación durante más de un año antes de que se casara. Y Patti Love sospechaba que incluso después, pero siempre lo negaba cuando sus amigos le preguntaban al respecto. Pero esto era diferente. Tenía que hablar porque sabía que esa muchacha había tenido algo que ver con su muerte.

—Sí, sé quién le hizo el collar a Chase. Fue esa mujer que va por ahí en esa vieja tartana de barca. Se lo hizo y se lo regaló hace años, cuando se veían.

—¿Se refiere a la Chica Salvaje? —preguntó el *sheriff*.

—¿La ha visto hace poco? —intervino Joe—. Ya no es una chica, mediará la veintena y es guapa de verdad.

—¿Hablamos de la Clark? Solo quiero dejarlo claro —preguntó Ed, que juntó las cejas.

—No sé cuál es su nombre —dijo Patti Love—. Ni siquiera sé si tiene nombre. La gente la llama La Chica de la Marisma. Ya sabe, la que lleva años vendiéndole mejillones a Jumpin'

—Bien. Hablamos de la misma persona. Continúe.

—Pues me sorprendí cuando el forense dijo que Chase no llevaba el collar. Y entonces pensé que ella era la única persona que podía tener interés en quitárselo. Chase había roto con ella para casarse con Pearl. No pudo tenerlo, así que a lo mejor lo mató y le quitó el collar.

Patti Love tembló ligeramente y recuperó el aliento.

—Ya veo. Bueno, esto es importante, Patti Love, y vale la pena investigarlo. Pero no nos precipitemos —apuntó Ed—. ¿Está segura de que se lo dio ella?

—Sí, estoy segura. Lo sé porque Chase no quiso decírmelo, hasta que por fin lo hizo.

—¿Sabe alguna otra cosa del collar o de su relación?

—Casi nada. Ni siquiera sé con seguridad hace cuánto se veían, y probablemente no lo sepa nadie. Era muy reservado sobre eso. Le digo que tardó meses en contármelo. Y después nunca supe si llevaba la lancha para ir a ver a sus amigos o a ella.

—Bueno, pues lo investigaremos. Se lo prometo.

—Gracias. Estoy segura de que es una pista.

Se levantó para irse y Ed le abrió la puerta.

—Vuelva siempre que quiera hablar, Patti Love.

—Adiós, Ed, Joe.

Una vez cerrada la puerta, Ed volvió a sentarse.

—Vaya, ¿qué te parece? —preguntó Joe.

—Si alguien le quitó el collar a Chase en la torre, por lo menos lo sitúa en la escena del crimen, y sí puedo imaginarme a alguien de la marisma implicado en este asunto. Tienen sus propias leyes. Pero no sé si una mujer hubiera podido empujar a un tipo tan grande como Chase por ese agujero.

—Pudo atraerlo ahí y abrir la reja antes de que llegara. Y cuando se acercó a ella en la oscuridad, lo empujó antes de que pudiera verla.

—Es posible. No es fácil, pero sí es posible. No es una gran pista. La ausencia de un collar —meditó el *sheriff*.

—En estos momentos es nuestra única pista. Aparte de la ausencia de huellas y de unas misteriosas fibras rojas.

—Cierto.

—Pero no lo entiendo —dijo Joe—, ¿por qué se molestaría en quitarle el collar? De acuerdo, la mujer se siente engañada y decide matarlo. Lo que ya de por sí es un móvil dudoso, pero, ¿por qué llevarse el collar si la podía atar directamente al crimen?

—Ya sabes cómo es esto. En todos los casos de asesinato parece haber algo carente de sentido. La gente mete la pata. Puede que la sorprendiera y la enfureciera que todavía se pusiera el collar y, después de asesinarlo, no le pareció muy grave quitárselo del cuello. Tal vez no sabía que podrían relacionarla con el collar. Tus fuentes dijeron que Chase andaba con algo en la marisma. Quizá, como dijiste antes, no era un asunto de drogas, sino una mujer. Esa mujer.

—Es otro tipo de droga —señaló Joe.

—Y la gente de la marisma sabe cubrir sus huellas porque ponen trampas, siguen rastros, cazan y esas cosas. Bueno, no nos hará daño ir a verla y tener una charla con ella. Preguntarle dónde estuvo esa noche. Podemos preguntarle por el collar y ver cómo reacciona.

—¿Sabes llegar a su casa? —preguntó Joe.

—No sé si sepa hacerlo en barca, pero creo que en auto sí. Por ese camino serpenteante que va más allá de la cadena de lagunas. Hace tiempo tuve que ir un par de veces para ver a su padre. Un tipejo.

—¿Cuándo vamos?

—Al alba, a ver si la agarramos antes de que salga. Mañana. Pero antes debemos ir a la torre y buscar bien ese collar. Es posible que siga ahí.

—No veo cómo. Registramos toda la zona y buscamos huellas, rastros, pistas.

—De todas maneras, hay que hacerlo. Vamos.

Más tarde, tras registrar el barro bajo la torre con dedos y rastrillos, declararon que ahí no había ningún collar.

UNA LUZ PÁLIDA SE filtraba bajo un pesado amanecer mientras Ed y Joe conducían por el camino de la marisma; esperaban llegar a casa de La Chica de la Marisma antes de que saliera en barca rumbo a algún lugar. Se equivocaron varias veces de camino y acabaron en varios callejones sin salida o en alguna morada destartalada. En una choza alguien gritó «*¡Sheriff!*» y un montón de gente, en su mayoría desnuda, salió corriendo en todas direcciones, cargando su ropa a través de los arbustos.

—Malditos marihuaneros —se quejó el *sheriff*—. Por lo menos los que destilan licor van vestidos.

Y por fin llegaron al largo sendero que llevaba a la cabaña de Kyá.

—Es aquí —dijo Ed.

Metió la enorme *pickup* en el sendero y condujo en silencio hacia la casa. Se detuvo a unos cincuenta pies de la puerta. Ambos hombres salieron sin emitir un sonido. Ed tocó en el marco de madera de la mosquitera.

—¡Hola! ¿Hay alguien en casa?

Obtuvo un silencio por respuesta, así que volvió a intentarlo. Esperaron dos o tres minutos.

—Echemos un vistazo por detrás, a ver si está su barca.

—No. Seguro la amarra a ese tronco. Ya se fue. Maldición —soltó Joe.

—Sí, nos escuchó venir. Debe ser capaz de oír a un conejo durmiendo.

La siguiente vez fueron antes del alba, aparcaron al principio del sendero y encontraron la barca amarrada al tronco. Pero nadie les abrió la puerta.

—Tengo la sensación de que está aquí mismo y nos observa. ¿Tú no? —susurró Joe mientras miraba a su alrededor y estudiaba los arbustos—. Que está acuclillada aquí mismo, entre esos malditos palmitos. Muy cerca. Lo sé.

—Bueno, esto no funciona. A ver si descubrimos algo con que conseguir una orden. Vámonos.

26
La barca en la orilla

1965

La primera semana que estuvieron juntos, Chase viajó a la laguna de Kya casi cada día después del trabajo en la Western Auto, y exploraron remotos canales bordeados de robles. El sábado por la mañana, la llevó en una expedición costa arriba hasta un lugar donde ella nunca había ido por estar demasiado lejos para su pequeña barca. Ahí, en vez de los estuarios y las enormes extensiones de hierba de su marisma, había agua clara que fluía hasta donde alcanzaba la vista a través de un luminoso y despejado bosque de cipreses. Las garzas y cigüeñas de un blanco brillante entre nenúfares y plantas flotantes eran tan verdes que parecían brillar. Comieron sándwiches de queso con pimiento y papas fritas sentados en neumatóforos de cipreses, tan grandes como sillas, sonriendo mientras los gansos pasaban justo bajo sus pies.

Chase sabía, como la mayoría de la gente, que la marisma era algo que se usaba para navegar y pescar, o para desecarla y sembrar, por lo que le intrigaba el conocimiento que Kya tenía de sus criaturas, corrientes y plantas. Pero se burlaba de su delicadeza al navegar a poca velocidad, pasar en silencio ante los ciervos o susurrar junto a los nidos de pájaros. No sentía ningún interés por aprender nada sobre conchas o plumas y la cuestionaba al verla tomar notas en sus cuadernos o recoger especímenes.

—¿Por qué pintas hierbas? —le preguntó un día en la cocina.

—Pinto sus flores.

Él se rio.

—Las hierbas no tienen flores.

—Claro que las tienen. ¿Ves estas floraciones? Son pequeñas, pero preciosas. Cada especie de hierba tiene una flor o inflorescencia diferente.

—¿Y qué vas a hacer con todo esto?

—Mantengo registros para aprender cosas sobre la marisma.

—Lo único que necesitas saber es dónde y cuándo pican los peces, y eso puedo decírtelo yo.

Ella se rio por él, cosa que nunca había hecho. Ceder otra parte de su ser solo por tener a alguien.

Esa misma tarde, cuando Chase se fue, Kya se internó sola en la marisma. Pero no se sentía sola. Aceleró y viajó ligeramente, más deprisa de lo habitual; sus largos cabellos ondeaban al viento y una ligera sonrisa le rozaba los labios. El mero hecho de saber que pronto volvería a verlo, de estar con alguien, la hacía elevarse a nuevas alturas. Entonces, al doblar un recodo de altas hierbas, vio a Tate. Estaba bastante lejos, quizá a unas cuarenta yardas, y no había oído su barca. Bajó la velocidad al instante y apagó el motor. Asió el remo y retrocedió entre la hierba.

—Habrá vuelto de la universidad, supongo —susurró.

Lo había visto algunas veces en esos años, pero nunca tan cerca. Pero ahí estaba ahora, su pelo indómito se rebelaba contra otra gorra de color rojo. Tenía el rostro bronceado.

Tate llevaba botas altas de pescador y caminaba a zancadas por una laguna, de la que recogía muestras de agua en pequeños tubos. No en viejos tarros de mermelada, como cuando eran niños descalzos, sino en tubitos que tintineaban en un transportador especial. Profesoral. Fuera de su alcance.

No se alejó de él remando, sino que lo observó durante un rato, y pensó que probablemente todas las chicas recordaban su primer amor. Respiró hondo y volvió remando por donde había llegado.

AL DÍA SIGUIENTE, CUANDO Chase y Kya viajaron al norte siguiendo la costa, cuatro marsopas entraron en su estela y los siguieron. Era un día de cielo gris y dedos de niebla flirteaban con las olas. Chase apagó el motor y, mientras la lancha iba a la deriva, sacó la armónica y tocó la vieja canción «Michael Row the Boat Ashore» (Michael lleva la barca a la orilla), un tema melódico y evocador que cantaban los esclavos en la década de 1860, cuando remaban hacia el continente desde las islas de Carolina del Sur. Ma solía cantarla mientras fregaba, y Kya recordaba un poco la letra. Las marsopas se acercaron como inspiradas por la música y nadaron en círculos alrededor de la barca, con los ojos fijos en Kya. Luego, dos de ellas se acercaron al casco, y ella agachó la cabeza a solo pulgadas de las suyas, y cantó suavemente:

Hermana, ayúdame a llevar esa barca, aleluya.
Hermano, échame una mano, aleluya.
Mi padre se fue a una tierra desconocida, aleluya.
Michael, lleva la barca a la orilla, aleluya.

El río Jordán es ancho y profundo.
Reúnete con mi madre en el otro lado, aleluya.

El río Jordán está helado y frío.

Hiela el cuerpo, pero no el alma, aleluya.

Las marsopas miraron a Kya unos segundos más y volvieron a sumergirse en el mar.

A lo largo de las siguientes semanas, Chase y Kya pasaron las tardes holgazaneando con las gaviotas en la playa, tumbados en la arena todavía caliente por el sol. Chase no la llevaba al pueblo, al cine o a bailar; eran ellos dos solos con la marisma, el mar y el cielo. No la besaba, solo la tomaba de la mano o le rodeaba ligeramente los hombros con el brazo si refrescaba.

Entonces, una noche se quedó hasta después de que oscureciera y se sentaron en la playa bajo las estrellas ante una pequeña fogata, tocándose con los hombros y envueltos en una manta. Las llamas arrojaban luz a sus rostros y oscuridad a la orilla detrás de ellos, como hacen los fuegos de campamento. Él la miró a los ojos y preguntó:

—¿Te parece bien si te beso ahora?

Ella asintió, así que él se inclinó y la besó, primero con suavidad y luego como un hombre.

Se tumbaron en la manta y ella maniobró para pegarse a él todo lo que podía. Para sentir su fuerte cuerpo. Él la sujetó con fuerza con ambos brazos, pero le tocó solo los hombros. Nada más. Ella respiró hondo, respiró su calor, sus olores y los del mar, su cercanía.

Unos días después, Tate, que seguía en casa tras regresar del posgrado, enfiló su barca hacia el canal de la marisma de Kya; era la primera vez que lo hacía en cinco años. Aún no conseguía explicarse por qué no lo había hecho antes. Sobre todo, por cobardía, y eso lo avergonzaba. Por fin iba a buscarla, a decirle que no había dejado de amarla, a suplicarle que lo perdonara.

En los cuatro años de universidad se había convencido de que Kya no podría encajar en el mundo académico que él ansiaba. Había intentado olvidarla; después de todo, había muchas distracciones femeninas en Chapel Hill. Incluso había tenido algunas relaciones largas, pero ninguna muchacha era comparable a ella. Lo que había aprendido tras el ADN, los isótopos y los protozoos era que no podía respirar sin ella. Cierto, Kya no podría vivir en el mundo universitario que él había buscado, pero él sí que podía vivir en su mundo.

Lo tenía todo pensado. Su profesor le había dicho que podía graduarse en los próximos tres años, ya que había alternado sus estudios con la investigación del doctorado y estaba a punto de completarla. Acababa de saber que iban a construir un laboratorio federal de investigación cerca de Sea Oaks, y tenía grandes posibilidades de que lo contrataran como investigador a tiempo completo. No había nadie en la tierra mejor cualificado que él: había pasado la mayor parte de su vida estudiando la marisma local y estaba a punto de conseguir el doctorado que lo respaldaría. Al cabo de pocos años, podría vivir en la marisma con Kya y trabajar en el laboratorio. Y casarse con Kya. Si ella lo aceptaba.

Mientras rebotaba por las olas hacia su canal, la barca de Kya apareció de repente rumbo al sur, perpendicular al suyo. Soltó la caña del timón y alzó los brazos por encima de la cabeza, e hizo señas para llamar su atención. Gritó su nombre. Pero ella miraba al este. Tate miró en esa dirección y vio la lancha de Chase, que se desviaba hacia ella. Tate se quedó atrás, y miró cómo Kya y Chase daban vueltas el uno alrededor del otro en las olas gris azuladas, en círculos cada vez más pequeños, como águilas que se cortejaban en el cielo. Sus estelas enloquecidas se arremolinaban.

Vio cómo se encontraban y sus dedos se tocaban a través de las agitadas aguas. Había oído rumores de sus viejos amigos de Barkley Cove, pero confiaba en que no fueran ciertos. Comprendía por qué Kya podía enamorarse de un hombre así, apuesto, seguramente romántico, que la llevaría en su elegante lancha y la invitaría a elegantes pícnics. No sabría nada de su vida en el pueblo, que salía y cortejaba a otras jóvenes de Barkley, e incluso de Sea Oaks.

«¿Y quién soy yo para decirle nada? —pensó Tate—. No la traté mejor. Rompí una promesa, ni siquiera tuve valor para romper con ella».

Agachó la cabeza y enfocó otra mirada hacia ellos justo a tiempo de ver a Chase inclinarse para besarla. «Kya, Kya —pensó—. ¿Cómo pude dejarte?». Aceleró despacio y dio media vuelta hacia el muelle del pueblo para ayudar a su papá a guardar y transportar la pesca.

Unos días después, al no saber cuándo aparecería Chase, Kya volvió a sorprenderse atenta al sonido de su lancha. Tal como había hecho con Tate. Ya fuera limpiando la huerta de hierbajos, cortando leña para la estufa o recogiendo mejillones, inclinaba la cabeza para poder oír el sonido. «Entrecierra los oídos», solía decir Jodie.

Cansada de verse lastrada por la esperanza, metió en la mochila tres días de panecillos, carne fría y sardinas, y se dirigió a la vieja y destartalada choza de troncos, la «cabaña de lectura», como la llamaba. Ahí, en la verdadera espesura, era libre para vagar, tomar muestras a voluntad, leer palabras, leer lo agreste.

Le resultaba liberador no esperar el sonido de nadie. Y le daba fuerzas.

En un bosquecillo de cedros, a la vuelta de la choza, encontró una pequeña pluma del cuello de un somorgujo de cuello rojo y se rio a carcajadas. Quería esa pluma desde que tenía memoria y ahí estaba, a un tiro de piedra río abajo.

Iba ahí sobre todo a leer. Cuando Tate la abandonó años atrás, sin él dejó de tener acceso a libros, y una mañana navegó más allá de Point Beach y recorrió las diez millas que había hasta Sea Oaks, un pueblo ligeramente más grande y más pomposo que Barkley Cove. Jumpin' le había dicho que ahí podía llevarse libros prestados de la biblioteca. Dudaba que fuera así para alguien que vivía en un pantano, pero había decidido comprobarlo.

Amarró la barca en el muelle del pueblo y cruzó la plaza bordeada de árboles que daba al mar. Nadie se fijó en ella mientras caminaba hacia la biblioteca ni susurró a sus espaldas ni la espantó desde un escaparate. Ahí no era La Chica de la Marisma.

Entregó a la bibliotecaria, la señora Hines, una lista de libros de consulta.

—Por favor, ¿puede ayudarme a encontrar *Principios de química orgánica* de Geissman, *Zoología invertebrada de las marismas de la costa* de Jones y *Fundamentos de ecología* de Odum...?

Había visto los títulos referenciados en el último libro que le había dado Tate antes de abandonarla por la universidad.

—Ay, cielos. Ya veo. Habrá que pedirlos a la Universidad de Carolina del Norte, en Chapel Hill.

Así que, sentada fuera de la vieja choza, tomó un compendio científico. Un artículo sobre estrategias reproductoras que se titulaba «Fornicadores tramposos». Kya se rio.

Como es bien sabido, empezaba el artículo, en la naturaleza

son los machos con características sexuales secundarias prominentes, como antenas más grandes, voz más grave, pecho más amplio y mayor sabiduría, los que se adueñan de los mejores territorios tras expulsar a los machos más débiles. Las hembras eligen aparearse con estos imponentes alfas, por lo que resultan inseminadas con el mejor ADN disponible, que se transmite a la descendencia de la hembra, en uno de los fenómenos más poderosos de adaptación y continuación de la vida. Además, de este modo, las hembras consiguen un territorio mejor para sus crías.

Pero algunos machos rezagados, que no son fuertes, ni van adornados, ni son lo bastante listos para conservar un buen territorio, utilizan trucos para engañar a las hembras. Pasean sus formas más pequeñas en posturas exageradas o gritan con más frecuencia, aunque sea con voz aguda. Consiguen alguna cópula aquí o allá recurriendo a la simulación y a señales falsas. Sapos de pequeño tamaño, escribía el autor, se esconden en la hierba cerca de algún macho alfa que croa con fuerza y atrae a las hembras. Cuando varias de ellas se ven atraídas a la vez por su potente voz, el macho más débil aprovecha para aparearse con alguna de ellas mientras el alfa está ocupado copulando con otra. Esos machos impostores eran los «fornicadores tramposos».

Kya recordó que, hacía muchos años, su Ma prevenía a sus hermanas mayores contra los jóvenes que forzaban el motor de sus oxidadas camionetas o sus autos viejos, pasando con la radio a todo volumen.

—Los chicos que no valen nada hacen mucho ruido —había dicho su Ma.

Encontró un consuelo para las hembras. La naturaleza es lo bastante audaz para asegurar que los machos que envían señales deshonestas, o saltan de hembra en hembra, acaben solos.

Otro artículo trataba de la salvaje lucha por la inseminación. En la mayoría de las formas de vida, los machos compiten para inseminar a la hembra. Los leones macho luchan hasta la muerte, los elefantes macho rivales luchan con los colmillos y destrozan el suelo bajo sus pies mientras atacan el cuerpo del otro. Aunque los conflictos están muy ritualizados, suelen acabar con mutilaciones.

Para evitar esas lesiones, los inseminadores de algunas especies compiten de formas más creativas, menos violentas. Los más imaginativos son los insectos. El pene del caballito del diablo macho tiene una cucharita que quita el esperma eyaculado por el rival antes de aportar el suyo.

Kya dejó caer el libro en su regazo, con la mente en las nubes. Algunos insectos hembra se comen a los machos, las madres mamíferas demasiado estresadas abandonan a sus crías, muchos machos conciben maneras arriesgadas o traicioneras de superar a la competencia. Nada parece demasiado indecoroso para que la vida pueda continuar. Kya sabía que no se trataba de una parte oscura de la naturaleza, sino de una forma inventiva de perdurar con todas las posibilidades en contra. Seguramente, para los humanos debía de haber algo más.

AL ENTERARSE DE QUE Kya había desaparecido tres días seguidos, Chase le preguntó si podía ir un día concreto, a una hora precisa, a verla en la cabaña o en esta o aquella playa, y siempre era puntual. Ella veía desde lejos su barca de colores luminosos, como el brillante plumaje de cortejo de un pájaro, flotando sobre las olas, y sabía que venía a verla.

Kya empezó a imaginárselo llevándola a un pícnic con sus amigos. Todos reirían, correrían hacia las olas, darían patadas a la marea. Él la levantaría, darían vueltas. Y luego se sentarían con los demás a compartir sándwiches y bebidas de las hieleras. Poco a poco, pese a su resistencia, acudieron a ella imágenes de matrimonio y de hijos. «Probablemente sea algún impulso biológico para reproducirme», se dijo. ¿Por qué no podía tener seres queridos como los demás? ¿Por qué no?

Pero, cada vez que intentaba preguntar cuándo le presentaría a sus amigos o a sus padres, las palabras se le atascaban en la lengua.

Mientras iban a la deriva ante la costa, un cálido día, meses después de conocerse, él dijo que estaba perfecto para nadar.

—No miraré —dijo—. Quítate la ropa y salta al agua. Luego saltaré yo.

Ella se puso de pie ante él, guardó equilibrio en la barca, pero Chase no apartó la mirada cuando se quitó la camiseta por la cabeza. Alargó la mano y le rozó con los dedos los firmes pechos. Ella no se lo impidió. Él se acercó y le bajó la cremallera de los *shorts* para luego bajárselos fácilmente por las esbeltas caderas. Entonces él se quitó la camiseta y los *shorts* y la tumbó con delicadeza sobre las toallas.

Él se arrodilló a sus pies, sin decir palabra, y pasó los dedos a lo largo del tobillo izquierdo como susurrando, ascendió hasta la corva y por el interior del muslo. Ella alzó el cuerpo hacia su mano. La mano se demoró en lo alto del muslo, frotó sobre el calzón, y luego subió por el vientre, ligera como un pensamiento. Ella sintió los dedos ascender por el estómago hacia sus pechos y retorció el cuerpo para apartarse de él. Chase la empujó contra la toalla y llevó su mano hasta el pecho, y recorrió lentamente el pezón con un dedo. La miró, sin sonreír, mientras bajaba la mano y tiraba de la cintura del calzón. Ella lo deseaba, y pegó el cuerpo a él. Pero, segundos después, lo detuvo con la mano.

—Anda, Kya —dijo él—. Por favor. Hemos esperado una eternidad. He sido muy paciente, ¿no crees?

—Chase, lo prometiste.

—Maldita sea, Kya, ¿qué estamos esperando? —Se sentó—. Te he demostrado que me importas. ¿Por qué no?

Ella se sentó y se bajó la camiseta.

—¿Y qué pasará luego? ¿Cómo sé que no me dejarás?

—¿Cómo lo puede saber alguien? Kya, no me voy a ir a ninguna parte. Me estoy enamorando de ti. Quiero estar todo el tiempo contigo. ¿Qué más puedo hacer para demostrártelo?

Nunca había mencionado el amor. Kya buscó la verdad en sus ojos, pero solo encontró una mirada dura. Ilegible. No sabía muy bien lo que sentía por Chase, pero ya no estaba sola. Le pareció suficiente.

—Despacio, ¿sí?

Él se la acercó.

—Está bien. Ven acá.

La abrazó y se quedaron así al sol, a la deriva en el mar, con el chap, chap, chap de las olas debajo de ellos.

El día se vació y llegó la noche con fuerza, las luces del pueblo bailaban aquí y allá en la distante costa. Las estrellas titilaban sobre su mundo de mar y cielo.

—Me pregunto qué hace parpadear a las estrellas —dijo Chase.

—Alteraciones en la atmósfera. Ya sabes, como vientos atmosféricos a gran altitud.

—¿De verdad?

—Estoy segura de que sabes que la mayoría de las estrellas están demasiado lejos para poder verlas. Solo vemos su luz, que puede estar distorsionada por la atmósfera. Pero, claro, las estrellas no son estacionarias, sino que se mueven muy deprisa.

Por los libros de Albert Einstein, Kya sabía que el tiempo es tan fijo como las estrellas. El tiempo discurre y se dobla alrededor de planetas y soles, es más diferente en las montañas que en los valles, y participa del mismo tejido que el espacio, que se curva y se comba como el mar. Los objetos, sean planetas o manzanas, orbitan y caen, no por la energía gravitacional, sino porque se precipitan, como las ondas de un estanque, a los sedosos pliegues del espacio-tiempo que crean los objetos de mayor masa.

Pero Kya no dijo nada de esto. Desgraciadamente, la gravedad carecía de influencia en el pensamiento humano, y los libros escolares seguían enseñando que las manzanas caen al suelo por la potente fuerza de atracción de la Tierra.

—Oh, ¿sabes una cosa? —comentó Chase—. Me han pedido que ayude a entrenar al equipo de fútbol de la escuela.

Ella le sonrió.

Entonces pensó: «Como todo en el universo, nos precipitamos hacia los de mayor masa».

AL DÍA SIGUIENTE, EN un raro viaje al Piggly Wiggly para comprar objetos personales que no vendía Jumpin', Kya salió de la tienda y estuvo a punto de chocar con los padres de Chase: Sam y Patti Love. Sabían quién era ella, como todo el mundo.

Ella los había visto en el pueblo, de vez en cuando, en el devenir de los años, sobre todo de lejos. A Sam se lo veía tras el mostrador de la Western Auto, atendía a los clientes, abría la caja registradora. Kya recordó cómo, cuando era niña, la había echado por señas desde el escaparate, como si pudiera espantar a los clientes de verdad. Patti Love no trabajaba en la tienda a jornada completa, por lo que tenía tiempo para recorrer la calle y repartía folletos del Concurso Anual de Bordados o del Festival de la Reina del Cangrejo Azul. Siempre iba vestida con un elegante vestido y zapatos de tacón, bolso y sombrero a juego, como requería la etiqueta sureña. Fuera cual fuera el tema de conversación, se las arreglaba para mencionar que Chase había sido el mejor *quarterback* que había tenido el pueblo.

Kya sonrió tímidamente y miró a Patti Love a los ojos, esperaba que le hablara de algún modo personal y así presentarse. Quizá que la reconociera como la chica de Chase. Pero el matrimonio se detuvo bruscamente, no dijo nada y la evitó trazando un arco más amplio de lo necesario. Y siguieron andando.

La noche de ese mismo día en que se cruzó con ellos, Kya y Chase estuvieron en la barca de ella bajo un roble tan grande que sus raíces sobresalían del agua y formaban pequeñas grutas para patos y nutrias. Kya habló en voz baja, en parte para no alterar a los patos y en parte por miedo, y le contó a Chase que había visto a sus padres y le preguntó si se los presentaría pronto.

Chase guardó silencio, lo que hizo que a ella se le formara un nudo en el estómago.

—Claro que sí —respondió por fin—. Pronto. Te lo prometo.

Pero no la miró mientras lo decía.

—Saben de mí, ¿verdad? ¿De nosotros?

—Por supuesto.

La barca debió derivar demasiado cerca del roble porque un gran búho cornudo, gordo, acolchado como un cojín, cayó del árbol extendiendo las alas, y pasó rozando la laguna, y las plumas de su pecho reflejaron las suaves pautas del agua.

Chase tomó de la mano a Kya y le quitó la duda de los dedos.

Durante las semanas siguientes, las puestas de sol y las salidas de la luna siguieron los movimientos de Chase y Kya por la marisma. Pero él se detenía cada vez que ella se resistía a sus avances. En la mente de ella pesaban demasiado las imágenes de palomas o pavas abandonadas con sus crías, cuyos machos se habían ido con otras hembras.

Dijeran lo que dijeran en el pueblo, no llegaron más allá de ir casi desnudos en la barca. Aunque Chase y Kya eran discretos, el pueblo era pequeño y la gente los veía juntos en su barca o en las playas. Los camaroneros no se perdían gran cosa en el mar. Y hablaban. Y chismeaban.

27

En Hog Mountain Road

1966

La cabaña estaba silenciosa mientras se oía el temprano agitar de alas de mirlo y en el suelo se formaba una niebla invernal primeriza que se acumulaba contra las paredes en largas hebras de algodón. Kya había utilizado varias semanas del dinero de los mejillones para preparar una comida especial a base de rebanadas de jamón con melaza y *redeye gravy*, servido con panecillos de crema agria y mermelada de zarzamora. Chase bebió café instantáneo Maxwell House, y ella té Tetley caliente. Llevaban casi un año juntos, aunque ninguno lo mencionaba. Chase hablaba de la suerte que tenía de que su padre fuera dueño de la Western Auto.

—Así tendremos una buena casa cuando nos casemos. Te construiré una de dos pisos en la playa, con un balcón que dé toda la vuelta. O la casa que quieras, Kya.

Kya apenas podía respirar. Él la quería en su vida. No era una insinuación, sino algo parecido a una propuesta. Pertenecería a alguien. Sería parte de una familia. Se sentó más recta en la silla.

—No creo que debamos vivir en el pueblo —continuó él—. Sería un cambio muy fuerte para ti. Pero podemos construir algo en las afueras. Ya sabes, cerca de la marisma.

Últimamente, en la mente de Kya se habían formado vagas ideas de matrimonio con Chase, pero sin atreverse a ahondar en ellas. Pero ahí estaba él, diciéndolo en voz alta. Kya apenas respiraba, su mente se mostraba incrédula al tiempo que repasaba los detalles. «Puedo hacerlo —pensaba—. Si viviéramos lejos de la gente, podría funcionar».

—¿Y qué pasa con tus papás? —preguntó entonces, con la cabeza gacha—. ¿Ya les contaste?

—Kya, tienes que entender algo sobre mis papás. Me quieren. Si les digo que te elegí a ti, no se necesita más. Se van a enamorar de ti en cuanto te conozcan.

Ella se mordió los labios. Quería creerlo.

—Construiré un estudio para tus cosas. Con grandes ventanales para que puedas ver cada detalle de todas esas condenadas plumas.

Kya no sabía si sentía por Chase lo que debería sentir una esposa, pero en ese momento su corazón se sentía henchido de algo parecido al amor. Se acabó recoger mejillones.

Alargó la mano y tocó el collar con la concha que él llevaba al cuello.

—Ah, por cierto —dijo Chase—. Tengo que ir a Asheville en unos días para comprar mercancía para la tienda. Estaba pensando, ¿por qué no vienes conmigo?

—Pero es un pueblo muy grande —contestó ella, y bajó la mirada—. Habrá mucha gente. Y no tengo ropa adecuada, ni sé cuál es la ropa adecuada, ni...

—Kya, Kya. Escucha. Estarás conmigo. Yo ya sé todo eso. No tenemos que ir a ningún lugar elegante. Verás buena parte

de Carolina del Norte sin necesidad de salir de la camioneta...
La meseta Piedmont, las montañas Great Smoky, por el amor de
Dios. Y una vez ahí podremos pasar a comprar hamburguesas.
Puedes llevar lo que traes puesto. No tienes que hablar con nadie
si no quieres. Yo me encargo de todo. He ido muchas veces. Incluso a Atlanta. Asheville no es nada. Mira, si nos vamos a casar,
tienes que empezar a salir un poco al mundo. Abrir las alas.

Ella asintió. Aunque solo fuera por ver las montañas.

—Es un trabajo de dos días —continuó él—, así que habrá
que pasar la noche ahí. En algún lugar cualquiera. Ya sabes, un
pequeño motel. No pasa nada, somos adultos.

—Ah —fue todo lo que contestó ella. Y luego susurró—:
Ya veo.

Kya nunca había ido tan lejos en auto; así que, unos días después, cuando Chase y ella se dirigían al oeste de Barkley en su
pickup, ella miraba por la ventanilla y se agarraba al asiento con
ambas manos. La carretera se perdía a lo largo de millas de nava-
juelas y palmitos, y dejaba el mar en el retrovisor.

Las familiares extensiones de hierbas y canales pasaron ante
la ventanilla del vehículo durante más de una hora. Kya vio garcetas y cucaracheros sabaneros, consolada por su familiaridad,
como si en vez de salir de casa se la llevara consigo.

Entonces, de pronto, como si se hubiera trazado una línea
en el suelo, los prados de las marismas se acabaron y ante ella
apareció un terreno polvoriento, cortado a machete, recuadrado
por cercas y arados en hileras. Campos de tocones parapléjicos
se mostraban ante ella como bosques derribados. Postes envueltos en alambres se extendían hasta el horizonte. Por supuesto,
sabía que las marismas de la costa no cubrían el planeta, pero

nunca había estado fuera de ellas. ¿Qué le había hecho la gente a la tierra? Todas las casas, en forma de cajas de zapatos, se alzaban sobre un césped podado. Una bandada de flamencos rosas comía en un patio; cuando Kya se volvió sorprendida, descubrió que eran de plástico. El ciervo, de cemento. Los únicos patos que volaban ahí estaban pintados en los buzones.

—Son increíbles, ¿eh? —afirmó Chase.

—¿Qué?

—Las casas. Nunca has visto nada así, ¿eh?

—No, nunca.

Horas después, en las llanuras de Piedmont, vio los Apalaches dibujados en el horizonte con suaves líneas azules. A medida que se acercaban, las cumbres se alzaban a su alrededor y las montañas, cubiertas de bosques, fluían suavemente y se perdían en la distancia, hasta donde alcanzaba la vista.

Las nubes holgaban en los brazos cruzados de las montañas para luego inflarse y perderse a lo lejos. Algunos zarcillos se retorcían, formaban espirales y recorrían los barrancos más cálidos, se comportaban como la niebla cuando se pega a los helechos húmedos de la marisma. La misma física actuando en diferentes campos de la biología.

Kya era de tierras bajas, un lugar de horizontes donde el sol se pone y la luna sale a su hora. Pero aquí, donde la topografía era una maraña, el sol se balanceaba entre las cumbres, se ponía un momento tras un risco para volver a asomar cuando la *pickup* de Chase ascendía por la siguiente loma. Se dio cuenta de que, en las montañas, la hora del anochecer dependía del lugar en que estuvieras.

Se preguntó dónde estarían las tierras de su abuelo. Puede que los suyos tuvieran cerdos en un corral grisáceo por el paso de los años como el que acababa de ver en un prado junto a un arroyo. Una familia que debería haber sido la suya en el pasado trabajó, rio y lloró en este paisaje. Todavía debía de existir, dispersa por el lugar. Anónima.

La carretera se convirtió en una autopista de cuatro carriles, y Kya se agarró con fuerza cuando Chase aceleró a pocos pies de otros vehículos que también se movían deprisa. Giró por una carretera que se materializó mágicamente en el aire ante ellos y los condujo hacia el pueblo.

—Una salida en trébol —dijo orgulloso.

Enormes edificios, de ocho y diez pisos de alto, se alzaban contra la silueta de las montañas. Docenas de autos amontonados como cangrejos en una playa, y muchísima gente en las aceras. Kya pegó la cara al cristal y buscó sus caras, pues pensaba que seguramente Ma y Pa estaban entre ellos. Por la acera corría un joven, bronceado y de pelo negro, que se parecía a Jodie, y se volvió para mirarlo. Su hermano ya sería adulto, claro, pero lo siguió con la mirada hasta que desapareció tras una esquina.

Al otro lado del pueblo, Chase los inscribió en un motel de Hog Mountain Road, una hilera de habitaciones cafés iluminadas por neones con forma de palmeras, qué ocurrencia.

Cuando Chase abrió la puerta, ella entró en una habitación que parecía bastante limpia, pero apestaba a quitamanchas Pine-Sol, amueblada estilo americano barato: contrachapado que cubría las paredes, cama hundida con máquina vibradora de monedas y una televisión en blanco y negro sujeta a la pared con un candado y una cadena imposiblemente larga. Las colchas eran color verde lima y la alfombra de felpa, anaranjada. La mente de Kya recorrió los lugares en que habían yacido juntos, en arena cristalina junto al mar, en barcas a la deriva a la luz de la luna. Ahí, la cama parecía el centro de todo, pero la habitación no parecía amorosa.

Se paró junto a la puerta, consciente de todo.

—No es gran cosa —dijo él mientras dejaba la bolsa de lona en una silla. Caminó hacia ella—. Ya es hora, ¿no te parece, Kya? Ya es hora.

Por supuesto, este era su plan. Pero ella estaba preparada. Hacía meses que su cuerpo lo ansiaba y, tras la charla sobre el matrimonio, su mente cedió. Asintió.

Él se le acercó despacio y le desabotonó la blusa, luego le dio la vuelta con delicadeza y le soltó el sujetador. Recorrió sus pechos con los dedos. El calor de la excitación fluyó de sus pechos a sus muslos. Cerró los ojos mientras él la depositaba en la cama bajo la luz de los neones rojos y verdes que se filtraba por las finas cortinas. Las veces anteriores que casi lo habían hecho hasta que ella lo detenía, los dedos de él habían tenido un toque mágico que hacía que zonas de ella cobraran vida, que su cuerpo se arqueara hacia él, que lo ansiara y deseara. Pero ahora, finalmente concedido el permiso, se había adueñado de él una urgencia que parecía impelerlo a ignorar las necesidades de ella y hacer su propia voluntad. Ella gritó al sentir un agudo desgarro, y pensó que algo iba mal.

—No pasa nada. Ahora irá mejor —afirmó él con autoridad.

Pero no fue mejor, y él no tardó en dejarse caer a su costado, sonriendo.

Mientras él se dormía, ella miraba las luces parpadeantes del cartel de «Habitaciones libres».

VARIAS SEMANAS DESPUÉS, AL acabar un desayuno de huevos fritos y gachas con jamón en la cabaña de Kya, los dos se sentaron en la mesa de la cocina. Ella iba envuelta en una sábana tras haber hecho el amor, algo que solo había mejorado ligeramente desde aquel primer intento en el motel. Todas las veces se había quedado insatisfecha, pero no tenía ni la menor idea de cómo tocar semejante tema. Y, de todos modos, no sabía cómo se debía sentir supuestamente. Quizá eso era lo normal.

Chase se puso de pie y la besó tras levantarle la barbilla con los dedos.

—Bueno, en estos días no podré venir mucho, se acerca la Navidad y eso. Hay muchas fiestas y cosas, y hay parientes de visita.

Kya lo miró.

—Esperaba que quizá podría..., ya sabes, ir a alguna fiesta y eso. Al menos a la cena de Navidad con tu familia.

Chase volvió a sentarse.

—Mira, Kya, quería hablarte de esto. Quería invitarte al baile del Elks Club y a esas cosas, pero sé lo tímida que eres, que nunca quieres hacer cosas en el pueblo. Y sé que lo pasarías mal. No conoces a nadie, no tienes la ropa adecuada. ¿Sabes bailar, acaso? Nada de eso se parece a lo que haces normalmente. Lo entiendes, ¿verdad?

—Sí, todo eso es cierto —admitió ella, y bajó la mirada—. Pero, bueno, tengo que empezar a encajar en esa parte de tu vida. Abrir las alas, como dijiste. Supongo que tendré que conseguir la ropa adecuada, conocer a alguno de tus amigos. —Alzó la cabeza—. Tú podrías enseñarme a bailar.

—Claro que te enseñaré. Pero no dejo de pensar en lo que tenemos aquí. Me gusta el tiempo que pasamos juntos aquí, tú y yo solos. Si te digo la verdad, estoy empezando a estar harto de esos estúpidos bailes. Hace años que es lo mismo. El gimnasio de la escuela. Viejos y jóvenes todos juntos. La misma música idiota. Estoy pensando en pasar página. Cuando estemos casados, ya no haremos esas cosas. Así que, ¿por qué voy a arrastrarte ahora a eso? No tendría sentido. ¿Cierto?

Ella bajó la vista de nuevo, pero él volvió a levantarle la barbilla y enfrentó su mirada.

—Y en cuanto a lo de cenar en Navidad con mi familia —añadió con una gran sonrisa—. Mis ancianas tías vienen desde Florida. No paran de hablar. No se lo deseo a nadie. Y menos a ti. Créeme, no te pierdes nada.

Ella estaba callada.

—De verdad, Kya, quiero que lo entiendas. Lo que tenemos aquí es lo más especial que puede tener alguien. Todo lo demás —dijo, y agitó las manos en el aire— no son más que estupideces.

Alargó la mano y tiró de ella para sentarla en su regazo. Y ella apoyó la cabeza en su hombro.

—Estamos aquí, Kya. No en esas otras cosas. —Y la besó con calidez y ternura. Y entonces se levantó—. Bueno. Tengo que irme.

Kya pasó la Navidad sola, con las gaviotas, como había hecho cada año desde que se fue Ma.

DOS DÍAS DESPUÉS DE Navidad, Chase seguía sin ir a verla. Kya rompió la promesa que se había hecho de no volver a esperar nunca a nadie, y caminaba a un lado y otro de la orilla de su laguna, con los cabellos recogidos en una trenza y la boca pintada con el viejo lápiz de labios de Ma.

La marisma más allá estaba bajo su manto invernal de tonos cafés y grises. Millas de hierba agotada, una vez dispersada su semilla, inclinaban las cabezas hacia el agua en señal de rendición. El viento azotaba y arrancaba, y agitaba los ásperos tallos en un ruidoso coro. Kya se soltó el pelo y se limpió los labios con el dorso de la mano.

La mañana del cuarto día la pasó sola en la cocina, dándole vueltas al plato de pan y huevos.

—Mucho hablar de que «esto es lo especial», ¿y dónde está ahora? —escupió. Se imaginaba a Chase jugando fútbol con amigos o bailando en fiestas—. Esas estupideces de las que está harto.

Por fin oyó el sonido de su barca. Saltó de la mesa, cerró la puerta de golpe y corrió hasta la laguna mientras la barca aparecía a la vista. Pero no era la lancha de Chase, ni Chase, sino un joven de pelo dorado, ahora más corto, apenas contenido bajo un gorro de esquí. Era la vieja barca de pesca, y ahí, de pie, incluso mientras avanzaba, estaba Tate, ya hecho todo un hombre. Con el rostro ya no juvenil, sino apuesto, maduro. Sus ojos formaban una pregunta; sus labios, una sonrisa tímida.

Su primer pensamiento fue huir. Pero su mente gritó: «¡No! Esta es mi laguna; siempre huyo, pero esta vez no». Su siguiente pensamiento fue levantar una piedra y tirársela a la cara desde veinte pies de distancia. Él la esquivó con rapidez; la piedra pasó silbando cerca de su frente.

—¡Mierda, Kya! ¿Qué diablos...? Espera —suplicó mientras ella levantaba otra piedra y apuntaba. Se llevó las manos a la cara—. Kya, por el amor de Dios, para. Por favor. ¿No podemos hablar?

—¡Fuera de mi laguna! ¡Sucio gusano rastrero! ¿Qué te parece esto como respuesta!

La verdulera gritona buscaba frenética otra piedra.

—Kya, escúchame. Sé que ahora estás con Chase. Y lo respeto. Solo quiero hablar contigo. Por favor, Kya.

—¿Y por qué tendría que hablar contigo? ¡No quiero volver a verte nunca!

Recogió un puñado de piedras más pequeñas y se las tiró a la cara.

Él se echó a un lado, se inclinó hacia delante y se agarró a la regala cuando la barca tocó tierra.

—¡Dije fuera de aquí! —Gritando todavía, pero en tono más bajo, añadió—: Sí, ahora estoy con alguien.

Tate se estabilizó tras el impacto al tocar la orilla y se sentó en el asiento de proa de la barca.

—Kya, por favor, hay cosas que necesitas saber de él.

No tenía previsto mantener una conversación sobre Chase. Nada de esta visita sorpresa se estaba desarrollando como había imaginado.

—¿De qué hablas? No tienes derecho a meterte en mi vida privada —escupió ella tras acercarse a menos de cinco pies de él.

—Sé que no lo tengo, pero voy a hacerlo de todos modos —dijo él. Ante esto, Kya se volvió para irse, pero Tate alzó la voz para hablarle a su espalda.

—Tú no vives en el pueblo. No sabes que Chase ve a otras mujeres. Sin ir más lejos, la otra noche lo vi con una rubia en su *pickup* después de una fiesta. No es lo suficientemente bueno para ti.

Ella se volvió de pronto.

—¡Ay, por favor! Fuiste tú quien me dejó, quien no volvió cuando había prometido, quien no volvió nunca. Fuiste tú quien nunca me escribió para explicar por qué, ni siquiera para decirme si estabas vivo o muerto. No tuviste agallas para romper conmigo. No fuiste lo bastante hombre para decírmelo a la cara.

Solo desapareciste. ¡Cobarde, estúpido de mierda! Y ahora vienes aquí después de todos estos años... Eres peor que él. Puede que él no sea perfecto, pero tú eres mucho peor. Por mucho.

Se interrumpió bruscamente, y lo miró.

—Tienes razón sobre mí, Kya —suplicó él con las manos abiertas—. Todo lo que dices es cierto. Fui un cobarde de mierda. Y no tenía derecho a mencionar a Chase. No es asunto mío. Y no volveré a molestarte. Solo quería disculparme, explicártelo. Hace años que lo lamento, Kya, por favor.

Ella se desinfló como una vela que se queda sin viento. Tate era algo más que su primer amor: compartía su devoción por la marisma, le había enseñado a leer y era la única conexión que tenía, por pequeña que fuera, con su familia desaparecida. Era una página del pasado, una foto pegada en un álbum, era todo lo que tenía. El corazón le latía con fuerza mientras su furia se disipaba.

—Mírate. Tan guapa. Hecha toda una mujer. ¿Cómo te va? ¿Sigues vendiendo mejillones?

Le sorprendía cuánto había cambiado; sus rasgos eran más refinados a la vez que evocadores, los pómulos afilados, los labios gruesos.

—Sí. Sí.

—Te traje algo. Toma.

De un sobre sacó una pequeña pluma roja de un pájaro carpintero escapulario. Ella pensó en tirarla al suelo, pero nunca había encontrado esa pluma; ¿por qué no podía quedársela? Se la guardó en un bolsillo y no le dio las gracias.

—Kya, dejarte no solo estuvo mal, fue lo peor que hice o haré en la vida —confesó él; hablaba deprisa—. Hace años que lo lamento y lo lamentaré siempre. Todos los días pienso en ti. Me pasaré el resto de la vida lamentando haberte dejado. Pensé que no serías capaz de dejar la marisma y vivir en el otro mundo, así que no veía cómo podíamos estar juntos. Pero estuvo mal y fue una sandez no volver para decírtelo. Sabía cuántas veces te habían abandonado. No quise saber cuánto daño te había hecho. Como dijiste, no fui lo bastante hombre.

Terminó de hablar y la miró.

—¿Y qué quieres ahora, Tate? —preguntó ella al fin.

—Si tan solo pudieras perdonarme de algún modo —dijo mientras contenía el aliento y esperaba.

Kya se miró los pies. ¿Por qué tenía que ser el herido, el que aún sangra, quien cargue con la responsabilidad del perdón? No dijo nada.

—Tenía que decírtelo, Kya. —Como ella seguía sin decir nada, continuó—: Estoy graduándome, en Zoología. Protozoología, más bien. Te gustaría.

Ella no podía ni imaginárselo, y volvió a mirar a la laguna por si llegaba Chase. A Tate no se le escapó; había adivinado enseguida que estaba ahí esperándolo.

La semana pasada, Tate había visto a Chase, con su saco blanco, en la gala de Navidad, bailando con varias mujeres. Como todos los acontecimientos de Barkley Cove, el baile había tenido lugar en el gimnasio de la escuela. Mientras «Wooly Bully» sonaba con esfuerzo en un equipo *hi-fi* demasiado pequeño situado bajo el aro de basquetbol, Chase daba vueltas con una morena. Cuando empezó a sonar «Mr. Tambourine Man», dejó la pista de baile y a la morena para compartir un trago de Wild Turkey del frasco metálico con el símbolo de los Tar Heels con sus antiguos compañeros de equipo. Tate estaba cerca de él hablando con dos de sus profesores de escuela y oyó a Chase decir:

—Sí, es salvaje como una loba en una trampa. Justo lo que uno puede esperar de una fresca de la marisma. Vale hasta la última moneda que me gasto en gasolina.

Tate tuvo que hacer un esfuerzo para irse.

UN VIENTO FRÍO AZOTÓ y formó ondas en la laguna. Al esperar a Chase, Kya había salido con los *jeans* y un fino suéter. Se abrazó el cuerpo.

—Te estás helando, vamos adentro.

Tate hizo un gesto hacia la cabaña, donde el humo brotaba de la oxidada chimenea de la estufa.

—Tate, creo que deberías irte ya.

Miró varias veces hacia el canal. ¿Y si llegaba Chase mientras Tate estaba ahí?

—Kya, por favor, solo unos minutos. Me gustaría volver a ver tus colecciones.

Ella se volvió y corrió hacia la cabaña en respuesta, y Tate la siguió. Se paró en seco nada más entrar en el porche. Su colección había crecido, había pasado de ser un pasatiempo infantil a un museo de historia natural de la marisma. Levantó una concha de vieira, etiquetada con una acuarela de la playa donde la encontró y con dibujos que la mostraban comiendo criaturas más pequeñas. Lo mismo con cada espécimen, y había cientos, quizá miles. Algunos los había visto antes, de niño, pero ahora, como candidato a un doctorado en zoología, los veía como científico.

Se volvió hacia ella, que seguía parada en la entrada.

—Kya, son maravillosos, preciosamente detallados. Podrías publicarlos. Podrían formar un libro, muchos libros.

—No, no. Son solo para mí. Me ayudan a aprender, nada más.

—Kya, escúchame. Sabes mejor que nadie que prácticamente no existen libros de referencia para esta región. Con estas anotaciones, con estos detalles técnicos y con tus espléndidos dibujos, son los libros que desea todo el mundo.

Era cierto. Los únicos libros que había eran las viejas guías de Ma para conchas, plantas, pájaros y mamíferos de la zona, y eran lastimosamente inexactos, con simples dibujos en blanco y negro y escasa información en cada entrada.

—Si pudiera llevarme algunas muestras, se las enseñaría a un editor a ver qué dice.

Ella lo miró fijamente, sin saber cómo enfocarlo. ¿Tendría que ir a alguna parte, conocer gente? A Tate no se le escapó la pregunta de sus ojos.

—No tendrías que salir de la casa. Podrías enviar tu trabajo por correo. Te daría algo de dinero. Probablemente no una gran cantidad, pero puede que no tuvieras que recoger mejillones el resto de tu vida.

Pero Kya seguía sin decir nada. Una vez más, Tate la empujaba a cuidarse sola, no se ofrecía a cuidar de ella. Parecía como si hubiera estado ahí toda su vida. Para luego desaparecer.

—Inténtalo, Kya. No pierdes nada.

Finalmente, aceptó que se llevara algunas muestras y él hizo una selección de acuarelas de conchas y de la gran garza azul, cuyos detallados dibujos la mostraban en cada estación, y un delicado óleo de la pluma curvada de su ceja.

Tate alzó la pintura de la pluma: era una profusión de cientos de pequeñas pinceladas de ricos colores que culminaban en un profundo negro tan brillante que parecía como si la luz del sol tocara el lienzo. El detalle de una ligera mella en el cálamo era tan distintivo que Tate y Kya se dieron cuenta al mismo tiempo de que era una pintura de la primera pluma que él le había regalado en el bosque. Los dos alzaron la mirada del cuadro para mirarse a los ojos. Ella se apartó, y se obligó a no sentir nada. No volvería a sentirse atraída por alguien en quien no podía confiar.

Él se acercó a ella y le tocó el hombro. Intentó con suavidad que se diera la vuelta.

—Kya, siento mucho haberte dejado. Por favor, ¿me perdonas?

Finalmente, ella se volvió y lo miró.

—No sé cómo, Tate. Nunca podré volver a creerte. Por favor, Tate, tienes que irte ya.

—Lo sé. Gracias por escucharme, por darme la oportunidad de disculparme. —Esperó un momento, pero ella no dijo nada más. Al menos se iba con algo. La esperanza de encontrar un editor era una razón para volver a contactar con ella—. Adiós, Kya.

Kya esperó a que se fuera y luego se sentó en la arena fría y húmeda de la laguna para esperar a Chase. Habló en voz alta y repitió las palabras que le había dicho a Tate.

—Chase no será perfecto, pero tú eres peor.

Pero, mientras miraba a las oscuras aguas, las palabras de Tate —«con una rubia en su *pickup* después de una fiesta»— seguían resonando en su mente.

CHASE NO VOLVIÓ HASTA una semana después de Navidad. Al entrar en la laguna, dijo que podía quedarse toda la noche, pasar la Nochevieja juntos. Caminaron tomados del brazo hasta la cabaña, donde la niebla parecía envolverse alrededor del tejado. Tras hacer el amor, se acurrucaron alrededor de la estufa envueltos en mantas. El aire estaba tan denso que no aceptaba ni una molécula más de humedad, así que, cuando silbó la tetera, en los fríos cristales se formaron pesados goterones.

Chase sacó la armónica del bolsillo y, tras llevársela a la boca, tocó la nostálgica melodía de «Molly Malone».

> Y ahora su fantasma empuja su carreta
> por calles anchas y estrechas
> contando berberechos y mejillones, vivos, vivitos.

Kya pensó que cuando Chase tocaba esas canciones melancólicas parecía que tenía un alma.

28

El camaronero

1969

A la hora de la cerveza, el Dog-Gone servía mejores chismes que el *diner*. El *sheriff* y Joe entraron en la alargada y abarrotada cervecería y se acercaron a la barra, fabricada con el tronco de un solo pino, extendida a la izquierda del local hasta perderse en la oscuridad. Los clientes, todos hombres, al no permitirse la entrada a mujeres, se amontonaban en la barra o se sentaban en las pocas mesas que había. Los dos cantineros asaban salchichas; freían camarones, ostiones y croquetas de harina de maíz; revolvían las gachas; servían cerveza y *bourbon*. La única luz provenía de diferentes carteles luminosos que anunciaban cerveza, que dotaban al local de un brillo ambarino, como fogatas lamiendo rostros sin afeitar. De la parte de atrás llegaban los cloncs y clincs de las bolas de billar.

Ed y Joe se metieron entre un grupo de pescadores que estaba en el centro de la barra y, en cuanto pidieron cervezas y ostiones fritos, empezaron las preguntas. ¿Alguna novedad? ¿Cómo no hay huellas; es cierto? ¿Ya pensaron en el viejo Hanson? Está loco como una cabra y bien podría subirse a la torre y empujar al primero que pase. El caso los tiene patas arriba, ¿verdad?

Joe miraba a un lado, Ed al otro, y se dejaron llevar por el momento. Contestaron, escucharon, asintieron. Y entonces, entre el vocerío, el *sheriff* escuchó una voz calmada, un tono equilibrado, y se volvió para ver a Hal Miller, camaronero de la tripulación de Tim O'Neal.

—¿Puedo hablar un momento con usted, *sheriff*? A solas.

Ed se apartó de la barra.

—Claro, Hal, venga conmigo. —Lo condujo hasta una mesita cerca de la pared y se sentaron—. ¿Necesita otra cerveza?

—No, estoy bien. Pero gracias.

—¿Qué quiere decirme, Hal?

—Algo que tengo que sacarme de la cabeza. Me está volviendo loco.

—Adelante.

—Ay, Dios. —Hal negó con la cabeza—. No sé. Puede que no sea nada. O quizá debería habérselo dicho antes. No me lo quito de la cabeza.

—Cuéntemelo, Hal. Ya luego decidimos si es importante o no.

—Bueno, es por lo de Chase Andrews. Fue la noche en que murió. Yo estaba trabajando para Tim y volvimos tarde a la bahía, pasada la medianoche, y Allen Hunt y yo vimos a esa mujer, la que la gente llama La Chica de la Marisma, que salía en barca de la bahía.

—¿De verdad? ¿Cuánto después de medianoche?

—Debían ser las dos menos cuarto de la madrugada.

—¿Hacia dónde iba?

—Bueno, esa es la cosa, *sheriff*. Se dirigía a la torre de vigilancia. Si no varió el rumbo, llegó a la pequeña bahía que hay cerca de la torre.

Ed soltó aire.

—Bien, Hal. Es información importante. Muy importante. ¿Seguro que era ella?

—Bueno, Allen y yo lo hablamos entonces y estábamos muy seguros de que era ella. O sea, los dos pensamos lo mismo. Nos preguntamos qué diablos hacía tan tarde navegando sin luces. Suerte que la vimos o la hubiéramos atropellado. Y luego se nos olvidó. Luego sumé dos más dos y me di cuenta de que fue la misma noche en que murió Chase en la torre. Bueno, y entonces pensé que debía decirle.

—¿La vio alguien más del barco?

—Pues no lo sé. Había más gente, claro, y volvíamos al puerto. Todos estábamos ocupados. Pero no lo mencioné a los demás. Ya sabe, en ese momento no había razón. Y no pregunté después.

—Entiendo, Hal. Hizo bien en contármelo. Era su deber. No se preocupe por nada. Solo tenía que contarme lo que vio. Cuestionaré a Allen y a usted para ponerlo por escrito. ¿Le puedo invitar esa cerveza?

—No, ya me voy a mi casa. Buenas noches.

—Buenas noches. Gracias otra vez.

En cuanto Hal se levantó, Ed le hizo una seña a Joe, que había estado mirando cada varios segundos para leerle la cara al *sheriff*. Le dieron a Hal un momento para despedirse de todos y salir a la calle.

Ed le contó a Joe lo que había visto Hal.

—Esto casi lo confirma —comentó Joe—. ¿No te parece?

—Creo que el juez podría darnos una orden por esto. Pero no estoy seguro, y quiero asegurarme antes de pedirla. Con una orden podríamos registrar su casa y buscar rastros de fibras rojas que correspondan a las que encontramos en la ropa de Chase. A ver si descubrimos dónde estuvo esa noche.

29

Algas

1967

Durante el invierno, Chase fue a menudo a ver a Kya a la cabaña; normalmente, pasaba ahí una noche cada fin de semana. Navegaban entre los matorrales envueltos en niebla incluso en días fríos y húmedos, ella recogía muestras, él tocaba melodías caprichosas con la armónica. Las notas flotaban con la niebla y se disipaban en los rincones más oscuros de esos bosques de tierras bajas; parecían absorbidas y memorizadas por la marisma, porque Kya oía la música cuando volvía a pasar por esos canales.

Una mañana a principios de marzo, Kya salió al mar rumbo al pueblo bajo un cielo que vestía un desaliñado suéter de nubes grises. En dos días sería el cumpleaños de Chase y se dirigía al Piggly a comprar ingredientes para preparar una cena especial: su primer pastel de caramelo. Ya se veía dejando el pastel con las velas encendidas frente a él, algo que no pasaba en la cocina desde que Ma se había ido. Tendría que aprender a hornear.

Tras amarrar la barca, mientras caminaba por el muelle hacia la hilera de tiendas, vio a Chase al final del muelle hablando con sus amigos. Rodeaba con los brazos los hombros de una rubia delgada. La mente de Kya se esforzó por encontrar sentido a lo que veía, incluso mientras sus piernas seguían moviéndose solas. Nunca se había acercado a él cuando estaba con otros o en el pueblo, pero no había forma de evitarlo como no fuera saltando al mar. Chase y sus amigos se volvieron a la vez para mirarla y, en ese mismo instante, él apartó el brazo de la chica. Kya iba vestida con unos *jeans* blancos recortados que resaltaban sus largas piernas. Sobre cada pecho caía una trenza negra. El grupo dejó de hablar y la miró. La injusticia de saber que no podía correr hacia él le abrasaba el corazón.

—Ah, Kya, hola —la saludó él cuando llegó al final del muelle, donde estaban ellos.

—Hola, Chase —respondió mientras paseaba la mirada de él a ellos. Oyó que él decía:

—Kya, recuerdas a Brian, Tim, Pearl, Tina. —Soltó unos cuantos nombres más hasta que su voz se apagó. Se volvió hacia Kya y dijo—: Y ella es Kya Clark.

Por supuesto, no los recordaba; nunca se los había presentado. Los conocía como Altaflacarrubia y los demás. Se sentía como las algas arrastradas por un sedal, pero se las arregló para sonreír y decir hola. Era la oportunidad que había esperado. Estaba entre los amigos a los que quería unirse. Su mente luchó para encontrar las palabras, algo inteligente que decir y que pudiera interesarles. Finalmente, dos de ellos la saludaron con frialdad y se volvieron bruscamente, y los demás los siguieron como un banco de peces que nadara calle abajo.

—Bueno, aquí estamos —dijo Chase.

—No quería interrumpir. Solo vine de compras, y luego vuelvo a casa.

—No interrumpes. Me los acabo de encontrar. Iré el domingo, como te dije.

Cambió el peso de pie, se tocó el collar.

—Te veré entonces —dijo ella, pero él ya había dado media vuelta para alcanzar a los demás.

Se apresuró hacia la tienda tras sortear una familia de patos que bajaba por la calle principal, sus relucientes patas sorprendentemente naranjas contra el apagado cemento. En el Piggly Wiggly apartó de su mente la imagen de Chase con la chica, rodeó el extremo del pasillo del pan y vio a la señora Culpepper, la inspectora escolar, a solo cuatro pies de ella. Se miraron como un conejo y un coyote sorprendidos en una cerca. Kya era ahora mucho más alta que la mujer y mucho más culta, aunque ninguna de las dos pensó eso. Tras tanto huir, Kya quiso salir corriendo, pero se quedó en el sitio y le devolvió la mirada. La mujer asintió ligeramente y siguió adelante.

Kya encontró lo que necesitaba para el pícnic —queso, una hogaza de pan y los ingredientes para el pastel— y le costó todo el dinero que había conseguido ahorrar para la ocasión. Pero era como si la mano de otra persona tomara los productos y los pusiera en el carro. Lo único que veía era el brazo de Chase sobre el hombro de la chica. Compró un periódico local porque los titulares mencionaban un laboratorio marino que se inauguraría en una costa cercana.

Una vez fuera de la tienda, caminó a toda prisa como un hurón hasta el muelle. De vuelta en la cabaña, se sentó en la mesa de la cocina para leer el artículo sobre el nuevo laboratorio. Era cierto, estaban construyendo una elegante instalación científica a veinte millas de Barkley Cove, cerca de Sea Oaks. Los científicos estudiarían la ecología de la marisma que, de un modo u otro, contribuía a la supervivencia de casi la mitad de la vida marina, y...

Kya pasó la página para continuar la lectura y se encontró ante una gran foto de Chase con una chica en un anuncio de compromiso: «Andrews-Stone». Se le agolparon las palabras, luego los sollozos y finalmente jadeos desgarrados. Se puso de pie y miró el periódico de lejos. Volvió a levantarlo para verlo mejor; seguro que lo había imaginado. Ahí estaban, con el rostro pegado el uno al otro, sonriendo. La chica, Pearl Stone, guapa, con pinta de rica, un collar de perlas y una blusa de encaje. La misma a la que rodeaba con el brazo. Siemprellevaperlas.

Kya salió al porche apoyándose en las paredes y se dejó caer en el colchón con las manos sobre la boca abierta. Entonces oyó un motor. Se sentó bruscamente, miró hacia la laguna y vio a Chase subiendo la lancha a la orilla.

Antes de que él pudiera verla, salió por la puerta del porche veloz como un ratón que escapa de una caja sin tapa y corrió al bosque, lejos de la laguna. Se agachó detrás de los palmitos y lo vio entrar en la cabaña y llamarla. Vería en la mesa el artículo del periódico abierto. Al cabo de unos segundos, volvió a salir y caminó hacia la playa, pues debía creer que la encontraría ahí.

Ella no se movió, ni siquiera cuando volvió, y gritó su nombre. No salió de entre los arbustos hasta que se fue en su lancha. Tomó comida para las gaviotas, se movía con torpeza, y siguió el sol hasta la playa. Por el camino soplaba una fuerte brisa proveniente del océano, por lo que al menos podía apoyarse en el viento cuando llegó a la playa. Llamó a las gaviotas y arrojó al aire migajas de la hogaza de pan. Y luego maldijo con más fuerza y crueldad que el viento.

30

Las corrientes

1967

Kya corrió desde la playa hasta su barca y salió al mar a toda velocidad, directa a las corrientes.

—Mierda... ¡Hijo de puta! —gritó mientras echaba la cabeza hacia atrás.

Olas desordenadas y confusas agitaron los costados de la proa, tiraron del timón. Como siempre, el océano parecía más furioso que las marismas. Más profundo, con más cosas que decir.

Hacía tiempo que Kya había aprendido a leer las corrientes y las mareas, a navegar por ellas y a apartarse de ellas, y a situarse perpendicular a su rumbo. Pero nunca había ido directa a las corrientes más profundas, algunas agitadas por la corriente del golfo, que mueve cuatro mil millones de pies cúbicos de agua por segundo, más fuerza que la de todos los ríos de la Tierra combinados, y que pasa más allá de los alargados brazos de Carolina del Norte. Su oleaje produce crueles contracorrientes, potentes torbellinos y corrientes inversas que se arremolinan con las mareas para formar uno de los peores lugares de todos los mares del planeta. Kya había evitado toda su vida esa zona, pero no ahora.

Iba directa a su garganta, donde fuera para dejar atrás el dolor y la ira.

Las burbujeantes aguas la empujaban, se alzaban bajo su proa y tiraban de la barca hacia estribor. Se agitó con pesadez y se estabilizó, pero se vio presa de una furiosa resaca que la arrastró y aceleró su velocidad. Salir de ella parecía arriesgado, así que Kya luchó por navegar con la corriente, alerta a los bajíos que formaban barreras cambiantes bajo la superficie. Un simple roce podría volcarla.

Las olas rompían a su espalda y le empapaban los cabellos. Sobre su cabeza pasaban nubes oscuras a gran velocidad que bloqueaban la luz del sol y oscurecían las señales con torbellinos y turbulencias. Que absorbían el calor del día.

Aun así, el miedo seguía eludiéndola por mucho que ansiara sentirse aterrada, lo que fuera para quitarse la cuchilla clavada en el corazón.

De pronto, las oscuras y revueltas aguas de la corriente cambiaron y la pequeña barca giró a estribor, y alzó el costado. La fuerza arrojó a Kya contra el fondo de la barca y el agua del mar se derramó sobre ella. Aturdida, se sentó en el agua y se preparó para otra ola.

Por supuesto, ni de lejos estaba en la corriente del golfo. Aquello no era más que una zona de entrenamiento, un simple campo de juegos para el mar de verdad. Pero ella consideraba que eso era aventurarse en lo malo, y quería navegar por ahí hasta superarlo. Hasta ganar algo. Matar el dolor.

Al haber perdido todo sentido de la simetría y de la pauta, las olas color pizarra rompían a su alrededor. Se arrastró de vuelta al asiento y se aferró a la caña del timón, pero sin saber hacia dónde dirigirlo. La tierra se le aparecía como una línea distante que solo asomaba a la superficie de vez en cuando, entre olas y espuma. Y cada vez que atisbaba tierra firme, el barco giraba o se escoraba y la perdía de vista. Estaba segura de que podía dominar la corriente, pero esta se había hecho más fuerte y la arrastraba, la adentraba al furioso y oscurecido mar. Las nubes se hincharon y asentaron y bloquearon el sol. Completamente empapada, Kya tiritaba mientras se quedaba sin fuerzas, con dificultad para controlar el timón. No había llevado ropa contra los elementos, ni comida, ni agua.

Por fin sintió miedo. Un miedo que nacía de un lugar más profundo que el mar. Miedo por saber que volvería a estar sola. Probablemente siempre. De por vida. Su garganta emitió feos sonidos entrecortados cuando la barca se inclinó y rodó de costado peligrosamente con cada ola.

Ya había seis pulgadas de espumosa agua que cubrían el suelo de la barca y le quemaban los pies desnudos con su frío. Qué deprisa habían derrotado el mar y las nubes al calor primaveral. Dobló un brazo sobre el pecho para intentar calentarse mientras maniobraba débilmente con la otra mano, sin combatir el agua, moviéndose con ella.

Finalmente, se calmaron las aguas y, aunque la corriente seguía arrastrándola a su propio fin, el océano ya no se agitaba ni estaba revuelto. Ante ella vio un pequeño y alargado banco de arena, de quizá cien pies de largo, reluciente por el mar y las conchas húmedas. Kya forcejeó con la fuerte resaca y, en el momento justo, movió el timón y se salió de la corriente. Guio la barca hasta el lado de sotavento del banco de arena y, en esas aguas más calmadas, atracó con la delicadeza de un primer beso. Bajó a la estrecha tira de tierra y se desplomó sobre ella. Se echó hacia atrás y sintió la tierra sólida contra la espalda.

Sabía que no estaba llorando a Chase, sino a una vida determinada por los rechazos. Mientras el cielo y las nubes forcejeaban en las alturas, proclamó en voz alta:

—Tengo que vivir sola. Pero ya lo sabía. Hace mucho tiempo que sé que la gente no se queda.

No había sido una coincidencia que Chase mencionase arteramente el matrimonio como cebo para después acostarse con ella y luego dejarla por otra. Por sus estudios sabía que los machos van de una hembra a otra. Por tanto, ¿por qué le había creído? Su elegante lancha era como el cuello hinchado o la cornamenta sobredimensionada de un ciervo en celo: apéndices para alejar a otros machos y atraer a una hembra tras otra. Había caído en la misma trampa que Ma: «fornicadores tramposos promiscuos». ¿Qué mentiras le contó Pa? ¿A qué restaurantes caros la llevó antes de quedarse sin dinero y traerla a su verdadero territorio: a una cabaña en el pantano? Puede que fuera mejor considerar al amor terreno en barbecho.

Recitó en voz alta un poema de Amanda Hamilton:

Debo dejarlo ya.
Dejarte marchar.
Demasiado a menudo el amor
es el motivo para quedarse.
Demasiado a menudo la razón
para irse.
Suelto tus ataduras
y veo cómo te vas a la deriva.

Todo el tiempo
pensaste
que la feroz corriente

del pecho de tu amante
te arrastraba a las profundidades.
Pero era la marea de mi corazón
la que te liberaba
para que flotaras a la deriva
con las algas.

El débil sol encontró un espacio entre los nubarrones y tocó el banco de arena. Kya miró a su alrededor. La corriente, el gran movimiento del mar y esa arena habían hecho las veces de una delicada red, pues todo a su alrededor tenía la colección de conchas más asombrosa que había visto nunca. El ángulo del banco y el suave caudal habían amontonado las conchas a sotavento y las habían depositado suavemente en la arena sin romperlas. Vio algunas raras y muchas de sus favoritas, intactas y perladas. Brillaban todavía.

Se movió entre ellas, eligió las más preciadas y las puso en un montón. Volcó la barca, la vació de agua y colocó cuidadosamente las conchas a lo largo de la junta del fondo. Luego planeó el viaje de vuelta, plantada en la barca, estudiando las aguas. Leyó el mar y, aprendiendo de las conchas, decidió salir por sotavento y dirigirse directamente a tierra para evitar las corrientes más fuertes.

Mientras desembarrancaba la barca, pensó que nadie volvería a ver ese banco de arena. Los elementos habían creado esa breve y mutable sonrisa de arena con el ángulo justo. La siguiente marea, la siguiente corriente crearía otro banco de arena, y luego otro más, pero nunca este. No el que la había salvado. No el que le había dicho un par de cosas.

. . . .

Más tarde, mientras paseaba por su playa, recitó su poema favorito de Amanda Hamilton:

> La apagada luna sigue
> mis pisadas
> con una luz sin quebrar
> por las sombras de la tierra,
> y comparte mis sentidos,
> que sienten los fríos
> hombros del silencio.
>
> Solo tú conoces
> cómo un lado de un momento
> se ve prolongado por la soledad
> durante millas
> hasta el otro confín,
> y cuánto cielo
> hay en un aliento
> cuando el tiempo retrocede
> en la arena.

Si alguien entiende la soledad, es la luna.

Kya se refugió en el predecible ciclo de los renacuajos y en el *ballet* de las luciérnagas, y se adentró más aún en la espesura sin palabras. La naturaleza parecía ser la única piedra que no se llevaría la corriente.

31

Un libro

1968

El buzón oxidado, montado sobre un poste cortado por Pa, estaba al final del sendero sin nombre. El único correo que recibía Kya era la propaganda que se enviaba a los residentes. No tenía facturas que pagar, ni amigas, ni tías viejas que le enviaran encantadoras notitas. Si descontaba aquella carta que había enviado Ma hacía años, su correo siempre había sido neutral y a veces pasaba semanas sin recogerlo.

Pero en su vigésimo segundo año, más de un año después de que Chase y Pearl anunciasen su compromiso, recorría todos los días el sendero de arena, bajo el calor abrasador, para mirar en el buzón. Por fin, una mañana encontró un abultado sobre color manila y deslizó el contenido hasta sus manos: un ejemplar de *Conchas marinas de la costa oriental*, de Catherine Danielle Clark. Aspiró aire, no tenía a nadie a quien enseñárselo.

Miró cada página sentada en su playa. Cuando Kya escribió al editor tras el contacto inicial de Tate y le envió más dibujos, a vuelta de correo recibió un contrato. Como hacía años que tenía hechas todas sus pinturas con textos para cada concha, su editor, el señor Robert Foster, le escribió para decirle que publicaría el libro en un tiempo récord, y que el segundo, sobre pájaros, iría poco después. Incluía con el contrato un adelanto de cinco mil dólares. Pa se hubiera tropezado con su pierna mala y hubiera derramado la petaca.

Y ahora tenía en sus manos el resultado final: cada pincelada, cada color cuidadosamente pensado, cada palabra de sus historias naturales impresa en un libro. También había dibujos de las criaturas que viven dentro —cómo comen, cómo se mueven, cómo copulan— porque la gente suele olvidarse de las criaturas que viven en las conchas.

Tocó las páginas y recordó cada concha y la historia de cómo la encontró, cómo estaba en la playa, la estación, el amanecer. Era un álbum familiar.

Durante los siguientes meses, a lo largo de la costa de Carolina del Norte, Carolina del Sur, Georgia, Virginia, Florida y Nueva Inglaterra, las tiendas de recuerdos y las librerías pondrían su libro en los escaparates o mesas de novedades. Los cheques por los derechos de autor le irían llegando cada seis meses, le dijeron, y cada uno podría llegar a ser de varios miles de dólares.

SE SENTÓ ANTE LA mesa de la cocina para escribir una carta de agradecimiento a Tate, pero el corazón se le paró al leerla. Una nota no le parecía suficiente. Gracias a su amabilidad, su amor por la marisma podía convertirse en el trabajo de su vida. Su vida entera. Así, cada pluma, concha o insecto que recogiera podría ser compartido con los demás y no tendría que buscar en el barro para sacar algo de cenar. Puede que ni siquiera tuviera que comer gachas todos los días.

Jumpin' le había dicho que Tate trabajaba de ecologista en el nuevo instituto y laboratorio de Sea Oaks, que le habían asignado una elegante lancha de investigación. Lo había visto a veces, a lo lejos, pero se había mantenido distante.

Añadió una posdata a la nota: «Si alguna vez estás cerca de casa, pásate. Quisiera darte un ejemplar del libro», y se la envió al laboratorio.

La siguiente semana contrató a un reparador, Jerry, que le instaló el agua corriente, un calentador de agua y un cuarto de baño completo con una bañera en el dormitorio del fondo. Le puso un lavabo en un aparador, al que añadió azulejos encima, y le instaló un inodoro. Llevó la electricidad a la casa y puso una estufa y un refrigerador nuevos. Kya insistió en conservar la vieja estufa de leña, con los troncos apilados a un lado, porque calentaba la cabaña, pero sobre todo porque su madre había horneado en ella mil galletas y panecillos con el corazón. ¿Y si Ma volvía y su estufa ya no estaba? El reparador le hizo alacenas de pino para la cocina, colocó una nueva puerta delantera, instaló una nueva mosquitera en el porche e hizo estantes de piso a techo para sus especímenes. Ella encargó en Sears Roebuck un sofá, sillas, camas, colchones y tapetes, pero conservó la vieja mesa de la cocina. Y ahora tenía un armario de verdad donde guardar algunos recuerdos, un armario con la memoria de su familia desaparecida.

Por fuera, la cabaña siguió como antes, sin pintar, con los desvencijados tableros de pino y el tejado de hojalata rico en colores óxido y gris, tocado por el musgo del roble, cuyas ramas crecían sobre él. Ahora estaba menos destartalada, pero seguía siendo parte de la urdimbre de la marisma. Kya continuó durmiendo en el porche, salvo en lo más frío del invierno, pero ahora lo hacía en una cama.

UNA MAÑANA, JUMPIN' LE dijo a Kya que por su zona iban a ir unos constructores que planeaban desecar el «turbio pantano» y construir unos hoteles. Kya había visto de vez en cuando, a lo largo del año anterior, grandes máquinas que talaban bosques enteros de cedros en una semana para luego proceder a hacer canales para secar la marisma. Cuando terminaban, se desplazaban a un nuevo lugar y dejaban atrás sed y suelo arcilloso. No parecían haber leído el libro de Aldo Leopold.

Un poema de Amanda Hamilton lo decía con toda claridad.

Niña a niña,
ojo a ojo,
crecimos como uno solo,
compartiendo almas.
Ala a ala,
hoja a hoja,
dejaste este mundo,
moriste antes que la niña,
mi amiga, la selva.

Kya no sabía si su familia poseía la tierra o si solo la ocupaba, como venía haciendo desde hacía siglos la mayoría de la gente de la marisma. A lo largo de los años, mientras buscaba indicios del paradero de Ma, había leído hasta el último pedazo de papel que había en la cabaña sin encontrar nunca nada parecido a una escritura de propiedad.

En cuanto volvió a casa de la tienda de Jumpin', envolvió la vieja biblia en un trapo y se fue con ella a los juzgados de Barkley Cove. El funcionario, un hombre de cabellos blancos con una frente enorme y hombros pequeños, sacó un gran libro de registros forrado en cuero, algunos mapas y unas fotografías aéreas que extendió sobre el mostrador. Kya pasó los dedos por el mapa y le señaló la laguna e indicó por encima los límites de lo que creía que era su tierra. El funcionario miró el número de referencia y buscó la propiedad en un viejo archivador de madera.

—Sí, aquí está —afirmó—. Fue registrada de forma adecuada y comprada en 1897 por el señor Napier Clark.

—Mi abuelo —dijo Kya.

Pasó las finas páginas de la Biblia, y ahí, en el registro de nacimientos y muertes, estaba un tal Napier Murphy Clark. Un nombre imponente. El mismo nombre de su hermano. Le dijo al funcionario que su Pa había muerto, lo que era probable.

—Nunca se ha vendido. Así que sí, parece que le pertenece. Pero lamento decirle que hay algunos impuestos atrasados, señorita Clark, y deberá pagarlos para poder conservar las tierras. De hecho, señorita, tal como está escrita la ley, cualquiera que venga y pague los impuestos atrasados sería el dueño de las tierras, aunque no tuviera un título de propiedad.

—¿Cuánto es?

Kya no había abierto una cuenta en un banco, y llevaba en la mochila todo el dinero que le quedaba tras pagar las mejoras de su casa: unos tres mil dólares. Pero el funcionario debía estar hablando de unos cuarenta años de impuestos atrasados, miles y miles de dólares.

—Bueno, vamos a ver. Entra en la categoría de «páramo», así que durante muchos años el impuesto no pasa de cinco dólares. A ver, tengo que calcularlo.

Se acercó a una calculadora gorda y aparatosa, tecleó los números y, tras cada entrada, tiraba de la palanca, que hacía un sonido de batidora y parecía como si sumara de verdad.

—Parece que serán unos ochocientos dólares. Con eso tendrá el terreno libre de cargas.

Kya salió de los juzgados con un título de propiedad de trescientos diez acres de lagunas exuberantes, brillantes marismas, bosques de cedros y una extensa playa privada en la costa de Carolina del Norte, categoría: «páramo, pantano turbio».

Ese anochecer, cuando atracó en la orilla de su laguna, tuvo una charla con la garza.

—Ya está arreglado. Este lugar es tuyo.

AL MEDIODÍA SIGUIENTE ENCONTRÓ en el buzón una nota de Tate, que le resultó extraña y algo formal, ya que antes solo le había dejado mensajes en el tocón de la pluma. Le agradecía la invitación de pasarse por su casa por un ejemplar del libro y añadía que lo haría esa misma tarde.

Kya esperó en el viejo tronco de lectura con uno de los seis ejemplares que le habían enviado los editores. Veinte minutos después, oyó el sonido de la vieja barca de Tate, que resoplaba por el canal y se detenía. Cuando asomó entre la vegetación, se saludaron y sonrieron ligeramente. Los dos se contuvieron. La última vez que se habían visto ahí, ella le había tirado piedras a la cara.

Tate se acercó a ella tras amarrar la barca.

—Kya, tu libro es una maravilla. —Se inclinó ligeramente hacia delante, como si fuera a abrazarla, pero su corazón endurecido la detuvo y no le correspondió.

En vez de eso, le entregó el libro.

—Toma, Tate. Este es para ti.

—Gracias, Kya —dijo, mientras lo abría y pasaba las páginas. No mencionó que, por supuesto, ya lo había comprado en una librería de Sea Oaks y que ya se había maravillado con cada página—. Nunca se ha publicado nada como esto. Estoy seguro de que solo es el principio para ti.

Ella se limitó a inclinar la cabeza y sonreír levemente.

Entonces, él volvió a las páginas del principio.

—Eh, no lo firmaste. Tienes que dedicármelo. Por favor.

Ella alzó la cabeza. No lo había pensado. ¿Qué podía escribirle a Tate?

Él sacó un lápiz del bolsillo de los *jeans* y se lo ofreció.

Ella lo tomó y, al cabo de unos segundos, escribió:

AL CHICO DE LAS PLUMAS
GRACIAS
De La Chica de la Marisma

Tate leyó las palabras y se volvió para mirar la marisma; no podía abrazarla. Finalmente, le tomó la mano y se la apretó.

—Gracias, Kya.

—Fuiste tú, Tate —dijo y, luego pensó: «Siempre fuiste tú». Una parte de su corazón anhelaba, la otra se escudaba.

Él la miró un momento, y como ella seguía sin hablar, dio media vuelta para irse. Pero, al subirse a la barca, añadió:

—Kya, cuando me veas en la marisma, por favor, no te escondas entre la hierba como un ciervo. Solo llámame y seguiremos explorando juntos, ¿sí?

—Está bien.

—Otra vez, gracias por el libro.

—Adiós, Tate. —Miró hasta que desapareció entre la espesura y dijo—: Al menos podría haberle invitado un té. No nos hubiera hecho daño. Podría ser su amiga. —Pensó en su libro con raro orgullo—. Podría ser su colega.

UNA HORA DESPUÉS DE que Tate se fuera, Kya viajó hasta el muelle de Jumpin' con otro ejemplar en la mochila. Mientras se acercaba, lo vio apoyado en la pared de su destartalada tienda. Se incorporó y la saludó, pero ella no le devolvió el saludo. Jumpin' esperó en silencio a que amarrara, pues sabía que pasaba algo diferente. Ella se le acercó, le tomó la mano y le puso el libro en ella. Él, al principio, no lo entendió, pero ella le señaló su nombre.

—Ya estoy bien, Jumpin'. Gracias, y gracias a Mabel, por todo lo que hicieron por mí.

Él se quedó mirándola. En otro tiempo y otro lugar, un viejo negro y una joven blanca se hubieran podido abrazar. Pero no ahí ni en ese entonces. Ella le cubrió la mano con la suya, dio media vuelta y se fue en su barca. Era la primera vez que lo veía quedarse sin habla. Siguió comprándole gasolina y suministros, pero no volvió a aceptarle limosna. Y siempre que iba a su muelle, veía el libro apoyado en el pequeño escaparate para que lo viera todo el mundo. Como lo hubiera enseñado un padre.

32

Coartada

1969

Nubes oscuras y bajas corrían por un mar de acero hacia Barkley Cove. El viento golpeaba y agitaba ventanas y arrojaba olas sobre el malecón. Los barcos, amarrados al muelle, se bamboleaban arriba y abajo como juguetes mientras hombres con impermeables amarillos ataban este o aquel cabo para asegurarlo. Entonces, una lluvia lateral azotó el pueblo, y lo oscureció todo menos alguna peculiar forma amarilla que se movía en el ambiente gris.

El viento silbaba por la ventana del *sheriff*, y este alzó la voz.

—Bueno, Joe, ¿no tenías algo que decirme?

Por supuesto. Descubrí dónde dirá la señorita Clark que estuvo la noche en que murió Chase.

—¿Qué? ¿La encontraste por fin?

—¿Estás bromeando? Es más escurridiza que una maldita anguila. Desaparece cada vez que me acerco. Así que esta mañana fui al muelle de Jumpin', por si sabía cuándo aparecería por ahí. Tiene que comprar gasolina como todo el mundo, así que pensé que iría tarde o temprano. Y no vas a creer lo que descubrí.

—Dime.

—Sé por dos fuentes muy confiables que esa noche estaba fuera del pueblo.

—¿Qué? ¿Quién? Nunca sale del pueblo, y, en caso de que hubiera salido, ¿quién puede saberlo?

—¿Se acuerda de Tate Walker? Ahora es el doctor Walker y trabaja en el nuevo laboratorio ecológico.

—Sí. Lo conozco. Su papá es camaronero. Scupper Walker.

—Bueno, pues Tate afirma que conoce a Kya, porque la llama Kya, y que la conoce muy bien, de cuando eran más chicos.

—¿*Oh*?

—Así no. Solo eran niños. Parece que le enseñó a leer.

—¿Eso te lo dijo él?

—Sí. Estaba con Jumpin'. Yo le pregunté a Jumpin' si sabía dónde o cómo podía hacerle unas preguntas a La Chica de la Marisma. Dijo que nunca sabía cuándo volvería a verla.

—Jumpin' siempre fue bueno con ella. Dudo que nos diga mucho.

—Pues le pregunté si de casualidad sabría dónde estaba la noche en que murió Chase. Y contestó que, de hecho, lo sabía, que ella había pasado por ahí dos días después de la muerte de Chase y él le había contado que estaba muerto. Me dijo que pasó las dos noches anteriores en Greenville, incluida la noche en que murió Chase.

—¿En Greenville?

—Eso dijo, y entonces Tate, que había estado ahí parado todo el tiempo, intervino y confirmó que sí, que había ido a Greenville, que él le había mostrado cómo comprar un boleto de autobús.

—Vaya, esto sí que son noticias —musitó el *sheriff* Jackson—. Y resulta muy conveniente que los dos estuvieran ahí y contaran la misma historia. ¿Para qué fue a Greenville?

—Tate explicó que una editorial, ya sabe que escribió un libro sobre conchas y otro de pájaros, bueno, pues que le pagó los gastos para que se reuniera con ellos ahí.

—Me cuesta trabajo imaginar a la gente de una editorial elegante queriendo conocerla. Supongo que sería fácil de comprobar. ¿Qué dijo Tate de eso de enseñarle a leer?

—Le pregunté de dónde la conocía y dijo que iba cerca de su casa a pescar y que, cuando descubrió que no sabía leer, le enseñó.

—Mmm. ¿De veras?

—El caso es que esto cambia todo. Tiene una coartada. Y muy buena. Yo diría que estar en Greenville es una coartada bastante buena.

—Sí. Eso parece. Ya sabes lo que se dice de las buenas coartadas. Pero tenemos a ese camaronero que afirma que la vio dirigirse hacia la torre de vigilancia la misma noche en que Chase se cayó.

—Se pudo equivocar. Estaba oscuro. La luna no salió hasta las dos de la madrugada. Y a lo mejor ella sí estaba en Greenville y vio en la barca a otra persona que se le parece.

—Bueno, como ya dije, ese supuesto viaje a Greenville debería ser fácil de comprobar.

La tormenta se redujo a un gemido y una llovizna, pero, aun así, en vez de ir al *diner,* los dos representantes de la ley encargaron para llevar una ración de pollo con bolas de masa, habas blancas, guiso de calabacita, miel de caña y panecillos.

JUSTO DESPUÉS DEL ALMUERZO, alguien llamó a la puerta del *sheriff.* La señorita Pansy Price la abrió y pasó dentro. Joe y Ed se levantaron. Su turbante resplandecía en su color rosa.

—Buenas tardes, señorita Pansy —saludaron los dos, asintiendo.

—Buenas tardes, Ed, Joe. ¿Me puedo sentar? No les quitaré mucho tiempo. Creo tener información importante referente al caso.

—Sí, por supuesto. Siéntese, por favor.

Los dos hombres se sentaron en cuanto la señorita Pansy se aposentó en la silla como una gallina de buen tamaño, atusándose las plumas aquí y allá, con el bolso sobre el regazo como un preciado huevo.

—¿Y qué caso sería ese, señorita Pansy? —preguntó el *sheriff* cuando no pudo aguantar más.

—Ay, por el amor de Dios, Ed. Ya sabe qué caso. El de quién asesinó a Chase Andrews. Ese caso.

—No sabemos si fue asesinado, señorita Pansy. ¿Comprende? Bueno, ¿qué tiene para nosotros?

—Como ya sabrá, trabajo en Kress. —Nunca se rebajaba a decir el nombre completo: Kress Five and Dime. Antes de continuar, esperó a que el *sheriff* asintiera y asimilara su comentario, aunque los dos sabían que trabajaba ahí, puesto que ella le había vendido soldaditos de juguete cuando era niño—. Creo que sospechan de La Chica de la Marisma. ¿Es correcto?

—¿Quién le dijo eso?

—Ay, hay mucha gente convencida de eso, pero la principal fuente es Patti Love.

—Ya veo.

—Bueno, en Kress, otras empleadas y yo vimos a La Chica de la Marisma subir y bajar del autobús en días que la hacen estar fuera del pueblo la noche en que murió Chase. Puedo testificar acerca de esos días y horas. —La señorita Pansy se sentó más recta en la silla—. Se fue el 28 de octubre en el autobús de las 14:30 y volvió el 30 a las 13:16.

—¿Y dice que la vio más gente?

—Sí. Puedo hacerle una lista si quiere.

—No es necesario. Ya iremos al Five and Dime si necesitamos sus declaraciones. Gracias, señorita Pansy.

El *sheriff* se levantó, y también lo hicieron Ed y la señorita Pansy.

—Bueno, gracias por su tiempo —dijo ella mientras se encaminaba hacia la puerta—. Como dijo usted, ya sabe dónde encontrarme.

Se despidieron, y Joe volvió a sentarse.

—Bueno, ya está. Confirma lo que dijeron Tate y Jumpin'. Esa noche estuvo en Greenville, o por lo menos se subió a un autobús que la llevó a otra parte.

El *sheriff* soltó un largo resoplido.

—Eso parece. Pero supongo que, si alguien puede ir a Greenville en el día, puede volver en autobús en la noche, hacer lo que sea y subirse a otro autobús de vuelta a Greenville sin que nadie se entere.

—Supongo. Pero cuesta creerlo.

—Ve por los horarios de autobuses. Veamos si nos cuadran las horas, si es posible ir y volver en la misma noche. —Ed continuó antes de que Joe saliera—: Tal vez quiso que la vieran a plena luz del día subiendo y bajando del autobús. Si te paras a pensarlo, tenía que hacer algo fuera de lo corriente para tener una coartada. No tendría ninguna si afirmara haber estado sola en su cabaña la noche en que murió Chase, como suele hacer. Así que planeó algo que mucha gente la vería hacer. Y se creó una coartada con toda la gente de la calle principal. Brillante.

—Bueno, sí, es un buen argumento. De todos modos, parece que ya no tenemos que jugar a los detectives. Podemos quedarnos aquí tomando café y esperar a que todas las mujeres del pueblo entren y salgan para contarnos todo lo que necesitamos saber. Voy por los horarios de los autobuses.

Joe volvió quince minutos más tarde.

—Pues tienes razón —dijo—. Según esto, uno puede salir en autobús de Greenville a Barkley Cove y volver en la misma noche. Es muy fácil, la verdad.

—Sí, y entre autobuses hay tiempo de sobra para empujar a alguien de la torre de vigilancia. Yo digo que pidamos una orden.

33

La cicatriz

1968

Una mañana del invierno de 1968, Kya estaba sentada en la mesa de la cocina y pintaba un papel con acuarelas rosas y naranjas para crear la forma abultada de un hongo. Había acabado el libro sobre aves marinas y estaba trabajando en una guía de hongos. Con planes para otro sobre mariposas y polillas.

Frijoles de carita, cebolla morada y jamón curado hervían en la vieja olla mellada sobre la estufa de leña, que seguía prefiriendo a sus nuevos quemadores. Sobre todo, en invierno. El tejado de hojalata cantaba bajo la llovizna. Entonces, por el sendero le llegó el sonido de un auto que se esforzaba por avanzar en la arena y que levantaba más estrépito que el tejado. El pánico se apoderó de ella y se acercó a la ventana para ver una camioneta roja que maniobraba por el sendero embarrado.

El primer pensamiento de Kya fue huir, pero la camioneta ya estaba llegando al porche. Encogida bajo el alféizar de la ventana, vio que de ella salía un hombre con uniforme militar gris verdoso. Se quedó parado, con la puerta del auto entreabierta, y miró el bosque, el sendero que llevaba a la laguna. Luego cerró despacio la puerta, corrió bajo la lluvia hasta la puerta del porche y llamó.

Kya maldijo. Estaría perdido, le pediría indicaciones y se iría, pero no quería tener que enfrentarse a eso. Podía haberse quedado escondida en la cocina y esperar a que se fuera, pero lo oyó gritar.

—¡Ey! ¿Hay alguien en casa? ¡Hola!

Molesta, pero curiosa, cruzó la sala de estar recién amueblada hasta el porche. El desconocido, alto y de pelo negro, estaba parado en los escalones de la entrada y mantenía abierta la puerta de la mosquitera, a cinco pies de ella. El uniforme estaba lo bastante almidonado para sostenerse solo, como si fuera eso lo que lo mantenía entero. Tenía la pechera cubierta de coloridas medallas rectangulares. Pero lo más llamativo era una cicatriz roja irregular que le partía la cara en dos desde la oreja izquierda a la parte superior de los labios. Kya tomó aire.

En un instante volvió a un Domingo de Pascua seis meses antes de que Ma se fuera para siempre. Ma y ella iban de la sala a la cocina, tomadas del brazo y cantando «Rock of Ages», para llevarse los huevos de colores que habían pintado la noche anterior. Los demás niños habían salido a pescar, por lo que Ma y ella tenían tiempo para esconder los huevos y meter en el horno el pollo y los panecillos. Los hermanos ya eran demasiado mayores para cazar golosinas, pero, aun así, correrían por todas partes, los buscarían y simularían no encontrarlos, para luego mostrar entre risas cada tesoro descubierto.

Ma y Kya salían de la cocina con la canasta llena de huevos y de conejos de chocolate del Five and Dime cuando Pa entró desde el pasillo.

Le arrancó a Kya el gorro de Pascua y lo agitó en el aire mientras le gritaba a Ma.

—¿De dónde sacaste el dinero para estas cosas? ¿Estos gorros y esos zapatos de cuero? ¿Esos huevos tan finos y estos conejos de chocolate? Dime. ¿De dónde?

—Anda, Jake, baja la voz, por favor. Es Pascua; es para los niños.

Empujó a Ma hacia atrás.

—Andas de puta, claro. ¿De ahí sacas el dinero? *Dímelo.*

Agarró a Ma de los brazos y la sacudió tan fuerte que su cara pareció vibrar alrededor de sus ojos, que se mantenían inmóviles y muy abiertos. Los huevos se le cayeron de la canasta y rodaron por el suelo con sus tambaleantes colores pastel.

—¡Pa, por favor, para! —gritó Kya antes de sollozar.

Él alzó la mano y abofeteó a Kya en la mejilla.

—¡Cállate, llorona remilgada! Quítate ese vestido idiota y esos zapatos. Es ropa de puta.

Kya se encogió, se tapó la cara y corrió tras los huevos pintados a mano por Ma.

—¡Te estoy hablando, mujer! ¿De dónde sacaste ese dinero?

Levantó el atizador de hierro de su rincón y fue hacia Ma.

Kya gritó con toda la fuerza que pudo y se agarró al brazo de Pa cuando él golpeó a Ma en el pecho con el atizador. La sangre brotó en el floreado vestido de verano como si fueran topos rojos. Entonces, un cuerpo grande se precipitó por el pasillo y Kya alzó la mirada y vio que Jodie agarraba a Pa por detrás y que los dos caían al suelo. Su hermano se interpuso entre Ma y Pa y les gritó a Kya y a Ma que corrieran, y así lo hicieron. Pero antes, Kya se volvió para ver a Pa alzar el atizador y golpear a Jodie en la cara. Vio su mandíbula retorcerse de forma asquerosa, la sangre salpicando. Y ahora la escena entera volvió a representarse en su mente con un fogonazo. Su hermano se desplomó en el suelo y cayó entre los conejos de chocolate y los huevos púrpura y rosa. Ma y ella corrieron entre los palmitos, se escondieron tras los arbustos. Ma, con el vestido ensangrentado, aseguraba que no pasaba nada, que los huevos no se romperían, que todavía podían cocinar el pollo. Kya, sin entender por qué seguían ahí escondidas, estaba segura de que su hermano se moría, que necesitaba su ayuda, pero estaba demasiado asustada para moverse. Esperaron mucho rato antes de volver a escondidas, y miraron por la ventana para asegurarse de que Pa se había ido.

Jodie estaba tirado en el suelo, la sangre se amontonaba a su alrededor, y Kya gritó que estaba muerto. Pero Ma lo levantó y lo llevó hasta el sofá, donde le cosió la cara con aguja e hilo. Cuando todo estuvo tranquilo, Kya levantó su gorro del suelo y corrió por el bosque y lo tiró con todas sus fuerzas entre los juncos.

Y ahora miraba a los ojos del desconocido que había en su porche y musitó:

—Jodie.

Él sonrió, la cicatriz se le torció, y replicó:

—Kya, esperaba que estuvieras aquí.

Se miraron y se buscaron cada uno en ojos más viejos. Jodie no podía saber que todos esos años había estado con ella, de las docenas de veces que la había acompañado a navegar por la marisma, que le había enseñado una y otra vez cosas sobre garzas y luciérnagas. Kya había querido volver a ver a Jodie o a Ma más que a nadie. Su corazón había borrado la cicatriz y aquel dolor. No le extrañaba que su mente hubiera enterrado la escena; no le extrañaba que Ma se hubiera ido. Golpeada en el pecho con un atizador. Kya volvió a ver la sangre en las manchas desvaídas del vestido floreado.

Él quiso abrazarla, tomarla entre sus brazos, pero, al acercarse, ella apartó la cabeza con profunda timidez y retrocedió. Por tanto, se limitó a entrar en el porche.

—Pasa —dijo ella, y lo condujo hasta la pequeña sala de estar, atiborrada con sus especímenes.

—Ah —exclamó él—. Sí, claro. Vi tu libro, Kya. No estaba seguro de que fueras tú, pero sí, ya veo que eras tú. Es asombroso.

Caminó por la salita y miró las colecciones, además de examinar la habitación con los nuevos muebles y de mirar por el pasillo hacia los dormitorios. No quería curiosear, sino asimilarlo.

—¿Quieres café? ¿Té?

No sabía si venía de visita o a quedarse. ¿Qué podía querer de ella tras todos esos años?

—Café estaría bien. Gracias.

En la cocina, él reconoció la vieja estufa de leña junto a los nuevos quemadores de gas y el refrigerador. Pasó la mano por la vieja mesa de la cocina, que Kya había conservado. Con toda su descascarillada historia. Sirvió el café en tazas y se sentaron.

—Así que eres soldado.

—Dos servicios en Vietnam. Todavía estaré en el ejército unos meses más. No me trataron mal. Me pagaron la universidad: Ingeniería Mecánica en Georgia Tech. Lo menos que puedo hacer es quedarme un rato más.

Georgia no estaba tan lejos; podría haberla visitado antes. Pero ya estaba ahí.

—Todos se fueron —dijo—. Pa se quedó un tiempo después de ti, pero también se fue. No sé adónde, no sé si sigue vivo.

—¿Has vivido aquí sola desde entonces?

—Sí.

—Kya, no debí dejarte con ese monstruo. Me duele, me he sentido muy mal durante años. Fui un cobarde, un estúpido cobarde. Estas malditas medallas no significan nada. —Se pasó la mano por el pecho—. Te abandoné, a una niña pequeña, para que vivieras en un pantano con un loco. No espero que me perdones nunca.

—Jodie, está bien. Tú también eras un niño. ¿Qué podías hacer?

—Pude haber vuelto cuando crecí. Al principio, sobrevivía día a día en los callejones de Atlanta. —Hizo una mueca de desdén—. Me fui de aquí con setenta y cinco centavos en el bolsillo. Los robé del dinero que Pa dejaba en la cocina; me los llevé sabiendo que a ti te faltarían. Me las arreglé haciendo algúno que otro trabajo hasta que me admitieron en el ejército. Después del entrenamiento, me mandaron directo a la guerra. Cuando volví a casa, había pasado tanto tiempo que pensé que te habías ido, que también habías huido. Por eso no te escribí; creo que me reenlisté como una manera de castigarme a mí mismo. Me lo merecía por abandonarte. Pero, hace unos meses, después de graduarme en el Tech, vi tu libro en una tienda. Catherine Danielle Clark. Me partió el corazón y salté de alegría, todo a la vez. Tenía que encontrarte, y pensé empezar por aquí y seguir tu rastro.

—Bueno, pues aquí estamos.

Ella sonrió por primera vez. Los ojos de él no habían cambiado. Los rostros cambian con las penurias de la vida, pero los ojos siguen siendo una ventana a lo que se fue, y podía verlo en ellos.

—Jodie, siento mucho que te preocuparas por haberme dejado. No te culpé ni una sola vez. Éramos las víctimas, no los culpables.

—Gracias, Kya —dijo él, y sonrió.

Las lágrimas se les acumularon en los ojos y los dos apartaron la mirada.

Ella dudó antes de hablar.

—Quizá te cueste creerlo, pero Pa fue bueno conmigo durante un tiempo. Bebía menos, me enseñó a pescar y navegábamos mucho en la barca por toda la marisma. Pero luego, naturalmente, volvió a beber, y me dejó para que me las arreglara yo sola.

Jodie asintió.

—Sí, alguna vez vi ese lado suyo, pero siempre volvía a la botella. Una vez me dijo que era por algo de la guerra. Yo he estado en la guerra y he visto cosas que empujarían a un hombre a la bebida. Pero no debió desquitarse con su mujer ni con sus hijos.

—¿Qué sabes de Ma, de los demás? —preguntó ella—. ¿Tienes noticias de ellos, sabes adónde fueron?

—No sé nada de Murph, Mandy o Missy. No los reconocería si me los cruzara en la calle. Supongo que a estas alturas se habrán dispersado con el viento. Pero Ma, bueno, Kya, es otra de las razones por las que quise buscarte. Tengo noticias de ella.

—¿Noticias? ¿Cuáles? Dime.

Los escalofríos le recorrieron los brazos hasta la punta de los dedos.

—No son buenas, Kya. Yo lo supe la semana pasada. Ma murió hace dos años.

Ella se dobló por la cintura y se llevó las manos a la cara. De su garganta brotaron gemidos. Jodie intentó abrazarla, pero ella se apartó.

—Ma tenía una hermana, Rosemary, y cuando Ma murió, intentó localizarnos mediante la Cruz Roja, pero no nos encontraron. Hace unos meses me encontraron a través del ejército y me pusieron en contacto con Rosemary.

—Ma estuvo viva hasta hace dos años —farfulló Kya con voz ronca—. Todos estos años he esperado que volviera por ese sendero. —Se levantó y se apoyó en el fregadero—. ¿Por qué no volvió? ¿Por qué no me dijo nadie dónde estaba? Y ahora ya es demasiado tarde.

Jodie fue hasta ella y la rodeó con los brazos, aunque ella intentó apartarlo.

—Lo siento, Kya. Siéntate, anda. Te contaré lo que me dijo Rosemary.

Esperó a que lo hiciera antes de continuar.

—Cuando Ma nos dejó tenía una crisis nerviosa y se fue a Nueva Orleans. Ahí se crio. Estaba enferma mental y físicamente. Yo recuerdo un poco de Nueva Orleans. Supongo que nos fuimos cuando yo tenía como cinco años. Solo recuerdo una casa bonita, con grandes ventanas que daban a un jardín. Pero, en cuanto nos mudamos aquí, Pa nos prohibió hablar de Nueva Orleans, de nuestros abuelos, de todo. Así que todo se borró.

Kya asintió.

—Yo nunca lo supe.

—Rosemary me contó que sus padres se opusieron desde el principio a que se casara con Pa, pero Ma se fue a Carolina del Norte con su marido y sin un penique. Con el tiempo, Ma escribió a Rosemary y le contó sus circunstancias, que vivía en una cabaña en un pantano con un borracho que les pegaba a ella y a sus hijos. Entonces, un día, años después, Ma se presentó en su casa. Llevaba esos zapatos de piel falsa de cocodrilo que tanto le gustaban. Hacía días que no se bañaba ni peinaba.

»Ma pasó varios meses muda, sin decir una palabra. Vivía en su antigua habitación, en casa de sus papás, y apenas comía. Por supuesto, hicieron que la vieran médicos, pero ninguno pudo ayudarla. El padre de Ma contactó con el *sheriff* de Barkley Cove para preguntarle si sus hijos estaban bien, pero le dijeron que no se molestaban en seguirle el rastro a la gente de la marisma.

Kya sorbía de vez en cuando.

—Por fin, casi un año después, Ma se puso histérica y le dijo a Rosemary que recordaba haber abandonado a sus hijos. Rosemary la ayudó a escribir una carta a Pa para preguntarle si podía ir por ellos para llevárselos a vivir a Nueva Orleans. Él le respondió con otra carta que, si volvía o tenía contacto con alguno de nosotros, nos desfiguraría a golpes. Ella sabía que era capaz de hacerlo.

La carta del sobre azul. Ma había preguntado por ella, por todos ellos. Ma había querido verla. Pero el resultado que tuvo esa carta fue enormemente distinto. Sus palabras enfurecieron a Pa y lo empujaron de vuelta a la bebida, y entonces Kya también lo perdió a él. No le confesó a Jodie que aún conservaba las cenizas de la carta en un frasquito.

—Rosemary dijo que Ma nunca hizo amigos, nunca cenaba con la familia ni se relacionaba con nadie. No se permitió tener una vida o placer alguno. Al cabo de un tiempo, volvió a hablar más a menudo y de lo único que hablaba era de sus hijos. Rosemary me explicó que Ma nos quiso toda su vida, pero que estaba atrapada en la horrible creencia de que sufriríamos si volvía por nosotros y quedaríamos abandonados si no lo hacía. No nos dejó para tener una aventura, sino que era presa de la locura y apenas se daba cuenta de que se había ido.

—¿Cómo murió? —preguntó Kya.

—Tenía leucemia. Rosemary me contó que hubieran podido tratarla, pero que ella rechazó el tratamiento. Se debilitó más y más, hasta que murió hace dos años. Rosemary dice que murió como había vivido. En la oscuridad, en el silencio.

Jodie y Kya se quedaron quietos. Kya pensó en el poema de Galway Kinnell que Ma había subrayado en su libro:

Debo decir que me alivia que se acabara:
al final solo podía sentir compasión
por esa ansia por más vida.
... Adiós.

Jodie se levantó.

—Ven conmigo, Kya, quiero enseñarte algo.

La condujo hasta su camioneta y subieron a la parte de atrás.

Apartó con cuidado una lona y abrió una gran caja de cartón de la que sacó uno a uno varios cuadros al óleo que empezó a desenvolver. Los puso a su alrededor, en la caja de la camioneta. En uno se veían tres chicas, Kya y sus hermanas, acuclilladas junto a la laguna, contemplando libélulas. En otro se veía a Jodie y a su hermano sosteniendo una ristra de pescados.

—Los traje por si seguías aquí. Me los envió Rosemary. Dice que Ma pasó años pintándonos día y noche.

Un cuadro mostraba a los cinco niños como si mirasen a la pintora. Kya contempló los ojos de sus hermanos y hermanas, que le devolvían la mirada.

—¿Quién es cada uno? —preguntó con un susurro.

—¿Qué?

—No hay fotografías de ellos. No los identifico. ¿Quiénes son?

—Ah. —No podía respirar y, finalmente, dijo—: Bueno, esta es Missy, la mayor. Luego está Murph. Mandy. Por supuesto, este niño tan guapo soy yo. Y esta eres tú. —Hizo una pausa, y luego añadió—: Mira este otro.

Ante ella había un óleo sorprendentemente colorido de dos niños acuclillados en un remolino de hierba verde y flores silvestres. La niña era muy pequeña, quizá de tres años, y el pelo negro liso le caía sobre los hombros. El niño, un poco mayor y con rizos rubios, señalaba una mariposa monarca, con sus alas amarillas y negras extendidas sobre una margarita. Con la otra mano tomaba a la niña del brazo.

—Creo que son Tate Walker y tú —dijo Jodie.

—Creo que tienes razón. Sí se parece. ¿Por qué pintaría Ma a Tate?

—Solía venir a casa a pescar conmigo. Siempre andaba enseñándote insectos y cosas.

—¿Por qué no recuerdo eso?

—Eras muy chica. Una tarde, Tate entró con su barca en la laguna, cuando Pa bebía del pequeño frasco metálico y estaba muy borracho. Tú estabas en el agua y se suponía que Pa debía vigilarte. De pronto, sin previo aviso, Pa te agarró de los brazos y te sacudió tan fuerte que la cabeza se te fue hacia atrás. Y entonces te soltó para que te cayeras al barro y se echó a reír. Tate saltó de la barca y corrió hasta ti. Solo tenía siete u ocho años, pero le gritó a Pa. Por supuesto, Pa le dio una bofetada y le gritó que se largara de sus tierras y que no volviera nunca o le pegaría un tiro. Para entonces ya habíamos llegado todos corriendo para ver qué pasaba. Incluso con Pa furioso y despotricando, Tate te levantó del suelo y te entregó a Ma. Se aseguró de que estuvieras bien antes de irse. Después de eso, seguí yendo a pescar con él, pero nunca más volvió a la casa.

«Hasta que me guio de vuelta a casa la primera vez que fui a la marisma en barca», pensó Kya. Miró el cuadro, tan pastel, tan reposado. De algún modo, Ma había separado la belleza de la locura. Cualquiera que viera esos retratos pensaría que reflejaban a una familia feliz que vivía en la costa, que jugaba bajo el sol.

Jodie y Kya se sentaron en el borde de la caja de la camioneta y miraron en silencio los cuadros.

—Ma estaba aislada y sola. En esas circunstancias, la gente reacciona de manera diferente.

Kya emitió un gruñido de protesta.

—No me hables de aislamiento, por favor. Nadie tiene que contarme cómo cambia eso a una persona. He vivido con eso. Yo soy aislamiento —susurró Kya con un tono ligeramente cortante—. Perdono a Ma por dejarme. Pero no entiendo por qué no volvió, por qué me abandonó. Probablemente no te acuerdes, pero cuando se fue me dijiste que una zorra abandona a veces a sus crías si se muere de hambre o se ve en alguna situación extrema. Las crías mueren, como probablemente les hubiera pasado de todos modos, pero la hembra sobrevive para volver a tener hijos si encuentra condiciones mejores y puede criar una nueva camada.

»Desde entonces he leído mucho sobre esto. En la naturaleza, allá donde cantan los cangrejos, se dan estas conductas aparentemente implacables para aumentar el número de crías que tendrá la madre en vida, por lo que sus genes para abandonar a la camada en tiempos difíciles se transmiten a la siguiente generación. Y a la otra y a la otra. También pasa con los humanos. Algunas conductas que ahora nos parecen crueles garantizaron la supervivencia de los primeros hombres en el aprieto en que pudieran verse entonces. Sin ellas, ahora no estaríamos aquí. Y esos instintos siguen presentes en nuestros genes, y se manifiestan cuando se dan determinadas circunstancias. Hay partes de nosotros que siempre serán lo que fuimos, lo que tuvimos que hacer para sobrevivir en aquellos tiempos.

»Puede que algún impulso primitivo, algún gen antiguo que ya no se considera apropiado, empujase a Ma a dejarnos por el

estrés, el horror y el peligro real de vivir con Pa. Eso no la justi-
fica; *debería haber elegido quedarse*. Pero saber que esas tenden-
cias siguen presentes en nuestro mapa biológico puede ayudarte
a perdonar a una madre fallida. Esto podría explicar por qué se
fue, pero sigo sin entender por qué no volvió. Por qué no me
escribió. Podría haber escrito una carta tras otra, año tras año,
hasta que por fin me llegara una.

—Supongo que hay cosas que no pueden explicarse, solo per-
donarse. No conozco la respuesta. Puede que no haya una. Lamento traerte tan malas noticias.

—He pasado la mayor parte de mi vida sin una familia, sin
noticias de una familia. Y ahora, en un instante, encuentro a un
hermano y pierdo a mi madre.

—Lo siento mucho, Kya.

—No lo sientas. La verdad es que hace muchos años que
perdí a Ma, y ahora has vuelto, Jodie. No sabría decirte cuánto
he deseado volver a verte. Este es uno de los días más felices y
más tristes de mi vida.

Ella le tocó el brazo con los dedos y él ya la conocía lo suficiente para saber que eso era algo que no solía hacer.

Caminaron de vuelta a la cabaña y él miró las cosas nuevas, las
paredes recién pintadas, los cajones de la cocina hechos a mano.

—¿Cómo te las arreglabas, Kya? Antes del libro, ¿cómo con-
seguías dinero, comida?

—Ah, es una historia larga y aburrida. Sobre todo, le vendía
mejillones, ostiones y pescado ahumado a Jumpin'.

Jodie echó atrás la cabeza y se rio con fuerza.

—¡Jumpin'! Hace años que no pensaba en él. ¿Sigue vivo?

Kya no se rio.

—Jumpin' ha sido mi mejor amigo, mi único amigo durante
años. Mi única familia, a no ser que incluyas a las gaviotas.

Jodie se puso serio.

—¿No hiciste amigos en la escuela?

—Solo he ido a la escuela una vez en mi vida. —Se rio—. Los niños se burlaron de mí, así que no volví. Me pasé semanas esquivando a los inspectores escolares. Con todo lo que me enseñaste, no me resultó muy difícil.

Jodie pareció sorprenderse.

—¿Y cómo aprendiste a leer? ¿Para escribir tu libro?

—La verdad es que fue Tate Walker quien me enseñó a leer.

—¿Lo sigues viendo?

—De vez en cuando. —Se levantó y miró la estufa de leña—. ¿Más café?

Jodie vio en la cocina su solitaria vida. Estaba ahí, en la pequeña provisión de cebollas de la canasta de las verduras, en el único plato que se secaba en el anaquel, en el pan de maíz cuidadosamente envuelto en un trapo de cocina, como lo haría una vieja viuda.

—Ya estoy satisfecho, gracias. ¿Qué tal un paseo por la marisma?

—Claro. No te lo vas a creer; tengo un motor nuevo, pero sigo con la misma vieja barca de siempre.

El sol se había abierto paso entre las nubes y brillaba cálido y luminoso para ser un día de invierno. Mientras ella conducía entre túneles estrechos y estuarios cristalinos, él exclamaba al recordar algún obstáculo que seguía donde estaba entonces, como la presa de castores, que seguía en el mismo lugar. Se rieron al llegar a la laguna donde Ma, Kya y sus hermanas se quedaron atascadas en el barro con la barca.

De vuelta a la cabaña, ella preparó un pícnic para comerlo en la playa con las gaviotas.

—Yo era muy pequeña cuando se fueron todos... —dijo ella—. Háblame de los demás.

Y él le contó historias de su hermano mayor, Murph, que la llevaba a hombros por el bosque.

—Tú te reías todo el tiempo. Él corría y daba vueltas contigo encima. Y una vez te reíste tanto que te measte en los pantalones cuando todavía estabas en su cuello.

—¡Ay, no! No puede ser. —Kya se echó atrás, y se rio.

—Sí, lo hiciste. Él se quejó un poco, pero siguió andando y se metió en la laguna hasta quedar bajo el agua, y todavía te llevaba en hombros. Estábamos todos mirando, Ma, Missy, Mandy y yo, y nos reímos hasta llorar. Ma se reía tanto que tuvo que sentarse en el suelo.

Kya imaginaba cuadros que acompañaran las historias. Retazos y retales familiares que Kya nunca pensó que llegaría a tener.

—Fue Missy quien empezó a dar de comer a las gaviotas —continuó Jodie.

—¿Qué? ¿De verdad? Creía que había empezado a hacerlo yo cuando todos se fueron.

—No, ella les daba de comer cada día que podía. Les puso nombre a todas. Me acuerdo de un macho al que llamó Gran Rojo. Ya sabes, por la mancha roja del pico.

—No es el mismo pájaro, claro... He visto varias generaciones de Grandes Rojos, y ese es el Gran Rojo de ahora.

Intentó conectar con la hermana que le había dado las gaviotas, pero lo único que vio fue la cara del cuadro. Era más de lo que había tenido hasta entonces.

Kya sabía que la mancha roja en el pico de una gaviota es algo más que decorativa. Solo cuando las crías picotean en ese sitio, el padre les entrega la comida que ha capturado para ellas. Si la mancha roja es tan poco visible que las crías no la picotean, el progenitor no les da de comer y mueren. Hasta en la naturaleza, la paternidad es una línea más fina de lo que uno cree.

—Es que no recuerdo mucho de todo eso —se lamentó Kya al cabo de un momento.

—Entonces, tienes suerte. Procura que siga así.

Y permanecieron ahí un rato, en silencio. Sin recordar.

KYA PREPARÓ UNA CENA sureña como la hubiera hecho Ma: frijoles de carita con cebolla morada, jamón frito, pan de maíz con chicharrones de cerdo y habas blancas guisadas en mantequilla y leche. Tarta de zarzamora con nata y un poco de *bourbon* que había llevado Jodie. Mientras comían, él le dijo que le gustaría quedarse unos días si a ella le parecía bien, y Kya respondió que era bienvenido todo el tiempo que quisiera.

—Estas son tus tierras, Kya. Te las ganaste. Yo todavía estaré un tiempo destinado a Fort Benning, así que no puedo quedarme mucho. Seguramente, después conseguiré un trabajo en Atlanta, así que podremos seguir en contacto; me gustaría verte seguido. Saber que estás bien es lo único que he querido en la vida.

—Eso me gustaría, Jodie. Por favor, ven siempre que puedas.

La tarde siguiente, cuando estaban sentados en la playa y la punta de las olas les hacía cosquillas en los pies desnudos, Kya parloteaba de forma inhabitual, y Tate parecía estar en cada párrafo. Estaba la vez en que le enseñó el camino de vuelta a casa cuando era niña y se perdió en la marisma. Y cuando le leyó el primer poema. Habló del juego de las plumas y de cómo le enseñó a leer, y que ahora era un científico del laboratorio. Fue su primer amor, pero la había dejado cuando se fue a la universidad, la había dejado esperándolo en la orilla de la laguna. Así que se acabó.

—¿Hace cuánto fue eso? —preguntó Jodie.

—Unos siete años, yo creo. Cuando se fue a Chapel Hill.

—¿Lo volviste a ver?

—Volvió para disculparse; dijo que aún me quería. Fue él quien me sugirió que escribiera los libros. Es agradable verlo de vez en cuando en la marisma, pero no puedo volver con él. No es de fiar.

—Kya, eso fue hace siete años. Solo era un niño; era la primera vez que estaba lejos de casa, con cientos de chicas a su alrededor. Si volvió y se disculpó y dijo que te quería, quizá deberías hacerle caso.

—La mayoría de los hombres van de una mujer a otra. Los menos merecedores se pavonean y te atraen con falsedades. Probablemente, Ma se enamoró de un hombre como Pa por eso. Tate no ha sido el único hombre que me ha dejado. Chase Andrews hasta me habló de matrimonio, pero se casó con otra. Ni siquiera me lo dijo; lo leí en el periódico.

—Lo siento mucho. En verdad lo siento, Kya, pero los hombres no son los únicos infieles. A mí también me han engañado, dejado o atropellado alguna vez. Afrontémoslo, hay veces en que el amor no sale bien. Pero incluso cuando es un fracaso, te conecta con otros, y, al final, son lo único que te queda: *las conexiones*. Míranos, ahora tú y yo nos tenemos el uno al otro, pero, piensa un poco: si yo tengo hijos y tú tienes hijos, bueno, haremos una nueva serie de conexiones. Y la cosa no se acaba ahí. Kya, si quieres a Tate, dale una oportunidad.

Kya pensó en el cuadro de Tate y ella cuando eran niños, en lo juntas que estaban sus cabezas, rodeados por mariposas y flores pastel. Puede que en el fondo fuera un mensaje de Ma.

LA TERCERA MAÑANA DE la visita de Jodie, desenvolvieron los cuadros de Ma —todos menos uno, que Jodie conservó— y colgaron algunos en las paredes. La cabaña adquirió un aspecto diferente, como si se hubieran abierto más ventanas. Retrocedió unos pasos y los miró; era un milagro volver a tener en las paredes algún cuadro de Ma. Como salvados del fuego.

Entonces, Kya acompañó a Jodie hasta su camioneta y le dio una bolsa con el almuerzo que le había hecho para el viaje. Los dos miraron hacia los árboles, sendero abajo, cualquier parte menos a los ojos del otro.

—Será mejor que me vaya —acabó diciendo él mientras le entregaba un trozo de papel—, pero esta es mi dirección y mi número de teléfono.

Ella contuvo la respiración, y se sostuvo apoyando la mano izquierda en la camioneta mientras tomaba el papel con la derecha. Algo tan sencillo: la dirección de un hermano en un trozo de papel. Algo tan asombroso: una familia a la que poder encontrar. Un número al que poder llamar y que él respondería. Se le hizo un nudo en la garganta cuando él tiró de ella y, finalmente, después de toda una vida, se desplomó contra él y lloró.

—Nunca creí que te volvería a ver. Creí que te habías ido para siempre.

—Siempre estaré aquí, te lo prometo. Cada vez que me mude, te enviaré mi nueva dirección. Si alguna vez me necesitas, escríbeme o llámame, ¿de acuerdo?

—Lo haré. Y ven a visitarme siempre que puedas.

—Kya, ve por Tate. Es un buen hombre.

Él la saludó con la mano por la ventanilla de la camioneta durante todo el sendero de bajada, mientras ella lo miraba, riendo y llorando a la vez. Y, cuando entró en el camino, atisbó la camioneta roja entre los huecos del bosque y ahí, donde una vez se alejó una bufanda blanca, su largo brazo estuvo saludando hasta desaparecer.

34

El registro de la cabaña

1969

Vaya, otra vez no está —dijo Joe tras llamar al marco de la mosquitera de Kya.

Ed estaba parado en los escalones de madera y ladrillo, con las manos ahuecadas en la rejilla para poder ver hacia dentro. Las enormes ramas de cedro de las que pendían largas hebras de musgo proyectaban sombras contra los desvencijados tablones y el tejado puntiagudo de la cabaña. Solo manchas de cielo gris parpadeaban en la mañana de finales de noviembre.

—Claro que no está. No importa; tenemos una orden de registro. Entremos, seguro que no está cerrada.

Joe abrió la puerta y gritó.

—¿Hay alguien en casa? Oficina del *sheriff*.

Una vez dentro, miraron los estantes de su zoológico.

—Ed, mira todo esto. Y continúa en la siguiente habitación y en el pasillo. Debe estar un poco fuera de sus cabales. Más rara que una rata con tres ojos.

—Tal vez, pero parece que es una experta en la marisma. Ya

sabes que escribió esos libros. Vamos a trabajar. Bueno, esto es lo que buscamos. —El *sheriff* leyó una lista breve—. Artículos de vestir de lana roja que coincidan con las fibras rojas encontradas en la chaqueta de Chase. Un diario, calendario o notas que puedan indicarnos hora y lugar de su paradero. El collar con la concha. O boletos de esos autobuses nocturnos. Y no le revolvamos las cosas. No hay razón. Podemos mirar abajo o alrededor; no hay necesidad de estropearle todo esto.

—Sí, ya oí. Esto es casi como un altar. La mitad de mí está impresionada, la otra mitad tiene la piel de gallina.

—Lo cierto es que será tedioso —dijo el *sheriff* mientras miraba cuidadosamente tras una hilera de nidos de pájaro—. Empezaré por el dormitorio.

Los hombres trabajaron en silencio, apartaron la ropa en los cajones, palparon las esquinas de los armarios, movieron tarros de piel de serpiente y dientes de tiburón, buscaron pruebas.

—Ven a ver esto —gritó Joe al cabo de diez minutos. Cuando Ed entró en el porche, añadió—: ¿Tú sabías que las aves hembra solo tienen un ovario?

—Pero, ¿de qué hablas?

—Mira. Estos dibujos y notas indican que las aves hembra solo tienen un ovario.

—Maldita sea, Joe. No venimos a aprender biología. Vuelve al trabajo.

—Espera un momento. Mira esto. Es una pluma de pavo real macho, y la nota dice que, a lo largo de los eones, las plumas de los machos fueron haciéndose más y más grandes para atraer a las hembras, hasta el punto que los machos difícilmente dejan el suelo. Ya apenas pueden volar.

—¿Ya acabaste? Tenemos trabajo que hacer.

—Bueno, es muy interesante.

—Vuelve a lo tuyo, hombre —repuso Ed mientras salía del porche.

Joe volvió a llamarlo diez minutos después. Ed salió del pequeño dormitorio hacia la sala de estar.

—Déjame adivinar. ¿Encontraste un ratón con tres ojos?

No obtuvo respuesta, pero, al llegar Joe, le mostró un gorro de lana rojo.

—¿Dónde encontraste eso?

—Ahí mismo, colgado en el perchero con los abrigos, gorros y demás.

—¿Al descubierto, así como así?

—Ahí mismo, como te dije.

Ed sacó del bolsillo la bolsa de plástico con las fibras rojas encontradas en la chaqueta de Chase la noche de su muerte y la puso junto al gorro rojo.

—Parecen exactamente iguales. Mismo color, mismo tamaño y grosor —apuntó Joe mientras los dos hombres estudiaban el gorro y la muestra.

—Sí. Los dos tienen un poco de lana *beige* mezclada con la roja.

—Podría ser.

—Por supuesto, tenemos que enviar el gorro al laboratorio. Pero, si estas fibras son iguales, la detenemos para interrogarla. Mételo en una bolsa y etiquétalo.

Tras cuatro horas de registro, los hombres se encontraron en la cocina.

Ed estiró la espalda.

—Creo que, si hubiera algo más, ya lo hubiéramos encontrado. Pero siempre podemos volver. Suficiente por hoy.

Mientras sorteaban los baches de vuelta al pueblo, Joe dijo:

—A mí me parece que, si fuera culpable, hubiera escondido el gorro rojo. No lo dejaría así, a la vista.

—Probablemente no sepa que se le pegaron fibras del gorro a su chaqueta. O que el laboratorio puede identificarlas. No sabría algo como eso.

—Pues a lo mejor no sabía eso, pero desde luego sabe un montón. Esos pavos macho presumiendo y compitiendo por el sexo, que no pueden volar. No sé qué significa, pero desde luego quiere decir algo.

35

La brújula

1969

Una tarde de julio de 1969, más de siete meses después de la visita de Jodie, llegó a su buzón *Pájaros de la costa oriental* por Catherine Danielle Clark. Kya pasó los dedos por el brillante forro, con la pintura de una gaviota argéntea.

—Mira, Gran Rojo, sales en la portada —dijo, y sonrió.

Cargando con el libro, Kya caminó en silencio hacia el claro umbroso entre cedros, cerca de la cabaña, en busca de hongos. El mantillo húmedo era fresco en sus pies a medida que se acercaba a un grupo de hongos intensamente amarillos. Se detuvo a media zancada. Ahí, en el viejo tocón de las plumas, había un pequeño cartón de leche, blanco y rojo, como el de hacía tanto tiempo. Inesperadamente, lanzó una carcajada.

Dentro del cartón, envuelta en papel, había una vieja brújula del ejército en un estuche de bronce, con el lustre gris verdoso por los años. Contuvo el aliento al verla. Nunca había necesitado una brújula porque las direcciones le resultaban evidentes. Pero podría guiarla en los días nubosos, cuando el sol se mostrara esquivo.

Una nota doblada decía:

Querida Kya:

Esta brújula perteneció a mi abuelo desde la Primera
Guerra Mundial. Me la dio cuando yo era pequeño, pero
nunca la usé, y pensé que tal vez tú podrías sacarle más
provecho.

Te quiere, Tate.

P. S.: ¡Me alegra que puedas leer esta nota!

Kya volvió a leer las palabras «Querida» y «Te quiere, Tate». El
niño de cabello dorado de la barca que la guiaba de vuelta a casa
antes de la tormenta, que le regalaba plumas en un tocón viejo,
que le enseñaba a leer; el tierno adolescente que la acompañó en
su primer ciclo como mujer, que despertó en ella sus primeros
deseos sexuales como hembra; el joven científico que la animaba
a publicar sus libros.

Pese a haberle regalado el libro de conchas, había seguido es-
condiéndose entre la maleza cada vez que lo veía en la marisma,
y se alejaba sin ser vista. Todo lo que ella sabía del amor se resu-
mía en las señales deshonestas de las luciérnagas.

Hasta Jodie le había dicho que debía darle otra oportunidad.
Pero cada vez que lo veía o pensaba en él, su corazón saltaba del
antiguo amor al dolor del abandono. Deseaba poder asentarse en
un lado u otro.

Varias mañanas después, viajaba por los estuarios en medio de
una niebla temprana, con la brújula guardada en la mochila, aunque no era probable que llegase a necesitarla. Iba a buscar flores
raras en una boscosa lengua de arena que sobresalía al mar, pero
una parte de ella vigilaba los canales por si veía la barca de Tate.

La niebla se puso testaruda y no se levantó, y enroscó sus zarcillos en los salientes de los árboles y en las ramas bajas. El aire
estaba inmóvil y hasta los pájaros guardaban silencio mientras

avanzaba por el canal. Oyó cerca el clonc, clonc de un remo que golpeaba la regala, y de la oscuridad brotó una barca como si fuera un espectro.

Los colores apagados por la penumbra se unieron para conformar algo a medida que entraban en la luz. Una cabellera dorada bajo una gorra roja. Tate oteaba desde la proa de su vieja barca de pesca como salido de un sueño y se empujaba con la pértiga por el canal. Kya apagó el motor y remó hacia atrás hasta meterse en unos arbustos para verlo pasar. Siempre hacia atrás para verlo pasar.

Al anochecer, más calmada, con el corazón de nuevo en su sitio, Kya recitó en la playa:

Los atardeceres nunca son simples.
El crepúsculo se refracta y se refleja,
pero nunca es sincero.
El anochecer es un disfraz
que cubre huellas,
que cubre mentiras.

No nos importa
que el ocaso engañe.
Vemos colores brillantes,
y nunca aprendemos
que el sol ya ha desaparecido
bajo la tierra
cuando vemos la quemadura.

Los atardeceres se disfrazan
y cubren verdades, cubren mentiras.

A. H.

Para atrapar un zorro

1969

Joe cruzó la puerta abierta de la oficina del *sheriff*.

—Bueno, traigo el informe.

—Veamos.

Los dos hombres leyeron rápidamente hasta la última página.

—Ya está —sentenció Ed—. Una equivalencia perfecta. En la chaqueta que Chase llevaba cuando murió había fibras del gorro.

—Se golpeó la muñeca con el informe—. Examinemos lo que tenemos. Primero, el camaronero testificará que vio a la señorita Clark en su barca rumbo a la torre de vigilancia justo antes de que Chase se precipitara a su muerte. Su colega lo confirmará. Segundo, Patti Love dijo que la señorita Clark le hizo a Chase el collar con la concha y desapareció la noche que murió. Tercero, en su chaqueta se encontraron fibras de su gorro. Cuarto, el móvil: la mujer engañada. Y una coartada que podemos refutar. Esto debería servir.

—Ayudaría un móvil mejor —meditó Joe—. No me parece suficiente que te dejen.

—Tampoco es que se haya terminado la investigación, pero

tenemos bastante para interrogarla. Probablemente, hasta para acusarla. Veremos cómo va la cosa cuando la tengamos aquí.

—Bueno, ese es el problema, ¿no? ¿Cómo? Lleva años esquivando a todo el mundo. Inspectores escolares, los del censo, a quien se te ocurra. Ha sido más lista que todos. Nosotros incluidos. Si vamos ahí, a cazarla entre la vegetación del pantano, nos vamos a poner en ridículo.

—Eso no me da miedo. Que nadie haya podido atraparla no significa que nosotros no podamos. Pero esa no sería la manera más inteligente de hacerlo. Hay que tenderle una trampa.

—Claro. Pero yo sé un par de cosas de trampas. Y, cuando uno le pone una trampa a un zorro, suele acabar entrampado. Tampoco es que nos acompañe la sorpresa. Hemos tocado su puerta tantas veces como para espantar a un oso pardo. ¿Qué tal si usamos los sabuesos? Serían una apuesta segura.

El *sheriff* guardó silencio unos segundos.

—No lo sé. Igual y me estoy haciendo viejo y blando a la tierna edad de cincuenta y un años, pero no me parece bien perseguir con los perros a una mujer para interrogarla. Está bien con convictos fugados, gente a la que ya se condenó por algún delito. Pero, como todo el mundo, ella es inocente hasta que se demuestre su culpabilidad, y no me veo echándole los perros a una sospechosa. Quizá como último recurso, pero no todavía.

—Está bien. ¿Qué clase de trampa?

—Eso es lo que tenemos que decidir.

EL 15 DE DICIEMBRE, mientras Ed y Joe discutían de qué manera detener a Kya, alguien llamó a la puerta. Tras el cristal esmerilado se veía la enorme silueta de un hombre.

—Adelante —dijo el *sheriff*—. Vaya, hola, Rodney —añadió cuando entró el hombre—. ¿Qué podemos hacer por ti?

Rodney Horn, mecánico retirado, pasaba los días pescando con su amigo Denny Smith. Los del pueblo lo conocían como alguien tranquilo y asentado, que siempre vestía un overol con peto. Nunca faltaba a la iglesia, y también ahí llevaba el overol, con una camisa limpia planchada, rígida como un tablero, almidonada por su esposa, Elsie.

Rodney se quitó el sombrero de fieltro y lo sostuvo ante el vientre. Ed le ofreció una silla, pero Rodney negó con la cabeza.

—Esto no llevará mucho tiempo —dijo—. Es algo que podría ser relevante en el asunto de Chase Andrews.

—¿Qué sabes? —preguntó Joe.

—Bueno, fue hace tiempo. El 30 de agosto de este año, Denny y yo estábamos pescando y vimos algo en Cypress Cove. Creo que podría ser de interés.

—Adelante —le indicó el *sheriff*—. Pero siéntate, por favor, Rodney. Todos estaremos más cómodos si te sientas.

Rodney se sentó en la silla que le ofrecían y durante los siguientes cinco minutos les contó su historia.

En cuanto se fue, Ed y Joe se miraron.

—Bueno ya tenemos un móvil —afirmó Joe.

—Vamos por ella.

37

Tiburones grises

1969

Unos días antes de Navidad, más temprano de lo habitual, Kya se dirigió despacio y en silencio hacia el muelle de Jumpin'. Desde que el *sheriff* y su ayudante iban a su casa a buscarla —intentos fallidos que ella observaba desde los palmitos—, compraba la gasolina y la comida antes de las primeras luces, cuando solo se veían pescadores. Ahora, nubes bajas corrían justo encima de un mar turbulento, y en el horizonte del este amenazaba una tormenta, tensa y retorcida como un látigo. Tendría que acabar deprisa con Jumpin' y volver a casa antes de que estallara. Cuando estaba a un cuarto de milla de distancia, vio el muelle envuelto en niebla. Aminoró aún más y miró a su alrededor para buscar otras barcas en el silencio húmedo.

Finalmente, a unas cuarenta yardas, vio la silueta de Jumpin' en su silla apoyada contra la pared. Lo saludó con la mano. Él no devolvió el saludo. Ni se levantó. Negó ligeramente con la cabeza, apenas un susurro. Ella soltó el timón.

Volvió a saludar. Jumpin' la miró, pero no se movió.

Tiró del timón y giró bruscamente hacia el mar. Pero de la

niebla salió una lancha grande, con el *sheriff* en la proa. Flanqueada por dos barcas más. Y, justo detrás de ellos, la tormenta.

Aceleró a fondo para apartarse de los vehículos que se le acercaban y saltó sobre olas rumbo a mar abierto. Quería desviarse hacia la marisma, pero el *sheriff* estaba demasiado cerca; la alcanzaría antes de llegar.

El mar ya no crecía en olas simétricas, sino de forma caótica. Embravecido cuando se la tragó el borde de la tormenta. Estaba empapada, largos mechones de pelo se le pegaban a la cara. Se puso a favor del viento para no volcar, pero el mar siguió empujando su proa.

Sabía que las otras barcas eran más rápidas, así que se encorvó hacia delante en el viento entrecortado. Quizá pudiera perderlos en esa sopa o zambullirse en el mar y nadar. Su mente repasó los pros y los contras de saltar al agua, cosa que le parecía la mejor posibilidad. Cerca de la costa, encontraría una corriente de retroceso que la arrastraría bajo el agua, e iría mucho más deprisa de lo que ellos la creerían capaz de nadar. Si salía de vez en cuando a respirar, podría llegar a tierra y escapar en la espesura de la costa.

A su espalda, sus motores corrían más sonoros que la tormenta. Se acercaban. ¿Cómo iba a detenerse? Nunca se había rendido. Tenía que saltar ya. Pero, de pronto, se amontonaron a su alrededor como tiburones grises, y se acercaron más a ella. Una de las barcas se puso delante, y ella chocó contra su costado. Se vio arrojada contra el motor, notó un tirón en el cuello. El *sheriff* se agarró a la regala de su barca mientras todos giraban en las burbujeantes estelas. Dos hombres saltaron a su barca mientras hablaba el ayudante del *sheriff*.

—Señorita Catherine Clark, queda arrestada por el asesinato de Chase Andrews. Tiene derecho a guardar silencio...

No oyó el resto. Nadie oye el resto.

Justicia Dominical

1970

Los ojos de Kya parpadearon y se cerraron ante la intensa luz que se vertía de las lámparas del techo y de las ventanas tan altas como el techo. Hacía dos meses que vivía en la penumbra, y ahora, al abrir los ojos, identificó fuera el suave contorno de la marisma. Redondeados cedros daban cobijo a helechos y a acebos grandes como matorrales. Intentó aferrarse a ese verdor vital un instante más, pero unas manos firmes la condujeron hasta una larga mesa con sillas a la que se sentaba Tom Milton, su abogado. Kya tenía las manos esposadas por delante, lo que la forzaba a una incómoda actitud de oración. Vestía pantalones negros y una blusa blanca, y entre sus omóplatos caía una única trenza. No se volvió a mirar a los espectadores. Aun así, sintió el calor y el susurro de la gente que se amontonaba en el tribunal para presenciar su juicio por asesinato. Notaba los hombros que se tensaban, las cabezas que se estiraban para poder atisbarla. Verla esposada. El olor a sudor, humo viejo y perfume barato aumentó sus náuseas. El ruido de toses cesó, pero el murmullo aumentó cuando se acercó a su asiento. Percibía todos esos sonidos de forma distante, pero lo que más le llegaba era la náusea de su propia respiración rota. Le quitaron las esposas mientras no dejaba de mirar el suelo de madera, de pino muy pulimentado, y se sentó pesadamente en la silla. Eran las 9:30 del 25 de febrero de 1970.

Tom se inclinó hacia ella y le susurró que todo iría bien. Ella no dijo nada, pero buscó sinceridad en sus ojos, algo a lo que aferrarse. No es que lo creyera, sino que, por primera vez en su vida, debía ponerse en manos de otro. Era bastante alto para tener setenta y un años, y llevaba su espesa cabellera blanca y sus arrugados trajes de lino con la accidental y típica elegancia de un estadista de pueblo. Se movía con suavidad y hablaba en voz baja tras una sonrisa agradable que parecía vivir en su rostro.

El juez Sims había nombrado a un abogado joven para defender a la señorita Clark, dado que ella no había tomado ninguna medida al respecto, pero, cuando Tom Milton se enteró, salió de la jubilación y solicitó representarla *pro bono*. Como todo el mundo, había oído historias sobre La Chica de la Marisma, y la había visto en ocasiones, ya fuese navegando elegantemente por los canales dejándose llevar por la corriente o saliendo furtivamente de la tienda de comestibles como un mapache de un bote de basura.

La primera vez que visitó a Kya en la cárcel dos meses antes, lo condujeron hasta una pequeña sala oscura, donde ella estaba sentada en una mesa. No alzó la mirada hacia él. Tom se presentó y le dijo que la representaría, pero ella no habló ni alzó la mirada. Él sintió el impulso abrumador de darle unas palmaditas en la mano, pero algo se lo impidió, quizá su postura, muy erguida, o la forma en que miraba al vacío. Tom movió la cabeza en diferentes ángulos para intentar capturar su mirada mientras le explicaba los procedimientos del tribunal, lo que podía esperar, y luego le hizo algunas preguntas. Pero ella no contestó, no se movió ni lo miró en ningún momento. Cuando se la llevaron de la sala, ella volvió la cabeza y miró por una pequeña ventana por la que se veía el cielo. Las aves marinas chillaban sobre el puerto del pueblo, y Kya parecía atender a sus canciones.

En la siguiente visita, Tom metió la mano en una bolsa de papel marrón y sacó un libro de brillante cubierta que deslizó hacia ella. Se titulaba *Las conchas más raras del mundo* y contenía ilustraciones al óleo a tamaño natural de conchas de costas distantes. Ella entreabrió la boca y pasó despacio las páginas, y asintió ante especímenes concretos. Él la dejó hacer. Entonces, volvió a hablarle, y esta vez ella lo miró a los ojos. Con tranquila paciencia, le explicó los procedimientos del tribunal y hasta le hizo un dibujo del tribunal para enseñarle dónde estaban el jurado y el juez y dónde se sentarían los abogados y ella. Y luego añadió muñecos de palitos del alguacil, el juez y el taquígrafo, y le explicó lo que hacían.

Al igual que en la primera reunión, intentó explicarle las pruebas que había contra ella y le preguntó por su paradero la noche en que murió Chase, pero ella se retrajo en su concha ante la mención de detalles. Más tarde, cuando él se levantó para irse, ella deslizó el libro de vuelta hacia él.

—No, lo traje para usted. Es suyo.

Ella se mordió el labio y pestañeó.

Y AHORA ESTABA POR primera vez en la sala del tribunal; él intentó distraerla del bullicio que tenían detrás y le señaló los detalles del tribunal en el dibujo. Pero la distracción era inútil. A las 9:45 la galería rebosaba de gente del pueblo que había llenado los bancos y hacía comentarios en voz alta sobre las pruebas y la pena de muerte. En un pequeño balcón del fondo se sentaron veinte más y, aunque no se indicaba, todo el mundo sabía que el balcón estaba destinado a la gente de color. Pero ese día estaba lleno sobre todo de blancos, con solo unos pocos negros, por tratarse de un caso de blancos de cabo a rabo. En una sección aparte, junto a la primera fila, se sentaban algunos periodistas del *Atlanta Constitution* y el *Raleigh Herald*.

Los que no habían encontrado asiento se amontonaban a lo largo de la pared trasera y en las laterales, junto a los altos ventanales. Se removían nerviosos, murmuraban, repetían chismes. Iban a juzgar por asesinato a La Chica de la Marisma; no podía haber un caso mejor. Justicia Dominical, el gato del juzgado —lomo negro, cara blanca con un antifaz negro alrededor de los ojos verdes—, se estiró en un charco de sol en un alféizar. Hacía años que era parte del juzgado; limpiaba el sótano de ratas y el tribunal de ratones, y se ganaba el puesto.

Al ser Barkley Cove el primer pueblo edificado en esa turbulenta y pantanosa parte de la costa de Carolina del Norte, la Corona lo declaró centro administrativo y construyó ahí el juzgado original en 1754. Posteriormente, aunque otros pueblos como Sea Oaks acabaron poblándose y desarrollándose más, Barkley Cove continuó siendo el centro oficial del gobierno del condado.

Un rayo destruyó el edificio en 1912 y redujo a cenizas gran parte de la estructura de madera. Al año siguiente, lo reconstruyeron en la misma manzana al final de la calle principal, esta vez como un edificio de dos pisos con ventanas de doce pies de alto ribeteadas de granito. En la década de 1960, sus terrenos, antes cuidados, ya estaban invadidos por hierbas silvestres, palmitos y alguna que otra espadaña. La laguna cubierta de nenúfares se desbordaba en primavera y, con los años, había invadido una parte de la acera.

En cambio, la sala del tribunal, concebida como un duplicado de la original, resultaba imponente. El elevado estrado del juez, fabricado de oscuro ébano con una colorida incrustación del sello del estado, estaba situado bajo múltiples banderas, incluida la confederada. La baranda del estrado del jurado, también de ébano, estaba bordeada de cedro rojo, y las ventanas de un lado de la sala enmarcaban el mar.

Cuando los oficiales entraron en el tribunal, Tom señaló los muñecos de palitos de su dibujo y explicó quiénes eran.

—Ese es el alguacil Hank Jones —explicó cuando pasó al frente un hombre flaco de sesenta años, cuyo pelo le nacía más atrás de las orejas, lo que dejaba su cabeza medio calva. Vestía uniforme gris y un cinturón ancho del que colgaban una radio, una linterna, un impresionante manojo de llaves y una cartuchera con una Colt de seis balas.

—Lo siento, amigos, pero ya conocen las reglas del jefe de bomberos —dijo el señor Jones a la multitud—. Si no tienen asiento, deben irse.

—Esa es la señorita Henrietta Jones, hija del alguacil y taquígrafa del tribunal —explicó Tom cuando una joven tan alta y flaca como su padre entró en silencio y se sentó ante una mesita cerca del estrado del juez.

El señor Eric Chastain, el fiscal, que ya estaba sentado, sacó unos cuadernos de notas de su portafolio. Era un hombre pelirrojo, de amplio pecho y casi seis pies de altura, que vestía trajes azules y anchas corbatas de colores compradas en el Sears Roebuck de Asheville.

—Todos de pie —pidió el alguacil Jones—. Empieza la sesión. Preside el honorable juez Harold Sims.

Reinó un silencio repentino.

La puerta del despacho del juez se abrió y este entró en la sala mientras asentía para que todo el mundo se sentara, y pidió a los dos abogados, al fiscal y al defensor, que se acercaran al estrado. Era un hombre de gran tamaño, con la cara redonda y atrevidas patillas blancas; vivía en Sea Oaks, pero llevaba nueve años oficiando los casos de Barkley Cove. Era considerado un árbitro sensato, práctico y justo. Su voz reverberó en la sala.

—Señor Milton, deniego su moción para trasladar este juicio a otro condado basándose en que la señorita Clark no podría tener aquí un juicio justo debido a los prejuicios de esta comunidad contra ella. Acepto que ha vivido en circunstancias inusuales y que ha sido víctima de los prejuicios, pero no veo ningún indicio que apunte a que soportase más prejuicios que el resto de la gente a la que se juzga en pueblos pequeños de toda la nación. O en pueblos grandes, en ese caso. Procederemos aquí y ahora.

Por toda la sala se vieron asentimientos de aprobación cuando los abogados volvieron a sus asientos.

El juez continuó:

—Catherine Danielle Clark de Barkley County, Carolina del Norte, se la acusa del asesinato en primer grado de Chase Lawrence Andrews, antiguo residente de Barkley Cove. El asesinato en primer grado está definido como un acto premeditado y, en esos casos, el estado puede solicitar la pena de muerte. El fiscal ha anunciado que la solicitará en caso de hallarla culpable.

Los murmullos recorrieron la sala.

Tom parecía haberse acercado ligeramente más a Kya, y ella no se negó ese consuelo.

—Se da inicio a la selección del jurado.

El juez se volvió hacia las dos filas de jurados potenciales. Mientras leía una lista de reglas y condiciones, Justicia Dominical aterrizó de golpe desde el alféizar y, con un movimiento fluido, saltó al estrado del juez. El juez Sims acarició la cabeza del gato sin pensar, mientras seguía hablando.

—En los delitos con pena capital, el estado de Carolina del Norte permite que el jurado sea excusado si él o ella no creyese en la pena de muerte. Por favor, levanten el brazo si no impondrían o serían incapaces de imponer la sentencia de muerte en el supuesto de un veredicto de culpabilidad.

Ninguna mano se levantó, y el juez continuó.

—Otro motivo legítimo para ser excusado del jurado es que tengan o hayan tenido en el pasado alguna relación con la señorita Clark o con el señor Andrews que les impidiera ser objetivos. Por favor, háganme saber si tal es el caso.

En el centro de la segunda fila, la señora Sally Culpepper levantó la mano y dijo su nombre. Llevaba el pelo gris recogido en un severo moño, y el sombrero, vestido y zapatos del mismo color marrón apagado.

—Muy bien, Sally, dígame qué le pasa —dijo el juez.

—Como ya sabe, fui inspectora escolar de Barkley County durante casi veinticinco años. La señorita Clark fue uno de mis casos, por lo que tuve algún trato con ella, o intenté tenerlo.

Kya no podía ver a la señora Culpepper ni a nadie de la galería principal a no ser que se volviera, cosa que, por supuesto, nunca haría. Pero recordaba perfectamente la última vez que la señora Culpepper estuvo sentada en el auto mientras el hombre del sombrero intentaba atraparla. Kya había sido todo lo amable que pudo con el hombre mayor, caminó ruidosamente entre los juncos para darle una pista, para luego ir en círculo y esconderse entre los matorrales cerca del auto. Pero el hombre del sombrero salió corriendo en dirección contraria, hacia la playa.

Ahí acuclillada, Kya golpeó la puerta del auto con una rama de acebo, y la señora Culpepper miró por la ventana directamente a sus ojos. En el momento, le había parecido que la inspectora escolar sonreía ligeramente. En todo caso, no hizo ningún intento de delatarla cuando volvió el hombre del sombrero, que profirió una sarta de maldiciones y se alejó por el sendero en su auto, para siempre.

Y ahora la señora Culpepper le decía al juez:

—Bueno, como tuve trato con ella, no sé si eso significa que deben excusarme.

—Gracias, Sally —le agradeció el juez Sims—. Algunos de ustedes han tratado con la señorita Clark en las tiendas o de manera oficial, como en el caso de la señora Culpepper, inspectora escolar. La cuestión es: ¿pueden escuchar el testimonio que se presentará aquí y decidir si es culpable o inocente basándose en las pruebas y no en pasadas experiencias o sentimientos?

—Sí, señor, estoy segura de que puedo, su señoría.

—Gracias, Sally, puede quedarse.

A las 11:30 había siete mujeres y cinco hombres sentados en el estrado del jurado. En ese lugar, Kya podía verlos y distraer alguna mirada a sus caras. Reconoció a la mayoría de los del pueblo, aunque apenas conocía sus nombres. La señora Culpepper se sentaba muy derecha en el centro, y proporcionaba algo de consuelo a Kya. Pero a su lado se sentaba Teresa White, la esposa rubia del predicador metodista, que años atrás había salido corriendo de la zapatería para apartar a su hija de Kya cuando estaba en la acera tras almorzar con Pa en el *diner*. Solo la había visto aquella vez. Y en el jurado tenía que estar la señora White, que le había dicho a su hija que Kya era sucia.

El juez Sims ordenó un receso hasta las 13:00 horas para almorzar. El *diner* llevaría para el jurado atún, ensalada de pollo y sándwiches de jamón, que se comerían en la sala de deliberaciones. Para ser justos con los dos establecimientos de comidas del pueblo, el Dog-Gone Beer Hall proporcionaría en días alternos salchichas, chili y *po'boys* de camarón. Siempre llevaban algo para el gato. Justicia Dominical prefería los *po'boys*.

39

Chase por casualidad

1969

La niebla ya se levantaba una mañana de agosto de 1969 cuando Kya se dirigía en barca hacia una península remota que los de la zona llamaban Cypress Cove, ensenada de cipreses, donde una vez había visto unos hongos venenosos muy extraños. Agosto es una fecha tardía para buscar hongos, pero Cypress Cove era fría y húmeda, y podría encontrar esa especie rara. Había pasado más de un mes desde que Tate le había dejado la brújula en el tocón de las plumas y, aunque lo había visto en la marisma, no se había aventurado lo bastante cerca de él para agradecerle el regalo. Tampoco había utilizado la brújula, aunque la llevaba a buen recaudo en uno de los muchos bolsillos de la mochila.

Árboles envueltos en musgo abrazaban la orilla, y sus ramas bajas formaban una cueva por la que se deslizó Kya, que buscaba entre los matorrales un pequeño hongo anaranjado de tallo largo. Por fin lo vio, audaz y brillante, aferrado al costado de un viejo tocón y, tras atracar la barca, se sentó en la cala con las piernas cruzadas para dibujarlo.

De pronto oyó pisadas en el mantillo, seguidas de una voz.

—Vaya, mira quién está aquí. Mi Chica Salvaje.

Se volvió mientras se levantaba y se encontró cara a cara con Chase.

—Hola, Kya —la saludó. Ella miró a su alrededor. ¿Cómo llegó ahí? No había oído ninguna lancha. Él leyó su pregunta—. Estaba pescando, te vi pasar y atraqué al otro lado.

—Vete, por favor —le pidió mientras metía los lápices y la libreta en la mochila.

Pero él posó una mano en su brazo.

—Vamos, Kya. Lamento cómo acabaron las cosas.

Se inclinó hacia ella, en su aliento sintió el tufo del *bourbon* del desayuno.

—¡No me toques!

—Oye, dije que lo siento. Sabías que no podíamos casarnos. No hubieras podido vivir cerca del pueblo. Pero siempre me importaste; me quedé por ti.

—¡Que te quedaste por mí! ¿Qué significa eso? Déjame en paz.

Kya se puso la mochila bajo el brazo y caminó hacia su barca, pero él la agarró por el brazo y la sujetó con fuerza.

—Kya, no habrá nadie como tú, nunca. Y sé que me quieres.

Ella arrancó el brazo de sus manos.

—¡Te equivocas! No estoy segura de haberte querido nunca. Pero fuiste tú quien me habló *a mí* de matrimonio, ¿recuerdas? Hablaste de construir una casa para los dos. Y en vez de eso descubro en el periódico *tu* compromiso con *otra*. ¿Por qué hiciste eso? ¿Por qué, Chase?

—Vamos, Kya. Era imposible. Debiste saber que no funcionaría. ¿Qué tenía de malo tal y como iban las cosas? Volvamos a lo que teníamos.

La asió de los hombros y tiró de ella hacia él.

—¡Suéltame! —Se retorció e intentó apartarse, pero él la agarró con ambas manos y le hizo daño en los brazos. Puso su boca en la de ella y la besó. Kya alzó los brazos y se soltó de sus manos. Apartó la boca, siseando—. No te atrevas.

—Este es mi lince. Más salvaje que nunca. —La agarró por los hombros, le golpeó las corvas con una pierna y la empujó contra el suelo. Ella se golpeó la cabeza contra el barro—. Sé que me deseas —dijo él, lascivo.

—¡No, para! —gritó.

Chase se arrodilló, hundió la rodilla en su estómago y la dejó sin aliento mientras se desabrochaba los *jeans* y se los bajaba.

Ella se incorporó y lo empujó con las dos manos. De pronto, él le pegó en la cara con el puño derecho. Un chasquido nauseabundo resonó en la cabeza de Kya. Su cuello dio un latigazo hacia atrás y su cuerpo se precipitó al suelo. Era como Pa pegando a Ma. La mente se le quedó en blanco unos segundos debido al dolor ensordecedor, pero entonces se retorció y se volvió, e intentó escabullirse debajo de él, pero era demasiado fuerte. Chase le sujetó con una sola mano ambos brazos sobre la cabeza, le bajó la cremallera de los *shorts* y le desgarró el calzón mientras ella pateaba. Gritó, pero no había nadie que pudiera oírla. Daba patadas al suelo, forcejeaba por liberarse, pero él la tomó por la cintura y le dio la vuelta para ponerla boca abajo. Luego hundió su rostro dolorido en el barro y metió la mano bajo su vientre para levantar la pelvis hacia él mientras se arrodillaba detrás.

—Esta vez no dejaré que te vayas. Te guste o no, eres mía.

Kya encontró fuerzas en alguna parte primigenia de su ser y empujó contra el suelo con rodillas y brazos, y se incorporó al tiempo que echaba atrás el codo y lo golpeaba en la mandíbula. Cuando la cabeza de Chase se desplazó a un lado, ella lo golpeó salvajemente con los puños hasta hacerle perder el equilibrio y tirarlo de espaldas en el barro. Entonces, apuntando bien, le dio una patada en la ingle, de lleno y con fuerza.

Él se dobló por la mitad y rodó a un costado mientras se agarraba los testículos y se retorcía de dolor. Por si acaso, Kya le propinó una patada en la espalda, pues sabía dónde están los riñones exactamente. Varias veces. Con fuerza.

Se subió los *shorts*, tomó la mochila y corrió a la barca. Tiró del cable de encendido, miró hacia atrás, y vio cómo Chase se levantaba apoyándose en manos y rodillas, gimoteando. Maldijo hasta que el motor arrancó. Esperaba que fuese por ella en cualquier momento, así que giró violentamente el timón y aceleró para alejarse de la orilla justo cuando él se ponía de pie. Se abrochó los *shorts* con manos temblorosas y se abrazó el cuerpo con fuerza con un solo brazo. Miró enloquecida el mar y vio otra barca de pesca, con dos hombres que la miraban.

40

Cypress Cove

1970

D espués del almuerzo, el juez Sims preguntó al fiscal:
—Eric, ¿está listo para llamar a su primer testigo?
—Lo estoy, su señoría.

En otros casos de asesinato, Eric solía convocar primero al
forense porque su testimonio introducía pruebas físicas, como
el arma del crimen, la hora y el lugar de la muerte, y fotografías
del escenario del crimen, que solían causar gran impresión en el
jurado. Pero, en este caso, al no haber arma del crimen ni huellas
dactilares ni pisadas, Eric pretendía empezar con el móvil.

—Su señoría, el pueblo llama al señor Rodney Horn.

Todos los ahí reunidos miraron a Rodney subir al banco de
los testigos y jurar que diría la verdad. Kya reconoció la cara,
aunque solo la había visto unos pocos segundos. Apartó la mirada. Era uno de ellos, un mecánico retirado que se pasaba la
mayor parte del tiempo pescando, cazando y jugando al póker
en el Swamp Guinea. Aguantaba el alcohol como un barril de
lluvia. Hoy, como siempre, llevaba su overol de mezclilla, con
una camisa a cuadros limpia, tan almidonada que tenía el cuello

en posición de firmes. Sostuvo la gorra de pescar en la mano izquierda mientras juraba con la derecha, y luego se sentó y puso la gorra sobre las rodillas.

Eric se acercó con aire casual al estrado.

—Buenos días, Rodney.

—Días, Eric.

—Veamos, Rodney, tengo entendido que estaba pescando con un amigo cerca de Cypress Cove la mañana del 30 de agosto de 1969. ¿Es correcto?

—Así es. Denny y yo estábamos ahí pescando. Llevábamos desde el alba.

—Para que conste, ¿se refiere a Denny Smith?

—Sí, Denny y yo.

—Muy bien. Me gustaría que le contara al tribunal lo que vio aquella mañana.

—Bueno, como he dicho, llevábamos ahí desde el alba, y creo que fue como a las once cuando, al llevar un buen rato sin que picara nada, íbamos a recoger el sedal e irnos, y entonces oímos ruido entre los árboles más allá. En el bosque.

—¿Qué clase de ruido?

—Bueno, eran voces, como apagadas al principio, pero luego más fuertes. De un hombre y una mujer. Pero no podíamos verlos, solo oírlos, como si se estuvieran peleando.

—¿Y qué pasó luego?

—Bueno, la mujer empezó a gritar, así que fuimos a ver de cerca. A ver si le estaba pasando algo.

—¿Y qué vieron?

—Bueno, para cuando llegamos, vimos a la mujer parada junto al hombre, y que le daba una patada en...

Rodney miró al juez.

—¿Dónde le dio la patada? —preguntó el juez—. Puede decirlo.

—Lo pateó en las pelotas y él se cayó de lado, gimiendo y gruñendo. Y luego ella volvió a darle patadas una y otra vez en la espalda. Estaba cabreada como una mula masticando abejorros.

—¿Reconoció a la mujer? ¿Está hoy en el tribunal?

—Sí, la reconocimos. Es esa de ahí, la acusada. La que la gente llama La Chica de la Marisma.

El juez Sims se inclinó hacia el testigo.

—Señor Horn, el nombre de la acusada es señorita Clark. No se refiera a ella de otra manera.

—Muy bien. Entonces fue a la señorita Clark a la que vimos.

Eric continuó.

—¿Reconoció al hombre al que pateaba?

—Bueno, no pudimos verlo entonces porque se estaba retorciendo de dolor y se revolcaba por el suelo. Pero unos momentos después se levantó y vimos que era Chase Andrews, el que fue *quarterback* hace unos años.

—¿Y qué pasó entonces?

—Ella corrió tambaleándose hacia su barca, y, bueno, iba algo desvestida. Llevaba los *shorts* por los tobillos y el calzón por las rodillas. Intentaba subirse los *shorts* y correr al mismo tiempo. Y le gritaba todo el rato al hombre. Llegó a su barca, se subió y salió disparada, mientras se subía todavía los pantalones. Cuando pasó por nuestro lado, nos miró a los ojos. Por eso sé quién era exactamente.

—Afirma que gritaba al hombre mientras corría hacia la barca. ¿Oyó bien lo que decía?

—Sí, la oímos con toda claridad, porque para entonces estábamos muy cerca.

—Por favor, dígale al tribunal lo que la oyó gritar.

—Estaba gritando: «¡Déjame en paz, cabrón! ¡Como vuelvas a molestarme, te mataré!».

Un fuerte murmullo recorrió el tribunal sin detenerse. El juez Sims dio un golpe en la mesa con su mazo.

—Basta ya. Silencio.

—Eso es todo, Rodney, gracias —dijo Eric a su testigo—. No tengo más preguntas. Su testigo.

Tom pasó junto a Eric y se acercó al banco de los testigos.

—A ver, Rodney, testificó que, al principio, cuando oyó esas voces altas pero apagadas, no vio lo que pasaba entre la señorita Clark y el señor Andrews. ¿Es correcto?

—Así es. No los vimos hasta que nos acercamos un poco.

—Y contó que la mujer, a la que luego identificó como la señorita Clark, gritaba como si estuviera en problemas. ¿Correcto?

—Sí.

—No vio besos ni ninguna conducta sexual consentida entre dos adultos. Oyó a una mujer gritar como si la estuvieran atacando, como si estuviera en problemas. ¿Es correcto?

—Sí.

—Por tanto, ¿no es posible que, cuando la señorita Clark lo pateó, estuviera defendiéndose del señor Andrews, una mujer sola en el bosque contra un hombre fuerte y atlético, un antiguo *quarterback*, que la había atacado?

—Sí, supongo que es posible.

—No tengo más preguntas.

—¿Repregunta?

—Sí, su señoría —dijo Eric sin moverse de la mesa de la fiscalía.

—Bueno, Rodney, al margen de que cierta conducta fuera consentida o no entre ellos, ¿es acertado decir que la acusada, la señorita Clark, estaba extremadamente enojada con el difunto, Chase Andrews?

—Sí, mucho.

—Lo bastante como para gritar que lo mataría si volvía a molestarla. ¿Es correcto?

—Sí, así fue.

—No tengo más preguntas, su señoría.

41

Un pequeño rebaño

1969

K ya no acertaba a agarrar la caña del timón mientras miraba
hacia atrás para ver si Chase la seguía en su barca. Aceleró
hasta su laguna y corrió cojeando a la cabaña, con las rodillas
hinchadas. En la cocina, se dejó caer al suelo, y lloró; se tocó el
ojo hinchado y escupió arenilla. Entonces, escuchó por si lo oía
venir.

Se había fijado en el collar con la concha. Seguía llevándolo.
¿Cómo podía ser?

«Eres mía», le había dicho. Estaría muy cabreado por haberle
dado ella una patada e iría a buscarla. Puede que ese mismo día.
O que esperara a la noche.

No podía contárselo a nadie. Jumpin' insistiría en que llamara
al *sheriff,* pero la ley nunca creería a La Chica de la Marisma por
encima de Chase Andrews. No estaba segura de lo que vieron los
dos pescadores, pero no la defenderían. Dirían que se lo había
buscado porque, antes de que Chase la dejara, la habían visto
besuqueándose con él durante años, sin comportarse como debía
hacerlo una dama. «Se portaba como una puta», dirían.

Fuera, el viento aullaba desde el mar y le preocupó no oír acercarse su motor, así que, moviéndose despacio por el dolor, metió en la mochila panecillos, queso y nueces y, con la cabeza agachada contra la fuerte galerna, se apresuró por entre los espartales y bordeó canales hasta llegar a la cabaña de lectura. La caminata le tomó cuarenta y cinco minutos y, durante su transcurso, su cuerpo rígido y dolorido se sobresaltaba y movía la cabeza a un lado para examinar la maleza. Finalmente, ante ella apareció la choza como un esbozo de construcción de troncos, rodeada de hierba que llegaba a las rodillas, pegada al borde de un riachuelo. Ahí el viento estaba más tranquilo. El prado, silencioso. Nunca le había hablado a Chase de ese escondite, pero podría conocerlo. No estaba segura.

Ya no olía mal. Cuando el laboratorio de ecología contrató a Tate, este y Scupper arreglaron la choza para que pudiera pasar ahí la noche en alguna de sus expediciones. Habían apuntalado las paredes, enderezado el tejado y llevado un mobiliario básico: una pequeña cama con una colcha, una estufa, una mesa y una silla. De las vigas colgaban ollas y sartenes. Y en una mesa plegable había un microscopio, completamente fuera de lugar, cubierto con un plástico. En un rincón había un baúl metálico lleno de latas de frijoles cocidos y sardinas. Nada que atrajera a los osos.

Pero ahí dentro se sentía atrapada, incapaz de ver si Chase iba por ella, así que se sentó en el borde del riachuelo y estudió las cenagosas aguas con el ojo derecho. Tenía el izquierdo hinchado.

Corriente abajo, un grupo de cinco ciervas la ignoraron mientras paseaban por el borde del agua y mordisqueaban hojas. Si tan solo pudiera unirse a ellas, pertenecer a ellas... Kya sabía que la manada no estaba incompleta sin una de las ciervas, sino que cada cierva estaría incompleta sin la manada. Una alzó la cabeza,

Delia Owens

sus ojos oscuros buscaron entre los árboles del norte, golpeó el suelo con la pata delantera derecha, luego con la izquierda. Las otras alzaron la mirada y patearon alarmadas. El ojo bueno de Kya buscó al instante en el bosque señales de Chase o de otro depredador. Pero todo estaba en silencio. Puede que las hubiera sobresaltado la brisa. Dejaron de dar golpes en el suelo, pero se alejaron despacio entre la alta hierba y dejaron a Kya sola e inquieta.

Volvió a examinar el prado en busca de intrusos, pero tanto escuchar y buscar la había dejado sin energía, por lo que regresó a la choza. Sacó el queso sudoroso de la mochila y se desplomó en el suelo para comer sin pensar mientras se tocaba la mejilla herida. Tenía cortes en la cara y los brazos y las piernas manchados de tierra sanguinolenta. Las rodillas arañadas y palpitantes. Sollozó, combatió la vergüenza y acabó escupiendo un rocío de queso y saliva.

Esto se lo había hecho ella misma. Por mantener una relación sin un chaperón. Un deseo natural la había llevado a un motel barato sin estar casada, y para quedarse insatisfecha. Sexo bajo parpadeantes luces de neón, revelado solo por la sangre que manchaba las sábanas como las huellas de un animal.

Chase debía de haber presumido de eso con todo el mundo. No le extrañaba que la gente la rehuyera; era impropia, asquerosa.

Cuando la media luna apareció entre rápidas nubes, miró por el ventanuco si había formas humanas agachadas y furtivas. Finalmente, se arrastró hasta la cama de Tate y durmió bajo la colcha. Se despertó a menudo, atenta por si oía pisadas, y luego se arrebujaba bajo la suave tela.

MÁS QUESO DESMENUZADO PARA desayunar. La cara se le había oscurecido hasta ponerse verde púrpura, con el ojo hinchado como un huevo duro y el cuello enrojecido. Tenía parte del labio superior grotescamente deforme. Como el de Ma, monstruoso, y temía volver a casa. Kya se dio cuenta con una claridad repentina de lo que había pasado Ma y por qué se había ido.

—Ma. Ma —susurró—. Ya veo. Por fin entiendo por qué te fuiste y nunca volviste. Lamento no haberlo comprendido, no haberte podido ayudar.

Kya bajó la cabeza y lloró. Luego se incorporó.

—Yo nunca viviré así, no me pasaré la vida preguntándome cuándo y dónde me llegará el siguiente puñetazo.

Esa tarde volvió a casa, pero, aunque tenía hambre y necesitaba suministros, no fue a ver a Jumpin'. Podía encontrarse ahí con Chase. Además, no quería que nadie le viera así la cara, y menos Jumpin'.

Tras una comida sencilla a base de pan duro y pescado ahumado, se sentó en el borde de la cama en el porche y miró a través de la mosquitera. En ese momento, vio cerca de su cara una mantis que se movía por una rama. El insecto tomaba polillas con sus patas delanteras articuladas y se las comía, las alas se agitaban todavía en su boca. Una mantis macho, con la cabeza erguida y orgulloso como un poni, la cortejaba desfilando a su lado. Ella parecía interesada, y agitaba las antenas como si fueran varitas mágicas. Kya no sabría decir si el abrazo del macho era tierno o enérgico, pero, mientras él le fertilizaba los huevos con su órgano copulador, la hembra volvió el largo y elegante cuello y le arrancó la cabeza de un mordisco. Él seguía ocupado apareándose y no se dio cuenta. El muñón de su cuello oscilaba a uno y otro lado mientras continuaba con su labor, y ella se comía el tórax y continuaba con las alas. Finalmente, de la boca de la hembra sobresalió la última pata delantera mientras su abdomen sin corazón seguía copulando con perfecto ritmo.

Las luciérnagas hembra atraen a machos extraños con señales deshonestas y se los comen; las mantis devoran a sus propios machos. «Los insectos hembra saben cómo tratar a sus amantes», pensó Kya.

Al cabo de unos días, volvió a navegar por la marisma y exploró zonas que Chase no conocía, pero lo hizo nerviosa y alerta, y le resultaba difícil pintar. Aún tenía el ojo hinchado alrededor de una fina ranura y el moretón había propagado sus nauseabundos colores por la mitad de su cara. Buena parte del cuerpo le palpitaba de dolor. Se volvía al oír el gorjeo de una ardilla, escuchaba atentamente los graznidos de los cuervos, lenguajes previos a las palabras, de cuando la comunicación era simple y clara, y adonde fuera trazaba mentalmente una ruta de escape.

42

Una celda

1970

Lúgubres rayos de luz se filtraban por la pequeña ventana de la celda de Kya. Contempló las motas de polvo bailar silenciosas en la misma dirección, como si siguieran a un líder idealista. Se desvanecían al tocar las sombras. Sin el sol no eran nada.

Tiró de la caja de madera, su única mesa, hasta ponerla bajo la ventana, que estaba a siete pies del suelo. Vestía un overol gris con *county inmate,* prisionero del condado, escrito en la espalda. Se subió a la silla. Y miró el mar, apenas visible a través de los barrotes y el grueso cristal. Las olas rompían y salpicaban, y los pelícanos sobrevolaban las olas a baja altura buscando algo que pescar. Si estiraba el cuello muy a la derecha, podía ver la densa corona del borde de la marisma. El día anterior había visto un águila zambullirse en el agua para atrapar un pez.

La cárcel del condado consistía en seis celdas de cuatro por cuatro en un edificio de cemento de un solo piso situado detrás de la oficina del *sheriff*, al final del pueblo. Las celdas estaban alineadas en fila a lo largo de un lado del edificio, por lo que los reclusos no podían verse unos a otros. Tres de las paredes eran bloques húmedos de cemento; la cuarta estaba hecha de barrotes, e incluía la puerta cerrada.

Cada celda tenía un catre de madera con un colchón de algodón lleno de bultos, una almohada de plumas, sábanas, una manta de lana gris, un lavabo, una caja de madera que hacía de mesa y un inodoro. Sobre el lavabo no había un espejo, sino un retrato enmarcado de Jesucristo, cortesía de las Damas Auxiliadoras Bautistas. La única concesión que se le había hecho, por ser la primera mujer presa en años, aparte de ropa para dormir, era una cortina de plástico gris que podía correrse alrededor del lavabo y el inodoro.

Había pasado los dos meses previos al juicio retenida sin fianza en esa celda, por su fallido intento de escapar del *sheriff*. Kya se preguntó cuándo se había empezado a utilizar la palabra *celda* en vez de *jaula*. Debió de haber algún momento en el pasado en que la humanidad reclamara ese cambio. Una telaraña roja de arañazos que se había hecho ella misma le recorría los brazos. Se pasaba minutos indefinidos sentada en la cama, estudiaba mechones de su pelo, se los arrancaba como si fueran plumas. Como hacen las gaviotas.

De pie sobre la caja, mientras forzaba el cuello hacia la marisma, recordó un poema de Amanda Hamilton:

«Gaviota tullida de Brandon Beach»

Alma alada que bailaste en los cielos,
y sobresaltaste al alba con agudos gritos.

Seguiste las velas y arrostraste el mar,
capturaste el viento al devolvérmelo.

Te rompiste un ala que arrastró la tierra
y grabó tu huella en la arena.
Cuando las plumas se rompen, no puedes volar,
pero ¿quién decide la hora de morir?

Desapareciste no sé dónde.
Pero la huella de tus alas aquí permanece.
Un corazón roto no puede volar,
pero ¿quién decide la hora de morir?

Aunque los reclusos no se veían entre sí, los otros dos ocupantes, dos hombres al final de la fila, se pasaban buena parte del día y de la noche charlando. Los dos cumplían una condena de treinta días por empezar una pelea sobre quién podía escupir más lejos en el Dog-Gone Bar Hall, que había acabado con los espejos del bar y unos cuantos huesos rotos. Se pasaban el día tumbados en el catre y se llamaban desde la celda contigua, como pescadores de corvinas. Buena parte de lo que se decían eran chismes que les contaban las visitas sobre el caso de Kya. Sobre todo, acerca de la posibilidad de recibir la pena de muerte, que hacía veinte años que no se imponía en el condado, y menos a una mujer.

Kya oía todo lo que decían. No le molestaba morir; no podrían asustarla con la amenaza de acabar con esta vida en sombras. Pero el hecho de que la matara otra mano, que se planeara y programara, le resultaba tan inconcebible que la dejaba sin aliento.

El sueño la esquivaba, se escabullía por los bordes antes de escapar corriendo. Su mente se zambullía en la bendición instantánea de profundas paredes de repentina somnolencia, pero su cuerpo se estremecía y la despertaba.

Bajó de la caja y se sentó en la cama, recogió las piernas y apoyó la barbilla en las rodillas. La habían llevado ahí tras la sesión del tribunal, así que puede que ya fueran las seis. Solo había pasado una hora. O puede que ni eso.

43

Un microscopio

1969

A principios de septiembre, más de una semana después de que Chase la atacara, se acercó andando a la playa. El viento azotaba la carta que llevaba en la mano, así que la sujetó contra el pecho. Su editor la había invitado a reunirse con él en Greenville: le escribió que entendía que no fuera a menudo a la ciudad, pero que quería conocerla y que los gastos correrían por cuenta de la editorial.

El día estaba despejado y cálido, así que condujo la barca hacia el interior de la marisma. Al final de un estuario estrecho, al girar por una herbosa curva, vio a Tate acuclillado en un banco de arena, recogiendo muestras de agua en pequeños tubos. Su yate-barca de investigación estaba amarrado a un tronco y oscilaba por el canal y bloqueaba el paso. Tiró de la caña del timón. La hinchazón de la herida de la cara había disminuido, pero seguía teniendo el ojo rodeado de una mancha verde y púrpura. Se asustó. No podía permitir que Tate le viera la cara golpeada e intentó hacer girar la barca con rapidez.

Pero él alzó la mirada y la saludó.

—Ve aparcando, Kya. Tengo que enseñarte un microscopio nuevo.

Eso tuvo el mismo efecto que cuando la inspectora escolar le habló del pastel de pollo. Aminoró la velocidad, pero no contestó.

—Anda. No vas a creer el aumento que tiene. Se ven los seudópodos de las amibas.

Nunca había visto una amiba, y menos sus partes corporales. Volver a ver a Tate le producía una sensación de paz, de calma. Decidió que podría esconderle el lado herido de la cara y atracó la barca para caminar hacia él por el agua poco profunda. Llevaba *jeans* recortados y una camiseta blanca; el pelo suelto. Él la esperaba en lo alto de la escalera de proa y le ofreció la mano, que ella aceptó, pero apartó la mirada.

El color *beige* suave del yate se fundía con el pantano, y Kya nunca había visto nada tan refinado como la cubierta de teca y el timón de bronce.

—Ven abajo —dijo mientras descendía hacia el camarote.

Ella estudió el despacho del capitán, la cocinita, mejor equipada que la suya, y la zona residencial convertida en laboratorio con múltiples microscopios y anaqueles con probetas. Y otros instrumentos que parpadeaban y zumbaban.

Tate manipuló el microscopio más grande y preparó el portaobjetos.

—Aquí, espera un momento. —Puso una gota de agua de la marisma en el portaobjetos, la cubrió con otra lámina y enfocó el visor—. Echa un vistazo.

Kya se inclinó con delicadeza, como si fuera a besar a un bebé. La luz del microscopio se reflejó en sus pupilas oscuras, y contuvo el aliento mientras un *Mardi Gras* de figuras disfrazadas daba piruetas y se movía ante sus ojos. En vez de una gota de agua, veía tiaras inimaginables que adornaban cuerpos asombrosos, tan sedientos de vida que retozaban como atrapados bajo la carpa de un circo.

Se llevó la mano al corazón.

—No tenía ni idea de que hubiera tantos y fueran tan hermosos —musitó, sin dejar de mirar.

Él identificó algunas especies y dio un paso atrás para observarla. «Está sintiendo el latido de la vida —pensó—. Porque no hay nada que se interponga entre su planeta y ella».

Él le mostró más láminas.

—Es como no haber visto nunca las estrellas y verlas de repente —susurró ella.

—¿Quieres un café? —preguntó él en voz baja.

—No, no, gracias.

Entonces se apartó del microscopio en dirección a la escalera. Con torpeza. Mantenía apartado el ojo amoratado.

Tate estaba acostumbrado a que Kya fuera reservada, pero su conducta le pareció más distante y extraña que nunca. Mantenía la cabeza constantemente apartada.

—Anda, Kya. Solo una taza de café.

Ya estaba en la cocina y echaba agua en una máquina que goteaba una mezcla fuerte. Ella se quedó parada en la escalera que conducía a cubierta y él le pasó una taza, y le hizo un gesto para que subiera. La invitó a sentarse en el banco acolchado del castillo de proa, pero se quedó de pie. Como un gato, cerca de la salida. El brillante banco de arena blanca se curvaba en la distancia desde los robles que daban sombra.

—Kya... —Empezó a hacerle una pregunta, pero, cuando ella se volvió, vio el moretón apagado de su mejilla.

—¿Qué te pasó en la cara?

Caminó hacia ella y quiso tocarle la mejilla. Ella se apartó.

—Nada. Me di con una puerta en medio de la noche.

Por la forma en que se llevó la mano a la cara, él supo que no era cierto. Alguien le había pegado. ¿Fue Chase? ¿Seguiría viéndola a pesar de estar casado? Tate abrió la mandíbula. Kya se movió para dejar la taza, como si fuera a irse.

Él se obligó a mostrarse tranquilo.

—¿Has empezado algún libro nuevo?

—Casi acabo el de hongos. Mi editor estará en Greenville a finales de octubre y quiere reunirse ahí conmigo. Pero no estoy segura de ir.

—Tienes que hacerlo. Te conviene conocerlo. Hay un autobús que sale todos los días de Barkley, y otro de noche. No tarda mucho. Una hora y veinte minutos, o algo así.

—No sé dónde comprar el boleto.

—El conductor lo sabe. Tú ve a la parada de autobús de la calle principal y él te dirá lo que tienes que hacer. Creo que Jumpin' tiene los horarios clavados en su tienda.

Estuvo a punto de decir que había tomado el autobús muchas veces a Chapel Hill, pero le pareció mejor no recordar esos días en que ella lo esperaba en una playa en julio.

Guardaron silencio un rato mientras daban sorbos al café y escuchaban a un par de halcones que silbaban a lo largo de las paredes de una gran nube.

Él dudó en ofrecerle más café, pues sabía que, de hacerlo, se iría, así que le preguntó por el libro de hongos, le explicó los protozoos que estudiaba. Cualquier cebo era bueno para retenerla.

La luz de la tarde se suavizó y se levantó un viento frío. Kya dejó la taza en la mesa.

—Tengo que irme.

—Estaba pensando en tomar algo de vino. ¿Quieres un poco?

—No, gracias.

—Espera un momento antes de irte —dijo Tate mientras bajaba a la cala y volvía con una bolsa de panecillos y hogazas sobrantes.

—Por favor, saluda a las gaviotas de mi parte.

—Gracias.

Bajó la escalera del barco. Él la llamó cuando se dirigía hacia su barca.

—Kya, está refrescando, ¿no quieres una chaqueta o algo?

—No, estoy bien.

—Toma mi gorro por lo menos. —Y le lanzó un gorro de esquí rojo.

Ella lo agarró y se lo tiró de vuelta. Él volvió a tirarlo, más lejos, y ella corrió por el banco de arena, se agachó y lo recogió. Se subió a su barca entre risas, arrancó el motor y, al pasar junto a él, tiró el gorro al interior de la lancha. Él sonrió y ella se rio. Entonces, dejaron de reírse y se limitaron a mirarse el uno al otro mientras se tiraban mutuamente el gorro hasta que ella desapareció tras la curva. Kya se sentó en el asiento de proa y se llevó la mano a la boca.

—No —dijo en voz alta—. No me puedo volver a enamorar de él. No volverán a hacerme daño.

Tate no se movió de la proa. Apretaba los puños ante la imagen de alguien pegándole.

Ella siguió la línea de la costa más allá del oleaje, rumbo al sur. Por ese camino pasaría junto a su playa antes de llegar al canal que atravesaba la marisma hasta su cabaña. Normalmente no paraba ahí, sino que recorría el laberinto de canales hasta su laguna y luego iba andando a la playa.

Pero las gaviotas la vieron pasar y rodearon la barca. Gran Rojo aterrizó en la proa y balanceó la cabeza. Ella se rio.

—Está bien, tú ganas.

Atravesó el oleaje y atracó la barca tras una extensión de avena marina muy crecida y se puso a echarles el pan que le había dado Tate.

Cuando el sol propagó oro y rosa sobre las aguas, se sentó en la arena mientras las gaviotas se acomodaban a su alrededor. De pronto oyó un motor y vio que la lancha de Chase aceleraba hacia su canal. Él no veía su barca tras la avena marina, pero ella estaba a simple vista en la arena. Se tumbó al instante con la cabeza vuelta para observarlo. Estaba al timón, el aire le alborotaba los cabellos, en el rostro tenía una fea mueca. Pero no miró en su dirección cuando se metió por el canal camino de la cabaña.

Cuando desapareció de la vista, Kya se sentó. La hubiera sorprendido en casa de no haber parado ahí, con las gaviotas. Con Pa había aprendido una y otra vez que esa clase de hombres siempre debe dar el último golpe. Kya había dejado a Chase tirado en el suelo. Los dos pescadores debieron ver cómo lo tumbaba. Tenía que darle una lección a Kya, como lo hubiera hecho Pa.

Vendría a la playa en cuanto descubriera que no estaba en la cabaña. Corrió a la barca, arrancó y se dirigió de vuelta hacia Tate. Pero no quería decirle lo que le había hecho Chase; la vergüenza se imponía a la razón. Aminoró la marcha y se dejó llevar por las corrientes hasta que el sol desapareció. Tenía que esconderse y esperar a que Chase se fuera. Mientras no lo viera irse, no sabría si era seguro volver a casa.

Entró en el canal; temía que pudiera aparecer en cualquier momento desde cualquier dirección. Puso el motor un punto más por encima del reposo, para poder oír su lancha, y se internó en una zona de agua estancada con abundancia de árboles y arbustos. Entró en marcha atrás en la vegetación y apartó ramas hasta que la escondieron las capas de hojas y el anochecer.

Escuchó mientras respiraba con dificultad. Por fin oyó su motor aullando en el suave aire de la tarde. Se agachó aún más a medida que se acercaba, repentinamente preocupada por que la punta de su barca fuera visible. El sonido se acercó más y segundos después, pasó la lancha. Se quedó ahí sentada durante casi treinta minutos, hasta que estuvo completamente oscuro, y luego volvió a casa a la luz de las estrellas.

Se llevó unas mantas a la playa y se sentó con las gaviotas. No le hicieron ningún caso; se acicalaban las extendidas alas antes de sentarse en la arena como piedras emplumadas. Se pegó a ellas todo lo que pudo mientras gorjeaban en voz baja y se tapaban la cabeza para pasar la noche. Pero, pese a los suaves arrullos y el erizar de plumas, no pudo dormir. Daba vueltas a uno y otro lado y se sentaba cada vez que el viento imitaba el ruido de pisadas.

El oleaje del amanecer rugió con el azote de un viento que le castigó las mejillas. Se sentó entre los pájaros, que andaban cerca de ella, se estiraban y se rascaban con las patas. Gran Rojo —ojos muy abiertos, cuello inclinado— parecía haber encontrado algo muy interesante en la parte inferior del ala, gesto que normalmente hubiera hecho reír a Kya. Pero los pájaros no le proporcionaban ninguna alegría.

Caminó hasta el agua. Chase no se rendiría. Una cosa era vivir aislada y otra muy diferente vivir con miedo.

Se imaginó dando un paso tras otro dentro del espumeante mar, se hundiría en la quietud bajo las olas, los mechones de su pelo flotarían suspendidos como acuarelas negras en el pálido mar azul, sus brazos y largos dedos flotarían hacia el brillo luminoso de la superficie. Sus sueños de escapar, aunque fuera mediante la muerte, la elevaban hacia la luz. El tentador y brillante premio de la paz, que estaría fuera de su alcance hasta que su cuerpo descendiera al fondo para posarse en el lóbrego silencio. A salvo.

«¿Quién decide la hora de morir?».

44

Compañero de celda

1970

K ya se detuvo en el centro de su celda. Estaba en la cárcel. No estaría ahí si sus seres queridos no la hubieran abandonado, incluidos Jodie y Tate. Apoyarse en alguien te deja en la cuneta.

Antes de que la arrestaran, había atisbado un camino de vuelta a Tate, una apertura en su corazón. El amor persistía cerca de la superficie. Pero él había intentado visitarla en la cárcel en varias ocasiones y ella siempre se había negado a verlo. No sabía por qué, pero la cárcel le había cerrado aún más el corazón. ¿Por qué no había aceptado el consuelo que podría darle en ese lugar? Era como si el hecho de que Kya fuese más vulnerable que nunca fuera motivo suficiente para confiar aún menos en los demás. Al verse en el momento más frágil de su vida, se había encomendado a la única red que conocía: ella misma.

Verse tras los barrotes sin fianza le había dejado claro lo sola que estaba. Algo que le había recordado con claridad la oferta del *sheriff* de hacer una llamada telefónica: no tenía a quien llamar. El único teléfono que conocía era el de Jodie, y ¿cómo llamarlo para decirle que estaba en la cárcel acusada de asesinato? ¿Cómo iba a molestarlo con sus problemas tras tantos años? Y puede que la vergüenza también jugara un papel importante.

La habían abandonado para que sobreviviera y se defendiera sola. Y ahí estaba, sola.

Volvió a tomar el maravilloso libro de conchas que le había regalado Tom Milton; de los libros que tenía, era el más atesorado. En el suelo se amontonaban algunos volúmenes de biología que el guardia había dicho que le había llevado Tate, pero no podía seguir las palabras. Las frases se perdían en varias direcciones, y volvían luego al principio. Los dibujos de conchas eran más sencillos.

En el suelo de baldosas baratas resonaron unas pisadas y ante su puerta apareció Jacob, un hombrecillo negro que hacía las veces de guardia. Le entregó un gran sobre de papel marrón.

—Siento molestarla, señorita Clark, pero tiene visita. Debe acompañarme.

—¿Quién es?

—Su abogado, el señor Milton. —Se oyó el metal contra el metal cuando Jacob abrió la puerta y le entregó el paquete—. Y esto es de Jumpin'.

Ella dejó el paquete en la cama y siguió a Jacob por el pasillo hasta una habitación aún más pequeña que su celda. Tom Milton se levantó de la silla al verla entrar. Kya asintió hacia él y miró por la ventana, donde se estaba formando una enorme nube con lo que parecían mejillas color durazno.

—Buenas tardes, Kya.

—Señor Milton.

—Kya, llámeme Tom, por favor. ¿Y qué le pasa en el brazo? ¿Se lastimó?

Ella movió la mano para taparse la telaraña de arañazos.

—Picaduras de mosquito, creo.

—Hablaré con el *sheriff;* no debería tener mosquitos en su... cuarto.

—Por favor, no pasa nada —dijo, y agachó la cabeza—. Los insectos no me preocupan.

—Muy bien, de acuerdo, no haré nada que no quiera. Kya, vengo a hablarle de sus opciones.

—¿Qué opciones?

—Me explicaré. A estas alturas es difícil saber de qué lado se inclinará el jurado. La fiscalía tiene un buen caso. En absoluto es sólido, pero, si tenemos en cuenta los prejuicios de los habitantes de este pueblo, debe prepararse para el hecho de que no nos será fácil ganar. Siempre queda la opción de llegar a un acuerdo. ¿Sabe a qué me refiero?

—No muy bien.

Se declaró inocente de un asesinato en primer grado. Si perdemos, perderá mucho: cadena perpetua o, como sabe, la pena de muerte. Su opción es declararse culpable de un delito menor, por ejemplo, de homicidio. Si dijera que sí, que esa noche fue a la torre, que se vio ahí con Chase, que discutieron y se cayó por la reja por accidente, el juicio podría concluir de inmediato; no tendría que pasar por este drama y podríamos negociar la sentencia con el fiscal. Al no tener antecedentes, probablemente la sentenciarían a diez años y podría salir en, digamos, seis años. Sé que suena mal, pero es mejor que pasarse la vida en la cárcel o lo otro.

—No, no diré nada que implique culpabilidad. No iré a la cárcel.

—Kya, lo entiendo; pero, por favor, piénselo. No quiere pasarse toda la vida en la cárcel, ni quiere lo otro.

Kya volvió a mirar por la ventana.

—No necesito pensarlo. No me quedaré en la cárcel.

—Bueno, no tenemos que decidirlo ahora. Tenemos algo de tiempo. Veamos cómo van las cosas. Antes de irme, ¿hay algo que quiera decirme?

—Por favor, sáqueme de aquí. De un modo... u otro.

—Haré todo lo posible para sacarla, Kya. Pero no se rinda. Y ayúdeme, por favor. Como le dije antes, tiene que participar, mirar de vez en cuando al jurado...

Pero Kya había dado la vuelta para irse.

JACOB LA CONDUJO DE nuevo a la celda, donde levantó el paquete de Jumpin', que el encargado había abierto y cerrado mal con cinta adhesiva. Lo abrió, quitó el papel y lo dobló. Dentro había una cesta con algunos frasquitos de pintura, un pincel, papel y una bolsa de papel con panecillos de maíz de Mabel. La cesta estaba acolchada por dentro con hojas de pino y roble, algunas conchas y largas tiras de espadaña. Kya suspiró hondo. Frunció los labios. Jumpin'. Mabel.

El sol se había puesto; no había motas de polvo a las que seguir.

Más tarde, Jacob se llevó la bandeja de la cena.

—La verdad, señorita Clark, no come usted mucho. Y estas chuletas con verduras son de lo mejor.

Ella le sonrió levemente y escuchó sus pasos alejándose por el final del pasillo. Esperó oír cerrar la gruesa puerta metálica con pesada rotundidad.

Entonces, algo se movió en el suelo del pasillo, justo delante de los barrotes. Desvió la mirada hacia ahí. Justicia Dominical estaba sentado sobre las patas traseras y la miraba a los ojos oscuros con los suyos verdes.

Se le aceleró el corazón. Había pasado todas esas semanas sola y ahora esta criatura entraba como un brujo a través de los barrotes. A estar con ella. Justicia Dominical apartó la mirada y miró hacia el final del pasillo, donde hablaban los presos. A Kya le aterró la idea de que pudiera dejarla y caminar hacia ellos, pero volvió a mirarla, pestañeó con paciente aburrimiento y pasó fácilmente entre los barrotes. Entró.

Kya expulsó aire.

—Quédate, por favor —susurró.

El gato se tomó su tiempo, olfateó toda la celda, investigó los húmedos muros de cemento, las tuberías expuestas y el lavabo, y la ignoró. Lo que más le interesó fue una pequeña grieta en la pared. Kya se dio cuenta porque sus pensamientos se manifestaron en la cola. Acabó su repaso junto a la pequeña cama. Entonces, saltó tranquilamente a su regazo y dio vueltas en él, sus grandes zarpas blancas encontraban un blando acomodo en los muslos. Kya estaba paralizada, con los brazos ligeramente en alto, para no interferir en sus maniobras. Finalmente, se acurrucó ahí como si lo hubiera hecho todas las noches de su vida. La miró. Ella le acarició la cabeza con cuidado y le rascó el cuello. Del animal brotó un fuerte ronroneo, como una corriente eléctrica. Kya cerró los ojos ante tan fácil aceptación. Una profunda pausa en toda una vida de anhelos.

Temerosa de moverse, se quedó muy quieta hasta que notó un calambre en la pierna y se movió ligeramente para estirar los músculos. Justicia Dominical se deslizó fuera de su regazo sin abrir los ojos y se enroscó a su lado. Ella se tumbó completamente vestida, los dos acurrucados. Lo miró dormir y luego lo imitó. No de forma repentina, sino que se sumió finalmente en una paz tranquila.

Abrió los ojos una vez en la noche y lo observó durmiendo

sobre el lomo, con las patas anteriores estiradas en una dirección y las posteriores en otra. Pero cuando despertó al amanecer, no estaba. Un gemido forcejeó en su garganta.

Más tarde, Jacob se detuvo ante su celda; sostenía la bandeja del desayuno con una mano y abrió la puerta con la otra.

—Le traje su avena, señorita Clark.

—Jacob, el gato blanco y negro que duerme en el tribunal —dijo Kya mientras tomaba la bandeja—. Estuvo aquí anoche.

—Ay, cuánto lo siento. Es Justicia Dominical. A veces se cuela conmigo; no lo veo al llevar las bandejas. Acabo cerrándole la puerta y dejándolo aquí con ustedes.

Fue lo bastante amable como para no decir «encerrándolo».

—Está bien. Me gustó tenerlo aquí. Por favor, ¿podría dejarlo entrar después de la cena si lo ve? O cuando sea.

Él la miró con ojos amables.

—Claro que puedo. Lo haré, señorita Clark, seguro que sí. Me doy cuenta de que puede ser buena compañía.

—Gracias, Jacob.

Esa noche, Jacob volvió.

—Aquí tiene su comida, señorita Clark. Pollo frito, puré de papa y *gravy*. Espero que esta noche pueda comer algo.

Kya se levantó y lo miró a los pies. Tomó la bandeja.

—Gracias, Jacob. ¿Ha visto al gato?

—No. Qué va. Pero estaré atento.

Kya asintió. Se sentó en la cama, el único lugar donde podía sentarse, y miró el plato. En la cárcel había mejor comida de la que había visto en toda su vida. Picó el pollo, apartó las habas blancas. Ahora que tenía comida había perdido el apetito.

Entonces oyó girar una cerradura, la pesada puerta metálica al abrirse. Y Jacob al final del pasillo decía:

—Pase usted, señor Justicia Dominical.

Kya miró al suelo frente a su celda y contuvo la respiración, y Justicia Dominical apareció al cabo de unos segundos. Sus manchas contrastaban sorprendentemente y al tiempo eran suaves. Dejó el plato en el suelo y el gato se comió el pollo, empujó el hueso del muslo al suelo y lamió el *gravy*. Ignoró las habas. Ella sonrió durante todo el proceso y luego limpió el suelo con papel.

El gato saltó a la cama y un dulce sueño se apoderó de los dos.

AL DÍA SIGUIENTE, JACOB se paró ante su puerta.

—Señorita Clark, tiene otra visita.

—¿Quién?

—Es de nuevo el señor Tate. Ha venido ya varias veces, señorita Clark, ya fuera para traerle cosas o pidiendo verla. ¿No va a verlo hoy, señorita Clark? Es sábado, hoy no hay tribunal, no hay nada que hacer en todo el día.

—Muy bien, Jacob.

Jacob la condujo a la misma sala sórdida donde se había reunido con Tom Milton. Al cruzar la puerta, Tate se levantó de la silla y caminó rápido hacia ella. Sonrió levemente, pero sus ojos mostraban la tristeza que le producía verla ahí.

—Kya, te ves bien. He estado muy preocupado. Gracias por verme. Siéntate.

Se sentaron el uno frente al otro con Jacob en una esquina; leía un periódico con educada concentración.

—Hola, Tate. Gracias por los libros que trajiste. —Se comportaba con calma, pero tenía el corazón desgarrado.

—¿Qué más puedo hacer por ti?

—Podrías dar de comer a las gaviotas si no te viene mal.

—Sí, les he estado dando de comer —dijo con una sonrisa—. Cada día o así. —Lo dijo sin darle importancia, pero cada amanecer y cada atardecer iba a la playa en auto o en barca para darles de comer.

—Gracias.

—Voy al juicio, Kya, me siento detrás de ti. Nunca te das la vuelta, así que no sé si lo sabes. Estaré ahí todos los días.

Ella miró por la ventana.

—Tom Milton es muy bueno, Kya. Probablemente el mejor abogado de esta parte del estado. Te sacará de aquí. Tú aguanta. —Como ella no respondía, continuó—: Y, en cuanto salgas de aquí, volveremos a explorar lagunas como en los viejos tiempos.

—Tate, por favor, tienes que olvidarme.

—Nunca te he olvidado y nunca te olvidaré, Kya.

—Sabes que soy diferente. No encajo con los demás. No puedo ser parte de tu mundo. Por favor, no lo entiendes, me da miedo volver a intimar con alguien. No puedo.

—No te culpo, Kya, pero...

—Tate, escúchame. Me pasé años ansiando estar con gente. Creía que de verdad alguien se quedaría conmigo, que llegaría a tener amigos y una familia. Ser parte de un grupo. Pero nadie se quedó. Ni tú ni ningún miembro de mi familia. Y por fin aprendí a enfrentarlo y a protegerme. Pero ahora no puedo hablar de esto. Aprecio que vengas a verme, de verdad. Y puede que algún día podamos llegar a ser amigos, pero no puedo pensar en lo que pasará luego. Aquí no.

—Está bien. Lo entiendo. De verdad que sí. —Tras una breve pausa, añadió—: Los grandes astados ya están en celo.

Ella asintió, casi sonrió.

—Ah, y ayer, en tu casa, no lo vas a creer, pero un azor de Cooper aterrizó justo ante los escalones de la entrada.

Por fin sonrió al pensar en el azor. Uno de sus muchos recuerdos privados.

—Sí, lo creo.

Diez minutos después, Jacob dijo que se había acabado el tiempo y que Tate tenía que irse. Kya volvió a agradecerle su visita.

—Seguiré dando de comer a las gaviotas, Kya. Y te traeré más libros.

Ella asintió con la cabeza y siguió a Jacob.

45

Gorro rojo

1970

La mañana del lunes, después de la visita de Tate, cuando Kya fue conducida al tribunal por el alguacil, siguió sin mirar a los espectadores, como había hecho antes, y contempló los árboles en sombra del exterior. Pero oyó un ruido familiar, quizá una tos suave, y se volvió. Ahí, en primera fila, al lado de Tate, estaban Jumpin' y Mabel, que llevaba el sombrero para la iglesia decorado con rosas de seda. La gente había armado un alboroto al verlos entrar con Tate y sentarse delante, en la «zona blanca». Pero, cuando el alguacil informó de esto al juez Sims, aún en su recámara, este le dijo que anunciara que, en su tribunal, cualquiera, fuese cual fuese su credo o color, podía sentarse donde quisiera, y que si a alguien no le gustaba, era libre de irse. De hecho, él mismo se aseguraría de que fuera así.

Kya se sintió un poco más fuerte al ver a Jumpin' y a Mabel, y se sentó ligeramente más erguida.

El siguiente testigo de la fiscalía, el doctor Steward Cone, el forense, tenía el pelo gris muy corto y usaba anteojos que le caían demasiado abajo de la nariz, costumbre que lo obligaba a inclinar la cabeza para ver por los lentes. Mientras respondía a las preguntas de Eric, la mente de Kya vagó hasta las gaviotas. Las había añorado durante los largos meses de cárcel, pero Tate las había alimentado. No las había abandonado. Pensó en Gran Rojo, en cómo se metía siempre entre sus pies cuando les tiraba migas de pan.

El forense echó la cabeza atrás para ajustarse los anteojos, y el gesto trajo a Kya de vuelta al tribunal.

—Así que, para resumir, testifica que Chase Andrews murió entre la medianoche y las dos en punto de la noche del 29 o la mañana del 30 de octubre de 1969. La causa de la muerte fueron daños graves en el cerebro y la médula espinal debido a su caída por una reja abierta en la torre de vigilancia, a sesenta y tres pies del suelo. Al caer se golpeó la nuca contra una viga, hecho confirmado por la sangre y las muestras de pelo obtenidas de la viga. ¿Es esto correcto según su opinión de experto?

—Sí.

—Bueno, doctor Cone, ¿cómo es que un joven inteligente y en forma como Chase Andrews se cae por una reja abierta y se precipita a la muerte? Por eliminar una posibilidad: ¿tenía en la sangre alcohol o cualquier otra sustancia que pudiera haberle afectado el juicio?

—No, no la había.

—Las pruebas presentadas previamente demuestran que Chase Andrews se golpeó la nuca contra esa viga, no la frente. —Eric se paró ante el jurado y dio una zancada hacia delante—. Al caminar, la cabeza suele adelantarse ligeramente al cuerpo. En caso de meterme por un posible agujero delante de mí, la inercia y el peso de mi cabeza me inclinarían hacia delante. ¿No es así? De haber dado un paso adelante, Chase Andrews se hu biera golpeado de frente contra la viga, no con la nuca. ¿Y no es cierto, doctor Cone, que las pruebas indican que Chase cayó hacia atrás?

—Sí, la evidencia respalda esa conclusión.

—Por tanto, ¿podemos concluir también que, de haber estado Chase Andrews parado ante la reja abierta y si alguien lo hubiera empujado, se hubiera caído hacia atrás y no hacia delante? —Antes de que Tom pudiera objetar, Eric dijo muy deprisa—: No le pido que declare que esto demuestra de forma concluyente que empujaron a Chase hacia atrás, sino dejar claro que, de haberlo empujado alguien, las heridas que recibió en la cabeza coincidirían con las encontradas. ¿Es correcto?

—Sí.

—Muy bien. Doctor Cone, cuando examinó usted a Chase Andrews en la clínica, la mañana del 30 de octubre, ¿llevaba un collar con una concha?

—No.

Kya contuvo las crecientes náuseas y contempló a Justicia Dominical, que se acicalaba en un alféizar. Se lamía la parte interior de la punta de la cola, retorcido en una posición imposible, con una pierna levantada en alto. Su aseo parecía absorberlo y entretenerlo por completo.

—¿Es correcto decir que Chase Andrews llevaba una chaqueta de mezclilla la noche en que murió? —preguntó el fiscal unos minutos después.

—Sí, es correcto.

—Y, según su informe oficial, doctor Cone, ¿encontró usted fibras de lana roja en su chaqueta? ¿Fibras que no coinciden en nada con la ropa que llevaba puesta?

—Sí.

Eric mostró una bolsa de plástico que contenía hilos de lana roja.

—¿Son estas las fibras que se encontraron en la chaqueta de Chase Andrews?

—Sí.

Eric levantó de su mesa una bolsa más grande.

—¿Y no es verdad que las fibras de lana roja encontradas en la chaqueta de Chase coinciden con las de este gorro rojo? —dijo mientras se la entregaba al testigo.

—Sí. Estas son mis muestras etiquetadas, y las fibras del gorro y de la chaqueta coincidían con exactitud.

—¿Dónde se encontró este gorro?

—El *sheriff* encontró el gorro en la residencia de la señorita Clark.

Eso no era dominio público, por lo que los murmullos se adueñaron de la sala.

—¿Hay alguna prueba de que ella usara el gorro?

—Sí. En el gorro se encontraron cabellos de la señorita Clark.

Al ver a Justicia Dominical en el tribunal, Kya pensó que su familia nunca había tenido una mascota. Ni un perro ni un gato. Lo más parecido había sido una hembra zorrillo que vivía bajo la cabaña. Era una criatura suave, elegante y descarada. Ma la llamaba Chanel.

Tras unos cuantos desencuentros, acabaron conociéndose todos muy bien y Chanel se volvió muy educada, y exhibía su armamento cuando los chicos se ponían demasiado alborotadores. Iba y venía a su antojo, a veces a escasos pies de quien bajara o subiera por los escalones de madera y ladrillo.

En primavera, llevaba a sus crías a incursiones por los arroyos y el bosque de cedros. Ellas correteaban detrás, chocaban unas con otras en una confusión blanquinegra.

Por supuesto, Pa siempre amenazaba con librarse de ella, pero Jodie, demostrando una madurez muy superior a la de su

Delia Owens

padre, decía muy serio: «Vendría otra, y es preferible el zorrillo conocido que el zorrillo por conocer». Kya sonrió y se sorprendió al recordar a Jodie.

—Por tanto, doctor Cone, la noche en que murió Chase Andrews, la noche en que se cayó hacia atrás por una reja levantada, en una postura consistente con ser empujado, en su chaqueta había fibras provenientes de un gorro rojo encontrado en la residencia de la señorita Clark. Y en ese gorro había cabellos de la señorita Clark.

—Sí.

—Gracias, doctor Cone. No tengo más preguntas.

Tom Milton miró un momento a Kya, que contemplaba el cielo. La sala se inclinaba físicamente hacia la fiscalía como si el suelo estuviera ladeado, y no le ayudaba nada que Kya se mantuviera tan rígida y distante, como tallada en hielo. Se apartó el pelo blanco de la frente y se acercó al forense para el contrainterrogatorio.

—Buenos días, doctor Cone.

—Buenos días.

—Doctor Cone, testificó que la herida en la nuca de Chase Andrews es consistente con una caída de espaldas por la abertura. ¿No es cierto que, si él hubiera dado un paso atrás por su cuenta y se hubiera caído por el agujero por accidente, las consecuencias de golpear la viga con la cabeza hubieran sido exactamente las mismas?

—Sí.

—¿Había en su pecho o brazos alguna herida que coincidiera con las que hubiera recibido de ser empujado?

—No. Por supuesto, tenía lesiones por todo el cuerpo debidas a la caída, pero la mayoría en espalda y piernas. Ninguna

346

que pudiera identificarse específicamente provocada por algún empujón.

—De hecho, ¿no es cierto que no hay evidencia alguna que apunte a que Chase Andrews fuese empujado al agujero?

—Es cierto. No soy consciente de la existencia de pruebas que indiquen que se empujara a Chase Andrews.

—Por tanto, señor Cone, de su examen profesional del cuerpo de Chase Andrews no se deriva evidencia alguna que demuestre que fue un asesinato en vez de un accidente.

—No.

Tom se tomó su tiempo para dejar que la respuesta calara en el jurado antes de continuar.

—Ahora, hablemos de esas fibras rojas encontradas en la chaqueta de Chase. ¿Hay algún modo de determinar el tiempo que llevaban esas fibras en la chaqueta?

—No. Podemos decir de dónde proceden, pero no desde cuándo.

—En otras palabras, esas fibras podían llevar en la chaqueta un año, incluso cuatro años.

—Correcto.

—¿Aunque la chaqueta se hubiera lavado?

—Sí.

—Por tanto, no hay evidencia de que esas fibras se traspasaran a la chaqueta la noche en que Chase murió.

—No.

—Se ha dicho que la acusada conocía a Chase Andrews desde hacía cuatro años. Por tanto, ¿está diciéndonos que esas fibras pudieron transferirse del gorro a la chaqueta en cualquier momento que ellos se hubieran encontrado en esos cuatro años llevando esa misma ropa?

—Por lo que he visto, sí.

—Por tanto, las fibras rojas no prueban que la señorita Clark estuviera con Chase Andrews la noche en que murió. ¿Existe acaso alguna evidencia de que la señorita Clark estuviera aquella noche cerca de Chase Andrews? Por ejemplo, ¿fragmentos de la piel de ella en el cuerpo de él, bajo las uñas, o sus huellas dactilares en los botones o cierres de la chaqueta? ¿Cabellos suyos en su ropa o su cuerpo?

—No.

—De hecho, como las fibras rojas pudieron pegarse a su chaqueta cuatro años antes, no hay prueba alguna de que la señorita Catherine Clark estuviera cerca de Chase Andrews la noche de su muerte.

—Correcto, a juzgar por mi examen.

—Gracias. No hay más preguntas.

El juez Sims declaró un descanso para almorzar.

Tom tocó con delicadeza el codo de Kya y le susurró que había sido un buen contrainterrogatorio. Ella asintió ligeramente mientras la gente se levantaba y estiraba. Casi todos se quedaron lo suficiente para ver a Kya ser esposada de nuevo y conducida fuera de la sala.

Kya se dejó caer en la cama mientras los pasos de Jacob levantaban ecos en el pasillo tras dejarla en su celda. La primera vez que la encarcelaron, no le dejaron tener la mochila en la celda, pero sí llevarse algo de su contenido en una bolsa de papel marrón. Buscó en la bolsa y sacó el pedazo de papel con el teléfono y la dirección de Jodie. Lo había mirado todos los días desde que estaba ahí, siempre pensando en telefonearlo para pedirle que viniera a estar con ella. Sabía que iría, y Jacob le había dicho que podía usar el teléfono para llamarlo. Pero no lo había hecho. ¿Cómo iba a decirle: «Ven, por favor, estoy en la cárcel acusada de asesinato»?

Devolvió el papel a la bolsa con cuidado y sacó la brújula de la Primera Guerra Mundial que le había regalado Tate. Dejó que la aguja señalara al norte y observó cómo se estabilizaba. Se la puso sobre el corazón. ¿Dónde iba a necesitar una brújula más que en ese sitio?

Entonces susurró las palabras de Emily Dickinson:

Se barre el corazón,
y se destierra el amor,
no queremos volver a usarlo
hasta alcanzar la eternidad.

46

Rey del mundo

1969

El mar y el cielo de septiembre brillaban con un azul pálido bajo el sol suave mientras Kya navegaba en su pequeña barca hacia el puesto de Jumpin' para consultar el horario de autobuses. La ponía nerviosa la idea de ir en autobús con extraños a una ciudad extraña, pero quería conocer a su editor, Robert Foster. Llevaban más de dos años intercambiándose notas breves, e incluso alguna carta larga, sobre los ajustes de la prosa y los dibujos de sus libros; pero esa correspondencia, a menudo escrita con frases biológicas mezcladas con descripciones poéticas, se había convertido en una relación forjada con un lenguaje propio. Quería conocer a esa persona del otro lado del buzón que sabía que la luz ordinaria se ve refractada por prismas microscópicos en las plumas de los colibríes y crea la iridiscencia de su cuello rojidorado. Y que lo decía con palabras tan llamativas como esos colores.

Cuando subió al muelle, Jumpin' la saludó y le preguntó si necesitaba gasolina.

—No, gracias, esta vez no. Necesito copiar el horario de autobuses. Tiene uno, ¿verdad?

—Claro que sí. Clavado en la pared, a la izquierda de la puerta. Entre.

Y, cuando salió de la tienda con el horario, preguntó:

—¿Va de viaje a alguna parte, señorita Kya?

—Puede. Mi editor me invitó a Greenville a conocerlo. Aún no estoy segura de ir.

—Vaya, pues eso está muy bien. Es un viaje largo, pero le sentará bien.

Cuando Kya se volvió para subir a su barca, Jumpin' se inclinó y la miró más atentamente.

—Señorita Kya, ¿qué le pasó en ese ojo? ¿Y en la cara? Parece que le pegaron.

Ella apartó enseguida el rostro. El moretón del golpe de Chase, con casi un mes de antigüedad, se había apagado hasta ser una débil mancha amarillenta que Kya creyó que nadie notaría.

—No, choqué con una puerta...

—No me cuente historias, señorita Kya. Que no nací ayer.

Ella guardó silencio.

—¿Fue el señor Chase quien le hizo eso? Sabe que puede contármelo. De hecho, no se irá de aquí hasta que me lo diga.

—Sí, fue Chase.

Kya apenas podía creer que esas palabras hubieran salido de su boca. Nunca creyó tener a alguien a quien contarle esas cosas. Volvió a apartarse y contuvo las lágrimas.

La cara entera de Jumpin' frunció el ceño. No habló durante varios segundos.

—¿Qué más le hizo? —dijo entonces.

—Nada, se lo juro. Lo intentó, Jumpin', pero me defendí.

—A ese hombre tienen que darle unos latigazos y luego echarlo del pueblo.

—Jumpin', por favor. No puede contárselo a nadie. Sabe que no puede decírselo al *sheriff* ni a nadie. Me arrastrarían a la oficina del *sheriff* y me obligarían a contar a un montón de hombres todo lo que sucedió. No puedo pasar por eso.

Kya se tapó la cara con las manos.

—Pues hay que hacer algo. No puede hacer una cosa así y luego ir por ahí en esa lancha que tiene como si fuera el rey del mundo.

—Jumpin', ya sabe cómo son las cosas. Se pondrían de su parte. Dirían que quiero armar un escándalo para sacarles dinero a sus papás o algo así. Piense en lo que pasaría si una de las chicas de Colored Town acusara a Chase Andrews de asalto e intento de violación. No harían nada. Cero. —La voz de Kya se volvía más y más aguda—. Esa chica acabaría teniendo muchos problemas. Escribirían sobre ella en los periódicos. La acusarían de prostituirse. Bueno, pues a mí me pasaría lo mismo, y lo sabe. Por favor, prométame que no se lo dirá a nadie —concluyó con un sollozo.

—Tiene razón, señorita Kya. Sé que la tiene. No debe preocuparse de que yo vaya a hacer algo que empeore las cosas. Pero ¿cómo sabe que no volverá a ir por usted? Y usted siempre anda sola por ahí.

—Sé protegerme desde siempre; si esa vez no pude fue porque no lo oí venir. Estaré a salvo, Jumpin'. Si decido ir a Greenville, quizá cuando vuelva pase un tiempo en mi cabaña de lectura. No creo que Chase conozca su existencia.

—Muy bien. Pero quiero que venga por aquí más a menudo, quiero que venga y me haga saber cómo le van las cosas. Sabe que siempre puede venir y quedarse con Mabel y conmigo.

—Gracias, Jumpin'. Lo sé.

—¿Cuándo irá a Greenville?

—No estoy segura. Mi editor dice en la carta que a finales de octubre. Pero no he preparado nada, ni siquiera acepté su invitación.

Ahora sabía que no podría ir hasta que no le hubiera desaparecido por completo el moretón.

—Bueno, pues hágame saber cuándo va para allá y cuándo vuelve, ¿me oye? Tengo que saber cuándo no está en el pueblo. Porque, si no la veo durante más de uno o dos días, iré personalmente a buscarla a su cabaña. Y con más gente si es necesario.

—Lo haré. Gracias, Jumpin'.

47

El experto

1970

El fiscal Eric Chastain estaba interrogando al *sheriff* sobre los dos niños que el 30 de octubre descubrieron el cuerpo de Chase Andrews en la base de la torre de vigilancia, el examen del forense y la investigación preliminar.

—*Sheriff*, por favor, díganos qué le hizo creer que Chase Andrews no se cayó de la torre por accidente —continuó Eric—. ¿Qué le hizo pensar que se había cometido un crimen?

—Bueno, una de las primeras cosas en que me fijé fue que cerca del cuerpo de Chase no había huellas de pisadas, ni siquiera las suyas. Solo las de los niños que lo encontraron. Por eso pensé que alguien las borró para ocultar un crimen.

—¿No es también cierto, *sheriff*, que en la escena tampoco había huellas dactilares ni huellas de vehículos?

—Sí, es correcto. Los informes del laboratorio decían que en la torre no había huellas dactilares recientes. Ni siquiera en la reja, que alguien debió levantar. Mi ayudante y yo buscamos huellas de vehículos y tampoco había ninguna. Todo esto indica que alguien borró las pruebas de forma intencionada.

—Por tanto, cuando el informe de laboratorio demostró que esa noche se habían encontrado fibras de lana roja del gorro de la señorita Clark en la ropa de Chase, usted...

—Protesto, su señoría —dijo Tom—. Conduce al testigo. Además, ya se estableció que las fibras rojas pudieron transferirse de la ropa de la señorita Clark a la del señor Andrews antes de la noche del 29 al 30 de octubre.

—Aceptada —bramó el juez.

—No tengo más preguntas. Su testigo.

Eric sabía que el testimonio del *sheriff* no sería de gran utilidad para la fiscalía, pues ¿qué podía hacer sin huellas dactilares, de pisadas ni de vehículos? Pero, aun así, su testimonio tenía suficiente peso para convencer al jurado de que alguien había asesinado a Chase y, teniendo en cuenta las fibras rojas, ese alguien podría haber sido la señorita Clark.

Tom Milton se acercó al banco de los testigos.

—*Sheriff*, ¿pidió usted u otra persona que viniera un experto para que buscara huellas o pruebas de que se borraron dichas pisadas?

—No fue necesario. Yo soy experto en eso. El examen de huellas de pisadas es parte del entrenamiento oficial. No necesité a otro experto.

—Ya veo. ¿Y había pruebas de que borraran esas pisadas? Me refiero, por ejemplo, a si había marcas de que se usara algún cepillo o rama para borrar las huellas. ¿Se movió el barro para tapar un barro anterior? ¿Hay alguna prueba, alguna fotografía, de que se hiciera tal cosa?

—No. Yo testifico como experto que bajo la torre no había más pisadas que las nuestras y las de los niños. Así que alguien tuvo que borrarlas.

—Muy bien. Pero, *sheriff*, una característica física de la marisma es que las mareas vienen y van, y el nivel del manto freático varía mucho, incluso estando lejos del mar, lo que hace que algunas zonas se sequen por un tiempo y horas después acaben cubiertas de agua. En muchos lugares, cuando el nivel del agua crece, empapa la zona y borra cualquier marca que pueda haber en el barro, como las huellas de pisadas. Y lo deja limpio. ¿Es cierto?

—Bueno, sí, puede ser. Pero no hay pruebas de que pasara algo así.

—Tengo aquí la carta de mareas de la noche del 29 al 30 de octubre y, mire, *sheriff* Jackson, indica que la marea baja tuvo lugar alrededor de medianoche. Por tanto, a la hora en que Chase llegó a la torre y subió los escalones, debió de dejar huellas en el barro húmedo. Pero luego, al llegar la marea y subir la capa freática, sus huellas se borraron. Esa es la razón por la que usted y los niños dejaron huellas, y la misma razón por la que desaparecieron las de Chase. ¿Le parece posible?

Kya asintió ligeramente; era su primera reacción ante un testimonio desde que había empezado el juicio. Había visto muchas veces cómo las aguas de la marisma se tragaban lo sucedido el día anterior: huellas de cuervo junto a un arroyo o pisadas de gato montés junto a un cervatillo muerto desaparecían.

—Bueno, nunca la he visto borrar nada de forma tan completa, así que no lo sé —respondió el *sheriff*.

—Pero, *sheriff*, usted dijo ser un experto, entrenado en examinar huellas. ¿Y ahora nos dice que no sabe si esa noche tuvo lugar ese suceso tan corriente?

—Bueno, no debe ser tan difícil demostrar una cosa o la otra, ¿no? Bastaría con ir ahí con la marea baja, dejar huellas y comprobar si la marea las borra al llegar.

—Sí, no sería tan difícil determinar una cosa o la otra. Entonces, ¿por qué no se hizo? Ya estamos en un juicio y usted no ofrece ninguna prueba de que alguien borrara sus huellas para ocultar un crimen. Lo más probable es que Chase Andrews dejara huellas abajo de la torre y que se borraran cuando subió la marea. Y también las huellas de quien hubiera subido con él a la torre por diversión. Y, dadas estas circunstancias más que probables, no hay indicio alguno de un crimen. ¿No es así, *sheriff*?

Ed miró a izquierda, derecha, izquierda, derecha, como si buscara la respuesta en las paredes. La gente se removió en los bancos.

—¿*Sheriff*? —repitió Tom.

—En mi opinión profesional, resulta improbable que el ciclo normal de las mareas borrara por completo las huellas hasta ese punto. Pero, si bien nada indica que se borraran esas huellas y la ausencia de pisadas no prueba por sí sola que se cometiera un crimen, hay que...

—Gracias. —Tom se volvió hacia el jurado y repitió las palabras del *sheriff*—. La ausencia de pisadas no prueba que se cometiera un crimen. Bueno, sigamos. *Sheriff*, ¿qué pasa con la reja levantada de la torre de vigilancia? ¿La examinaron para buscar huellas dactilares de la señorita Clark?

—Sí, claro que las buscamos.

—¿Y encontraron huellas de la señorita Clark en la reja o en algún otro lugar de la torre?

—No. No, pero tampoco encontramos otras huellas, así que...

El juez se inclinó hacia delante.

—Limítese a responder las preguntas, Ed.

—¿Y cabellos? La señorita Clark tiene el pelo negro y largo. De haber subido a la torre y haberse movido por la plataforma para levantar rejas y esas cosas, debería haber quedado algún cabello suyo. ¿Encontró alguno?

—No.

La frente del *sheriff* brillaba.

—El forense testificó que, tras examinar el cuerpo de Chase, no encontró prueba alguna que situara esa noche a la señorita Clark cerca de él. Ah, están esas fibras, claro, pero podrían tener cuatro años. Y ahora nos dice que tampoco había evidencia alguna de que la señorita Clark hubiera estado esa noche en la torre de vigilancia. ¿Es esta afirmación correcta?

—Sí.

—Por tanto, no hay evidencia que apunte a que la señorita Clark estuviera en la torre de vigilancia la noche en que Chase Andrews se precipitó a su muerte. ¿Correcto?

—Es lo que he dicho.

—Eso es un sí.

—Sí, es un sí.

—*Sheriff*, ¿no es cierto que los niños que juegan en lo alto de la torre suelen dejar las rejas levantadas?

—Sí, a veces las dejan levantadas. Pero, como he dicho, suele pasar con la que hay que levantar para salir a la plataforma, no con las demás.

—¿Y no es cierto que la reja de la escalera, y a veces alguna de las otras, se deja levantada tan a menudo y se considera tan peligrosa que su oficina hizo una petición por escrito al Servicio Forestal para que remediaran la situación? —Tom le mostró un documento al *sheriff*—. ¿Es esta la petición oficial que hizo al Servicio Forestal el 18 de julio del año pasado?

El *sheriff* miró la hoja.

—Sí. Lo es.

—¿Quién redactó esta petición?

—Yo mismo.

—Por tanto, solo tres meses antes de que Chase Andrews se precipitara a su muerte por una reja levantada en la torre de vigilancia, usted hizo una petición por escrito al Servicio Forestal para pedir que cerraran la torre o aseguraran las rejas para que nadie saliera herido. ¿Es correcto?

—Sí.

—*Sheriff*, ¿quiere hacer el favor de leer al tribunal la última frase del documento que usted remitió al Servicio Forestal? Solo la última frase. Esta.

Entregó el documento al *sheriff* y señaló la última línea.

El *sheriff* leyó en voz alta al tribunal:

—«Debo repetir que estas rejas son muy peligrosas y que, de no tomarse medidas, podrían dar pie a alguna lesión grave cuando no a la muerte».

—No tengo más preguntas.

48

Un viaje

1969

El 28 de octubre de 1969, Kya se acercó al muelle de Jumpin'
para despedirse de él, como le había prometido, y luego se
dirigió al puerto del pueblo, donde pescadores y camaroneros
interrumpieron como siempre su trabajo para mirarla pasar. Los
ignoró, amarró la barca y se alejó por la calle principal cargando
una gastada maleta de cartón sacada del viejo armario de Ma. No
tenía bolso, pero llevaba la mochila llena de libros, además de
algo de jamón y pan y una pequeña cantidad de dinero en efec-
tivo, tras enterrar cerca de la laguna, dentro de una lata, la mayor
parte del dinero ganado con sus derechos de autor. Para variar,
tenía un aspecto bastante normal, vestida con una falda marrón
de Sears Roebuck, una blusa blanca y zapatos planos. Los comerciantes se afanaban en sus trabajos, atendían a los clientes y
barrían la acera mientras la miraban pasar.

Se detuvo en la esquina bajo la señal de *Bus Stop* y esperó hasta
que el autobús de Trailways se detuvo ante ella con un siseo de
los frenos de aire y le tapó el océano. Nadie bajó o subió cuando

Kya dio un paso adelante y le compró al conductor un boleto a Greenville. Preguntó por las fechas y horarios de regreso, y él le entregó una hoja con los datos y le guardó la maleta. Ella agarró con fuerza la mochila y subió al autobús. Y, antes de que le diera tiempo de pensarlo, el autobús, que parecía tan largo como el pueblo, abandonó Barkley Cove.

Dos días después, a las 13:16, Kya bajó del Trailways que venía de Greenville. A esa hora había más gente en la calle, y la miraban y murmuraban mientras ella se echaba los largos cabellos por encima del hombro y le recibía la maleta al conductor. Cruzó la calle hasta el puerto, subió a su barca y se fue directo a casa. Le hubiera gustado decirle a Jumpin' que había vuelto, como le había prometido, pero había más barcas haciendo cola para echar gasolina en su muelle y decidió dejarlo para el día siguiente. Además, así volvería antes con las gaviotas.

Por tanto, a la mañana siguiente, el 31 de octubre, al atracar en el muelle de Jumpin' lo llamó y este salió de la pequeña tienda.

—Hola, Jumpin', solo es para hacerte saber que ya volví. Llegué ayer.

Él no dijo nada mientras se acercaba a ella.

—Señorita Kya, yo... —dijo en cuanto la vio subir al muelle.

—¿Qué pasa? ¿Sucede algo? —repuso ella, e inclinó la cabeza.

Jumpin' se la quedó mirando.

—Kya, ¿ya oyó la noticia sobre el señor Chase?

—No. ¿Qué noticia?

—Chase Andrews murió —soltó mientras negaba con la cabeza—. Murió en plena noche mientras usted estaba en Greenville.

—¿Qué?

Kya y Jumpin' se miraron fijamente a los ojos.

—Lo encontraron ayer en la mañana bajo la vieja torre con un... Bueno, dicen que tenía el cuello roto y la cabeza destrozada. Creen que se cayó desde arriba.

Kya seguía boquiabierta.

—Es la comidilla del pueblo —continuó Jumpin'—. Algunos lo achacan a un accidente, pero se dice que el *sheriff* no está tan seguro. La mamá de Chase está muy enojada y dice que lo mataron. Se armó un alboroto.

—¿Por qué creen que lo mataron...?

—Una de las rejas del suelo de la torre estaba levantada, él se cayó por ella, y eso les parece sospechoso. Hay quien dice que las rejas se quedan levantadas todo el tiempo porque los niños van ahí a jugar, y que el señor Chase se pudo caer por accidente. Pero hay quien dice que lo mataron.

Kya guardaba silencio, así que Jumpin' continuó.

—Una de las razones es que, cuando encontraron al señor Chase, no tenía el collar de concha que lleva desde hace años, y su mujer dice que esa noche lo llevaba cuando salió de la casa, antes de ir a cenar con sus papás. Dice que siempre lo llevaba.

A Kya se le secó la boca ante la mención del collar.

—Y, luego, los dos niños que encontraron a Chase, bueno, oyeron decir al *sheriff* que en el lugar no había huellas de pisadas. Ni una sola. Como si alguien hubiera borrado las pruebas. No paran de decirlo por todo el pueblo.

Jumpin' le dijo cuándo sería el funeral, pero sabía que Kya no iba a ir. Menudo espectáculo supondría para el círculo de costura y para el grupo de estudio de la Biblia. Y seguro que Kya estaría entre las especulaciones y los chismes. «Gracias a Dios que estaba en Greenville cuando se murió o ya le hubieran echado la culpa», pensó Jumpin'.

Kya asintió a Jumpin' y se fue a casa. Se detuvo en la embarrada orilla de la laguna y susurró unos versos de Amanda Hamilton.

Nunca subestimes
al corazón,
capaz de actos
que la mente no puede concebir.
El corazón dicta además de sentir.
¿Cómo, si no, podrías explicar
el camino que he tomado,
que tú has tomado,
el sendero que pasa por aquí?

49

Disfraces

1970

El siguiente testigo, un hombre de pelo blanco rizado, vestido con un traje azul que brillaba de puro barato, se sentó en el banco tras declarar que su nombre era Larry Price y que conducía el autobús de Trailways por diferentes rutas de Carolina del Norte. A medida que Eric lo interrogaba, el señor Price confirmó que era posible viajar en autobús de Greenville a Barkley Cove y volver en la misma noche. También afirmó que condujo el autobús de Greenville a Barkley Cove la noche en que murió Chase y que ninguno de los pasajeros se parecía a la señorita Clark.

—Bueno, señor Price, ¿no le dijo usted al *sheriff* durante su investigación que en el autobús viajaba un hombre flaco que podía haber sido una mujer alta disfrazada de hombre? ¿Es así? Describa al pasajero, por favor.

—Sí, así es. Un joven blanco. Debía de medir cosa de cinco pies y diez pulgadas, y los pantalones le colgaban como sábanas sobre una cerca. Llevaba una gorra grande y abultada, azul. Mantenía la cabeza gacha, no miraba a nadie.

—Y ahora que ha visto a la señorita Clark, ¿cree que es posible que el hombre flaco del autobús fuera la señorita Clark disfrazada? ¿Pudo llevar los cabellos ocultos bajo esa gorra?

—Sí, creo que sí.

Eric le pidió al juez que solicitara a Kya que se levantase, cosa que esta hizo con Tom Milton a su lado.

—Puede volver a sentarse, señorita Clark —dijo Eric, y luego se dirigió al testigo—: ¿Diría usted que el joven del autobús tenía la misma estatura que la señorita Clark?

—Yo diría que justo la misma —respondió el señor Price.

—Por tanto, si tenemos esto en cuenta, ¿diría usted que es probable que el hombre flaco que tomó el autobús de las 23:50 de Greenville a Barkley Cove la noche del 29 de octubre del año pasado fuera de hecho la acusada señorita Clark?

—Sí, yo diría que es muy posible.

—Gracias, señor Price. No hay más preguntas. Su testigo.

Tom se paró ante el banco de los testigos y, al cabo de cinco minutos de preguntas al señor Price, hizo un resumen.

—Lo que nos ha dicho usted es esto: uno, la noche del 29 de octubre de 1969, en el autobús de Greenville a Barkley Cove, no viajó ninguna mujer que se pareciera a la acusada; dos, en el autobús viajaba un hombre alto y delgado, pero en su momento, pese a verle la cara de cerca, no lo consideró una mujer disfrazada; tres, esta idea del disfraz se le ocurrió cuando se la sugirió el *sheriff*.

Tom continuó antes de que el testigo pudiera contestar.

—Señor Price, díganos, ¿cómo puede estar seguro de que ese hombre delgado tomó el autobús de las 23:50 el 29 de octubre? ¿Tomó nota de ello, lo puso por escrito? Puede que fuera la noche anterior, o la siguiente. ¿Está usted seguro, cien por ciento, de que fue el 29 de octubre?

—Ya veo adónde quiere ir a parar. Cuando el *sheriff* me refrescó la memoria, me pareció que ese hombre estaba en el autobús, pero creo que ahora ya no estoy seguro al cien por ciento.

—Además, señor Price, ¿no es cierto que el autobús se retrasó esa noche? De hecho, salió veinticinco minutos tarde, por lo que no llegó a Barkley Cove antes de la 1:40 de la madrugada. ¿Es correcto?

—Sí. —El señor Price miró a Eric—. Yo solo quiero ayudar, hacer lo que es debido.

Tom lo tranquilizó.

—Fue de gran ayuda, señor Price. Muchas gracias. No hay más preguntas.

Eric llamó a su siguiente testigo, el conductor del autobús de las 2:30 de Barkley Cove a Greenville en la madrugada del 30 de octubre, un tal John King. Testificó que la acusada, la señorita Clark, no iba en el autobús, pero sí una anciana...

—... tan alta como la señorita Clark, de pelo canoso, corto y rizado, como con permanente.

—Si mira a la acusada, señor King, ¿es posible que, de haberse disfrazado la señorita Clark de anciana, hubiera tenido un aspecto similar al de la mujer del autobús?

—Bueno, cuesta imaginarlo. Puede.

—Entonces, ¿es posible?

—Sí, supongo.

En el contrainterrogatorio, Tom dijo:

—La palabra «supongo» es inaceptable en un juicio por asesinato. ¿Vio usted a la acusada, la señorita Clark, en el autobús de las 2:30 de Barkley Cove a Greenville la madrugada del 30 de octubre de 1969?

—No, no la vi.

—¿Y hubo esa noche algún otro autobús de Barkley Cove a Greenville?

—No.

50

El diario

1970

Al día siguiente, cuando la llevaron al tribunal, Kya miró hacia Tate, Jumpin' y Mabel, y contuvo el aliento al ver un uniforme y un asomo de sonrisa que cruzaba un rostro desfigurado. Jodie. Asintió ligeramente mientras se preguntaba cómo se había enterado del juicio. Probablemente por algún periódico de Atlanta. Encogió la cabeza avergonzada.

Eric se levantó.

—Su señoría, con la venia del tribunal, el pueblo llama a la señora de Sam Andrews.

La sala tomó aire cuando Patti Love, la afligida madre, se dirigió al banco de los testigos. Al ver a la mujer que una vez esperó que fuera su suegra, Kya se dio cuenta de lo absurdo de esa idea. Patti Love, vestida con la más fina seda negra, parecía preocupada por su apariencia e importancia incluso en ese lugar deprimente. Se sentó muy recta, con el brillante bolso en el regazo y los cabellos recogidos en un moño perfecto bajo un sombrero inclinado lo justo, con una espectacular redecilla negra que le oscurecía los ojos. Nunca hubiera aceptado como nuera a una habitante descalza de las marismas.

—Señora Andrews, sé que esto es muy duro para usted, así que seré lo más breve posible. ¿Es cierto que su hijo, Chase Andrews, llevaba un collar de cuero con una concha?

—Sí, es cierto.

—¿Y cuándo y con qué frecuencia llevaba ese collar?

—Todo el tiempo. Nunca se lo quitaba. No le vi quitarse el collar en cuatro años.

Eric entregó a la señora Andrews un diario de cuero.

—¿Puede usted identificar este objeto para el tribunal?

Cuando el fiscal levantó el diario de Kya para que lo viera todo el mundo, ella bajó la mirada y movió los labios, furiosa ante esa invasión de su intimidad. Se lo había hecho a Chase al poco de conocerse. Durante gran parte de su vida se le había negado el placer de hacer regalos, una privación que pocos comprendían. Tras trabajar durante días y noches en el diario, lo envolvió en papel marrón que decoró con brillantes helechos verdes y blancas plumas de gansos nivales. Se lo entregó a Chase cuando bajó de la lancha y pisó la orilla de la laguna.

—¿Qué es esto?

—Algo de mi parte —había dicho con una sonrisa.

Una historia dibujada de su vida juntos. El primer dibujo a plumilla representaba a los dos sentados en un leño, con Chase tocando la armónica. Los nombres latinos del arroz de costa y de las conchas del suelo estaban escritos con la letra de Kya. Un torbellino de acuarelas mostraba su lancha a la luz de la luna. Luego una imagen abstracta de marsopas curiosas que nadaban alrededor de la lancha, con la inscripción «Michael dirige la lancha hacia la costa» perdiéndose entre las nubes. Otra con ella rodeada de gaviotas argénteas en una playa plateada.

Chase había pasado las páginas maravillado. Había rozado con los dedos algunos dibujos, se había reído ante otros, pero sobre todo, en silencio, había asentido.

—Nunca he tenido nada como esto. —Se inclinó para abrazarla—. Gracias, Kya.

Pasaron un rato sentados en la arena, envueltos en mantas, hablaron, se tomaron de las manos.

Kya recordó cómo le había latido el corazón por la alegría de dar, sin imaginar que alguien pudiera llegar a ver el diario. Y menos como prueba en un juicio por asesinato.

No miró a Patti Love cuando esta contestó a la pregunta de Eric.

—Es una colección de dibujos que la señorita Clark hizo para Chase. Se lo dio como regalo.

Patti Love recordaba que encontró el diario bajo una pila de discos al limpiar la habitación. Aparentemente escondido. Se sentó en la cama de Chase y abrió la gruesa cubierta. Ahí, con mucho detalle, estaba su hijo sentado en un tronco con esa chica. La Chica de la Marisma. Su Chase con esa basura. Le costaba respirar. «¿Y si la gente lo descubre?». Su cuerpo sintió primero frío, luego sudor, lo rechazaba.

—Señora Andrews, ¿quiere explicarnos lo que ve en este dibujo pintado por la acusada señorita Clark?

—Es un dibujo de Chase y la señorita Clark en lo alto de la torre de vigilancia.

Un murmullo recorrió la sala.

—¿Qué más?

—Ahí, entre sus manos... Le está dando el collar con la concha.

«Y no volvió a quitárselo —pensó Patti Love—. Creí que me lo contaba todo. Creí tener una complicidad con mi hijo mayor que otras madres. Me lo decía continuamente. Pero no sabía nada de él».

—Así que, debido a este diario y a que él mismo se lo dijo, ¿usted sabía que su hijo se veía con la señorita Clark, y sabía que ella le había dado el collar?

—Sí.

—¿Y llevaba Chase el collar la noche del 29 de octubre, cuando fue a cenar a su casa?

—Sí, no salió de casa hasta después de las once, y llevaba el collar.

—¿Y llevaba puesto el collar el día siguiente, cuando usted fue a la clínica a identificar su cuerpo?

—No, no lo llevaba.

—¿Conoce usted alguna razón por la que alguno de sus amigos, o cualquier otra persona, aparte de la señorita Clark, hubiera querido quitarle el collar?

—No.

—Objeción, su señoría —dijo Tom desde su asiento—. Habla de oídas. Le pide que especule. No puede saber lo que piensan otras personas.

—Aceptada. Miembros del jurado, deberán ignorar la última pregunta y la respuesta. —El juez bajó la cabeza como un ganso y amonestó al fiscal—: Cuidado por donde va, Eric. ¡Lo sabe muy bien, por el amor de Dios!

Eric, impertérrito, continuó.

—Muy bien. Sabemos por sus propios dibujos que la acusada, la señorita Clark, subió con Chase a la torre de vigilancia al menos en una ocasión, sabemos que le dio el collar. Y que él lo llevaba siempre consigo hasta la noche en que murió. En cuyo momento desapareció. ¿Es correcto?

—Sí.

—Gracias. No tengo más preguntas. Su testigo.

—No preguntaré —dijo Tom.

51

Luna menguante

1970

Por supuesto, el lenguaje del tribunal no era tan poético como el lenguaje de la marisma. Aun así, Kya veía semejanzas en su naturaleza. El juez, un macho alfa evidente, estaba seguro de su posición, por lo que su actitud era imponente, pero relajada y no amenazadora como la del jabalí territorial. Tom Milton también exudaba confianza y rango con su actitud y movimientos fluidos. Era un macho poderoso, aceptado como tal. El fiscal, por otra parte, dependía de corbatas anchas y coloridas y de chaquetas con hombreras para aumentar su estatus. Se hacía valer agitando los brazos o alzando la voz. Un macho inferior necesita gritar para que se fijen en él. El alguacil representaba el macho de nivel más bajo, dependía de la cartuchera con reluciente pistola y agitaba el manojo de llaves y la aparatosa radio para reafirmar su posición. «Las jerarquías de dominación potencian la estabilidad en las poblaciones naturales, y en algunas menos naturales», pensó Kya.

El fiscal, con su corbata escarlata, pasó al frente y llamó a su siguiente testigo: Hal Miller, un hombre de veintiocho años, flaco como un palo, de cabello castaño revuelto.

—Señor Miller, por favor, díganos dónde estaba usted y qué vio la noche del 29 al 30 de octubre de 1969, a la 1:45 horas.

—Allen Hunt y yo trabajábamos en el barco camaronero de Tim O'Neal, y volvíamos con retraso al puerto de Barkley Cove, cuando la vimos a ella, a la señorita Clark, en su barca, a cerca de una milla de distancia, al este de la bahía, en dirección norte-noroeste.

—¿Adónde la conduciría ese rumbo?

—Directo a la ensenada que hay junto a la torre de vigilancia.

El juez Sims golpeó con el mazo ante el escándalo que se levantó y prolongó durante un minuto.

—¿No podría haber ido hacia otra parte?

—Bueno, supongo que sí, pero en esa dirección no hay nada más que millas de bosque rodeado de pantanos. No conozco otro destino que la torre de vigilancia.

Los abanicos de las damas bombearon contra la calurosa e inquieta sala. Justicia Dominical, dormido en el alféizar, se dejó caer al suelo y se acercó a Kya. Se frotó contra su pierna, por primera vez en la sala del tribunal, saltó a su regazo y se puso cómodo. Eric dejó de hablar y miró al juez, quizá planteándose una objeción por semejante despliegue de parcialidad, pero no había precedentes legales.

—¿Cómo puede estar seguro de que era la señorita Clark?

—Oh, todos conocemos su barca. Lleva años navegando en su barca.

—¿Llevaba luces en la barca?

—No, no las llevaba. Le hubiéramos pasado por encima de no verla.

—Pero, ¿no es ilegal viajar en barca sin luces después de oscurecer?

—Sí, tenía que llevar las luces. Pero no llevaba.

—Por tanto, la noche en que Chase Andrews murió en la torre de vigilancia, la señorita Clark viajaba en barca en esa dirección pocos minutos antes de la hora de su muerte. ¿Es correcto?

—Sí, es lo que vimos.

Eric se sentó.

Tom caminó hacia el testigo.

—Buenos días, señor Miller.

—Buenos días.

—Señor Miller, ¿cuánto hace que es miembro de la tripulación del camaronero de Tim O'Neal?

—Ya hace tres años.

—Y dígame, por favor, ¿a qué hora salió la luna la noche del 29 al 30 de octubre?

—Era menguante, y no salió hasta después de que atracáramos en Barkley. En algún momento después de las dos, creo.

—Ya veo. Por tanto, no había luna cuando vio la barca cerca de Barkley Cove. Debía de estar muy oscuro.

—Sí. Estaba oscuro. Había luz de las estrellas, pero sí, bastante oscuro.

—Por favor, ¿puede decirle al tribunal qué ropa llevaba la señorita Clark cuando pasó ante usted en su barca aquella noche?

—Bueno, no estábamos lo bastante cerca para ver qué llevaba puesto.

—¿No? No estaban lo bastante cerca para poder verle la ropa. —Tom miró al jurado mientras decía esto—. ¿A qué distancia estaban?

Delia Owens

—Supongo que a unas buenas sesenta yardas. Por lo menos.

—Sesenta yardas. —Tom volvió a mirar al jurado—. Es una buena distancia para identificar una pequeña barca en la oscuridad. Dígame, señor Miller, ¿qué características, qué rasgos de la persona que iba en la barca le hicieron estar tan seguro de que era la señorita Clark?

—Bueno, como he dicho, casi todos en el pueblo conocen su barca, el aspecto que tiene de cerca y de lejos. Todos conocemos su barca y hemos visto su silueta en la proa, alta, delgada y eso. Es una silueta muy particular.

—Una silueta particular. Por tanto, cualquiera con esa misma forma, cualquier persona que fuese alta y delgada y viajara en ese tipo de barca se hubiera parecido a la señorita Clark. ¿Correcto?

—Supongo que podría haber alguna otra persona que se pareciera a ella, pero, al estar tanto en el mar, se acaban conociendo bien los barcos y a sus dueños, ¿sabe?

—Pero, señor Miller, debo recordarle que esto es un juicio por asesinato. La cosa no puede ser más seria, y en estos casos debemos estar seguros. No podemos atenernos a formas o siluetas vistas a sesenta yardas en la oscuridad. Así que, por favor, dígale al tribunal si está usted seguro de que la persona que vio la noche del 29 al 30 de octubre de 1969 era la señorita Clark.

—Bueno, no, no puedo estar completamente seguro. Nunca dije que estuviera completamente seguro de que fuera ella. Pero estoy bastante...

—Eso es todo, señor Miller. Gracias.

—¿Repregunta, Eric? —preguntó el juez Sims.

—Hal, testificó que lleva viendo y reconociendo a la señorita Clark en su barca desde hace al menos tres años —señaló Eric desde su asiento—. Dígame, ¿alguna vez ha creído ver a la señorita Clark en la distancia y cuando se acercó resultó que no era ella? ¿Le ha pasado alguna vez?

—No, ninguna.

—¿Ninguna en tres años?

—Ninguna en tres años.

—El Estado ha concluido, su señoría.

52

El motel Tres Montañas

1970

El juez Sims entró en la sala y saludó a la defensa.

—Señor Milton, ¿está listo para llamar al primer testigo de la defensa?

—Lo estoy, su señoría.

—Proceda.

—Por favor, diga su nombre y su profesión en Barkley Cove —dijo Tom una vez que la testigo prestó juramento y se sentó.

Kya alzó la mirada lo bastante para ver a la anciana bajita con su permanente de cabellos canos y púrpuras que años antes le había preguntado por qué iba siempre sola a la tienda. Puede que ahora fuese más bajita y llevara los rizos más apretados, pero tenía un aspecto sorprendentemente inmutable. La señora Singletary le había parecido una mandona chismosa, pero había sido ella quien le había regalado un silbato azul dentro de una bota de Navidad el invierno siguiente a que Ma se fuera. Fue la única Navidad que tuvo Kya.

—Soy Sarah Singletary, dependienta en el Piggly Wiggly de Barkley Cove.

—Sarah, ¿es cierto que, desde su caja registradora en el Piggly Wiggly, ve usted la parada del autobús de Trailways?

—Sí, la veo con claridad.

—¿Vio usted a la acusada, la señorita Catherine Clark, esperando el autobús de las 14:30 el 28 de octubre del año pasado?

—Sí, vi a la señorita Clark esperando ahí.

Tras decir esto, Sarah miró a Kya y recordó a la niña que había ido descalza a la tienda durante tantos años. Nadie lo sabría nunca, pero, antes de que la niña supiera contar, le daba de más en el cambio, un dinero que tenía que poner de su bolsillo para cuadrar la caja. Naturalmente, al manejarse Kya con cantidades pequeñas, Sarah la había ayudado con monedas de cinco centavos y otras monedas pequeñas, pero de algo le habría servido.

—¿Cuánto tiempo esperó? ¿Usted la vio subir al autobús de las 14:30?

—Creo que esperó unos diez minutos. Todos la vimos comprar el boleto al conductor, entregarle la maleta y subir al autobús. Cuando se alejó, ella iba adentro.

—Y creo que también la vio volver dos días después, el 30 de octubre, a las 13:16. ¿Es correcto?

—Sí, dos días después, poco después de las 13:15 de la tarde, alcé la vista cuando paró el autobús y la señorita Clark bajó de él. Se la señalé a las otras dependientas.

—¿Y qué hizo luego?

—Ella fue andando hasta el muelle, subió a su barca y se dirigió al sur.

—Gracias, Sarah. Eso es todo.

—¿Alguna pregunta, Eric? —preguntó el juez.

—No, su señoría, no tengo preguntas. De hecho, por la lista de testigos, veo que la defensa pretende llamar a varios ciudadanos para que testifiquen que la señorita Clark subió y bajó del autobús de Trailways en las fechas y horas que ha declarado la señora Singletary. La fiscalía no refuta este testimonio. De hecho, sostenemos que la señorita Clark viajó en esos autobuses a esas horas y, con la venia de la corte, no consideramos necesario que lo afirmen así más testigos.

—Muy bien. Señora Singletary, queda excusada. ¿Y usted, señor Milton? Si la fiscalía acepta el hecho de que la señorita Clark subió al autobús de las 14:30 el 28 de octubre de 1969 y que volvió alrededor de las 13:16 el 30 de octubre de 1969, ¿necesita llamar a más testigos a tal efecto?

—No, su señoría.

Su expresión aparentaba calma, pero Tom maldecía por dentro. La coartada de Kya de que había estado lejos del pueblo la hora en que murió Chase era el principal argumento de la defensa. Pero Eric había conseguido diluir la coartada al aceptarla, al afirmar que no necesitaba oír más testimonios sobre el viaje de ida y vuelta de Kya a Greenville en esas fechas. No afectaba a la fiscalía, dado que esta afirmaba que Kya había vuelto de noche a Barkley para cometer el asesinato. Tom tenía previsto el riesgo, pero había considerado crucial que el jurado oyese esos testimonios y visualizara a Kya saliendo del pueblo a la luz del día para no volver hasta después del incidente. Ahora pensarían que su coartada no era lo bastante importante para que fuera necesario comprobarla.

—Entendido. Por favor, proceda con el siguiente testigo.

Calvo y quisquilloso, con la chaqueta abotonada y tensa contra un vientre redondo, el señor Lang Furlough testificó que poseía y dirigía el motel Tres Montañas de Greenville y que la señorita Clark se había alojado en él del 28 al 30 de octubre de 1969.

Kya detestaba escuchar a ese hombre de pelo grasiento, al que creía que no volvería a ver, y ahí estaba, hablando de ella como si ella no estuviera. Explicó cómo le enseñó la habitación del motel, pero no mencionó que había tardado en irse y que no paraba de inventar razones para quedarse hasta que ella le señaló la puerta para indicarle que se fuera. Cuando Tom le preguntó cómo podía estar seguro de las idas y venidas de la señorita Clark en el hotel, soltó una risita y dijo que era el tipo de mujer en el que se fijan los hombres. Añadió lo rara que era por no saber usar el teléfono y por ir andando desde la estación de autobuses con una maleta de cartón y en ella su cena preparada.

—Señor Furlough, la noche siguiente, es decir, la del 29 de octubre de 1969, la noche en que murió Chase Andrews, pasó usted toda la noche en el mostrador de recepción. ¿Es correcto?

—Sí.

—Después de que la señorita Clark volviera a su habitación a las diez de la noche, tras cenar con su editor, ¿la vio salir de nuevo? ¿La vio salir o regresar a su habitación en algún momento de la noche del 29 de octubre o a primera hora del 30 de octubre?

—No. Estuve ahí toda la noche y no la vi salir. Como he dicho, su habitación estaba justo frente al mostrador de recepción, así que la hubiera visto.

—Gracias, señor Furlough, eso es todo. Su testigo.

Tras varios minutos de contrainterrogatorio, Eric continuó:

—Bueno, señor Furlough, de momento lo tenemos dejando la zona de recepción para ir dos veces a su apartamento, ir al baño y volver; al repartidor de *pizzas* llevándole una *pizza*, a usted pagándole y etcétera; cuatro clientes registrándose, dos yéndose, y todo ello mientras usted terminaba de contabilizar los recibos. Yo diría, señor Furlough, que durante todo ese ajetreo hubo muchas ocasiones en que la señorita Clark pudo haber salido discretamente de su habitación y cruzar rápidamente la calle sin que usted la viera. ¿No es eso posible?

—Bueno, supongo que sí. Pero no vi nada. Lo que yo digo es que esa noche no la vi salir de la habitación.

—Lo entiendo, señor Furlough. Y lo que yo digo es que es muy posible que la señorita Clark saliera de su habitación, fuese andando a la estación de autobuses, viajara en uno hasta Barkley Cove, asesinara a Chase Andrews y volviera a su habitación sin que usted la viera por estar muy ocupado con su trabajo. No hay más preguntas.

SCUPPER ENTRÓ EN EL tribunal después del descanso para almorzar, cuando todo el mundo se hubo sentado y el juez tomó asiento. Tate se volvió para ver a su padre entrando por el pasillo, todavía con el overol y las botas amarillas de pescador. Scupper no había asistido al juicio alegando motivos de trabajo, pero sobre todo porque lo confundía la larga relación que su hijo tenía con la señorita Clark. Era como si Tate nunca hubiera albergado sentimientos por otra chica y no hubiera dejado de querer a esa misteriosa mujer ni siquiera de adulto, cuando ya era un profesional. Una mujer a la que ahora acusaban de asesinato.

Ese mediodía, en su barco, rodeado de redes, Scupper había respirado hondo. Su rostro se había encendido por la vergüenza al darse cuenta de que él también, como algunos de esos ignorantes pueblerinos, había sido presa de los prejuicios porque Kya se había criado en la marisma. Recordaba cómo Tate le había enseñado orgulloso el primer libro de Kya sobre conchas y que él mismo se había quedado pasmado ante semejante proeza científica y artística. Se había comprado un ejemplar de cada uno de sus libros sin mencionárselo a Tate. Era ridículo.

Estaba muy orgulloso de su hijo, de cómo había sabido siempre lo que quería y cómo conseguirlo. Y Kya había hecho lo mismo que él, aun cuando tenía muchas cosas en contra.

¿Cómo podía dejar de ponerse del lado de Tate? Nada era más importante que apoyar a su hijo. Soltó la red, que cayó a sus pies, dejó el barco oscilando contra el muelle y fue directo al tribunal.

Al llegar a la primera fila, Jodie, Jumpin' y Mabel se levantaron para dejarlo pasar y que se sentara junto a Tate. Padre e hijo asintieron el uno al otro y las lágrimas se amontonaron en los ojos de Tate.

Tom Milton esperó a que Scupper se sentara y el silencio en la sala fuera completo.

—Su señoría, la defensa llama a Robert Foster.

El señor Foster era delgado, de estatura media, con una barba recortada y ojos amables. Vestía una chaqueta de *tweed*, corbata y pantalones caqui. Tom le preguntó su nombre y profesión.

—Me llamo Robert Foster, y soy editor en la Harrison Morris Publishing Company, de Boston, Massachusetts.

Kya miraba al suelo con la mano apoyada en la frente. Su editor era la única persona a la que conocía que no la consideraba La Chica de la Marisma, que la respetaba e incluso parecía intimidado por su conocimiento y talento. Y ahora estaba en el tribunal, la veía en la mesa de la defensa, acusada de asesinato.

—¿Es usted el editor de los libros de la señorita Catherine Clark?

—Sí, lo soy. Es una naturalista, artista y escritora de mucho talento. Una de nuestras autoras preferidas.

—¿Puede confirmarnos que viajó a Greenville, Carolina del Norte, el 29 de octubre de 1969, y que se reunió con la señorita Clark tanto el día 29 como el 30?

—Así es. Iba a asistir a una conferencia y, puesto que sabía que me sobraría tiempo cuando estuviera en la ciudad, pero no el suficiente para viajar hasta su casa, invité a la señorita Clark a Greenville para que pudiéramos vernos.

—¿Puede decirnos la hora exacta en que usted la acompañó a su motel la noche del 29 de octubre del año pasado?

—Tras nuestra reunión, cenamos en el hotel y acompañé a Kya a su motel a las 21:55 horas.

Kya recordaba cómo esperó en el umbral del comedor, lleno de mesas iluminadas con velas bajo la suave luz de los candelabros. Copas altas de vino sobre manteles blancos. Comensales elegantemente vestidos que conversaban en voz baja, mientras que ella llevaba una falda a cuadros y una blusa. Robert y ella cenaron trucha de Carolina del Norte con costra de almendras, arroz salvaje, espinacas con crema y roles de levadura. Kya se sintió muy a gusto mientras él conducía la conversación con cómoda elegancia, y se limitaba a temas sobre naturaleza que le eran familiares.

Al recordarlo, se sintió asombrada de cómo lo había llevado. Pero la verdad era que el restaurante, con todo su esplendor, no era tan grandioso como su pícnic favorito. Cuando tenía quince años, Tate había ido un amanecer a su cabaña y, tras rodearle los hombros con una manta, viajaron tierra adentro por un laberinto de canales hasta un bosque que nunca había visto. Luego caminaron una milla hasta el linde de un prado anegado donde la hierba fresca brotaba a través del cieno, y ahí colocaron la manta bajo helechos altos como paraguas.

—Y ahora esperaremos —dijo mientras servía té de un termo y le ofrecía «bolas de mapache», una mezcla horneada de masa para panecillos, salchichas picantes y fuerte queso cheddar que había preparado para la ocasión. Incluso en ese frío tribunal recordaba la calidez de los hombros de Tate al tocar los de ella bajo la manta, mientras mordisqueaban y bebían el desayuno del pícnic.

No tuvieron que esperar mucho. Momentos después, se oyó por el norte un alboroto que sonó como un cañonazo.

—Ya vienen —había anunciado Tate.

En el horizonte apareció una fina nube negra que se elevaba a los cielos a medida que se acercaba. Los chillidos aumentaron en intensidad y volumen a medida que la nube llenaba rápidamente el cielo hasta no dejar un resquicio de azul. Cientos de miles de gansos nivales, que aleteaban, graznaban y planeaban, cubrieron el mundo. Masas arremolinadas giraron y descendieron para aterrizar. Quizá medio millón de alas se movieron al unísono mientras patas rosas y anaranjadas descendían, y una borrasca de aves se acercaba. Primero un ganso tras otro, luego de diez en diez y, finalmente, a centenares, aterrizaron a unas cuantas yardas de Kya y Tate, sentados bajo los helechos. El cielo se vació mientras el húmedo prado se cubría de la nieve que caía.

Ningún restaurante elegante se comparaba con eso, y las bolas de mapache habían tenido más sabor y vida que la trucha con costra de almendras.

—¿Vio a la señorita Clark entrar en su habitación?

—Por supuesto. Le abrí la puerta y esperé a que entrara antes de irme.

—¿Vio a la señorita Clark al día siguiente?

—Habíamos quedado para desayunar, así que la recogí a las 7:30 de la mañana. Comimos en la casa de panqueques Stack 'Em High. La llevé de vuelta al motel a las 9:00. Y esa fue la última vez que la vi antes de hoy.

Miró a Kya, pero ella bajó la mirada.

—Gracias, señor Foster. No tengo más preguntas.

Eric se levantó para intervenir.

—Señor Foster, me preguntaba por qué se alojó usted en el hotel Piedmont, que es el mejor hotel de la ciudad, mientras que su editorial alojaba a la señorita Clark, una de sus autoras preferidas y de más talento, como usted mismo ha dicho, en un motel tan corriente como el Tres Montañas.

—Por supuesto, ofrecimos, e incluso recomendamos, a la señorita Clark que se alojara en el Piedmont, pero ella insistió en quedarse en el motel.

—¿De verdad? ¿Conocía ella el nombre del motel? ¿Solicitó específicamente alojarse en el Tres Montañas?

—Sí, nos escribió diciendo que prefería quedarse en el Tres Montañas.

—¿Dijo por qué?

—No, no sé por qué.

—Pues yo tengo una idea. Este es un mapa turístico de Greenville. —Eric agitó un mapa mientras se acercaba al banco de los testigos—. Como puede ver aquí, señor Foster, el hotel Piedmont, el hotel de cuatro estrellas que usted ofreció a la señorita Clark, está situado en la zona del centro. En cambio, el Tres Montañas está en la autopista 258, cerca de la estación de autobuses Trailways. De hecho, si estudia este mapa como he hecho yo, verá que el Tres Montañas es el motel más cercano a la estación de autobuses...

—Objeción, su señoría —dijo Tom—. El señor Foster no es una autoridad en la ciudad de Greenville.

—No, pero el mapa sí. Veo adónde quiere llegar, Eric, y lo permitiré. Proceda.

—Señor Foster, si alguien planeara hacer un viaje rápido a la estación de autobuses en plena noche, es lógico que prefiriera el Tres Montañas al Piedmont. Sobre todo, si pensaba hacerlo a pie. Lo único que necesito es su confirmación de que la señorita Clark solicitó específicamente alojarse en el Tres Montañas y no en el Piedmont.

—Como he dicho, ella solicitó el Tres Montañas.

—No tengo más preguntas.

—¿Repregunta? —consultó el juez Sims.

—Sí, su señoría. Señor Foster, ¿cuántos años hace que trabaja con la señorita Clark?

—Tres años.

—Y, pese a no conocerla en persona hasta su visita a Greenville del pasado octubre, ¿diría usted que ha llegado a conocer a la señorita Clark mediante su correspondencia de estos tres años? En ese caso, ¿quiere describirla?

—Sí, así es. Creo que es una persona tímida y amable. Prefiere vivir sola en el bosque; me llevó un tiempo convencerla para que viniera a Greenville. No le gustan las multitudes.

—¿Multitudes como las que encontraría en un hotel tan grande como el Piedmont?

—Sí.

—De hecho, ¿no diría usted, señor Foster, que no le sorprendió que la señorita Clark, a quien le gusta la soledad, prefiriera un motel pequeño y un tanto remoto a un hotel grande y ajetreado en el centro de la ciudad? ¿Que esa elección cuadra con su persona?

—Sí, yo diría que sí...

—¿Y no le parece también lógico que la señorita Clark, que no está familiarizada con el transporte público y sabía que tendría que ir caminando de la estación de autobuses a su hotel y de vuelta, llevando una maleta, eligiera un hotel o motel cerca de la estación?

—Sí.

—Gracias. Es todo.

Robert Foster dejó el banco de los testigos y se sentó detrás de Kya, junto a Tate, Scupper, Jodie, Jumpin' y Mabel.

Esa tarde, Tom volvió a llamar como testigo al *sheriff*.

Por la lista de testigos, Kya sabía que no quedaban muchos, y la idea la enfermaba. Después vendrían los alegatos finales y luego el veredicto. Mientras una oleada de testigos la apoyara, podía aspirar a la absolución o al menos a retrasar la condena. No habría veredicto si el juicio se eternizaba. Intentó centrar su mente en campos de gansos nivales, como había hecho desde que empezó el juicio, pero solo veía imágenes de cárceles, barrotes, pegajosas paredes de cemento. Ocasionales insertos mentales de una silla eléctrica. Y muchas correas.

De pronto, sintió que no podía respirar, que no podía seguir ahí sentada por más tiempo, que la cabeza le pesaba demasiado para levantarla. Se desplomó ligeramente y, cuando tuvo que apoyar la cabeza en las manos, Tom se apartó del *sheriff* y corrió a su lado.

—Su señoría, solicito un breve receso. La señorita Clark necesita un descanso.

—Concedido. El jurado queda excusado durante un receso de quince minutos.

Tom la ayudó a levantarse y la acompañó por una puerta lateral hasta una pequeña sala de conferencias, donde se desplomó en una silla.

—¿Qué tiene, Kya? ¿Qué le pasa? —dijo él mientras se sentaba a su lado.

Ella enterró la cabeza en las manos.

—¿Cómo puede preguntarme esto? ¿No es evidente? ¿Cómo se puede soportar esto? Me encuentro demasiado enferma, demasiado cansada de estar ahí sentada. ¿Tengo que seguir haciéndolo? ¿No puede seguir el juicio sin mí?

De lo único que era capaz, lo único que quería, era volver a su celda y acurrucarse con Justicia Dominical.

—No, me temo que no. En un caso como este, la ley requiere su presencia.

—¿Y si no puedo? ¿Y si me niego? Lo único que podrían hacer es meterme en la cárcel.

—Kya, es la ley. Tiene que asistir, y, de todos modos, es mejor que esté presente. A un jurado le resulta más fácil condenar a un acusado ausente. Pero no será durante mucho más tiempo, Kya.

—Eso no hace que me sienta mejor, ¿no lo ve? Lo que venga ahora será mucho peor.

—Eso no lo sabemos. No olvide que si las cosas no salen como queremos, podemos apelar.

Kya no respondió. La idea de una apelación la enfermaba aún más. El paseo forzoso por diferentes tribunales, alejarse más y más de las marismas. Probablemente por pueblos más grandes. Por un cielo sin gaviotas. Tom salió de la sala y volvió con un vaso de té helado y una bolsa de cacahuates salados. Bebió el té, pero rechazó lo otro. Unos minutos después, el alguacil llamó a la puerta y los llevó de vuelta a la sala del tribunal. La mente de Kya entraba y salía de la realidad, y captaba retazos del testimonio.

—*Sheriff* Jackson —dijo Tom—, la fiscalía afirma que la señorita Clark salió esa noche a escondidas de su motel y se fue a pie desde el motel Tres Montañas a la estación de autobuses, un viaje de al menos veinte minutos. Que entonces tomó el autobús de las 23:50 de Greenville a Barkley Cove, pero el autobús salió tarde, así que no pudo llegar a Barkley sino hasta la 1:40 de la madrugada. Afirma que desde la parada de autobús de Barkley fue andando hasta el muelle, tres o cuatro minutos; luego viajó en barca hasta la ensenada cerca de la torre de vigilancia, al menos veinte minutos; caminó hasta la torre, otros ocho minu- tos; subió en la oscuridad, pongamos cuatro o cinco minutos al menos; levantó la reja, unos pocos segundos; esperó a Chase un tiempo indefinido y luego hizo el recorrido a la inversa.

»Todo esto debió tomarle por lo menos una hora y siete mi- nutos, sin contar el tiempo que se supone que debió esperar a Chase. Pero el autobús de vuelta a Greenville que debía tomar salió cincuenta minutos después de que llegara. Por tanto, los hechos son simples: no tuvo tiempo para cometer este supuesto crimen. ¿No es eso correcto, *sheriff*?

—Hubiera estado muy justo, cierto. Pero pudo haber corrido de la barca a la torre y a la vuelta; pudo recortar algún minuto aquí o allá.

—No basta con un minuto aquí o allá. Hubiera necesitado veinte minutos extra. Por lo menos. ¿Cómo se pudo haber aho- rrado veinte minutos?

—Bueno, puede que no fuera en barca; puede que fuese an- dando o corriendo desde la parada de autobús por el sendero de arena hasta la torre. Hubiera sido mucho más rápido que yendo por mar.

Desde la mesa de la fiscalía, Eric Chastain miraba con furia al *sheriff*. Convenció al jurado de que Kya había tenido tiempo de cometer el crimen y volver al autobús. No fue muy complicado. Tenía un testigo importante, el camaronero, que había testifi- cado que vio a la señorita Clark dirigiéndose a la torre en barca.

—¿Tiene alguna prueba de que la señorita Clark fuese a la torre por tierra, *sheriff*?

—No. Pero lo de que fuera por tierra es una buena teoría.

—¡Teoría! —Tom se volvió hacia el jurado—. El tiempo de las teorías ya quedó atrás, antes de que usted arrestara a la se- ñorita Clark, antes de que la retuviera en la cárcel dos meses. El hecho es que no puede probar que fuera por tierra, y que no tuvo tiempo suficiente para hacerlo por mar. No hay más preguntas.

Eric se enfrentó al *sheriff* para el contrainterrogatorio.

—*Sheriff*, ¿es cierto que las aguas próximas a Barkley Cove son presa de fuertes corrientes, remolinos y resacas que pueden influir en la velocidad de una barca?

—Sí, es cierto. Lo sabemos todos los que vivimos aquí.

—Alguien que supiera aprovechar esas corrientes podría navegar con mucha rapidez en barca desde el muelle hasta la torre. En tal caso, resultaría factible ganarle veinte minutos al recorrido. ¿Es correcto?

Eric estaba molesto de que se hubiera sugerido otra teoría, necesitaba ofrecer algo plausible a lo que pudieran agarrarse los miembros del jurado que lo siguieran.

—Sí, es correcto.

—Gracias.

En cuanto Eric se apartó del banco de los testigos, Tom se levantó para repreguntar.

—Sí o no, *sheriff*, ¿tiene alguna prueba de que la noche del 29 al 30 de octubre hubiera alguna corriente, remolino o fuerte viento que pudiese reducir el tiempo de navegación a alguien que viajase desde el puerto de Barkley Cove a la torre de vigilancia, o alguna prueba de que la señorita Clark hubiera ido por tierra hasta la torre?

—No, pero estoy seguro de que...

—*Sheriff*, no me importa de lo que pueda estar seguro o no. ¿Tiene alguna prueba de que hubo fuertes corrientes en la noche del 29 de octubre de 1969?

—No, no la tengo.

53

Eslabón perdido

1970

Al día siguiente, Tom solo tenía a un testigo más. Era su última carta.

Llamó a Tim O'Neal, que llevaba treinta y ocho años operando su propio barco camaronero en las aguas de Barkley Cove. Tim, con casi sesenta y cinco años, alto pero fornido, tenía espesos cabellos castaños con retazos de gris, pero una barba casi completamente blanca. La gente lo consideraba callado y serio, honrado y amable; siempre abría la puerta a las damas. El último testigo perfecto.

—Tim, ¿es cierto que la noche del 29 al 30 de octubre del pasado año condujo usted su barco al puerto de Barkley Cove aproximadamente entre la 1:45 y las 2:00 de la madrugada?

—Sí.

—Dos de sus tripulantes, el señor Hal Miller, que testificó aquí, y el señor Allen Hunt, que ha hecho una declaración jurada, afirmaron ver a la señorita Clark viajando al norte en su barca alrededor de las horas mencionadas. ¿Está usted al tanto de su declaración?

—Sí.

—¿Vio usted a esa hora y en ese lugar la misma barca que vieron el señor Miller y el señor Hunt?

—Sí, la vi.

—¿Y coincide con sus declaraciones de que era la señorita Clark en su barca quien se dirigía al norte?

—No. En absoluto.

—¿Por qué no?

—Estaba oscuro. La luna no salió hasta más tarde. Y la barca estaba demasiado lejos para identificarla con certeza. Conozco a todos los que viven por aquí que tienen ese tipo de barca, y he visto en muchas ocasiones a la señorita Clark en la suya. Pero esa noche estaba demasiado oscuro para identificar esa barca o a quien fuera en ella.

—Gracias, Tim. No hay más preguntas.

Eric se acercó al banco de los testigos.

—Tim, aunque no pudiera identificar la barca, ni a quien fuera en ella, ¿coincide en que alrededor de la 1:45 de la noche en que Chase Andrews murió en la torre de vigilancia había una barca que se dirigía hacia ahí?

—Sí, puedo decir que la barca tenía una forma y un tamaño similar a la de la señorita Clark.

—Muchas gracias.

El abogado defensor se levantó para repreguntar y habló desde la mesa.

—Tim, solo para confirmarlo. Ha dicho usted que ha identificado muchas veces a la señorita Clark en su barca, pero que aquella noche no vio nada que le permitiera identificar esa barca o a su ocupante como a la señorita Clark. ¿Es así?

—Así es.

—¿Y puede decirnos si hay muchas barcas del mismo tipo y tamaño que la de la señorita Clark operando en la zona?

—Uy, sí, su barca es una de las más comunes en esta zona. Por aquí navegan montones de barcas como la suya.

—Por tanto, la barca que vio aquella noche podría haber pertenecido a un montón de personas que tienen una barca similar.

—Totalmente.

—Gracias. Su señoría, la defensa ha concluido.

—Tendremos un receso de veinte minutos —dijo el juez Sims—. Pueden retirarse.

PARA SU ALEGATO FINAL, Eric llevaba una corbata ancha a rayas doradas y borgoñas. El público guardó un silencio expectante cuando se acercó al jurado y se paró ante la barandilla, y paseó deliberadamente la mirada de un miembro del jurado a otro.

—Damas y caballeros del jurado, son ustedes miembros de esta comunidad, de un pueblo único y orgulloso. El año pasado perdieron a uno de sus hijos. Un joven, una estrella rutilante de su comunidad, al que le esperaba una larga vida con su bella...

Kya apenas le oía cuando repetía su versión de cómo había matado a Chase Andrews. Se mantuvo inmóvil, apoyó los codos en la mesa, la cabeza en las manos, y oyó fragmentos de su discurso.

—... Dos hombres muy conocidos en esta comunidad vieron a la señorita Clark y a Chase en la marisma... la oyeron decir las palabras «¡Te mataré!»... un gorro de lana roja que dejó fibras en la chaqueta de mezclilla... ¿Quién, si no, iba a querer quitarle el collar?... ustedes saben que los vientos y corrientes pueden aumentar drásticamente la velocidad...

»Sabemos por la forma en que vive que es muy capaz de navegar en su barca de noche y subir a la torre en la oscuridad. Todo encaja como un reloj. Cada movimiento que hizo esa noche está claro. Pueden y deben encontrar a la acusada culpable de asesinato en primer grado. Gracias por cumplir con su deber.

El juez Sims hizo una seña con la cabeza a Tom, y este se acercó al jurado.

—Damas y caballeros del jurado, yo me crie en Barkley Cove y, cuando era más joven, oí las historias sobre La Chica de la Marisma. Sí, dejémoslo claro de una vez. La llamábamos La Chica de la Marisma. Muchos siguen llamándola así. Algunos decían que era medio loba, o el eslabón perdido entre el hombre y el mono. Que sus ojos brillaban en la oscuridad. Pero en realidad era una niña abandonada, una niña que sobrevivió sola en un pantano, que pasó hambre y frío, y a la que no ayudamos. De no ser por uno de sus pocos amigos, Jumpin', ninguna de nuestras iglesias o grupos comunitarios le hubiera ofrecido ropa o comida. En vez de eso, la etiquetamos y la repudiamos por considerarla diferente. Pero, damas y caballeros, ¿excluimos a la señorita Clark porque era diferente, o era diferente porque la excluimos? Si la hubiéramos aceptado entre nosotros, no sería lo que es hoy. Si la hubiéramos alimentado, vestido y amado, invitado a nuestras casas e iglesias, no sentiríamos prejuicios hacia ella. Y creo que hoy no estaría ahí sentada acusada de un crimen.

»Sobre sus hombros recae la labor de juzgar a esta joven tímida y rechazada, pero deberán basar ese juicio en los hechos presentados en este caso, en este tribunal, no en rumores o en sentimientos nacidos en los últimos veinticuatro años.

»¿Cuáles son los hechos incontestables?

La mente de Kya captó retazos, tal como le había pasado con la fiscalía.

—... la fiscalía ni siquiera ha demostrado que este incidente haya sido un asesinato y no un simple y trágico accidente. No hay arma del crimen, no hay heridas causadas al empujarlo, ni testigos, ni huellas dactilares...

»Uno de los hechos demostrados más importantes de este caso es que la señorita Clark tiene una coartada sólida. Sabemos que estaba en Greenville la noche en que murió Chase... No hay ninguna evidencia de que se disfrazara de hombre, viniera en autobús hasta Barkley... De hecho, la fiscalía ni siquiera ha demostrado que estuviera en Barkley Cove aquella noche, ni que fuera a la torre. Lo repetiré: no hay una sola evidencia que demuestre que la señorita Clark estuviera en la torre de vigilancia, o en Barkley Cove, o que matase a Chase Andrews.

»... y el camaronero, el señor O'Neal, que hace treinta y cinco años que pilota su propia embarcación, testificó que estaba demasiado oscuro para poder identificar la barca.

»... fibras en la chaqueta que podían llevar cuatro años ahí... Estos son los hechos incontestables...

»Ni uno solo de los testigos de la fiscalía se ha manifestado seguro de lo que vio, ni uno solo. En cambio, todos los testigos de la defensa se han mostrado seguros al cien por ciento...

Tom se paró un momento ante el jurado.

—Conozco muy bien a la mayoría de ustedes, y sé que pueden dejar a un lado sus antiguos prejuicios contra la señorita Clark. Pese a haber ido al colegio un día en toda su vida, ya que los demás niños se burlaron de ella, se las arregló para educarse sola y convertirse en una naturalista y escritora reconocida. No-

sotros la llamamos La Chica de la Marisma, pero hay institucio-
nes científicas que la consideran «experta en la marisma».

»Creo que podrán dejar a un lado los rumores e historias que
circulan sobre ella. Creo que emitirán un veredicto basado en los
hechos expuestos en este tribunal, y no en los falsos rumores que
vienen escuchando desde hace años.

»Es hora de que por fin seamos justos con La Chica de la Marisma.

54

Viceversa

1970

Tom hizo un gesto hacia las sillas desiguales de una pequeña sala de conferencias para ofrecerles asiento a Tate, Jodie, Scupper y Robert Foster. Se sentaron alrededor de una mesa rectangular con manchas circulares de tazas de café. Las paredes tenían dos tonos de yeso descascarillado: verde lima por arriba, verde oscuro por abajo. Y había un olor a humedad que lo permeaba todo, procedente tanto de las paredes como de la marisma.

—Pueden esperar aquí —dijo Tom, que cerró la puerta tras él—. Un poco más abajo, frente al ascensor, hay una máquina de café, pero no se lo bebería ni una mula de tres ojos. El café del *diner* es decente. Veamos, son pasadas las once. Ya decidiremos más tarde el almuerzo.

Tate se acercó a la ventana entrecruzada de barrotes blancos, como si hubieran intentado escapar por ella otros individuos que esperaban un veredicto.

—¿Adónde se llevaron a Kya? ¿A su celda? —preguntó a Tom—. ¿Tiene que esperar ahí sola?

—Sí, está en su celda. Ahora voy a verla.

—¿Cuánto tiempo cree que tarde el jurado? —preguntó Robert.

—Es imposible saberlo. Cuando se cree que serán rápidos, tardan días, y viceversa. Probablemente, la mayoría ya decidió, y no a favor de Kya. Tendremos alguna posibilidad si hay miembros con dudas que intenten convencer a los demás de que su culpabilidad no se demostró de forma definitiva.

Todos asintieron en silencio y sopesaron la palabra «definitiva», como si la culpabilidad estuviera demostrada, pero no de forma absoluta.

—Bueno —continuó Tom—. Voy a ver a Kya y luego me pondré a trabajar. Tengo que preparar la apelación y una moción de juicio nulo por prejuicios. Por favor, no olviden que, en caso de que la condenen, no será el final. De ninguna manera. Estaré al tanto y les haré saber cualquier noticia.

—Gracias —dijo Tate, y añadió—: Por favor, dígale a Kya que estamos aquí, y que nos sentaremos con ella si quiere.

Aunque los últimos días ella se había negado a ver a nadie que no fuese Tom y a casi a nadie en los últimos dos meses.

—Claro. Se lo diré.

Tom se marchó.

Jumpin' y Mabel tuvieron que esperar el veredicto afuera, entre los palmitos y juncos de la plaza, en compañía de otros negros. Justo cuando extendieron coloridas colchas en el suelo y sacaron pan y salchichas de bolsas de papel, una lluvia repentina los hizo recoger todo y correr para ponerse a cubierto bajo el saliente de la Sing Oil. El señor Lane gritó que tenían que esperar afuera, cosa que sabían desde hacía cien años, y que no se pusieran en el camino de los clientes. Algunos blancos se agolparon en el *diner* o en el Dog-Gone para tomar un café, mientras otros se amontonaban en la calle bajo brillantes paraguas. Los niños saltaban en los recientes charcos y comían galletas como si esperaran un desfile.

KYA CREÍA SABER LO que era la soledad tras el aprendizaje recibido después de pasar sola millones de minutos. Una vida mirando la vieja mesa de la cocina, los dormitorios vacíos, a través de extensiones interminables de hierba y mar. Sin nadie con quien compartir la alegría de una pluma encontrada o una acuarela terminada. Recitando poesía a las gaviotas.

Pero un frío silencio se aposentó en el lugar en cuanto Jacob cerró su celda con el ruido metálico de los barrotes, para desaparecer por el pasillo y cerrar con un golpe final la pesada puerta. Esperar el veredicto de su propio juicio por asesinato la sumió en una soledad diferente. A su mente no afloró la pregunta de si viviría o moriría, sino que se hundió bajo el miedo mayor de pasar años en soledad sin su marisma. Sin gaviotas, sin mar, en un lugar sin estrellas.

Habían liberado a los molestos compañeros de celda del final del pasillo. Casi echaba de menos su cháchara constante, su presencia humana, por miserable que fuera. Ahora vivía sola en ese largo túnel de cemento, barrotes y cerraduras.

Sabía cuál era la escala de los prejuicios que había contra ella y que un veredicto temprano significaría que habían deliberado poco, lo cual implicaba su condena. A su mente acudió la imagen de una mandíbula agarrotada, la torturaba saberse condenada.

Pensó en mover la caja bajo la ventana y buscar rapaces que sobrevolaran la marisma. Pero se quedó sentada. En silencio.

Dos HORAS DESPUÉS, A la una de la tarde, Tom abrió la puerta de la sala donde esperaban Tate, Jodie, Scupper y Robert Foster.

—Bueno, hay noticias.

—¿Qué? —Tate alzó la cabeza de golpe—. ¿Ya tienen un veredicto?

—No, no. No hay veredicto. Pero creo que son buenas noticias. El jurado pidió ver la transcripción del testimonio de los conductores de autobús. Esto significa que, como mínimo, están pensando y no limitándose a votar un veredicto. Los conductores son clave, claro, y los dos afirmaron estar seguros de que Kya no viajó en sus respectivos autobuses, además de que no están seguros de que alguien fuera disfrazado. A veces, ver un testimonio en papel es más claro para un jurado. Ya veremos, pero es un destello de esperanza.

—Aceptamos un destello —dijo Jodie.

—Miren, ya pasó la hora del almuerzo. ¿Por qué no van al *diner*? Les prometo que, en cuanto haya algo, iré a buscarlos.

—Mejor no —respondió Tate—. Todos ahí van a estar hablando de su culpabilidad.

—Entiendo. Enviaré a mi ayudante por algunas hamburguesas. ¿Qué les parece?

—Bien, gracias —dijo Scupper, y sacó unos dólares de la cartera.

A LAS 14:15, TOM volvió para decirles que el jurado solicitaba ver el testimonio del forense.

—No sé si esto es favorable o no.

—¡Mierda! —maldijo Tate—. ¿Cómo se puede pasar por esto?

—Intente tranquilizarse, puede llevar días. Los mantendré informados.

Tom volvió a abrir la puerta a las cuatro de la tarde, serio y reservado.

—Bueno, caballeros, el jurado ya tiene un veredicto. El juez ordenó que todo el mundo vuelva a la sala.

—¿Qué significa? ¿Es demasiado pronto? —preguntó Tate mientras se levantaba.

—Anda, Tate. —Jodie le tocó el brazo—. Vamos.

En el pasillo se unieron a la corriente de habitantes del pueblo que entraban hombro con hombro. Con ellos venía el aire húmedo, que apestaba a humo de cigarro, pelo mojado por la lluvia y ropa empapada.

La sala se llenó en menos de diez minutos. Muchos no consiguieron asiento y se amontonaron en los pasillos o en los escalones de la entrada. A las 16:30, el alguacil condujo a Kya hasta su sitio. Por primera vez, la ayudaba a andar tomándola del codo, y parecía a punto de derrumbarse sin su ayuda. No levantaba la mirada del suelo. Tate respiraba para contener las náuseas mientras se fijaba en cada línea de expresión de su rostro.

La señorita Jones, la taquígrafa, entró y tomó asiento. Los miembros del jurado tomaron asiento, solemnes y sin alegría, como el coro de un funeral. La señora Culpepper miró a Kya. Los demás miraban al frente. Tom intentó leer sus expresiones. En la sala no se oía ni una tos ni un movimiento.

—De pie.

La puerta del juez Sims se abrió y este se sentó en el estrado.

—Por favor, siéntense. Portavoz del jurado, ¿ya tienen un veredicto?

En la primera fila se levantó el señor Tomlinson, un hombre tranquilo, dueño de la zapatería Buster Brown.

—Lo tenemos, su señoría.

El juez Sims miró a Kya.

—Que la acusada haga el favor de levantarse para escuchar el veredicto.

Tom tocó a Kya en el brazo y la ayudó a incorporarse. Tate puso la mano en la barandilla, todo lo cerca de Kya que le era posible. Jumpin' agarró la mano de Mabel y la apretó.

Nadie en la sala había experimentado al unísono esos latidos del corazón, compartiendo la falta de aliento. Los ojos se movían, las manos sudaban. Hal Miller, el tripulante del camaronero, le daba vueltas mentalmente a la situación, buscaba confirmar si había sido la barca de la señorita Clark la que había visto aquella noche. ¿Y si se equivocó? La mayoría miraba, pero no a la nuca de Kya, sino al suelo, a las paredes. Era como si el pueblo fuera juzgado, no Kya, y pocos sentían la escabrosa alegría que esperaban de la situación.

El portavoz del jurado entregó un trozo de papel al alguacil, y este se lo pasó al juez, que lo desdobló y lo leyó sin expresión. El alguacil lo recogió del juez Sims y se lo entregó a la señorita Jones, la taquígrafa.

—¿Quiere alguien leerlo? —escupió Tate.

La señorita Jones se levantó y miró a Kya, desdobló el papel y leyó:

—Nosotros, el jurado, encontramos a la señorita Catherine Danielle Clark no culpable del cargo de asesinato en primer grado del señor Chase Andrews.

Kya sucumbió a la presión y se sentó. Tom la imitó.

Tate pestañeó. Jodie aspiró aire. Mabel sollozó. El público se quedó inmóvil. Debían de haber oído mal.

—¿Ha dicho no culpable? —Un torrente de murmuraciones fue aumentando de volumen hasta convertirse en preguntas indignadas.

—Esto no está bien —gritó el señor Lane.

El juez golpeó con el mazo.

—¡Silencio! Señorita Clark, el jurado la ha encontrado no culpable de los cargos. Es usted libre de irse, y me disculpo en nombre del Estado por haberla retenido dos meses en la cárcel. Miembros del jurado, les agradecemos su tiempo y su servicio a la comunidad. Pueden retirarse.

Alrededor de los padres de Chase se congregó un pequeño grupo. Patti Love lloraba. Sarah Singletary fruncía el ceño como todos los demás, pero se la veía aliviada. La señorita Pansy esperaba que nadie notara que relajaba la mandíbula. Una única lágrima surcó la mejilla de la señora Culpepper, y luego sonrió ligeramente porque la pequeña del pantano volviera a escaparse.

Un grupo de hombres vestidos con overoles de trabajo se paró al fondo de la sala.

—Este jurado tiene mucho que explicar.

—¿No puede declararse juicio nulo? ¿Repetir el juicio?

—No. Acuérdate, no se la puede juzgar dos veces por el mismo delito. Es libre. Quedó libre.

—Es culpa del *sheriff,* que tiró a la basura todo lo que hizo Eric. No se quedó con su versión y la estuvo cambiando sobre la marcha. Que si otra teoría, que si no.

—Y se pasea presumiendo como si estuviera bajo la ley del revólver.

Este grupo de descontentos se disgregó enseguida, tras salir por la puerta, alegaron que tenían trabajo pendiente. La lluvia enfrió las cosas.

Jodie y Tate atravesaron corriendo la puertecita de madera para llegar hasta la mesa de la defensa. Scupper, Jumpin', Mabel y Robert los siguieron y rodearon a Kya. No la tocaron, se mantuvieron cerca de ella mientras seguía sentada, sin moverse.

—Puedes irte a casa, Kya —dijo Jodie—. ¿Quieres que te lleve?

—Sí, por favor.

Kya se levantó y le dio las gracias a Robert por haber acudido desde Boston. Él se limitó a sonreír.

—Olvídese de esta absurda historia y siga haciendo su increíble trabajo.

Kya le tocó la mano a Jumpin', y Mabel la abrazó y la apretó contra su acolchado seno. Entonces, se volvió hacia Tate.

—Gracias por las cosas que me trajiste.

Se volvió hacia Tom y se quedó sin palabras. Él se limitó a rodearla con los brazos. Entonces miró a Scupper. Nunca se lo habían presentado, pero sus ojos le dijeron quién era. Ella asintió en agradecimiento y, para su sorpresa, él posó una mano en su hombro y lo apretó con suavidad.

Entonces siguió al alguacil, acompañada de Jodie, hasta la puerta trasera de la sala y, al pasar junto al alféizar, alargó la mano para tocar la cola de Justicia Dominical. Este la ignoró y ella admiró su perfeccionada simulación de no necesitar despedirse.

Cuando la puerta se abrió, sintió el aliento del mar en el rostro.

55

Flores de hierba

1970

Cuando la camioneta abandonó el asfalto para entrar en el sendero de arena de la marisma, Jodie se dirigió con amabilidad a Kya y le dijo que volvería a estar bien, pero que le llevaría un tiempo. Ella buscaba con la mirada espadañas y garcetas, pinos y estanques que pasaban fugaces. Forzó el cuello para ver nadando a dos castores. Su mente era como un charrán emigrante que vuelve a su costa natal después de recorrer diez mil millas, con el corazón latiendo por la nostalgia y la expectación del hogar; apenas oía lo que le decía Jodie. Quería que se callara y escuchara la naturaleza de su interior. Entonces se daría cuenta.

Contuvo el aliento cuando Jodie tomó la última curva del sinuoso camino y apareció la vieja cabaña ante ellos, bajo los robles. La brisa agitaba suavemente el musgo sobre el tejado oxidado, la garza se sostenía sobre una sola pata en las sombras de la laguna. En cuanto Jodie paró la camioneta, Kya saltó fuera y corrió a la cabaña, donde tocó la cama, la mesa, la estufa. Al saber lo que ella quería, Jodie le había dejado una bolsa de trozos de pan en el mostrador, y ella, con nuevas energías, corrió a la playa con ella, y las lágrimas le recorrieron las mejillas cuando las gaviotas volaron hacia ella desde las alturas y la costa. Gran Rojo se posó y se movió a su alrededor a zancadas, mientras balanceaba la cabeza.

Kya tembló, arrodillada en la playa, rodeada del frenesí de los pájaros.

—Nunca le pedí nada a la gente. Quizá ahora me dejen en paz.

Jodie llevó las pocas pertenencias de Kya a la casa y preparó té en una olla vieja. Se sentó en la mesa y esperó. Por fin oyó que se abría la puerta del porche.

—Ah, todavía estás aquí —dijo ella al entrar en la cocina.

Claro que estaba ahí; su camioneta estaba fuera, a simple vista.

—Siéntate un momento, por favor, ¿sí? —le pidió él—. Quiero hablar contigo.

Ella no se sentó.

—Estoy bien, Jodie. En serio.

—¿Eso significa que quieres que me vaya? Kya, llevas dos meses sola en una celda, creyendo que todo el pueblo estaba contra ti. Prácticamente no dejaste que nadie te visite. Y lo entiendo, de verdad, pero no creo que deba irme y dejarte aquí sola. Quiero quedarme unos días contigo. ¿Te parece bien?

—Llevo sola casi toda mi vida, ¡no dos meses! Y yo no creía, yo sabía que el pueblo estaba contra mí.

—Kya, no permitas que esta horrible historia te aleje más de la gente. Fue una experiencia descorazonadora, pero puede ser una oportunidad para empezar de nuevo. Es posible que ese veredicto sea su manera de decir que te aceptan.

—La mayoría de la gente no tiene que ser considerada inocente de un asesinato para ser aceptada.

—Lo sé, y tienes toda la razón del mundo para odiar a la gente. No te culpo, pero...

—Eso es lo que nadie entiende de mí. —Alzó la voz—. Yo nunca he odiado a nadie. Ellos me odiaban a mí. Ellos se rieron de mí. Ellos me dejaron. Ellos me acosaron. Ellos me atacaron. Sí, es cierto, aprendí a vivir sin ellos. Sin ti. ¡Sin Ma! ¡Sin nadie!

Él intentó abrazarla, pero ella se apartó.

—Jodie, creo que ahora estoy cansada. De hecho, estoy exhausta. Por favor, necesito dejar atrás todo esto: el juicio, la cárcel, la idea de ser ejecutada. Y necesito hacerlo sola, porque todo lo hago sola. No sé cómo ser consolada. Estoy demasiado cansada hasta para tener esta conversación. Yo...

Se le apagó la voz. No esperó una respuesta, y salió de la cabaña rumbo al bosque de robles. Él no la siguió; sabía que sería inútil. Esperaría. El día anterior aprovisionó la cabaña de comida, por si la declaraban inocente, y se puso a cortar verduras para prepararle su plato favorito: pastel de pollo casero. Pero, cuando el sol se puso, no soportó la idea de mantenerla lejos de su cabaña ni un minuto más, así que dejó el caliente y burbujeante pastel encima de la vieja estufa de leña y salió. Ella había dado un rodeo hasta la playa y, en cuanto oyó la camioneta alejarse despacio por el sendero, corrió de vuelta a casa.

Vaharadas del dorado pastel llenaban la cabaña hasta el techo, pero Kya no tenía hambre. Una vez en la cocina, sacó las pinturas y planificó su siguiente libro, sobre hierbas de la marisma. La gente rara vez se fija en la hierba como no sea para podarla, pisarla o envenenarla. Paseó el pincel por el lienzo de forma alocada, con un color más negro que verde. En él asomaban imágenes oscuras, puede que de prados muriendo bajo células de tormenta. Costaba saberlo.

Dejó caer la cabeza y sollozó.

—¿Por qué estoy enojada? ¿Por qué ahora? ¿Por qué fui tan cruel con Jodie?

Se dejó caer flácidamente al suelo como una muñeca de trapo. Se encogió sin dejar de llorar, y deseó poder acurrucarse con el único ser que la había aceptado como era. Pero el gato se había quedado en la cárcel.

Justo antes de que oscureciera, Kya caminó hasta la playa donde las gaviotas se acicalaban y preparaban para pasar la noche. Al entrar en el agua, astillas de conchas y pedazos de cangrejos le rozaron los pies cuando se veían arrastrados mar adentro. Se agachó y levantó dos plumas de pelícano como las que Tate había puesto en la *P* del diccionario que años antes le había regalado en Navidad.

Susurró un poema de Amanda Hamilton:

Volviste otra vez,
cegando mis ojos
como el brillo del sol en el mar.
Cuando me siento libre
la luna proyecta tu rostro en el alféizar.
Cada vez que te olvido
tus ojos atormentan mi corazón y lo paralizan.
Por tanto, adiós.
Hasta la próxima vez que vengas,
hasta que por fin deje de verte.

Al día siguiente, antes del amanecer, Kya se sentó en la cama del porche y respiró profundamente los abundantes aromas de la marisma. Una luz débil se filtraba hasta la cocina y se preparó gachas, huevos revueltos y panecillos, tan ligeros y esponjosos como los de Ma. Se lo comió todo. Entonces, mientras salía el sol, subió a la barca y cruzó la laguna, y hundió los dedos en el agua clara y profunda.

Navegó por el canal, habló con las tortugas y las garcetas, y alzó los brazos por encima de la cabeza. Su hogar.

—Recogeré muestras todo el día, todo lo que quiera —dijo.

En lo más profundo de su mente estaba la idea de que quizá viese a Tate. Puede que estuviera trabajando cerca y se cruzarae con él. Podía invitarlo a la cabaña y compartir el pastel de pollo que había hecho Jodie.

TATE ESTABA A MENOS de una milla de ahí, en aguas poco profundas, tomando muestras en pequeños tubos. Con cada paso y con cada muestra, círculos concéntricos se alejaban de él. Pensaba mantenerse cerca de la casa de Kya. Quizá saliera a la marisma y se cruzaran. De no ser así, iría por la tarde a su cabaña. Aún no había decidido qué le diría exactamente, pero se le había pasado por la cabeza la idea de hacer que recuperara el sentido común a base de besos.

En la distancia rugió furioso un motor, de forma más aguda y sonora que una barca, y avasalló los sonidos de la marisma. Siguió el ruido a medida que se desplazaba hacia él y, de pronto, apareció uno de esos nuevos aerodeslizadores que aún no había visto. Se deslizó y se lució sobre el agua, incluso sobre las hierbas, y levantó un abanico de agua tras él. Emitía el ruido de diez sirenas.

El vehículo aplastó hierbas y matojos al cruzar su propia estela antes de acelerar hacia el estuario. Las garzas y garcetas graznaron. En la proa iban tres hombres, y se volvieron hacia Tate al verlo. A medida que se acercaban, reconoció al *sheriff* Jackson, a su ayudante y a otro hombre.

El llamativo barco descansaba sobre las ancas según aminoraba y se paraba cerca. El *sheriff* le gritó algo a Tate, pero ni haciendo pantalla con las manos en los oídos e inclinándose hacia ellos alcanzó a oír ese algo por el alboroto. Maniobraron hasta acercarse más, hasta que el barco se detuvo junto a Tate y le salpicó los muslos. El *sheriff* se inclinó hacia abajo, gritando.

Cerca de ahí, Kya también había oído el extraño barco y se dirigía hacia él cuando lo vio acercarse a Tate. Se escondió entre unos arbustos y vio que trataba de oír las palabras del *sheriff* y luego se quedaba quieto, con la cabeza gacha y los hombros caídos, en señal de rendición. Incluso desde esa distancia pudo leer desesperación en su postura. El *sheriff* volvió a gritar y Tate levantó la mano y dejó que el ayudante lo izase a bordo. El otro hombre saltó al agua y subió a la lancha de Tate. Este estaba entre los dos hombres uniformados, con la barbilla baja y los ojos caídos; dieron la vuelta y se alejaron por la marisma rumbo a Barkley Cove, seguidos por el otro hombre, que conducia la lancha de Tate.

Kya miró hasta que los dos barcos desaparecieron tras una zostera marina.

¿Por qué habían detenido a Tate? ¿Estaría relacionado con la muerte de Chase? ¿Lo arrestaron?

El dolor la desgarraba. Por fin, tras toda una vida, admitía que era la posibilidad de ver a Tate, la esperanza de doblar una curva y verlo entre las cañas, lo que la había hecho salir a la marisma cada día desde que tenía siete años. Conocía las lagunas favoritas de Tate, y los caminos que utilizaba para atravesar los cenagales difíciles; siempre lo había seguido a prudente distancia. De forma furtiva, robando su amor. Sin compartirlo. No se puede sufrir cuando se ama a alguien que está al otro lado de un estuario. Si había sobrevivido todos esos años que lo había rechazado era porque sabía que él estaba en alguna parte de la marisma, esperándola. Pero puede que ya no estuviera.

Miró hacia el ruido que se desvanecía. Jumpin' lo sabía todo; él sabría por qué el *sheriff* se llevó a Tate y qué se podía hacer al respecto.

Aceleró el motor todo lo que pudo y atravesó la marisma.

56

La garza nocturna

1970

El cementerio de Barkley Cove se perdía bajo túneles de oscuros robles. El musgo pendía en largas cortinas y formaba santuarios semejantes a cuevas para las viejas lápidas, los restos de una familia aquí, un solitario allá, todo en completo desorden. Dedos de enmarañadas raíces habían roto y retorcido las lápidas hasta dejarlas deformadas y sin nombre. Recordatorios de la muerte hechos grumos por los elementos de la vida. El mar y el cielo cantaban en la distancia con demasiada luz para tan severo lugar.

El día anterior, el cementerio bullía con gente del pueblo, como hormigas constantes, incluidos todos los pescadores y comerciantes que habían acudido a enterrar a Scupper. La gente se amontonaba en un incómodo silencio mientras Tate se movía entre vecinos, conocidos y parientes desconocidos. Desde que el *sheriff* lo encontró en la marisma para decirle que su padre había muerto, Tate se limitó a moverse y actuar como si lo guiaran con una mano en la espalda y un empellón en el costado. No se acordaba de nada y ese día volvió al cementerio para despedirse.

Los últimos meses apenas pasó tiempo con Scupper, primero suspirando por Kya, luego intentando visitarla en la cárcel. La culpa y el pesar se cebaban en él. Tal vez, de no haber estado tan obsesionado con su propio corazón, hubiera notado que a su padre le fallaba el suyo. Antes de ser arrestada, Kya le mostró señales de volver con él, le regaló un ejemplar de su primer libro, subió a su barca para mirar por el microscopio, se rio al tirarle el gorro, pero, en cuanto empezó el juicio, se apartó más que nunca. La cárcel podía hacerle eso a una persona, suponía.

Incluso en ese momento, mientras caminaba hacia la nueva tumba con una maleta de plástico marrón, se descubrió pensando más en Kya que en su papá y se maldijo por ello. Se acercó al reciente montículo bajo los robles, con el ancho mar al fondo. Cavaron la tumba junto a la de su madre, con la tumba de su hermana al otro lado, rodeadas por un pequeño muro de piedra y argamasa con conchas incrustadas. Había espacio de sobra para él. No se sentía como si su papá estuviera ahí.

—Debí cremarte como a Sam McGee —dijo Tate, casi sonriendo.

Entonces, al mirar al océano, deseó que, donde fuera, Scupper tuviera un barco. Un barco rojo.

Dejó en el suelo, junto a la tumba, la maleta de plástico con un tocadiscos de pilas, y puso un disco de 78 RPM en el plato. La aguja dudó y cayó, y la plateada voz de Miliza Korjus se elevó sobre los árboles. Se sentó entre la tumba de su madre y el montículo cubierto de flores. Extrañamente, la tierra suave y recién removida olía más a principio que a final.

Alzó la voz y, con la cabeza gacha, le pidió perdón a su padre por pasar tanto tiempo lejos de él, y supo que lo perdonaba. Recordó la definición que tenía su papá de un hombre: uno que pueda llorar libremente, sentir la poesía y la ópera en el corazón, y hacer lo que sea necesario para defender a una mujer. Scupper hubiera entendido lo que era seguir el amor a través del barro. Se quedó un rato ahí sentado, con una mano en su madre y la otra en su padre.

Por fin, tocó la tumba por última vez, caminó de vuelta a su camioneta y condujo hasta donde tenía el barco amarrado en el puerto del pueblo. Volvería al trabajo, se concentraría en formas de vida microscópicas. En el muelle se le acercaron varios pescadores que lo incomodaron y aceptó sus condolencias igual de incómodo.

Agachó la cabeza, decidido a irse antes de que se le acercara alguien más, y saltó a la cubierta de proa del yate. Pero, antes de sentarse tras el timón, vio en el asiento una pálida pluma marrón. Enseguida supo que era la suave pluma del pecho de una garza nocturna hembra, una criatura de largas patas que vive discretamente en las profundidades de la marisma, sola. Pero ahí estaba, demasiado cerca del mar.

Miró a su alrededor. No, no estaría ahí, tan cerca del pueblo. Giró la llave y se dirigió al sur por el mar, y entró finalmente en la marisma.

Viajó por los canales con demasiada rapidez, pasó junto a ramas bajas que azotaron el barco. Al entrar en la laguna de Kya, su revuelta estela salpicó la orilla y amarró el barco al lado de la barca de ella. De la chimenea de la barraca brotaba humo, ondulado y libre.

—Kya —gritó—. ¡Kya!

Ella abrió la puerta y salió bajo los robles. Vestía una falda blanca y larga y un suéter azul pálido, los colores de las alas, y el pelo le caía sobre los hombros.

Esperó a que ella se acercase, la agarró por los hombros y la estrechó contra su pecho. Luego la apartó.

—Te quiero, Kya, lo sabes. Lo sabes desde hace mucho tiempo.

—Me abandonaste como todos los demás —dijo ella.

—Nunca volveré a dejarte.

—Lo sé.

—Kya, ¿me quieres? Nunca me lo has dicho.

—Te he querido siempre. Te quise incluso cuando era niña, en una época que no recuerdo.

Inclinó la cabeza.

—Mírame —le pidió él con delicadeza. Ella dudó, tenía la cabeza gacha—. Kya, necesito saber que se ha acabado este huir y esconderse. Que puedes amar sin tener miedo.

Ella alzó el rostro y lo miró a los ojos para luego conducirlo a través del bosque hasta la arboleda de robles, al lugar de las plumas.

57

La luciérnaga

La primera noche durmieron en la playa, y al día siguiente él se mudó a la cabaña con ella, haciendo las maletas y deshaciéndolas en la misma marea. Como hacen las criaturas de la arena.

Mientras paseaban al final de la tarde por la línea de la marea, él la tomó de la mano y la miró.

—¿Te casarías conmigo, Kya?

—Estamos casados. Como los gansos.

—Bueno. Puedo vivir con eso.

Por la mañana se levantaban al alba y, mientras Tate preparaba el café, Kya freía tortitas de maíz en la vieja sartén de hierro de Ma, ennegrecida y mellada, o revolvía gachas y huevos mientras el amanecer descansaba sobre la laguna. Con la garza posando sobre una pata en la niebla. Recorrían estuarios, vadeaban canales y saltaban estrechos riachuelos para recolectar plumas y amibas. Por la noche, navegaban en la vieja barca de Kya hasta el anochecer, para luego nadar desnudos a la luz de la luna o amarse en camas de fríos helechos.

Los laboratorios Archbald le ofrecieron un trabajo a Kya, pero ella lo rechazó y siguió escribiendo libros. Tate y ella volvieron a contratar al reparador para que construyera detrás de la cabaña un laboratorio y un estudio con madera y pilotes cortados con hacha, y el techo de hojalata. Tate le regaló un microscopio a Kya y pusieron mesas de trabajo, estantes y armarios para sus especímenes. Bandejas de instrumentos y suministros. Luego reformaron la cabaña, añadieron un nuevo dormitorio, un baño y una sala de estar más grande. Ella insistió en mantener la cocina como estaba y el exterior sin pintar, para que su morada, que ya era más que una cabaña, siguiera pareciendo real, castigada por los elementos.

Llamó a Jodie desde un teléfono en Sea Oaks y lo invitó a visitarlos junto con su esposa Libby. Los cuatro exploraron la marisma y pescaron. Cuando Jodie pescó una enorme mojarra, Kya lanzó un chillido.

—¡Pescaste una tan grande como Alabama!

Frieron pescado y croquetas de maíz tan grandes como «huevos de ganso».

Kya nunca volvió a Barkley Cove, y Tate y ella pasaban la mayor parte de su tiempo en la marisma. Los del pueblo la veían como una forma distante que se movía en la niebla, y con los años, los misterios de su historia se volvieron una leyenda que se contaba una y otra vez sobre panqueques de suero de mantequilla y salchichas de cerdo en el *diner*. Las teorías y los chismes sobre la forma en que murió Chase Andrews nunca se acabaron.

Con el paso del tiempo, la mayoría estuvo de acuerdo en que el *sheriff* nunca debió arrestarla. Después de todo, no había pruebas sólidas contra ella, ni prueba alguna de que se hubiera cometido un crimen. Había sido muy cruel tratar de esa manera a una tímida criatura de la naturaleza. De vez en cuando, el nuevo *sheriff*, pues Jackson no fue reelegido, abría el expediente del caso y hacía algunas preguntas sobre posibles sospechosos, pero no pasaba de ahí. Con los años, el caso se convirtió en leyenda. Y, aunque Kya nunca llegó a superar del todo el desprecio y la sospecha que la rodeaban, en ella se asentó cierto contento y una casi felicidad.

Kya estaba una tarde tumbada en el blando mantillo junto a la laguna y esperaba a que Tate volviera de recoger muestras. Respiró hondo, sabía que siempre volvería, que por primera vez en su vida no la abandonarían. Oyó el ronroneo grave de su lancha al recorrer el canal, sintió en el suelo el suave rumor. Se sentó mientras su barco se abría paso entre la espesura y lo saludó al verlo al timón. Él le devolvió el saludo, pero no sonrió. Ella se puso de pie.

Tate amarró el barco al pequeño muelle que habían construido ahí y caminó hasta ella.

—Kya, lo siento mucho. Tengo malas noticias. Jumpin' murió anoche mientras dormía.

Notó un dolor que le presionaba el corazón. Todos los que la habían dejado habían elegido hacerlo. Esto era diferente. No era un rechazo, era como el azor de Cooper volviendo al cielo. Las lágrimas surcaron sus mejillas y Tate la abrazó.

Tate y casi todo el pueblo fueron al funeral de Jumpin'. Kya no. Pero, después de las exequias, se acercó a la casa de Jumpin' y Mabel con mermelada de zarzamora que hacía tiempo que debía haberles llevado.

Kya se detuvo en la cerca. El jardín limpio como una patena estaba lleno de amigos y parientes. Algunos hablaban, otros reían mientras contaban viejas historias de Jumpin' y otros lloraban. Todo el mundo la miró cuando abrió la puerta de la cerca, y se apartaron para dejarla pasar. Mabel estaba en el porche y se apresuró hacia Kya. Se abrazaron, se mecieron adelante y atrás, lloraron.

—Te quería como si fueras su hija —dijo Mabel.

—Lo sé —aseguró Kya—, y él era mi Pa.

Más tarde, Kya se acercó a su playa y se despidió de Jumpin' empleando sus propias palabras, a su manera, sola.

Mientras recorría la playa y recordaba a Jumpin', en su mente se abrieron paso pensamientos sobre su madre. Y, como si volviera a ser aquella niña de seis años, vio a su Ma alejándose por el sendero de arena con sus viejos zapatos de cocodrilo, esquivando los baches. Pero esta vez, Ma se detuvo al final del camino y miró atrás, y saludó con la mano bien alta para despedirse. Sonrió a Kya, se volvió y desapareció en el bosque. Y esta vez, por fin, estuvo bien.

—Adiós, Ma —susurró Kya, sin lágrimas ni censura.

Pensó por un momento en los demás, en Pa, en su hermano y en sus hermanas. Pero no le quedaba tanto de esa familia desaparecida como para despedirse de ella.

Ese pesar también se desvaneció cuando Jodie y Libby comenzaron a llevar a sus dos hijos, Murph y Mindy, a visitar a Kya y a Tate varias veces al año. La cabaña volvía a llenarse de una familia que se sentaba alrededor de la estufa de leña para servirse tortitas de maíz de Ma, huevos revueltos y rodajas de tomate. Pero ahora con amor y risas.

Barkley Cove cambió con los años. Un hombre de Raleigh construyó un elegante puerto deportivo donde había estado la choza de Jumpin' durante más de cien años. Los yates atracaban en amarres con toldos azul brillante. Marineros de toda la costa se acercaban a Barkley Cove para pagar 3.50 dólares por un café.

En la calle principal aparecieron pequeñas cafeterías con sombrillas de colores y salas de exposiciones con paisajes marinos. En casi todas las tiendas había una mesa especial donde se exhibían los libros de «Catherine Danielle Clark - Autora local - Bióloga multipremiada». Había gachas en todos los menús, pero se llamaban «polenta con salsa de champiñones» y costaban 6 dólares. Y un día, unas mujeres de Ohio entraron en el Dog-Gone Beer Hall, sin imaginar que eran las primeras mujeres que cruzaban esa puerta, y pidieron camarones picantes en barquitos de papel y cerveza, ahora de barril. Adultos de ambos sexos y de cualquier color podían cruzar esa puerta, pero ahí siguió la ventanilla en la pared para que las mujeres pudieran pedir desde la acera.

Tate continuó trabajando en el laboratorio, y Kya publicó siete libros más, todos premiados. Y, aunque se le concedieron muchos reconocimientos, incluido un doctorado honorario en la Universidad de Carolina del Norte, en Chapel Hill, nunca aceptó las invitaciones para hablar en universidades y museos.

TATE Y KYA ESPERABAN tener una familia, pero no tuvieron hijos. La decepción los unió aún más, y rara vez pasaban separados más de unas pocas horas al día.

A veces Kya caminaba sola por la playa y, cuando el ocaso manchaba el cielo, sentía las olas que le golpeaban el corazón. Se agachaba y tocaba la arena, y luego alzaba los brazos hacia las nubes. Sentía las conexiones. No las conexiones de las que le habían hablado Ma y Mabel, pues Kya nunca había tenido un grupo de amigos íntimos, ni las conexiones que había descrito

Jodie, pues nunca había tenido una familia. Sabía que los años de aislamiento le habían alterado la conducta hasta hacerla diferente, pero ella no había tenido la culpa de esa soledad. La mayor parte de lo que sabía lo había aprendido de la naturaleza. La naturaleza la había cuidado, enseñado y protegido cuando nadie lo había hecho. Si su conducta diferente tenía consecuencias, estas derivaban del núcleo fundamental de la vida.

La devoción de Tate acabó por convencerla de que el amor humano es mucho más que las peculiares conductas de apareamiento de las criaturas de la marisma. Pero la vida también le había enseñado que ese antiguo gen de la supervivencia seguía presente de forma indeseable entre los recovecos y entresijos del código genético del hombre.

A Kya le bastaba con ser una parte de esa secuencia natural tan constante como las mareas. Estaba conectada al planeta y a su vida como lo están pocas personas. Enraizada en esa tierra. Nacida de esa madre.

A LOS SESENTA Y cuatro años, el largo pelo negro de Kya era tan blanco como la arena. Una tarde no volvió de recoger muestras y Tate recorrió la marisma en su busca. Cuando ya atardecía, dobló un recodo y la vio navegando a la deriva en una laguna bordeada de sicomoros que llegaban hasta el cielo. Estaba tumbada de espaldas, la cabeza descansaba en la vieja mochila. La llamó en voz baja por su nombre y, como no se movía, gritó y luego chilló. Acercó su barca a la de ella y saltó torpemente a bordo. Extendió los largos brazos, la agarró por los hombros y la agitó suavemente. Su cabeza se desplomó aún más a un costado. Sus ojos no veían.

—Kya, Kya, no. ¡No! —gritó.

Todavía era joven, y hermosa, y su corazón se había detenido despacio. Había vivido lo suficiente para ver volver al águila calva; para Kya, eso era tiempo suficiente. La tomó en sus brazos y la meció adelante y atrás, sin dejar de llorar. La envolvió en una manta y remolcó su vieja barca de vuelta a su laguna por el laberinto de riachuelos y estuarios, y pasó por última vez junto a las garzas y los ciervos.

> Y esconderé a la doncella en un ciprés,
> cuando la pisada de la muerte esté cerca.

Obtuvo un permiso especial para enterrarla en sus tierras, bajo un roble que miraba al mar, y el pueblo entero acudió a su funeral. Kya nunca hubiera creído las largas filas de dolientes andando despacio. Por supuesto, acudieron Jodie y su familia, y todos los primos de Tate. También algunos curiosos, pero la mayoría de la gente acudió en señal de respeto por cómo había sobrevivido tantos años sola en la naturaleza. Algunos recordaban a la niña pequeña, vestida con un abrigo raído que le venía grande, yendo al muelle en su barca, descalza, a comprar gachas a la tienda. Otros fueron a su tumba porque sus libros les habían enseñado la manera en que la marisma conecta la tierra con el mar, y que ambos se necesitan mutuamente.

Para entonces, Tate ya comprendía que su apodo no era cruel, que solo unos pocos se convierten en leyenda, así que lo eligió como epitafio para su lápida.

CATHERINE DANIELLE CLARK

«KYA»

«LA CHICA DE LA MARISMA»

1945-2009

La noche de su funeral, cuando se fueron todos, Tate entró en su laboratorio casero. Sus muestras cuidadosamente etiquetadas a lo largo de más de cincuenta años de trabajo componían la colección más duradera y completa de su especie. Ella había solicitado que se donara a los laboratorios Archbald y así lo haría algún día, pero en ese momento le resultaba inconcebible separarse de ella.

Al entrar en la cabaña, como ella siempre la había llamado, Tate sintió que las paredes exhalaban su aliento y los suelos susurraban sus pasos con tanta claridad que la llamó por su nombre. Entonces se recostó contra la pared y lloró. Levantó la vieja mochila y la apretó contra el pecho.

Los funcionarios del juzgado le habían pedido que buscara su testamento y su certificado de nacimiento. En el viejo dormitorio del fondo, que una vez fue de sus padres, rebuscó en el armario y encontró unas cajas con su vida guardada en el fondo, casi escondidas bajo unas mantas. Las puso en el suelo y se sentó a su lado.

Abrió con mucho cuidado la vieja caja de puros, con la que empezó sus colecciones. La caja seguía oliendo a tabaco dulce y a niña pequeña. Entre algunas plumas de aves, alas de insectos y semillas, estaba el pequeño tarro con las cenizas de la carta de su Ma y un frasco de esmalte de uñas Barely Pink, de Revlon. Restos y huesos de una vida. Las piedras de su sueño.

En el fondo estaba la escritura de propiedad, que Kya había puesto en servidumbre de conservación, para protegerla de desarrollos urbanísticos. Al menos esta parte de la marisma siempre sería salvaje. Pero no había testamento ni papeles personales, lo cual no le sorprendió; nunca hubiera pensado en esas cosas.

Tate planeaba acabar sus días en la casa, pues sabía que ella lo hubiera querido y que Jodie no pondría objeciones.

Más tarde, cuando el sol se escondió tras la laguna, estaba preparando un poco de puré de maíz para las gaviotas y miró sin pensar el suelo de la cocina. Inclinó la cabeza al darse cuenta por primera vez de que no había linóleo bajo la pila de leña ni la vieja estufa. Kya mantenía la pila de leña muy alta, incluso en verano, pero ahora estaba baja y se veía el borde de una entalladura en el suelo de madera. Quitó los troncos que quedaban y vio una trampilla entre los maderos. Se arrodilló, la abrió despacio y encontró un compartimento entre las vigas que contenía, entre otras cosas, una vieja caja de cartón cubierta de polvo. La sacó y dentro encontró un montón de sobres color manila y una caja más pequeña. Todos los sobres estaban marcados con las iniciales A. H., y de ellos sacó páginas y páginas de poesías de Amanda Hamilton, la poetisa local que publicaba versos sencillos en revistas de la región. Sus poemas siempre le habían parecido flojos, pero Kya solía recortarlos y guardarlos, y ahí había sobres llenos de hojas manuscritas con los poemas. Algunas de las páginas contenían poemas completos, pero la mayoría estaban incompletos, con tachones y algunas palabras corregidas al margen, con la letra de Kya.

Amanda Hamilton *era Kya*. Kya era la poeta.

Tate hizo una mueca incrédula. Debió de pasarse años dejando los poemas en su buzón oxidado, enviándolos a publicaciones locales. A salvo tras un seudónimo. Quizá para manifestarse, para expresar sus sentimientos a alguien que no fueran las gaviotas. Un lugar al que destinar sus palabras.

Leyó algunos de los poemas, la mayoría sobre la naturaleza o el amor. Había uno cuidadosamente doblado en un sobre. Lo sacó y lo leyó.

«La luciérnaga»

Atraerlo fue tan fácil
como una postal de San Valentín.
Pero, al igual que la luciérnaga hembra,
ocultaba una llamada secreta para morir.

Un toque final,
por terminar.
El último paso, una trampa.
Abajo, abajo cae,
sus ojos aún miran los míos
hasta que ven otro mundo.

Los vi cambiar.
Primero con una pregunta,
luego con una respuesta;
finalmente, con un final.

Y el mismo amor pasa a ser
lo que fue antes de empezar.

A. H.

VOLVIÓ A LEERLO, TODAVÍA arrodillado en el suelo. Se llevó el papel al corazón, que le latía con fuerza en el pecho. Miró por la ventana, para asegurarse de que nadie venía por el sendero. Tampoco es que fueran a hacerlo, ¿por qué iban a hacerlo? Quería asegurarse. Entonces abrió la pequeña caja, aunque sabía lo que encontraría en ella. Ahí, cuidadosamente guardado entre algodones, estaba el collar con la concha que había usado Chase hasta la noche en que murió.

Tate estuvo un largo rato sentado en la mesa de la cocina, asimilándolo, la imaginaba viajando en autobuses nocturnos, aprovechando la marea, planeándolo todo. Llamando a Chase en la oscuridad. Empujándolo hacia atrás. Y luego arrodillándose en el barro del fondo, levantándole la cabeza, pesada en la muerte, para quitarle el collar. Tapando sus huellas, borrando su rastro.

Tate rompió unas ramitas en muchos pedazos, encendió un fuego en la vieja estufa de leña y fue quemando los poemas, un sobre tras otro. Puede que no necesitara quemarlos todos, puede que hubiera bastado con destruir ese poema, pero no pensaba con claridad. Los viejos papeles amarillentos levantaron una gran llamarada y se consumieron. Le quitó el cordón a la concha, lo dejó caer en el fuego y devolvió los tablones del suelo a su sitio.

Entonces, caminó hasta la playa en el casi crepúsculo y se paró en un cortante lecho de arena blanca, moluscos rotos y trozos de cangrejos. Miró por un instante la concha de Chase en su mano abierta y la dejó caer en la arena. Desapareció entre otras conchas, pues tenía el mismo aspecto. Se acercaba la marea y una ola bañó sus pies, y se llevó consigo cientos de conchas de vuelta al mar. Kya había pertenecido a esta tierra y a estas aguas, y ahora se la llevarían. Guardarían sus secretos en las profundidades.

Y entonces llegaron las gaviotas. Al verlo ahí, volaron en círculos sobre su cabeza. Llamando. Llamando.

Al caer la noche, Tate caminó de vuelta a la cabaña. Pero, cuando llegó a la laguna, se detuvo bajo la copa de los árboles y vio cientos de luciérnagas que hacían señas desde los oscuros rincones de la marisma. Desde muy lejos, donde cantan los cangrejos.

Agradecimientos

Mi más profundo agradecimiento a mi hermano gemelo, Bobby Dykes, por toda una vida de inimaginable ánimo y apoyo. Gracias a mi hermana, Helen Cooper, por haberme apoyado siempre, y a mi hermano, Lee Dykes, por creer en mí. Estoy muy agradecida a mi familia y a mis amigos por su invariable apoyo, ánimo y risas: Amanda Walker Hall, Margaret Walker Weatherly, Barbara Clark Copeland, Joanne y Tim Cady, Mona Kim Brown, Bob Ivey y Jill Bowman, Mary Dykes, Doug Kim Brown, Ken Eastwell, Jesse Chastain, Steve O'Neil, Andy Vann, Napier Murphy, Linda Denton (por los paseos en esquí y a caballos), Sabine Dahlmann, y Greg y Alicia Johnson.

Por leer y comentar el manuscrito, les doy las gracias a Joanne y Tim Cady (¡múltiples lecturas!), a Jill Bowman, Bob Ivey, Carolyn Testa, Dick Burgheim, Helen Cooper, Peter Matson, Mary Dykes, Alexandra Fuller, Mark Owens, Dick Houston, Janet Gause, Jennifer Durbin, John O'Connor y Leslie Anne Keller.

A mi agente, Russell Galen, le doy las gracias por querer y comprender a Kya y a las luciérnagas, y por su entusiasta determinación de que se contara esta historia.

Gracias a G. P. Putnam's Sons por publicar mis palabras. Y le estoy muy agradecida a mi editora, Tara Singh Carlson, por sus ánimos, su maravilloso trabajo de edición y su visión de mi novela. Y a Helen Richard, también de Putnam, por ayudarme en todo momento.

Un agradecimiento especial a Hannah Cady por su alegre ayuda con algunas de las labores más mundanas y desagradables, como encender hogueras, para la tarea de escribir una novela.